Борис Акунин

Просто Маса

Издательство АСТ
Москва

УДК 821.161.1
ББК 84(2Рос=Рус)6
А44

Оформление переплета — *Андрей Ферез*

В книге использованы иллюстративные материалы из свободных источников

Акунин, Борис

А44 Просто Маса: [роман] /Борис Акунин. — Москва: Издательство АСТ, 2020. — 448 с.: ил.

ISBN 978-5-17-126951-7

«Просто Маса» — это Масахиро Сибата один, без Фандорина. Осиротевший помощник великого сыщика возвращается в родную Японию, которая очень сильно изменилась за время странствий своего блудного сына — и осталась вечно неизменной. Открывшего детективное агентство Масу ожидают невероятные потрясения, невероятные приключения, невероятные женщины и невероятные открытия.

УДК 821.161.1
ББК 84(2Рос=Рус)6

序幕

Пролог

Великий Тацумаса

ВЕЧЕР РЭНГА

Тацумаса проснулся на несколько минут раньше обычного — над ухом нудел комар. Вот уже и лето, пора жечь сушеные лепестки хризантемы, подумал мастер. Москитных сеток он не любил, от них такая духота.

Маленький кровосос уселся лежащему на кончик носа, готовясь вонзить жальце. Тацумаса осторожно сдул насекомое, ибо никого нельзя лишать жизни, даже комара. Зевнул, с наслаждением потянулся. Смена времен года — это так приятно. Скоро природа умоется прозрачными «сливовыми» дождями, а потом покроется испариной жары, которая тоже по-своему прекрасна, ибо располагает к несуетливости.

Некоторое время Тацумаса просто любовался игрой теней на сёдзи. Они были пурпурными от заката, а в саду росла береза, и ее ветви слегка покачивались под вечерним ветром. Редкое белоствольное дерево, давний подарок одного самурая из северного княжества Мацумаэ, вытянулось кверху, поднялось над крышей и стало достопримечательностью всего Кидзитё, Фазаньего квартала. Усадьбу теперь называли Домом-под-березой, а ее хозяина — «Сиракаба-но Тацумаса», «Березовым Тацумасой». Это имя ему нравилось.

Но вот со стороны улицы донесся звонкий перестук. Квартальный бантаро шел по улице, гремел своей колотушкой, извещая жителей о наступлении Часа Петуха. Пришло время вставать.

В коридоре под легкими, мелкими шагами жены запели доски «соловьиного» пола. Особый настил, по которому невозможно ступать бесшумно, окружал спальню со всех сторон. Никто не смог бы подкрасться к хозяину дома незаметно.

Зная, что муж уже проснулся, О-Судзу все же деликатно кашлянула за перегородкой и лишь потом ее отодвинула. Когда разогнулась после поклона, Тацумаса уже сидел на футоне.

— Добрый вечер. Как я рад тебя видеть, — улыбнулся он.

Это было правдой. Он всегда радовался, когда ее видел. Супруги жили каждый своей жизнью: жена — дневной, муж — ночной. Встречались они дважды в сутки — на закате и на рассвете. Радостной была каждая встреча.

Нежно улыбалась и О-Судзу. Из-за того что Тацумаса никогда не смотрел на нее при ярком свете дня, морщины на ее лице были почти незаметны, складки на шее едва видны, и жена казалась все такой же молодой. А ведь она была двумя годами старше. Они прожили вместе почти тридцать лет.

— На счастье, погода ясная. Значит, луна будет хорошо видна, — сказала О-Судзу после обычного приветствия и расспросов о сновидениях. — Вы ведь помните, что нынче у нас вечер поэзии. Угодно ли вам проверить, хорошо ли я всё приготовила?

Она поставила на татами лаковый таз с водой, и Тацумаса стал умываться. На вежливый вопрос он только

хихикнул. Приготовления О-Судзу, к чему бы она ни готовилась, всегда были безупречны.

Ясное небо в полнолуние — драгоценный подарок. Как впрочем и облака, сквозь которые так волшебно просачивается небесный свет. Тацумаса радовался всякой погоде. Если, конечно, это не тайфун или цунами.

— Снова вечер рэнга? Превосходно! — Поэтические вечера в Доме-под-березой происходили раз в месяц, каждое полнолуние. Тацумаса любил эти праздники еще и за то, что они позволяли насладиться обществом О-Судзу дольше обычного. — Кто придет?

— Прислали подтверждение Орин-сан и сенсей Саяма. И на всякий случай я приготовила место для какого-нибудь нежданного гостя. Сегодня ведь последнее весеннее полнолуние, когда старым знакомым разрешается «упасть с неба» — прийти без объявления.

— Умница, что предусмотрела это, но уж совсем-то с неба никто не упадет, — засмеялся Тацумаса. — На обоих перекрестках дежурят ученики. Предупредят. Что произошло за день?

Сначала, как водится, жена рассказала про незначительное — про всякие домашние, хозяйственные мелочи. Тацумаса задавал вопросы, ему всё было любопытно, а больше всего нравилось слушать голос О-Судзу. Но в конце она сказала про важное: у ребенка наконец режется первый зуб. Давно пора бы, ведь малютке уже годик. Бедняжка сердится, бьет себя кулачком в щеку.

— Не плачет? — одобрительно молвил Тацумаса.

Сын у него был особенный: если что-то не так, грозно орал, а плакать не плакал. В шестимесячном возрасте отец нанес ему на животик родовую татуировку, красного дракона, — кроха весь извопился, но не уронил ни слезинки. Характер!

— Подожди минутку, я сейчас...

Мастер отлучился в уборную, но справил нужду без обычной неспешности, с созерцанием красоты сада, а наскоро. Не терпелось посмотреть на малыша.

Мальчик спал, хмуря лысые бровки. Он был само совершенство, просто маленький Будда.

— Левая щечка действительно стала еще круглее правой, — залюбовался Тацумаса. И, поскольку расхваливать собственного сына неприлично, сказал: — Раньше он казался мне уродливым. Но теперь мальчишка все больше хорошеет, потому что делается похож на тебя. Не странно ли?

— Это неправда, и вам незачем это говорить, — усмехнулась О-Судзу, видя мужа насквозь. — Я и так люблю его всей душой.

У них была плохая карма с детьми. Восемь раз О-Судзу скидывала. Единственный ребенок, который родился живым, очень поздний, поманил счастьем, а принес горе. Три года назад, во время холерного поветрия, умер. И Тацумаса смирился с судьбой. Жена вышла из детородного возраста. Кровных наследников не будет. Что ж, значит, придется усыновить старшего ученика Данкити и передать Дело ему.

Но как-то раз О-Судзу сказала: «Данкити-кун старателен, он усердно постигает науку, но преемника из него не получится. Осваивая технику, он не понимает духа Китодо. Все-таки лучше, когда это родная кровь. И воспитывать преемника надо с младенчества». Супруга всегда понимала (или улавливала инстинктом — у женщин не разберешь) важные вещи раньше Тацумасы. Он и сам чувствовал, что Данкити не тот, кому можно доверить школу. Шустрого мальчишку основатель Китодо когда-то подобрал в слободе неприкасаемых — за смелость, за дворняжью цепкость, за жадный блеск в глазах. Но в десятилетнем возрасте перевоспитывать уже поздно. Дворняжка много чему научилась, но так дворняжкой и осталась.

«Ты права, — грустно согласился Тацумаса. — Но что тут поделаешь?»

«Поручите это мне, — поклонилась О-Судзу. — Я что-нибудь придумаю». Муж ни о чем ее не спросил, хоть и знал: когда она так говорит, значит, уже придумала.

Вскоре, вернувшись домой с работы холодным зимним утром, когда еще темно, Тацумаса залез под одеяло, обнял жену — и отпрянул, потому что руки нащупали незнакомое тело, горячее и твердое. Кто-то испуганно дышал в темноте, блестел влажными глазами.

В страхе — не кицунэ ли прокралась в постель — Тацумаса бросился вон из комнаты и за порогом наткнулся на О-Судзу.

«Сделайте это ради меня, — низко поклонилась жена. — Просто представьте, что это я. Всё равно ведь темно, а после она сразу уйдет».

Таких ночных, верней, предрассветных встреч было еще три, с перерывами в месяц. Потом супруга сказала: «Всё хорошо. Теперь только молиться богине Каннон».

Девушка, лица которой Тацумаса так и не увидел, а имени так и не узнал, родила двенадцать месяцев назад, в первый год эры Манъэн. Дитя роженице не показали, чтобы не доставлять ей лишних страданий, а сразу унесли и передали кормилице. Мать же отправилась обратно в деревню, получив за работу щедрое вознаграждение, пять золотых рё — будет богатой невестой. А в Доме-под-березой поселилось счастье.

Тацумаса ласково приоткрыл младенцу губки, сунул в ротик палец, пощупал десну. Когда сын спал, разбудить его было невозможно.

— Правда зуб! — прошептал мастер, блаженно жмурясь. — Острый, как у тигра.

— Ара! — всплеснула руками О-Судзу. — Скоро придут гости, а я, бестолковая, забыла почернить зубы! И вам нужно одеться. Я приготовила вам темно-синее кимоно в цвет ночного неба и хаори с серебряным узором в цвет луны.

Убранство гостиной было идеальным для поэтического вечера, пришедшегося на поздневесеннее полнолуние. Свечи освещали только стол, чтоб не соперничать с небесным сиянием, когда придет время открывать сёдзи в сад. На столе — письменные принадлежности, табак и трубки, а также сезонное угощение: рисовые пирожные, мармелад в виде цветков сакуры и яблони, кувшинчики и чашки для сакэ. Благовонные палочки источали тонкий, неназойливый аромат свежей травы. Из деревянной лаковой клеточки доносилось умиротворяющее пение сверчков.

Первым, ровно с наступлением Часа Собаки, прибыл неизменно пунктуальный Саяма, знаменитый врач по внутренним болезням. Он всегда ходил пешком, в сопровождении двух слуг: один нес фонарь, другой зонтик. Время дождей еще не наступило, но сенсей без зонта из дому никогда не выходил, он был человеком твердых привычек. Приношение к столу Саяма вручил сам: парчовый узелок, в нем стеклянная банка с чем-то бордовым.

— Это засахаренная клубника, называется «дзяму». Я ездил за ней в Ёкохаму. Там открылся «хотэру», гостиница для иностранных моряков, и при ней есть лавка. Столько всего интересного! Попробуйте, попробуйте!

Ему не терпелось угостить хозяев заморским деликатесом. Сенсей был знатоком голландских наук и любителем всего чужеземного, человеком экзотических суждений и, случалось, нес ужасную чушь. Например, всерьез утверждал, что у ёкохамских варваров тоже есть своя культура, а не только арсенал технических трюков. И все же Тацумаса относился к чудаку с почтением. Саяма был достойнейший человек, только немножко утомительный. В стихосложении он, увы, мало что смыслил, но считал себя выдающимся поэтом и не пропускал ни одного вечера рэнга.

Тацумаса обмакнул палочку в подозрительную липкую массу, гадливо облизнул. Вкус и цвет у пресловутого «дзяму» был ужасающий: будто муха нажралась сахара и ее потом вырвало кровью. А учтивая О-Судзу поела и похвалила. У доктора от удовольствия глаза под толстыми стеклами, и так огромные, выпучились еще больше.

Потом прибыла в паланкине госпожа Орин — как всегда, ярко, шумно и празднично, в сопровождении разноцветных фонариков, под звон дорожных колокольчиков. Несли ее не мужчины, а крепкие носильщицы в нарядных кимоно. Такое уж у этой гостьи было ремесло — восхищать и поражать. В дневное время за ее кортежем обычно следовали зеваки.

Орин-сан была самой знаменитой куртизанкой веселого квартала Ёсивара. За ночь с ней клиенты платили неслыханные деньги — по три рё, да она еще была и разборчива, принимала лишь тех, кто ей нравится.

Отношения со звездой «ивового мира» (так издавна называлось искусство покупной любви) у супругов тоже были давние. Несколько лет назад О-Судзу вдруг забеспокоилась, что их любовь стала чересчур пресной, и отправила мужа к прославленной мастерице за наукой. Тацумаса провел в гостях у Орин волшебную ночь, потом всё в подробностях пересказал жене, и после этого их любовная жизнь очень украсилась. Из благодарности О-Судзу пригласила куртизанку на поэтический вечер, и та сделалась постоянной гостьей.

Орин-сан была само очарование. С ее приходом гостиная будто озарилась радугой, наполнилась мелодичными звуками. Они изливались из куртизанки, будто из музыкальной шкатулки. Смеялась ли она, издавала ли восклицания или просто говорила — всё получалось диво, а когда в беседе возникала пауза, Орин подносила к губам маленькую флейту, всегда лежавшую в рукаве кимоно, и наигрывала что-нибудь короткое, прелестное.

Больше сегодня никого не ждали. Вечер рэнга, «цепляющихся строк», начался.

По правилам, установленным в Доме-под-березой, вначале хозяин наугад доставал листок из колоды карт «Сто стихов ста поэтов» и зачитывал первые три строки какого-нибудь классического танка. Второй участник заканчивал пятистишье, экспромтом меняя две последние строки. Третий отталкивался от этих двух строк, присоединяя к ним собственное трехстишье. Четвертый

прицеплял к трехстишью свои две строки. Так по кругу — три строки, две, три, две — и заплеталась рэнга, под неспешные разговоры, под сакэ, под любование луной.

На карте, которую вынул Тацумаса, оказалось стихотворение Фудзивары Асатады. Придворный кавалер, живший девять веков назад, оставил потомкам горькие строки:

Ах, если б в жизни
Ни с кем я не сближался,
Не ведать мне бы
Отвращенья ни к людям,
Ни к собственной персоне.

Тацумаса переписал три первые строки на бумагу своим превосходным, щегольским почерком, потом продекламировал вслух. Концовку, конечно, опустил, но ее и так все знали.

Саяме как гостю-мужчине надлежало сочинять первым. Он окунул кисточку в тушь, забормотал: «Не ведать мне бы, не ведать мне бы...» Помогая ему войти в поэтическое настроение, Орин заиграла на флейте «Ветер в тростниках».

— Вот, готово! — воскликнул сенсей. — Послушайте.

Ах, если б в жизни
Ни с кем я не сближался,
Не ведать мне бы
Зараз, что переносят
Брызги слюны больного.

— Западные медики установили, что зараза передается воздушно-капельным путем, — пояснил он и засмеялся, очень собой довольный.

Куртизанка шутливо стукнула его веером по запястью.

— Ара! Как вульгарно! Сиракаба-сама, спасайте стихотворение. Нужно что-нибудь возвышенное, весеннее!

Тацумаса поклонился, секунду подумал. Кисть размашисто прошлась сверху вниз.

...Зараз, что переносят
Брызги слюны больного
Страшусь я меньше,
Чем аромата азалий —
Он навевает...

Этот прием, очень удобный для следующего участника, назывался «стрела на тетиву»: бери и стреляй в любую мишень. Орин — теперь был ее черед — оценила галантность, с поклоном отложила флейту, картинно приподняла правый рукав, дав всем полюбоваться умопомрачительным запястьем. Без малейшего колебания написала:

Он навевает
Томленье о том, кого
Мне встретить не суждено...

О-Судзу — она сидела не за столом, а чуть в стороне, готовая подливать сакэ в опустевшую чашку, — восхищенно вздохнула. Профессия Орин придавала вроде бы банальным строкам тонкий и глубокий смысл, намекая на то, что куртизанка не просто торгует своими ласками, а находится в вечном поиске идеальной любви, найти которую уже не надеется.

— Теперь прошу вас, — попросила Орин хозяйку. — Сакэ мужчинам буду наливать я.

Та поотнекивалась, потом согласилась и тоже села к столу. Это был всегдашний ритуал.

О томлении О-Судзу написала вот что:

...Улетай прочь,
Как под ветром лепесток,
Вслед за юностью.

Это был намек на то, что Орин еще совсем молода, потому и томится несбывшимся. Куртизанка поняла и поблагодарила поклоном. Вдвоем, без мужчин с их грубым воображением, рэнга у них получилась бы много изысканней.

Доктор схватил листок.

— Моя очередь!

И запыхтел:

— Юность, что делать с юностью?.. «Которая...» Нет, «Которой не жаль. Потому что умный человек...» — Стал считать слоги: должно было получиться пять, потом семь, потом снова пять. — Нет. «Ибо умный человек...» Да, вот так. Каково, а? Послушайте!

...Которой не жаль,
Ибо умный человек
Ни о чем не жалеет.

— Будто молотком по наковальне. После такого и добавить нечего. Голландоведение не идет вам на пользу, — наморщила носик Орин. Она Саяму вечно поддразнивала, это всех веселило. — Господин Береза, выкручивайтесь. А я вам сыграю «Водовороты под луной». Кстати, не пора ли раздвинуть ширмы? Мне кажется, в саду уже светло.

Но сёдзи приоткрылись со стороны прихожей. В щель заглянул Данкити, который сегодня встречал гостей и заботился об их слугах. По лицу ученика Тацумаса понял: что-то произошло. Извинившись, он вышел.

— Учитель, сюда направляется паланкин Касидзавы! — зашептал Данкити. Его худое горбоносое лицо казалось застывшим. Парень он был нервный, очень старался себя сдерживать и в минуты волнения делался просто каменный. — Караульщик прикинулся, что на рогатке заело засов. Это их ненадолго задержит.

С Тораэмоном Касидзавой, советником его светлости Южного Губернатора, у мастера отношения были очень

непростые. Внезапное ночное появление человека, который столько лет мечтал упечь Тацумасу за решетку, было событием тревожным.

— Касидзава-доно со стражниками или только со слугами?

— Ребята про стражу ничего не говорили, — ответил Данкити, и Тацумаса немного успокоился.

— Пойди, помоги караульщику открыть запор. Неудобно заставлять такого человека ждать.

Фазаний квартал на ночь запирался с обеих сторон, а караульные были людьми преданными.

Но выполнять распоряжение ученику не пришлось. В калитку уже входил Касидзава. Когда требовалось, он обходился без церемоний: просто вылез из носилок и прошел двести шагов пешком.

— А-а, вы вышли меня встретить? — сказал он. Мрачное лицо чуть тронула усмешка. — Право, не стоило беспокоиться. Ничего что я без приглашения? Сегодня ведь можно? Мы старые знакомые, в небе полная луна, и я тоже люблю стихи.

— Сейчас время Северного управления, и у меня много свободного времени, — продолжил Касидзава, вынимая из-за пояса длинный меч и передавая его Данкити. С коротким мечом господин советник никогда не расставался. — Можно и отоспаться, и заняться любимыми досугами. Благодать!

Столичным городом Эдо управляли два губернатора-бугё, Южный и Северный, но свои полномочия они делили не по территории, а по времени. Месяц начальствовал один бугё, месяц — другой. Эта система позволяла избегать злоупотреблений, неизбежных при единоличной власти. Конечно, из-за этого вдвое увеличивался штат чиновников, но в городе жило множество самураев, которых нужно было занять работой.

Про Тораэмона Касидзаву, формально занимавшего скромную должность советника, все знали, что настоящим губернатором является он, а не его высокородный и праздный начальник.

Замечание о «любимых досугах» мастера насторожило. У них с Касидзавой шла давняя игра в кошки-мышки: один ловил, другой ускользал. Оба получали от этого сложного балета удовольствие, но для мышки он мог окончиться печальнее, чем для кошки. Правда, господин советник всегда играл по правилам, а это значило, что Тацумасу ему никогда не одолеть. Настоящий мастер не совершает ошибок.

И всё же Касидзава явился неспроста. За что-то уцепился? Неужто остался какой-то след после новогоднего визита в сокровищницу ссудного дома «Цуцуи»? Если и так, советник сразу не скажет — он человек хорошего воспитания.

Не стал торопить события и хозяин.

— А вот и «упавший с неба» гость, дорогой гость. Ты хорошо сделала, что приготовила для него место, — похвалил Тацумаса жену и представил советника другим гостям.

Оказалось, что Касидзава наслышан об обоих. Оно и неудивительно. Про господина советника говорили, что он знает каждого из миллиона двухсот тысяч эдосцев. Конечно, это преувеличение, но Касидзава знал всех, кого стоит знать. И знаменитый доктор, и прославленная куртизанка несомненно входили в эту категорию.

По правилам «упавший с неба», да еще явившийся с опозданием, в качестве штрафа должен был дописывать стихотворение без подготовки и не заглядывая в правую часть листка. Поэтому Орин, на сей раз обнажив оба белейших запястья, завернула край свитка и с поклоном подала его Касидзаве.

Отпив сакэ, господин советник одним глазом покосился на кривоватый почерк Саямы.

— «Умный человек ни о чем не жалеет?» Значит, я дурак. Только и делаю, что сокрушаюсь о своих ошибках. Позвольте-ка…

И вывел скользящей скорописью:

Кроме потерянного
На пустяки времени.

Тацумаса поймал быстрый взгляд жены. Взгляд означал: «У него срочное дело. Это не к добру». Поняла намек и Орин — это было частью ее искусства.

Она покачнулась, прикрыла лицо рукавом.

— Ах, у меня в последнее время такие тяжелые месячные! То мутит, то тошнит, то вдруг спазмы в голове. Очень стыдно портить праздник, но, боюсь, мне придется вас покинуть. Доктор, пожалуйста, отведите меня к паланкину. Я обопрусь на ваш локоть.

Тацумаса как хозяин тоже пошел провожать занемогшую гостью, встав с другой стороны и подставив не локоть, а плечо — он был мал ростом, ниже госпожи Орин.

Во дворе куртизанка, конечно, упросила сенсея отправиться к ней в особняк для врачебного осмотра. Сам доктор при его бестактности и любопытстве нипочем бы не ушел. Он попытался отговориться, сказавши, что судя по цвету ногтей, зубов и белков глаз почтенная госпожа пребывает в отменном здравии и проживет сто лет, но от Орин-сан отделаться было непросто.

В гостиную Тацумаса вернулся один и нашел там только господина советника. Деликатная О-Судзу под каким-то предлогом удалилась. Хозяин догадывался, куда — в соседнюю комнату, откуда будет отлично слышно каждое слово.

Разговор без церемоний

— Мне жаль, что я распугал ваших гостей, испортил поэтический вечер и все такое прочее, — сказал господин Касидзава. — Однако позвольте обойтись без длинных извинений и церемоний.

Ишь как ему не терпится, даже об учтивости забыл, подумал хозяин. Но так оно было и проще.

— Без церемоний так без церемоний, — молвил Тацумаса, не скрывая холодной ярости. — Я знаю, что вы желаете меня погубить, однако до сих пор держал вас за человека воспитанного. Если вам наконец удалось вооружиться против меня какими-то доказательствами, совершенно необязательно вторгаться в дом среди ночи, на глазах у жены и гостей. Вы могли бы прислать вызов, и я пришел бы сам.

Когда-то — оба в ту пору были много моложе — у них уже случился один такой «разговор без церемоний». Касидзава тогда попытался припереть мастера к стенке, потерпел сокрушительное фиаско и в сердцах пообещал положить жизнь, но разгромить школу Китодо, «Благородного воровства», а ее создателя выставить на позор перед всем светом и сгноить в тюрьме.

Теперь же господин советник выслушал упрек с удивленно приподнятыми бровями.

— Уверяю вас, вы заблуждаетесь. Мы так давно не беседовали по душам. Прежде я был неопытен и глуп. Когда

я лучше узнал жизнь, мои взгляды на общество переменились. Я вовсе не испытываю к вам ненависти и совершенно не желаю вашей гибели. Даже странно, что вы этого не чувствуете по моему поведению. Конечно, я не спущу вам небрежности или ошибки — это мой долг. Но разве эта опасность не понуждает вас постоянно оттачивать свое искусство? Затем и волк в лесу, чтоб олень не толстел.

— Прошу вас, продолжайте, — сказал Тацумаса, когда собеседник сделал паузу. — Как именно переменились ваши взгляды? И когда?

— Это произошло восемь лет назад, в шестой год эры Каэй, когда в наш мир вторглись «черные корабли». Грубая, чужая сила, против которой не было защиты, под дулами своих огромных пушек заставила нас открыть страну Хаосу. Вот кто настоящий враг японской гармонии Ва — прилетевший издалека заморский Дракон, а вовсе не ваш тактичный Тацу, который обкрадывает лишь тех, кого грех не обокрасть.

Господин советник улыбнулся, обнажив острые зубы. Он намекал на то, что герб мастера Китодо — иероглиф «дракон», «тацу».

— Как это называется в вашей доктрине? «Три канона и одно правило»?

— «Три правила и один канон», — поправил хозяин. — «Не красть у своих; не красть у хороших людей; не красть у тех, у кого и так мало» — это три правила. А канон: «Кто верит в Будду, ни у кого не отнимает жизни»...

Тацумаса задумчиво смотрел на самурая. А ведь действительно — в последние годы от господина Касидзавы не было особенной докуки.

— Значит, вы сегодня пожаловали не из-за новогоднего происшествия в ссудном доме «Цуцуи»?

Советник рассмеялся.

— Мы, конечно, нашли в пустом хранилище ваш автограф, но никаких следов не обнаружили. Изящная работа! Честно говоря, так им, ростовщикам, и надо — они дерут грабительскую мзду. Сколько вы с них взяли за возврат украденного? Спрашиваю сугубо из любопытства.

— Как обычно, четверть, — поколебавшись, ответил Тацумаса. — Кроме того они пообещали брать вдвое меньший процент с вдов.

— И половину добычи вы, как водится, раздали беднякам? Это ваше обыкновение поначалу ставило меня в тупик. Потом я понял: вы делаете это, потому что ваша лучшая защита — любовь простонародья. Никто никогда не выдаст властям благородного вора Тацумасу, и все считают за честь ему помогать. Хитро!

За бумажной стенкой скрипнула циновка. Это возмущенно шевельнулась подслушивающая О-Судзу. Она-то знала, что муж помогает обездоленным не из хитрости, а следуя духу Китодо. Но что взять с чиновника? Ворона все оценивает по-вороньи.

— А еще я пришел к убеждению, — посерьезнел господин Касидзава, — что не всякое нарушение существующих законов — Зло. Не давать полю зарасти сорняками, как это делаете вы, даже полезно. Нет, уважаемый сенсей, вы мне не враг. Мой враг — истинное Зло. Вроде банды подлого негодяя Кровавой Макаки. Но ведь вы тоже с ним воюете?

— Да, мы с господином Тадаки не любим друг друга, — сдержанно ответил Тацумаса, ибо говорить грубое про человека, которого удостаиваешь вражды, — себя не уважать.

— Отчего же вы упорно отказываетесь мне помочь в его поимке?

— Я вор, а не доносчик.

«И со своими врагами разбираюсь сам», — мысленно добавил мастер.

— Ну, дело ваше, — вздохнул Касидзава. — Меня сейчас больше занимает борьба не со Злом, а с Хаосом. Он много опасней. Вы не возражаете, если я немного пофилософствую?

— Сделайте милость.

Господин советник затянулся трубкой, щурясь на огонек свечи.

— Наши предки большими жертвами, огромным трудом, кровью и пóтом установили в стране Ямато почти идеальный Порядок. Мы живем по установленным правилам, разумным и удобным. Мы заботливо пестуем культуру, искусства и ремесла. Всё у нас логично, всё осмысленно. Дух нации обитает в императорском Киото, разум нации — в сёгунском Эдо. Тело нации — самурайские княжества, их двести с лишним, как больших и маленьких костей в человеческом скелете. Конечно, Япония не рай, но это наш дом, наша крепость. Мудрые предки затворили ее от внешнего мира, чтобы он не мешал жить, как нам нравится. Мы — архипелаг, со всех сторон окруженный океаном. Имя океану — Хаос. Он насылает на нас тайфуны и цунами. На эти нежданности мы отвечаем тем, что стараемся сделать наше существование сколь возможно более предсказуемым. Мы не меняемся, мы всегда те же. Мы живем так уже десять поколений. По переписям видно, что за два века не изменилась даже численность нашего населения — это всё те же двадцать миллионов человек. И каждый знает свое место, свои обязанности. Каждый находится под присмотром и под защитой. Иногда рождаются люди, не желающие подчиняться существующим законам, но и они не могут жить без правил — изобретают собственные, тем самым лишь разнообразя общую гармонию...

Он выразительно посмотрел на Тацумасу. Тот признательно склонил голову.

— Но вот Хаос-Океан дунул ветром, который надорвал наши хрупкие сёдзи. Пока мы лелеяли нашу стабильность, внешний мир не стоял на месте. Он воевал, корчился, грыз сам себя — и в этих судорогах развивался. Он отрастил себе стальные клыки и огненные зубы. Мы были вынуждены открыть наши порты для иностранных варваров — иначе они поступили бы с нами, как с Китаем. Но значит ли это, что Хаос победит?

Тацумаса молчал. Пусть господин советник ответит сам — тогда станет ясно, к чему он клонит.

— Нет. Победим мы. Потому что настоящая сила не в пушках и паровых машинах, а в культуре, дисциплине, крепости духа. В готовности пожертвовать жизнью ради чего-то большего, чем твоя жизнь. По этим качествам мы определенно превосходим и нахрапистых американдзинов, и хозяев моря игирисудзинов, и «красных айну» из страны Оросия. Чтобы одолеть их, нам не хватает только одного: изучить их повадки, выведать их секреты, понять устройство их ума, разобраться в их хитрых изобретениях.

Теперь Мастер начинал догадываться о цели ночного визита. И господин Касидзава тут же подтвердил верность предположения.

— Помните, как во время второго пришествия «черных кораблей» я от имени правительства попросил вас исполнить патриотическое поручение?

Ах вот оно что, кивнул сам себе Тацумаса.

Тогда, в седьмом году эры Каэй, шесть с половиной лет назад, он должен был пробраться на главное судно варваров и выкрасть их загадочный кэндзю, позволяющий произвести несколько выстрелов подряд. Задание было благополучно исполнено. Умельцы из сёгунского арсенала разобрали железное оружие с круглым барабаном на части и научились делать точь-в-точь такие же. Правда, вскоре самурай-заговорщик застрелил из подобной штуки его высокопревосходительство господина премьер-министра, но это уже не вина мастера Тацумасы.

— После того случая я стал считаться у вашего начальства специалистом по обкрадыванию варваров? Вы хотите, чтобы я опять у них что-то спер? — кисло спросил Тацумаса.

Он нарочно употребил вульгарное слово, потому что такого рода операции не достойны называться благородным термином «кража». И недовольно прибавил:

— Иностранцы теперь живут на берегу, обворовать их нетрудно. С этим могут справиться даже ваши шпионы.

— Нет. Красть ничего не нужно. Во-первых, воровство на японской земле было бы позором для отечества. А во-вторых… — Советник заколебался. — Тут всё гораздо сложнее. Мы сами не знаем, как подступиться к этой задаче. Давайте я ее опишу. Может быть, вы что-нибудь придумаете.

Он рассказал, что правительство ведет долгие и трудные переговоры с посланником страны Игирису о будущих торгово-таможенных отношениях. От условий этого соглашения зависит очень многое. Но никто не знает, чего можно добиться от варваров, а чего нельзя, какие требования будут достижимыми, а какие невыполнимыми. И так по десяткам, по сотням пунктов. Существует две опасности: либо завысить свои притязания — и остаться ни с чем, либо занизить их — и нанести казне убыток.

Посланник Ору-Коку действует не по собственному разумению. Лазутчики разузнали, что у него имеется подробный документ от правительства, где на многих страницах расписано, чем и до какой степени можно поступиться. Эта заветная грамота называется «Инсу-тора-кусён» (Касидзава прочел трудное слово по бумажке). Если добыть и перевести секретный документ, Япония не совершит ошибок и добьется предельно возможных выгод. Но как выглядит «Инсу-тора-кусён» и где он находится, неизвестно. Временная резиденция посланника Ору-Коку расположена в бывшем храме Тодзэндзи. Прислуга перерыла там всё — тщетно. Тогда Касидзава нанял тайную секту «крадущихся», но и они ничего не нашли…

— Эти умеют находить черную кошку в темной комнате, только когда она там есть, — не удержался от комментария Тацумаса. Его всегда раздражал всеобщий пиетет перед ниндзя. — Крадущиеся хорошо крадутся, но плохо думают. Ору-Коку не такой дурак, чтобы держать секретный документ там, где до него могут добраться ваши люди. Этот «Инсу» наверняка хранится на корабле.

— Очевидно, так и есть. — Советник нахмурился. — Перед очередной встречей с нашими представителями посланник обязательно наведывается в Ёкохаму и проводит некоторое время на пароходе, который доставил из страны Игирису подарки для его величества, а вместе с ними «Инсу-тора-кусён». У вас получилось проникнуть на варварский корабль тогда, получится и теперь.

— Нет, — сразу сказал Тацумаса. — Не получится. Пробраться на корабль я, конечно, смогу, но это ничего не даст. Я не знаю языка страны Игирису. Как я пойму, что именно нужно взять? Вы ведь и сами не представляете, как выглядит «Инсу». Да и нельзя его красть — посланник догадается, чьих это рук дело, и прервет переговоры. Выйдет еще хуже, чем при невыгодном соглашении.

— Вы правы, вы полностью правы, — поник головой Касидзава. — Неужели нельзя ничего сделать? Если уж глава Китодо бессилен…

— Посидите молча, — тихо попросил Тацумаса, и советник затих.

Боясь пошевелиться, он смотрел, как мастер погружается в медитацию. Глаза благородного вора полузакрылись, руки легли на колени ладонями кверху, на устах появилась расслабленная улыбка. Дыхание стало глубоким и ровным, изо рта свесилась нитка слюны. Длилось это не больше минуты. Потом Тацумаса моргнул, вытер губы, тряхнул головой. И сказал неожиданное:

— Купеческий дом «Митомо» закончил строительство новой конторы около моста Рёгоку.

— Ну и что? — опешил советник.

— Это необычный дом. В нем вместо раздвижных перегородок повсюду сплошные стены. А одна из комнат, предназначенная для хранения денег и ценностей, вообще каменная, с железной дверью.

— Да, я слышал об этом. Дом «Митомо» подал его величеству сёгуну прошение о создании первого в Японии *банку* — это такая компания, торгующая не товарами, а деньгами. Никто не знает, разрешать столь диковинное предприятие или нет. Вопрос обсуждается на совете старейшин.

— Так предложите посланнику пожить в этом чудесном доме, пока он пустует. Полагаю, «Митомо» на это согласится, если вы их попросите. Игирисудзины тоже будут рады обитать среди твердых стен, они ведь не понимают красоту хрупкости.

— А... зачем это?

— Когда посланник обзаведется надежным хранилищем с каменными стенами и железной дверью, ему не

придется каждый раз совершать утомительные поездки в Ёкохаму. Тайная тетрадь будет в полной безопасности.

— Но нам не нужно, чтобы она была в полной безопасности! Я слышал, что железная дверь там непростая, а с секретным кодом. Даже вы ее не откроете!

Ничего объяснять Тацумаса не собирался.

— Сделайте, как я сказал. Поселите черную кошку в темной комнате. И сообщите мне, перестанет ли после этого Ору-Коку ездить в Ёкохаму.

Мастер мечтательно улыбнулся. Он предвкушал зарождение новой легенды. Когда-нибудь в будущем — ведь рано или поздно все тайное становится явным — напишут пьесу кабуки «Березовый Тацумаса и секретная книга варваров».

Березовый Тацумаса и секретная книга варваров

Всё так и вышло.

Компания «Митомо» с радостью оказала правительству услугу, надеясь получить в награду лицензию на открытие своего странного предприятия. Игирисудзины, осмотрев предложенную резиденцию, пришли в восторг и не только переехали туда, но перевезли с корабля драгоценные подарки для вручения сёгуну в день подписания договора. Самое же главное — посланник перестал таскаться в Ёкохаму. Теперь «Инсутора-кусён» хранился в каменной комнате. Попасть в нее можно было только через спальню Ору-Коку, секретный код от железной двери знал он один.

Получив от господина советника все эти сведения, Тацумаса произвел необходимую подготовку и назначил операцию на ближайший день «тайан», благоприятный для важных предприятий. Вернее, на ближайшую благоприятную ночь.

Мастера провожали торжественно. Супруга пропела: «Иттэ ирасся-а-ай!», «Счастливого вам пути-и-и!». На улице чинной шеренгой выстроились ученики в парадных кимоно черного цвета с гербом дракона, который, как из-

вестно, олицетворяет мудрость и благородство. Они разом склонились, Тацумаса кивнул в ответ, сел в паланкин, украшенный тем же иероглифом, и отправился в недальний путь. Рядом гордо шагал Данкити. Впереди и сзади шествовали четверо старших учеников, у каждого в высоко поднятой руке бумажный фонарь. Редкие прохожие, если это были настоящие эдосцы, сразу понимали: благородный вор следует на дело — и тоже кланялись.

Очень скоро, минут через десять, Тацумаса был уже в речной гостинице, где берут лодки для ночного катания с гейшами. Хозяйка подала высокому гостю его любимый чай «нефритовая роса», чтобы скрасить ожидание, но долго ждать не пришлось. Двое специально приглашенных ассистентов, доктор Саяма и господин Отоя-но Санситиро прибыли пунктуально и почти одновременно. Тацумаса представил их друг другу, угостил теплым сакэ. Сам он перед операцией вина не пил, но этим двоим сакэ пойдет на пользу — они выглядели чересчур взволнованными. Санситиро беспокоился, понравится ли его работа мастеру Китодо, а врачу не терпелось собственными глазами увидеть заморские чудеса. Он проштудировал весь список дипломатических подарков и прямо трясся от возбуждения, так ему хотелось все их потрогать.

Разговор, однако, был учтивый — о том, что «сливовые» дожди в этом году припозднились.

В конце концов Тацумаса спросил, заказать ли еще кувшин сакэ или, может быть, уже пора? Двое остальных сразу вскочили.

Санситиро был старшим мастером одной из лучших столичных строительных компаний «Отоя». С Тацумасой они были старинными знакомцами. Такие друзья у благородного вора имелись во всех больших строительных и доморемонтных предприятиях. Этим и объяснялась тайна, над которой столько лет тщетно ломал голову бедный господин Касидзава: как удается Тацумасе проникать в любые дома, склады и хранилища без взлома?

А очень просто. Всякое строение, откуда можно украсть нечто ценное — будь то дворец даймё, магазин или купеческий особняк, — по меньшей мере раз в пятнадцать лет капитально ремонтируется или перестраивается. Ведь почти все дома в городе из дерева и бумаги. Материал это недолговечный, а еще бывают землетрясения и сильные тайфуны. Не говоря уж о том, что в Эдо все время ведется новое строительство. Состоятельные клиенты, разумеется, обращаются в самые солидные компании, а там, на ключевой должности, обязательно состоит какой-нибудь приятель или должник великого Тацумасы. Полезный человек позаботится о том, чтобы подготовить мастеру Китодо какую-нибудь лазейку для будущей оказии. В особой книжице у благородного вора были записаны сотни домов, куда он легко мог попасть без приглашения.

Тацумаса предложил разместить варвара в новом доме компании «Митомо», потому что строительством ведал его друг Санситиро. Он, конечно же, устроил тайный ход

в неприступную комнату с ее хитрой дверью. Не то чтоб Тацумаса планировал в скором времени грабить почтенное предприятие, но вдруг в будущем «Митомо» поведет себя плохо и тем самым выйдет из-под ограничения правила номер два, запрещающего красть у хороших людей?

От речной гостиницы до моста Рёгоку было рукой подать. Все трое спустились в сухой ров, окружавший временную резиденцию игирисудзинов. Из вежливости Санситиро пожелал лично сопроводить заказчика до места, хотя практической нужды в том не было. Из своей превосходной книжицы Тацумаса и так знал, где находится лаз.

Он и Данкити скинули верхнюю одежду, передали ее старшим ученикам, оставшись в облегающих рабочих костюмах. Снял свое кимоно и доктор. Он был в широких штанах-хакама и иностранной рубахе со смешным воротничком и рукавами дудочкой. Она называлась «сяцу».

Санситиро нажал ногой замаскированный рычаг — сдвинулся фальшивый облицовочный камень. Открылась черная дыра.

— Прошу извинить, что труба такая тесная, но это всё, что я мог сделать, — скромно молвил строитель, гордый своей работой.

— Ничего, я и сам невелик, — ответил Тацумаса. — Эй, Данкити!

Ученик на четвереньках полез первым, светя перед собой лампой. На спине у него был мешок со всем необходимым. Вторым, налегке, проник в трубу учитель. Сзади кряхтел неуклюжий толстый доктор. Ему было трудно, но он не жаловался. Не застрял бы, немного забеспокоился Тацумаса и пожалел, что не запустил сенсея вторым — тогда можно было бы подпихивать его в ягодицы.

Но ничего, обошлось.

Через некоторое время ход уперся в стенку. Теперь нужно было подниматься вверх. Славный Санситиро предусмотрел для этого удобную лесенку из железных скоб.

Над головой у Тацумасы размеренно двигались тапочки с бесшумными кожаными подошвами — это поднимался Данкити. Вот что-то заскрежетало, потянуло сквозняком. Должно быть, ученик открыл потайной люк в полу хранилища.

Тацумаса остановился, чтобы подождать доктора, которому подъем давался с трудом. Торопиться было незачем, пускай Данкити всё там наверху приготовит.

Когда мастер вылез из дыры, таща за подмышки потного сенсея Саяму, в помещении было уже светло. Расторопный ученик достал из мешка дополнительные бумажные фонари, раскрыл их, зажег и расставил по четырем углам.

— Та-ак, что тут у нас? — пробормотал Тацумаса, оглядываясь.

Вон железная дверь, ведущая в спальню посланника. Повсюду ящики, сундуки, коробки, какие-то непонятные предметы на полках. Ага! Столик на несуразно длинных ножках, на нем стеклянная лампа, рядом дурацкое варварское сиденье, с которого очень легко свалиться (называется «стул»). И на столике две толстые книжки в кожаных переплетах.

— Прошу вас, взгляните, что это. Данкити, посвети сенсею.

Саяма поправил очки, бережно взял первый том.

— Я предупреждал, что знаю только голландский, а с языком игирисудзинов не знаком, — предупредил он.

— Это дикое наречие во всем губернаторском управлении знает только один человек. Не мог же я взять с собой на дело чиновника, чтобы власти узнали все мои секреты? Очень прошу вас, сенсей. Постарайтесь. Вы ведь умеете разбирать их катакану.

— Да, азбука у них у всех одинаковая. — Пошевелив толстыми губами, Саяма прочел: — «*Диари*». Понятия не имею, что это значит. — Полистал. — Судя по тому, что всюду стоят даты, это дневник. Ах, вот почитать бы!

Тацумаса отобрал первую книжку, дал вторую.

— А это что?

— ...Полагаю то, что вам нужно. На первой странице (у них читают слева направо) написано «Instruction». Несомненно это то же, что по-голландски называется Instruc-

tive, сиречь «подробное наставление». — Пошуршал страницами. — Сколько я могу судить, здесь длинный перечень товаров, цифры, множество всяких пунктов и подпунктов.

— Отлично. Данкити, давай!

Мастер сел на пол и, обмахиваясь веером, стал смотреть, как ученик исполняет тонкую работу: достает из мешка свиток бумаги, пропитанной особым раствором, и прикладывает ее к секретной книжке, страничка за страничкой. Такая бумага, называемая «обмокательной», чуть-чуть растворяет засохшие чернила, тушь или краску, делая точную копию текста или изображения. Свиток постепенно покрывался варварскими каракулями.

Убедившись, что Данкити всё делает правильно, мастер встал и присоединился к доктору, который жадно разглядывал иностранные дары.

— Смотрите, смотрите! — азартно говорил он. — Вот она, новейшая фотографическая камера, которую посланник собирается преподнести его величеству! Как она прекрасна! Вы ведь слышали про сясиндзюцу, механическое воспроизведение действительности?

Тацумаса пожал плечами. Он не очень жаловал новое. Зачем оно, если и в старом столько пространства для усовершенствований?

— Ах, это ружье с винтовой нарезкой внутри ствола. Оно может поражать цель на тысячу шагов! А это что? О-о-о!

Вытащил из коробки какую-то трубу.

— Прошу вас, сенсей, ничего не трогайте, — попросил Тацумаса. — Мы не должны оставить следов нашего присутствия. Это тоже какое-нибудь оружие?

— Нет, — благоговейно прошептал Саяма. — Это «тэрэскопу». Устройство, чтобы смотреть в ночное небо. В трубу его видно, как на ладони!

— А зачем? Разве звезды и луна красивее вблизи, чем издали!

— Да ну вас! — отмахнулся невежливый сенсей. Он заглядывал в следующую коробку. Простонал: — А-а-а! Это же «микуроскопу»! Я всегда о нем мечтал! Можно я подержу его в руках?

— Нельзя.

Тацумаса с недоумением разглядывал безобразный сервиз: чашки и маленькие плоские тарелочки, совершенно одинаковые (какое отсутствие фантазии!). Они были из белого металла — должно быть серебра, только тускловатого. Рядом стопкой лежали бруски того же материала.

— А это что за дрянь?

Доктор благоговейно погладил брусок.

— Вы ничего не понимаете. Это совершенно новый металл «арю-мини-уму». Рукотворный! Он очень легок, прочен и пластичен! Изготавливать его очень дорого и сложно, рецепт содержится в тайне! Арю-мини-уму бесценен! Он намного дороже золота и даже платины!

— А, да. Я читал в протоколе, который прислал Касидзава, что торговый представитель варваров будет рассказывать про это его величеству. Как будто мало уже существующих металлов…

Сенсей не слушал. Он схватил большую книгу с множеством картинок.

— О-о, альбом с изображениями всемирной выставки, которая состоялась в их столице Рондон! Взгляните, это знаменитый Хрустальный Дворец! Он построен из стекла и железа! Какое чудо!

— Положите на место. У вас потные руки. Останется след. Данкити, долго еще?

— Скоро закончу, учитель.

— Сюда, сюда! — махал рукой Саяма, присев на корточки над какой-то диковинной композицией из разноцветных коробочек и решетчатых полосок, разложенных по полу. — Смотрите, макет «тэцудо», железной дороги! Вот это машина, которую двигает пар. Она тащит за собой вереницу повозок! Я читал, что торговый представитель Дзэ-Фэру-Сон будет предлагать его величеству построить у нас в Японии такую дорогу. Представляете?

Всё это очень умно и хитро, подумал Тацумаса. С одной стороны, варвары преподнесут подарки правителю другой страны — обычная в дипломатии вещь. Но дарят они не бессмысленные драгоценности, а образцы своих товаров. И подобраны эти вещи с явным расчетом на то, что его величество сёгун Иэмоти, пятнадцатилетний юноша, живо заинтересуется новинками. Касидзава рассказывал, что купец Дзэ-Фэру-Сон имеет от правительства лицензию на торговлю с Японией. Работая на свою державу, он работает и на собственную прибыль. Чему у варваров можно было бы поучиться — предприимчивости. К сожалению, это качество плохо сочетается с нравственностью и твердыми жизненными правилами. Суетливая изобретательность подрывает традиции.

От рассуждений мастера отвлек Данкити. Он закончил копировать документ и теперь тоже пялился на чужеземные сокровища.

— Учитель, ведь варвары — это зло? — спросил ученик. — Значит, они плохие люди. Тогда почему бы нам их не обокрасть? Тут не будет противоречия ни одному из правил Китодо.

— Потому что это подорвет престиж Японии, — нахмурившись, ответил мастер. — Странно, что тебе нужно объяснять подобные вещи.

Но молодого невежду поддержал почтенный доктор.

— Давайте возьмем хотя бы микроскоп! — взмолился он. — Он так необходим для моих изысканий! Я буду вашим погробным должником!

— Я попрошу господина Касидзаву, чтобы потом, когда его величество наиграется в эту игрушку, ее отдали вам в награду за вашу бесценную помощь, — пообещал Тацумаса. — Мы уйдем, ничего здесь не тронув.

— Как уйдем?! — возмутился Саяма. — А кто обещал мне экскурсию?

— Экскурсия будет. Данкити, бери свиток и ступай к остальным. Ждите нас. Мы с сенсеем немного прогуляемся.

Железная дверь была заперта на хитрый замок, и снаружи догадаться о сочетании цифр было невозможно,

но строитель Санситиро сказал, что изнутри механизм открывается особым рычажком — на случай, если человек по неосторожности сам себя запер.

Тяжелая створка распахнулась с довольно громким лязгом, но можно было не опасаться, что в доме кто-то проснется. Одна из служанок, работавшая на господина Касидзаву, вечером повсюду заменила обычные свечи на сонные. Надышавшись дурманного воздуха, варвары дрыхли так, что их не разбудил бы и бог грома Райдзин.

По правде говоря, мастеру и самому было любопытно посмотреть на чужестранцев и их жилище.

Посланник Ору-Коку похрапывал, лежа на деревянном помосте со столбами. На голове у него был колпак, в стакане с водой стояли зубы — ужасное зрелище. Тацумаса и не предполагал, что у варваров они съемные.

Доктор с любопытством пощупал спящему пульс, приоткрыл веко, потер мочку уха, пощупал под одеялом.

— Немолод, но крепок. Проживет еще лет тридцать или сорок. Что вы пялитесь на стакан? Это протез. Почти у всех европейцев к пятидесяти годам вываливаются зубы, потому что они не едят водорослей, одно только мясо.

Как можно спать на такой мягкой, будто болотная трясина, подушке, недоумевал Тацумаса, потрогав постель. Можно себе представить, какие вязкие сны от этого снятся. Сам он, ложась, клал голову на скамеечку из благородной криптомерии, и сны ему снились очень красивые.

На полу стояла обувь — два грубых кожаных башмака. Должно быть, ходить в них пытка.

— Жаль, что в доме нет бледнокожих женщин, — посетовал врач. — Мне бы очень хотелось рассмотреть и потрогать их тело.

— Давайте сходим посмотрим на торгового представителя, — с некоторым смущением произнес Тацумаса. — Мне говорили, что этот Дзэ-Фэру-Сон зарос настоящими красными волосами. Я много о них слышал, но никогда не видел. Его дверь вторая по коридору.

Саяма снисходительно объяснил:

— Ничего особенного, просто такая пигментация волосяного покрова. Признак вырождения их расы.

Они разговаривали вполголоса, но не из опаски, а из вежливости. Нехорошо шуметь, когда спят люди, хоть бы даже и варвары.

В комнате торгового представителя было интереснее, чем в спальне посланника. Здесь всюду лежали образцы разных товаров, и доктор их с любопытством разглядывал, цокал языком. А Тацумаса поднес фонарь к самому лицу игирисудзина. Осторожно потрогал поросль на лице. Все-таки она была не красная, а рыжая — как у лисицы. Еще варвар походил на орангутанга, которого благородный вор видел когда-то в сёгунском зверинце.

Маленький клочок диковинных волос Тацумаса срезал и завернул в бумажку — чтобы потом показать жене. Это был единственный трофей, вынесенный мастером Китодо из обиталища варваров. Доктор тоже захотел взять себе локон — для изучения. Пускай. Нужна же и ему какая-то награда за помощь.

На прощанье он нацарапал на полу каменной комнаты иероглиф «дракон». Варвары его не заметят или примут за бессмысленную закорючку, но традиция есть традиция.

— Чем я могу вас отблагодарить? — спросил Касидзава.

Он вернулся из дворца очень довольным. Должно быть, его похвалило, а то и наградило высокое начальство. Повышения Касидзава никогда не получит, потому что родом он всего лишь гокэнин. Так всегда и останется тенью никчемного господина губернатора, но это в порядке вещей. Мудрость японского мироустройства в многослойности власти. Выше всех бог-император, но настоящий правитель страны — сёгун, а на самом деле даже не он, а премьер-министр. Если же вникнуть, то окажется, что решения принимает помощник премьер-министра, который, в свою очередь, прислушивается к мнению своего вассала-секретаря с годовым жалованьем в каких-нибудь пятьдесят коку. Поэтому японское государство незыблемо и несокрушимо. Можно повредить его оболочку, но не сердцевину.

Учтивость предписывала поотнекиваться, сказать, что возможность оказать услугу родине — само по себе награда, но Касидзава, пожалуй, мог принять это всерьез. Он считал, что оказывает благородному вору высокую честь, приобщив его к государственным заботам. Вроде умный человек, а все равно самурай.

— Освободите Ямабито, — сказал Тацумаса без обиняков.

— Кого?

— Человека-Гору. Ярмарочного силача, который устроил дебош в публичном доме.

— Того, что покалечил троих стражников, и один из них потом умер? Помню, я разбирал это дело. Освободить убийцу нельзя. Он поднял руку на представителей власти и за это будет распят.

— Освободите Ямабито, — повторил мастер, — и мы в расчете. Но если вы не хотите исполнить долг благодарности, ничего страшного. Я просто уйду.

Касидзава насупился. Пренебречь долгом благодарности он не мог, это было бы бесчестно.

— Больше всего на свете я не люблю непредсказуемости, а вы человек непредсказуемый, — проворчал господин советник. — На что вам этот увалень? Вы всегда ненавидели убийц и презирали болванов, а этот Ямабито и то, и другое. Бездарное, тупое животное. Кроме бычьей силы, ничего нет. Когда он выступал на соревнованиях по сумо, его легко выкидывали с площадки борцы вдвое меньше весом. Только и умеет, что на потеху зевакам поднимать вес в полсотни каммэ. — Касидзава вздохнул. — Ладно, вы не желаете мне помочь в поимке Кровавой Макаки — это я могу понять, у вас свой кодекс. Но спасать от заслуженной кары арестованного убийцу?

— Во-первых, он не нарочно, просто не соразмерил силу. А во-вторых… — Тацумаса усмехнулся. — Ямабито мне нужен как раз для того, чтобы избавить вас от шайки господина Тадаки.

Касидзава подался вперед.

— В самом деле?!

— Да. Шайки «Обезьянья рука» больше не будет. И господину Эно не придется жертвовать своей жизнью.

От своего человечка в губернаторском управлении Тацумаса знал, что молодой ёрики по фамилии Эно, любимый ученик Касидзавы, поклялся зарубить Кровавую Макаку, а потом добровольно разрезать себе живот, ибо полицейский не должен преступать закон. Пылкий самурай заявил это спьяну, но похвальбу многие слышали, и теперь молодому человеку некуда деваться.

— К тому же, если Эно-сан зарубит господина Тадаки, проблемы это не решит, — вкрадчиво продолжил Тацумаса. — Место главаря сразу займет кто-нибудь из его подручных. Нет уж, позвольте я одолею злодея по своему разумению и по собственным правилам. Да так, что всей шайке наступит конец.

— Но чем вам поможет Человек-Гора?

Ответа на нескромный вопрос Касидзава не дождался. И уступил.

— Ладно. Раз это обещает сам великий Тацумаса… Я дам вам записку в тюрьму. Забирайте вашего кашалота, пусть живет. Начальник палачей все равно сомневается, выдержит ли деревянный крест такую тушу. Только учтите: по делу секретной книги варваров мы в расчете.

Но тут чело государственного человека омрачила новая мысль:

— Хотя, если вы избавите нас от Кровавой Макаки, я опять окажусь у вас в долгу…

Китодо и Акунин-сёки

Говоря о помощи в поимке Кровавой Макаки, советник Касидзава не просил выследить разбойничьего атамана. Сахэй Тадаки ни от кого не прятался. Весь Эдо знал, где его найти: или дома, или в веселых заведениях, где страшный человек слыл одним из самых щедрых клиентов.

«Кровавой Макакой» бандита называли только полицейские и чиновники. Горожане звали его «Саруxэй» и пугали им маленьких детей: не будешь слушаться — Сарухэй заберет. Обе клички — и очень грубая, и боязливая — возникли из-за того, что Тадаки был неразлучен с дрессированной макакой-сару. Шагает он по улице, окруженный телохранителями, а рядом с грозным акунином ковыляет или даже сидит у него на плече разряженная мартышка, строит потешные гримасы. Имя ее было Хання, она меняла наряды чаще, чем модная гейша. На месте преступления шайка непременно оставляла свой знак: кровавый отпечаток обезьяньей лапки — для пущей славы и пущего страха. Если кто-то что-то видел — пусть проглотит язык, зная, чьих это рук дело. Всем было известно, что за болтливость банда «Сару-но-тэ», «Обезьянья рука», убивает всю семью, до грудных младенцев. Если великого Тацумасу защищала от полиции любовь горожан, то великого Сарухэя чувство еще более сильное: страх.

ВЕЛИКИЙ ТАЦУМАСА

У идеально упорядоченного общества есть свои уязвимые места. Верней сказать, всякая сила одновременно является и слабостью. Во всем строго следовать закону прекрасно, но это значит, что без неопровержимых улик и свидетелей нельзя арестовать преступника, даже когда его виновность известна каждому. Вот почему пылкий ёрики Эно-сан, исчерпав иные средства, был готов пожертвовать жизнью, лишь бы покарать чудовищного злодея за его зверства.

Советник Касидзава нуждался в твердых доказательствах, которые позволили бы силам закона схватить Кровавую Макаку, — вот о какой помощи он просил.

Сахэй-Сарухэй очень докучал и Тацумасе, но как расквитаться с этим опасным врагом, не поступившись честью? Над этой задачкой прославленный мастер ломал голову не первый год.

Поразительно, но Тадаки был родом из хорошей самурайской семьи. В юности он совершил какой-то недостойный поступок — вероятно, сущую шалость по сравнению с будущими злодеяниями, ибо кару виновнику назначили благородную: сделать сэппуку. Однако приговоренный не пожелал разрезать себе живот и за это был с позором изгнан из клана. Нет на свете людей хуже, чем те, кто, будучи обучен морали, добровольно ее отвергают. Глубина их падения не ведает дна.

Начав с мелкого разбоя, ронин со временем собрал вокруг себя целую шайку таких же негодяев, и когда в мирную страну Ямато нагрянули черные корабли, для черных душ наступило золотое время. Спокойные воды замутились, на поверхность выкинуло много всякого мусора и дряни.

Наверху образовались две враждующие партии. Одна, сёгунская, прагматическая, считала, что у заморских варваров следует перенять их технические навыки. Другая, императорская, возвышенная, призывала сохранить чистоту священной Японии от чужеземной пакости. Поскольку Тадаки не мог примкнуть к правительственным силам, почитавшим его преступником, он заделался истовым патриотом. Его банда стала собирать с горожан взносы в некий фонд «Божественный Ветер», который-де поможет сдуть варваров обратно за океан. Деньги потекли рекой, и дела шайки быстро пошли в гору.

Сейчас, когда иностранцы устроили недалеко от столицы, в Ёкохаме, собственное поселение, многие торговцы стали отлично зарабатывать на поставках туда продовольствия и прочих товаров. Варвары ведь не знают, что почем, с них можно драть втридорога. Но промысел был рискованный. Патриотические ронины нападали на чужеземцев с мечами. Ёкохамские варвары без хорошей охраны не высовывали носа из своего сеттльмента, защищенного рвами и заставами. Подвергали себя опасности и торговцы, ехавшие туда с товарами. Однако все знали: если договориться с людьми Сарухэя, проблем не будет.

Ныне, в период своего богатства и могущества, банда «Обезьянья рука» превратилась в маленькое государство, устроенное по тому же принципу, что государство большое. Сарухэй требовал, чтобы подручные именовали его «сёгуном». При главаре существовал «синъэйтай», личная гвардия, состоявшая из близких помощников-«хатамото» и телохранителей-«гокэнинов». Их было немного, человек тридцать. Основная банда, несколько сотен головорезов, была разделена на полунезависимые «кланы», во главе каждого стоял свой «даймё». Некоторые из них ведали определенным видом деятельности — игорными домами, или борделями, или фальшивой монетой; другие орудовали на определенной территории. Половину своих прибылей кланы отдавали «сёгуну» — и

попробовали бы только не отдать: отборные бойцы «синъэйтая» живо вразумили бы мятежников. Кроме того, поддержка «сёгуна» была необходима каждому «даймё», когда тот затевал крупное дело, с которым не справился бы собственными силами.

Тацумаса, всегда справедливый к людям, даже если кого-то очень не любил, много раз говорил ученикам, что господин Тадаки — гений злодейства, настоящий масштабный акунин.

Врагами они стали не сразу — ведь делить им было нечего. Но однажды, несколько лет назад, Сарухэй явился к мастеру Китодо с почтительным визитом.

— Сиракаба-доно, — сказал гость после первого обмена вежливостями, — давайте соединим наши возможности и будем работать вместе. Мы станем настоящими хозяевами сначала этого города, а потом, быть может, и всей страны. При свете дня в ней будут править обычные сёгун с императором, а с приходом темноты — мы с вами. «Ночной император» Тацумаса, «ночной сёгун» Сахэй — каково?

И засмеялся. Чего-чего, а размаха Кровавой Макаке хватало.

К этому времени Тацумаса, конечно, уже испытывал к шайке «Обезьянья рука» глубочайшее отвращение, однако из учтивости выслушал предложение до конца.

— Вы знаете, как проникнуть в разные интересные места, ваши ловкие ученики подобны воде, просачивающейся в любые щели, — сыпал комплиментами Тадаки. — Если ваш человек откроет изнутри дверь моим людям, мы вынесем из купеческого дома или княжеского дворца всё, что там есть. Или, например, разнюхали вы нечто аппетитное — про перевозку ценного груза, про путь следования богатого каравана или еще про что-то — и сообщаете мне. Прибыль будем делить по-честному, пополам.

Он говорил долго. Тацумаса все время кивал, поддакивал «хай, хай» — в знак того, что ему всё понятно, но Сарухэй решил, что слушатель соглашается.

— Так по рукам? — сказал он в конце. — Выпьем церемониальную чарку для скрепления нашего великого союза. Предлагаю назвать его «Тацухэй» в ознаменование нашего единства и неразрывности. Видите, я готов поставить ваш иероглиф на первое место, вы ведь старше меня.

— При одном условии, — молвил Тацумаса, поблагодарив за оказанную честь. — Альянс будет существовать по принятым в нашей школе Трем Правилам и Одному Канону.

И объяснил, каковы эти принципы — на случай, если собеседник их не знал.

Сарухэй сначала решил, что это шутка.

— Грабить только плохих людей и никого не убивать? — засмеялся он. — Не знал, что вы такой весельчак!

Но хозяин не улыбнулся, и бандит понял, что это всерьез.

— Не беспокойтесь, — стал убеждать он. — Всю грязную работу будут исполнять мои люди. Свой канон о непролитии крови вы не нарушите. Что же касается плохих и хороших людей, то, как известно, любые оценки субъективны.

Чувствовалось, что Тадаки получил хорошее образование. Далее он произнес целую речь, украшая ее цитатами из китайской классики и употребляя всякие мудреные слова.

Он говорил, что уважаемый сенсей неверно трактует истинный смысл буддизма. Истинно Сущий не придает смерти никакого значения, иначе люди не дохли бы, как мухи, безо всякого смысла. Буддизм вообще *не про дру-*

гих людей, он всегда адресован тебе и только тебе, философствовал душегуб.

— Лично я придерживаюсь учения Акунин-сёки, «Спасения злодеев», — говорил Тадаки. — Будду по-настоящему занимают лишь акунины вроде меня, потому что мы сосредотачиваем в себе всё зло мира, а цель Будды — спасти Зло, обратив его в Добро. Обычные люди, эти безвольные лягушки, кровь которых всегда той же температуры, что болото, Будду не интересуют. Что за сложность их спасать? Благопришедшему это скучно. Иное дело я, Сахэй Тадаки. Будда шепчет в мое ухо: «Верь в Меня, молись Мне, и тем уже спасешься». И я слышу Его голос, я верю! А прочее — чепуха. Верно я говорю, Хання?

Он щелкнул по лбу свою обезьянку. В тот раз она была наряжена чужеземным матросом: в узкие полотняные штаны, полосатую *сяцу*, с круглой белой шапочкой на голове, шерсть на мордочке расчесана в стороны, как растительность у варваров. Мартышка молитвенно сложила ладошки и поклонилась.

В спор о тонкостях религии Тацумаса вдаваться не стал. Буддизм хорош тем, что в нем есть множество самых удивительных учений и школ. И этим же плох. Любой урод всегда найдет для себя что-нибудь подходящее.

— Есть еще одно обстоятельство, вызывающее у меня сомнения касательно нашего сотрудничества, — мягко сказал мастер. — Ваши люди. Про них рассказывают ужасные вещи. Такое ощущение, что у них совсем нет морали.

— Ни капельки, — подтвердил Сарухэй. — Так называемых порядочных людей в свою организацию я не беру. Предпочитаю иметь дело с законченными мерзавцами. Во-первых, они дееспособнее. Ставишь перед ними задачу — выполняют, не боясь замараться, и ни перед чем не останавливаются. Во-вторых, с ними проще. Всегда знаешь, чего от них ждать. Держи такого покрепче за нефритовые шарики, хорошо ему плати — и он твой со всеми потрохами. А человек порядочный ненадежен. В какой-то момент может оказаться, что некий дурацкий принцип для него важнее воли господина. И он подведет. Ну их к бесам, порядочных. Увидите, почтенный господин Сиракаба, две наши команды сойдутся, как белый Инь и черный Ян. Дополняя друг друга, мы будем несокрушимы. Соглашайтесь! Проси сенсея, Хання.

Макака отмочила штуку: опустилась на коленки и трижды ткнулась лбом в татами. Ее хозяин расхохотался.

Тацумаса тяжело вздохнул. Он очень не любил говорить людям в лицо неприятные вещи, но иногда просто не остается выбора.

— Сделайте милость, Тадаки-сан. — Голос мастера был негромок, но тверд. — Встаньте и уйдите, не допивая сакэ. Прошу прощения за невежливость, но я больше не могу смотреть на ваше некрасивое лицо. Боюсь, вырвет. У меня слабый желудок.

Сарухэй, конечно, обиделся — кажется, больше всего на «некрасивое лицо». И, конечно, захотел убить Тацумасу. Разбойник думал, это будет очень легко, потому что он пришел на встречу с четырьмя вооруженными до зубов «гвардейцами», а при Тацумасе находился только тихий старичок Иида со своим бамбуковым посохом, на который он опирался при ходьбе, будто его непрочно держали ноги. Но Иида-сенсей руководил школой Содзюцу и не имел себе равных в Искусстве Копья. Со своим посохом он управлялся лучше, чем вышивальщица с иголкой.

Господин Иида крепко побил и телохранителей «ночного сёгуна», и его самого, причем сломал господину Тадаки обе руки, так что великий и ужасный злодей потом несколько недель не мог справлять нужду без посторонней помощи. Этого унижения адепт Акунин-сёки мастеру Китодо не простил, и с тех пор между ними тянулась нескончаемая война. Жертвы в ней были несопоставимы. Люди Сарухэя в худшем случае получали тумаки или теряли лицо, попадая в позорные ситуации. Ученики Тацумасы, если они оказывались недостаточно ловки, платили за это жизнью. За минувшие годы погибли уже семеро, причем двое очень жестокой смертью. На самого Тацумасу было совершено несколько покушений — впрочем, весьма неуклюжих.

Эта-то опасность была нестрашная, даже полезная. Она помогала ученикам совершенствовать свое искусство и держала их в постоянной готовности к любым неожиданностям. Но в последнее время чертов Сарухэй изобрел новую тактику. Он перестал охотиться за людьми Тацумасы, застать которых врасплох было трудно. Мерзавец начал обрывать нити, связывавшие школу Китодо с городом, обрезать питавшие ее корни. Уже несколько десятков давних надежных партнеров, всегда помогавших Тацумасе — хозяева гостиниц и ресторанов, торговцы, лодочники, мамы-сан публичных домов, — с глубокими извинениями известили мастера, что больше не смогут поддерживать с ним отношений, ибо получили письмо от «Обезьяньей руки»: всякое сношение с Китодо будет караться жестокой смертью. После того, как вся семья одного непонятливого садовника, всего лишь поставлявшего в Дом-под-березой свежие цветы, была найдена зарезанной, никто уже не смел игнорировать такое предупреждение. Защитить всех было не под силу даже великому Тацумасе.

Кольцо блокады сужалось, начиная создавать серьезные неудобства. С «Обезьяньей рукой» пора было кончать.

Ах, как просто было бы это сделать, если б не Канон о неубийстве! Чик-чик, и нет ни Сарухэя, ни его «гвардии». Но это значило бы самому превратиться в Кровавую Макаку.

Тацумаса думал-думал и наконец придумал. Не зря его называли великим.

«Золотой Коку»

На одном страхе никакая власть долго держаться не может, даже самая жестокая. Для прочности ей требуется нечто большее — нечто бесплотное, поражающее умы. Что-то завораживающее. И Тадаки эту древнюю истину отлично знал, он ведь был гений злодейства.

Фокус, придуманный Сарухэем, был по-своему красив — у Зла тоже есть своя красота, притом могущественная.

Даже вдали от Эдо, где-нибудь в Осаке, да хоть бы и в Нагасаки, куда «Обезьянья рука» не дотягивалась и где никого запугать не могла, люди слышали о «Золотом Коку». Такого рода легенды распространяются широко и далёко, ибо их интересно передавать и слушать.

С блестящими глазами, с придыханием люди по всей Японии рассказывали, что в Эдо есть великий и неуловимый разбойник Сарухэй, у которого хранится огромный слиток чистого золота весом — вы не поверите — в целый коку! Это трудно вообразимое сокровище сплавлено из несметного количества награбленной звонкой монеты.

Да, Сарухэй умел владеть умами. Коку золота, годовой доход целого княжества, — это ведь не только огромный денежный капитал, это еще и миф, волшебный талисман, знаменующий несокрушимость преступной империи. Тадаки желал бы, чтобы его банду называли «Кинтикоку-гуми», «Шайкой золотого коку», но «Обезьянья рука» звучало лучше и легче произносилось, а над языком не властен даже самый грозный акунин.

Идея, пришедшая в голову Тацумасе, тоже была очень красива. Она соединяла выгоду и изящную простоту.

Если украсть «Золотой Коку», миф о великом Сарухэе лопнет. Рассыплется и всё его могущество. «Ночной сёгун» потеряет не только главное свое богатство — он лишится лица. Прежде всего в глазах собственных подручных. Ведь они подонки, не ведающие ни верности, ни долга. Ослабевшего и опозоренного главаря они раздерут на части, а потом перегрызутся между собой. Пачкать руки уничтожением врага Тацумасе не понадобится. Всё произойдет в полном соответствии с буддийской максимой «Аку ва аку-о куу» — «Одно зло пожирает другое». И потом господин советник Касидзава легко подметет осколки страшилища, развалившегося на куски.

Где хранится «Золотой Коку», было известно всем. Сарухэй не делал из этого тайны. Наоборот, он кичился тем, что не прячет свой гигантский слиток, ибо никого не боится. Время от времени избранным гостям дозволялось полюбоваться сияющим чудом, и те потом рассказывали об увиденном. Это лишь расцвечивало легенду.

Резиденция у «ночного сёгуна» была под стать репутации: торчащая из моря скала, похожая на драконий клык или, по мнению некоторых, на детородный орган. Дом назывался напыщенно: Мисаго-но-су, «Гнездо морского ястреба». Оно было подобно неприступному замку. Из воды наверх по отвесной стене не вскарабкаешься, да и не пристанешь — волны разобьют челнок о камни. Попасть на скалу можно было только по мостику. Берег был совсем рядом, в каких-то пятнадцати кэнах, но доступ на скалу очень хорошо охранялся. В караульне, как выяснил Тацумаса, всегда находились девять охранников, а по узенькой воздушной тропе мог пройти лишь один человек. Сколько бы врагов ни напало, их можно было убивать поочередно. Хотя кому взбредет в голову соваться в когти ястребу?

Бывавшие в «Гнезде» рассказывали, что «Золотой Коку» лежит в гостиной на самом видном месте — в почетной нише, под свитком с каллиграфическим девизом «Акунин-сёки». Сарухэй не опасался воров. И как бы они вынесли такую тяжесть? Чтоб поднять ее, требовалось четверо крепких мужчин, но по мостику им было не протиснуться. Слиток был изготовлен на скале, никогда ее не покидал, да и не мог покинуть.

Затем-то Тацумасе и понадобился человек-гора Ямабито. Четверо на мостик не пролезут, а ярмарочный силач, поднимающий груз в полсотни каммэ, — запросто.

Как и предупреждал господин советник, Ямабито оказался совсем прост рассудком, однако сердцем вовсе не злодей. Выпущенный из темницы, он поклонился спасителю в ноги и объявил густым басом, что его никчемная жизнь отныне целиком и полностью принадлежит сенсею.

Разве можно предавать казни человека, понимающего долг благодарности? Тацумаса был убежден, что казнить вообще никого нельзя, даже отъявленных мерзавцев — в конечном итоге они всегда карают себя сами, а коли нет, то их ждет очень неприятный сюрприз в следующем рождении.

Конечно, мастер проверил, правду ли говорят про силу богатыря: попросил его поднять мешок риса весом как раз в один коку. Ямабито покряхтел, но с заданием справился. «Золотой Коку» нести будет легче, ведь размером он должен быть совсем невелик.

Теперь оставалось дождаться удобного случая.

Случай представился, когда Сарухэй отбыл со всей своей «гвардией» в Нагано, чтобы перехватить в тамошних горах караван шелка. В усадьбе осталась только охрана «Золотого Коку» — восемь «гокэнинов» под началом «хатамото», кличка которого была Бисямон (в честь бога покровителя воинов). Главный попечитель сокровища никогда не отлучался со скалы. Его единственной миссией было оберегать «Золотой Коку». От спокойной жизни и безделья Бисямон очень растолстел. Поговаривали, что он при всем желании не поместился бы меж перил мостика.

Для операции «Золотой Коку» Тацумасе понадобились всего два помощника: Ямабито и мастер Рокусэн, глава фехтовальной школы Лунного Света. Рокусэн владел мечом не хуже, чем старый Иида копьем. К сожалению, последний уже отошел от дел и доживал свой век на покое, в горной обители.

Торжественных проводов Тацумаса затевать не стал — дело было деликатное, но позаботился о том, чтобы войти в подобающее настроение.

На прогулочной лодке, с комфортом, благородный вор спустился по реке Сумидагава в залив, потом закачался на плавных морских волнах. Была первая ночь припозднившихся «сливовых» дождей — прекрасная пора! По навесу суденышка уютно колотили капли, огромный город светился теплыми огоньками, по воде скользили многоцветные блики.

В прибрежной харчевне у мыса Фуцу мастер встретился со своими помощниками. Попили чаю, выкурили по трубке. Надели соломенные плащи, широкие шляпы, грязевую обувь. Предстояло пройти пешком пол-ри.

Впереди шли два сенсея, вели неторопливую беседу. Сзади шлепал по лужам великан.

Разговор у почтенных людей был увлекательный — о неоднозначности такого вроде бы очевидного качества, как глупость.

Повод дал Ямабито. Простаку стало скучно идти молча, и он принялся что-то рассказывать, не сообразив, что из-за дождя впереди идущим ничего не слышно. Рокусэн из вежливости полуобернулся, и Тацумаса обронил: «Незачем. Умный человек иногда может сказать глупость, но дурак никогда в жизни ничего умного не скажет». Мастер Кэндо оказался любителем поспорить. Он заступился за глупцов, заметив, что они по-своему хороши и имеют ряд преимуществ перед умниками.

— Каких это? — спросил Тацумаса, предчувствуя интересную полемику.

— Во-первых, поскольку у глупых людей не развито воображение и они плохо предвидят последствия поступков, среди них гораздо чаще встречаются храбрецы. А во-вторых, глупцы лучше умеют любить, да и самих их любить приятней, чем умных.

Оба тезиса Рокусэн развернул и обосновал, приведя примеры из своей жизни и из литературы. Он был настоящий философ, одно удовольствие послушать.

Через каждые сто шагов помигивали огоньки — это ученики Китодо обозначали дорогу, прикрывая бумажные фонари зонтами. Последним, уже у самого обрыва, ждал Данкити с тележкой для перевозки слитка.

Поклонившись, он попросил взять его с собой на это историческое дело, но Тацумаса с укоризной спросил:

— Разве ты забыл, чему я тебя учил? Всё, что сверх необходимого — лишнее. Жди здесь. Мы недолго.

Ах, как поэтично выглядел вход в Гнездо Морского Ястреба ночью, под звонким летним дождем! Длинный, блестящий мокрым деревом путь в черное Никуда, а внизу белые клочья прибоя, рокотание волн. Пожалуй, ни одна операция Тацумасы не имела столь утонченного антуража. Благородный вор с грустью подумал: такого совершенства, такого идеального сочетания красоты и размаха, мне, пожалуй, уже не превзойти. Да и какой смысл красть, если будешь иметь столько золота? Его за всю жизнь не истратишь. Быть может, уйти из большого Кито, посвятить остаток дней семье, воспитанию сына?

«А как же я? — спросило чувство долга. — Как же ученики?»

Мастер вздохнул, оставив решение на потом. Наступил момент, когда все посторонние мысли следовало удалить. Рокусэн уже скинул плащ и шагнул на доски. Он двигался танцующим шагом, не касаясь перил. В руке небрежно покачивался бокуто, деревянный тренировочный меч. У великого фехтовальщика было превосходное зрение, он видел в темноте, как кошка. А Тацумаса шел

очень осторожно, не отпуская бамбуковый поручень. Было жутковато. Ямабито, чей черед наступит еще нескоро, топал сзади своими слоновьими ножищами. Настил скрипел и подрагивал, но, кажется, был прочен. Выдерживает же он Сарухэя со всей его «гвардией», значит, не подломится и под человеком-горой, когда тот потащит на себе тяжелый груз, успокоил себя Тацумаса.

Вот надвинулась темная громада скалы. Еще через несколько шагов пообвыкшееся с кромешной тьмой зрение углядело квадрат чернотой погуще. Это была караульня, а перед нею площадка, на которую выводил мостик.

Хлопнула дверь, замелькали тени. Часовые бодрствовали. Впрочем, Человек-Гора производил столько шума, что разбудил бы и спящего. Пространство осветилось пламенем факелов, и Тацумаса увидел перед низеньким домиком, который одновременно являлся и воротами, плотную кучку людей — два, четыре, шесть, восемь силуэтов.

— Кто тут? — закричали они, видя пока лишь Рокусэна. — Скажи анго!

Будда знает, какое у них было заветное слово, да и на что оно? Рокусэн своей деревяшкой откроет любые ворота лучше, чем ключом.

Тацумаса подошел поближе, но так, чтобы не мешать художнику исполнить его работу, и приготовился насладиться зрелищем.

— Их двое! Нет, трое! — зашумели охранники. — Это чужие! Руби!

Заскрежетали выхваченные из ножен клинки.

Площадка перед караульней была шире мостика, но все же недостаточно, чтобы на ней плечом к плечу поместились восемь человек. «Гвардейцам» пришлось поделиться: четверо ринулись на Рокусэна, остальные пока держались сзади.

Сенсей уже сошел с досок. Двигаясь быстро, скупо, точно, не поднимая свой бокуто, он легко уклонился от рубящих ударов, проскользнул между охранниками первого ряда и остановился перед вторым. Теперь его окружали все восемь противников — и восемь занесенных стальных мечей.

— Кто ты такой?! Что тебе надо?!

Молчание. Только деревянная палка, на вид совсем не страшная, поднялась в позицию хассо.

— Ах, ты так?! Тебе конец!!!

С бешеным ревом они кинулись на Рокусэна все разом. К сожалению, подробностей схватки было не видно — только какую-то сумбурную возню. Слышался звон, крики, шуршание ног. А еще доносились сочные, небесприятные щелчки: чпок, чпок, чпок… Тацумаса считал их. Это деревянный бокуто бил по чугунным башкам. Будто черный пион роняет один за другим свои лепестки — так схватка выглядела со стороны. Вот упал последний, восьмой лепесток, и осталась одна тычинка — худенький, невысокий мастер, изящно застывший с поднятым мечом. «Гвардейцы» валялись на земле оглушенные, но не убитые. Шипя и плюясь искрами, чадили упавшие факела. Подсветка снизу придавала сцене особенно эффектный вид.

— Извините, что так долго, — поклонился мастеру Китодо мастер Кэндо. — Прошу вас. Дорога свободна.

Тацумаса неодобрительно вздохнул. Рокусэн мог бы сначала расправиться с четырьмя первыми противниками, а затем с остальными, однако решил покрасоваться своим искусством. Все-таки правильно про него говорят, что фехтовальщик он первоклассный, но не великий. Истинное величие не нуждается в рисовке.

— Нет, — сказал Тацумаса. — Должен быть еще один, девятый.

И крикнул:

— Осторожно!

Он разглядел в дверях караульни массивную фигуру — невысокую, но неправдоподобно широкую. Это несомненно был начальник охраны, разбойничий «хатамото» Бисямон. Судя по неподвижности и спокойствию, человек серьезный.

Рокусэн быстро обернулся, выставив вперед свой бокуто — и опустил его. Последний из врагов держал руку на боку, но меча за поясом не было. Тем не менее Бисямон сошел по ступенькам и сделал несколько медленных шагов вперед.

Рука поднялась. В ней что-то тускло блеснуло.

Это кэндзю! Точь-в-точь такой же, какой был некогда выкраден с варварского корабля — способный выпустить шесть пуль подряд!

Неужто меня погубит то самое оружие, которое я же в Японию и внедрил, мелькнуло в голове у Тацумасы. Сколь злая, но остроумная шутка кармы!

Широкий рукав «хатамото» исторг яркую вспышку, за ней вторую, третью. Грохот выстрелов, подхваченный эхом, слился в единый оглушительный рокот.

Но Тацумаса напрасно тревожился. С почти неразличимой для глаза скоростью Рокусэн метнулся вправо, влево, снова вправо — и каждый скачок этого стремительного зигзага приближал его к врагу. Четвертой вспышки не было. Деревянный меч вышиб оружие из руки стрелка. Продолжая то же движение, выписал в воздухе щегольскую петлю и легонько коснулся бритой макушки толстяка. Бисямон повалился наземь, будто обрушенная землетрясением пагода.

Вот теперь действительно было всё.

Тацумаса сошел с мостика на скалу, быстренько связал бесчувственных «гвардейцев», жестом подозвал Ямабито: оттащи их в сторонку, чтоб не мешали проходу.

— Я очень признателен вам, сенсей, — низко поклонился Тацумаса фехтовальщику.

— Пустяки, я всего лишь возвратил вам давний долг благодарности. И вы сделали мне прекрасный подарок! Я никогда еще не сражался против кэндзю. Это было так необычно!

Они еще немного поспорили, кто кому больше благодарен, и направились в Гнездо. Слуги, конечно, заперлись изнутри на засов, но Ямабито вышиб ворота одним ударом ноги.

Во дворе и в главном доме никого не было. Прислуга попряталась, уверенная, что нападающие сейчас всех перебьют. Пришлось Тацумасе искать гостиную самому.

Он прошелся по комнатам, брезгливо морщась. Какая вульгарная пышность!

Парчовые ширмы — фу. Повсюду где только можно — огромные фарфоровые вазы с крикливым узором. А это что? Портрет Сарухэя с макакой, выложенный из жемчуга различных оттенков. В безвкусной нефритовой раме. И, конечно, непременные семь богов счастья — все тоже из чистого золота. Бедняжка Бэнтэн, за что они с тобой так? — пожалел Тацумаса покровительницу искусств, жалобно прижимавшую к себе лютню. Статуэтки наверняка стоили целое состояние, но брать с собой этот ужас не хотелось. Да и зачем, когда вот он — «Золотой Коку».

В токономе, меж двух курительниц, тускло сверкал желтый куб. Он показался мастеру на удивление маленьким: шесть или семь сунов в длину, ширину и глубину. Тацумаса немного расстроился, что знаменитый талисман такой некрасивый. У Сарухэя начисто отсутствует эстетическое чувство! Хоть бы придал слитку вид соломенного мешка, в котором один коку риса, а то что это — скучный куб?

Мастер попробовал сдвинуть слиток — и не смог. Ого!

— Ямабито! Твой черед.

Пока силач с пыхтением запихивал тяжесть в мешок крепкого толстого шелка, Тацумаса нарисовал в нише угольком свой иероглиф. Пусть Сарухэй знает, что дракон всегда победит мартышку.

Скрывать, кто выкрал «Золотой Коку», благородный вор не собирался. Скоро весь Эдо, а потом и вся Япония будут восхищаться новым подвигом великого Тацумасы. И потешаться над Кровавой Макакой.

— Не хотите ли взять что-нибудь отсюда на память? — спросил Тацумаса у Рокусэна.

— Нет, благодарю вас. Мои правила этого не позволяют, — ответил мастер Кэндо.

— Тогда уходим. Ямабито, теперь первым пойдешь ты.

Человек-Гора обхватил мешок своими лапищами, поднял, прижал к груди, пукнул от натуги, понес.

Вот и вся операция, с разочарованием подумал Тацумаса. Примитив. Несколько ударов палкой, немного кряхтения, и в завершение — неэлегантный звук.

Оставалось надеяться, что автор будущей пьесы «Березовый Тацумаса и Золотой Коку» как-нибудь расцветит бедноватый сюжет своей фантазией.

Розовая дымка

Дальше всё происходило в точности, как предвидел Тацумаса.

Низменные вассалы «ночного сёгуна», конечно же, не сообщили своему господину о случившемся. Они просто разбежались кто куда, страшась наказания. Никто из охранников и слуг не решился доставить Сарухэю ужасную весть о похищении «Золотого Коку». Это ведь были не самураи и не последователи Китодо, а людишки без морали и чести, думающие только о спасении собственной никчемной шкуры.

Не спас свою жизнь один лишь Бисямон. Очухавшись, он полез на мостик, но не втиснулся между перил, проломил их, сверзся в море и потоп. Скорее всего «хатамото» торопился не к своему атаману, который в ярости срубил бы ему башку, а тоже хотел смыться. Тацумаса предположил, что в следующем рождении скверный толстяк родится какой-нибудь нечистой брюхатой тварью, притом, конечно, не на благословенной японской земле. Например, огромной речной свиньей кавабута на далеком материке Афурика.

А болван Сарухэй тем временем гонялся за своим дурацким шелком. Пока невероятный слух об исчезновении «Золотого Коку» сам собой дойдет до гор Нагано, да пока Кровавая Макака доберется до Эдо, пройдет самое меньшее дня три.

Мастер намеревался использовать это время с толком.

ВЕЛИКИЙ ТАЦУМАСА

На исходе великой ночи, уже дома, сидя перед золотым трофеем, глава школы и старший ученик обсудили дальнейшее. В главном они сходились: сейчас надо будет затаиться и подождать, пока в банде все переубивают друг друга. Данкити считал, что это случится в течение месяца, а учитель, лучше знавший человеческую породу, полагал, что «Обезьянья рука» не продержится и двух недель.

В любом случае всем ученикам будет приказано исчезнуть, «Золотой Коку» следует хорошенько спрятать, а Тацумаса с женой и ребенком на время скроются в надежном месте.

У Данкити возникла интересная идея. Он сказал, что, увидев в опустевшей нише иероглиф «дракон», Сарухэй наверняка сгоряча кинется сюда, в Дом-под-березой. Не попросить ли господина Касидзаву устроить засаду? Чтобы арестовать Тадаки и его подручных за вторжение в чужое жилище. Разумеется, это не бог весть какое преступление, но за него можно будет посадить Сарухэя в тюрьму на законном основании. Без главаря шайка распадется быстрей.

Тацумаса заколебался. Достойно ли благородным ворам прибегать к помощи полиции? Но Данкити был убедителен. Это не донос, а обычный обмен услугами, настаивал он. Мало ли вы помогали господину советнику? Пусть он просто пришлет людей охранять ваше имущество. Разве это не прямая обязанность полиции? Ну а коли в дом заявится Сарухэй, то кто будет в этом виноват кроме него самого?

— Иначе он разгромит и испакостит прекрасный мир, который с такой любовью и заботой устроила здесь О-Судзу-сама, — показал рукой вокруг Данкити. — И конечно, чтоб досадить вам, негодяй срубит березу.

Это последнее соображение положило конец сомненьям. Тацумаса поручил ученику наведаться к господину Касидзаве, но про себя подумал, что Данкити все-таки чересчур гибок в своих нравственных правилах.

Очень довольный тем, что сумел переубедить самого сенсея, ученик спросил:

— Вы уже придумали, куда и как спрячете «Золотой Коку»?

Оба посмотрели вниз. По неразумению Ямабито плюхнул груз на чайный столик, и у того подломились ножки. Теперь «Золотой Коку» лежал на полу.

— Да, — коротко ответил мастер.

Подождав немного и не дождавшись пояснений,Данкити задал следующий вопрос:

— А куда спрячетесь вы сами? Думаю, какуси-торидэ для данного случая не годится.

Какуси-торидэ, «потаенный замок», был убежищем на время какой-нибудь опасности. Например, когда у господина Касидзавы в прошлом случался приступ служебного рвения, или тот же Сарухэй затевал очередное покушение на мастера. Превосходно отделанный, просторный подвал заброшенного храма в Асакусе не раз служил Тацумасе надежным пристанищем.

— Почему не годится? — спросил он, хотя сам был того же мнения. Стало любопытно, что ответит Данкити.

— На сей раз Сарухэй будет особенно настойчив и безжалостен. Очень возможно, что сумеет поймать кого-то из наших. Разбойники подвергнут пленника жестоким истязаниям. Прошу прощения, что говорю вслух подобное... — Данкити замялся. — ...Но я бы не стал слишком полагаться на стойкость некоторых ваших питомцев, особенно новичков. Нет, сенсей, это должно быть место, о котором в школе никто не знает.

К такому же выводу пришел и Тацумаса, а все же обругал помощника:

— Проговаривать столь оскорбительные для товарищей вещи действительно недостойно. Стыдись!

Он был несправедлив к Данкити и сам это понимал, а все же не сдержал раздражения.

Сухо сказал:

— Хорошо. Я подберу такое место, о котором никто из наших знать не будет. Даже ты.

— Мудрое решение, учитель, — поклонился бедный безропотный Данкити. — Во мне вы можете не сомневаться, я-то выдержу любые пытки, но мне было бы неловко перед товарищами, если б я знал то, чего не знают они.

— Вот это сентенция, достойная благородного вора, — проворчал Тацумаса.

Первый день он занимался самым важным и трудным: «Золотым Коку». На второй день отправился в Ёсивару, поздравить госпожу Орин с приходом «сливовых» дождей.

В городе многие уже знали, что великий Тацумаса похитил у Кровавой Макаки его сокровище. На паланкин с гербом Китодо оглядывались, некоторые почтительно кланялись или издавали приветственные возгласы. Горожане были рады унижению проклятого Сарухэя.

Слышала о подвиге, конечно, и госпожа Орин. Куртизанка всегда была осведомлена о любых мало-мальски примечательных происшествиях, а тут такое событие!

Сама она разговор на эту тему не завела, но после приветствий, обсуждения природы и прочих светскостей, когда Тацумаса потер подбородок, изображая смущение, сразу пришла ему на помощь.

— Как иногда бывают несносны эти наши условности! — воскликнула красавица. — Вам нужно меня о чем-то попросить, ведь не чай же вы пришли попить в столь хлопотное для вас время. Я тоже сгораю от любопытства. А мы сидим и обсуждаем, до чего прекрасны капли дождя на лепестках роз! Говорите же, дорогой Сиракаба, зачем вы пожаловали?

Поразительная проницательность при столь молодом возрасте — ведь госпоже Орин немногим за двадцать, мысленно восхитился Тацумаса. Но женщины умнеют много раньше, чем мужчины. Особенно если уже родились умными и хорошо узнали людей благодаря такому ремеслу.

— Вы знаете, я для вас сделаю всё, что угодно, — прибавила куртизанка. — Я стольким вам обязана.

Это было правдой. Иначе Тацумаса сюда бы не пришел.

В благодарность за урок любви, так порадовавший госпожу О-Судзу, мастер несколько раз помогал прославленной красавице по своей части. Естественно, что теперь Орин-сан будет счастлива оплатить долг признательности. На этом и строятся отношения между порядочными людьми. Ткань дружбы и приязни сплетается из нитей взаимных услуг и обязательств.

— Цело ли то убежище, в котором вы прятались от госпожи О-Бара? — спросил Тацумаса, сразу переходя к делу.

Пять лет назад у госпожи Орин, начинавшей входить в большую моду, возник конфликт с мамой-сан соперничающего заведения, особой злобной и мстительной.

Пока Тацумаса вел непростые переговоры с той непочтенной матроной, молодая куртизанка две недели пряталась где-то в горах за озером Миягасэ. Потом она очень привлекательно описывала это укромное место, сочетающее надежность, удобство и красоту.

— Да, я и теперь иногда совершаю паломничество в мою славную пещерку — одна, без служанок, — молвила красавица. — Осенью уж непременно, чтобы полюбоваться красной листвой. А иногда просто так, если вдруг почувствовала, что устала от людей. В моем ремесле это самое опасное — разлюбить людей. Пожив три-четыре

дня отшельницей, помедитировав, полюбовавшись восходами, я будто рождаюсь сызнова. Опять всех люблю и умею в каждом клиенте находить нечто милое или интересное, ибо…

Не закончив фразы, Орин изысканнейшим жестом хлопнула себя по лбу:

— Ах, я догадалась! Вам нужно где-то пересидеть, пока Макака не свалится с ветки и не свернет себе шею? И вы хотите, чтобы об этом месте никто из ваших не знал. Очень мудро и предусмотрительно. Прошу вас и госпожу О-Судзу воспользоваться моим скитом. Но там всё очень непритязательно, даже нет зеркала — в пещере я отдыхаю от косметики. Мне будет ужасно неловко перед вашей супругой за такое убожество!

В смущении она прикрыла лицо узорчатым рукавом.

Тацумаса прыснул. Хихикнула и Орин, поняв, что немного перебрала со скромностью.

— Вы в убожестве существовать не можете. Уверен, у вас там очаровательно. — Мастер посерьезнел. — А кто, кроме вас, знает про это место?

— Теперь только я. Раньше еще знала моя дорогая Риэ, она всё там и обустроила, ведь я так беспомощна! Но вам известно, что бедняжки нет в живых…

Прекрасные глаза наполнились слезами — один Будда ведает, поддельными или настоящими. Все куртизанки высшего разряда обучены искусству легко и красиво плакать.

Про гибель Риэ мастер, конечно, слышал. В прошлом году история о том, как самоотверженная служанка заслонила свою госпожу от клинка собственным телом, наделала много шума.

Один провинциальный самурай влюбился в знаменитую куртизанку до безумия — не в романтическом, а в медицинском смысле. Помешавшись от страсти, он попытался совершить с предметом обожания мури-синдзю, двойное самоубийство без согласия со стороны женщины. Госпожу кинулась защищать Риэ, и пока сумасшедший рубил ее мечом, Орин в одном нижнем кимоно, без обуви, выбежала на улицу и позвала на помощь. Во всех книжных лавках потом продавались гравюры: полуодетая прелестница с эротично растрепанной прической беспомощно заламывает руки, за нею гонится пучеглазый монстр с окровавленным мечом, его сзади хватает за ногу разрубленная пополам верная служанка.

Слава роковой красавицы Орин после этого распространилась еще шире, а плата за ее любовь выросла вдвое.

В путь отправились ночью, чтобы не привлекать внимания. Три скромных паланкина без гербов: в первом Тацумаса, во втором Орин, в третьем О-Судзу с младенцем. Двенадцать самых крепких учеников тащили носилки полубегом, сменяясь через каждый ри. В трехстах шагах впереди рысил Данкити, зорко вглядываясь во тьму.

На рассвете они были уже за Синагавой, пообедали в Цуруме, заночевали в Сагами, а на следующий день достигли подножия невысокой и круглой, как голова Будды, горы Хотокэяма. Оттуда дорога поднималась вверх.

Тацумаса распрощался с учениками. Условились с Данкити так: когда на вершине Хотокэямы задымит костер, это будет знак, что опасность миновала, можно возвращаться в Эдо.

О-Судзу посадила себе на спину малыша, Тацумаса взял тяжелую поклажу, Орин — легкую. Оба доставшиеся ей узла (в них одежда и всё потребное для ребенка) куртизанка взяла в одну руку, в другую — веер, и пошла первой, томно обмахиваясь. Она любила посетовать на свою хрупкость, но на самом деле была сильной. Доктор Саяма вряд ли ошибался, говоря, что она проживет сто лет.

Женщины вообще оказались выносливее Тацумасы. Непривычный к длинным пешим прогулкам и тасканию тяжестей мастер вдруг остро ощутил, что пятьдесят лет — уже порог старости, и постарался не расстраиваться по этому поводу.

Госпожа О-Судзу выглядела свежей и бодрой, но, поглядывая на мужа, то и дело жаловалась на изнеможение.

Поэтому путники делали частые привалы, любуясь горными видами. До нужного места, перевала Харами, они добирались часа четыре. Оттуда открывался обзор всей равнины Мусаси — картина, от величественности которой у Тацумасы перехватило дыхание.

С этой точки вниз шел спуск — не отвесный, но такой крутой, что без веревки сорвешься. Веревка была спрятана под корнями могучей, согнутой ветрами сосны, прицепившейся на самом краю смотровой площадки. Размотав конопляный канат, из-за бурого цвета неразличимый на бурой же земле, Орин завернула полы ки-

моно, подвязала шнуром рукава и спустилась первой до самой кромки обрыва. Когда-то здесь отвалился кусок горы, и сразу под разломом образовалась пещера. С перевала ее было совсем не видно.

На последнем своем отрезке канат был завязан несколькими узлами, чтобы ставить на них ноги. Привычная Орин ловко соскользнула в пещеру, для благородного вора это перемещение тоже никакого труда не составило. Не устрашилась высоты и госпожа О-Судзу. В юности она была цирковой акробаткой и не совсем забыла былые навыки. Она поплотнее привязала малютку к спине, без колебаний повисла над пропастью.

Дитя запищало от восторга. Моя кровь, подумал Тацумаса.

Он еще дважды поднялся и спустился, перенеся в пещеру поклажу.

Убежище было превосходным. Должно быть, куртизанке здесь хорошо медитировалось. Она умудрилась сделать скит уютным: застелила пол соломенными циновками, а грубые каменные стены прикрыла шелковыми ширмами. Посередине, в квадратной ямке, был устроен очаг. Орин сказала, что разжигать его можно только в темноте или при густом тумане, тогда с дороги не увидят дыма.

Убедившись, что гости устроены, куртизанка засобиралась в обратный путь. Ей нужно было дотемна спуститься на равнину, где дожидался паланкин. Тацумаса хотел проводить благодетельницу, ибо такой нарядной красавице негоже в одиночку расхаживать по безлюдным местам, но госпожа Орин отказалась.

— Добираюсь же я сюда одна во время своих «паломничеств», — засмеялась она. — На худой конец у меня есть вот это и вот это. — И тронула сначала перламутровую рукоять стилета, а потом заколку в высокой прическе симада-магэ.

Куртизанки такого уровня отлично владеют искусством самозащиты — без этого в их ремесле нельзя. И если Орин не заколола того полоумного самурая, то исключительно из опасения нанести ущерб репутации заведения. Что это за чайный дом, в котором убивают клиентов?

Распрощались сердечно, со многими поклонами. Тацумаса придержал конец веревки, чтобы красавице было удобнее карабкаться, и тактично отвел взор, дабы не увидеть снизу лишнего.

Только оставшись с женой и маленьким сыном в уединенной пещере, Тацумаса понял, зачем изнеженная столичная модница совершает утомительные паломничества в этот пустынный край.

Какой покой! Какой пьянящий воздух! И как прекрасно оказаться вне времени, вне условностей и забот текучего мира!

Впервые он и жена существовали в одном измерении: вместе бодрствовали ночью, вместе спали днем. Какое, оказывается, наслаждение спать, обнявшись с любимой — просто спать.

Никогда прежде они не проводили целые сутки вместе, никогда столько не разговаривали обо всем на свете. Даже стало жаль минувших лет, потраченных на одно лишь постижение Китодо.

Но Тацумаса утешался мыслями о будущем. Размышлял он вслух, потягивая трубку, вороша в очаге уголья или пригубливая чай. По задней стене пещеры стекала чистая горная вода, чай из нее заваривался отменный.

— Мы будем жить долго и сполна насладимся старостью, — говорил Тацумаса. — Я буду учить сына Китодо с раннего возраста, и через двадцать, много двадцать пять лет он будет готов к тому, чтобы возглавить школу. Тогда я удалюсь от дел, и мы с тобой заживем друг для друга. Мы все время будем вместе.

— Как сейчас? — хихикнула жена. — Днем я буду ворочаться от бессонницы, а ночью клевать носом?

— Нет, — великодушно молвил Тацумаса. — Я привыкну жить дневной жизнью, как все нормальные люди. И закат у нас будет закатом, а восход — восходом.

Здесь-то было наоборот. Волшебным горным восходом они полюбовались перед тем, как лечь спать.

— Мы будем ценить каждый день старости как величайшую драгоценность, потому что для кого-то из нас он может оказаться последним. Но к тому времени мы с тобой научимся понимать смерть и не бояться ее. И если ты уйдешь первой, я сразу же последую за тобой.

Произнеся эти слова, он растрогался, на глазах выступили слезы, но О-Судзу опять захихикала. Здесь она все время находилась в приподнятом настроении.

— Еще бы! Без меня вы все равно пропадете. Не сумеете держать себя в чистоте, станете есть всякую дрянь и очень быстро преставитесь от грязи и несварения желудка. — Она сняла ему с подбородка табачную крошку. — Нет уж, я должна пережить вас хотя бы из чувства долга. А потом, с почетом похоронив великого мастера Китодо, я подумаю, не выйти ли мне замуж за какого-нибудь опрятного старичка.

Столь легкомысленных речей Тацумаса не слышал от нее с тех пор, когда они были еще любовниками и не задумывались о женитьбе.

Конечно, много беседовали о сыне. С ним Тацумаса тоже никогда еще не проводил столько времени, а это оказалось очень приятно.

Часами они играли в немудрящую забаву. Отец протягивал палец и веселился, когда младенец сжимал его кулачком или совал в рот и начинал грызть единственным зубом. Сердился, что не получается хорошенько укусить, свирепо морщил лобик. Один раз Тацумаса развернул пеленку, чтобы пощупать, крепкая ли у сына хара, — и был окачен упругой горячей струйкой. Это было единственный раз, когда суровое дитя расхохоталось.

— До шести лет он твой, — говорил жене Тацумаса. — Балуй и ласкай его, сколько захочешь. Но потом я заберу у тебя мальчика и займусь его воспитанием сам. Он будет таким мастером Китодо, какого еще не бывало. Он затмит меня.

— Зачем ему Китодо? — возразила О-Судзу, дома никогда и ни в чем не перечившая супругу. — Зачем воровать, пускай и благородно, юноше, который унаследует такое богатство? Целый коку золота — это сколько в деньгах?

— Около десяти тысяч рё или сорок миллионов медных моммэ. Можно купить сорок миллионов мисок лапши и дважды накормить всю Японию, — засмеялся Тацумаса.

— Я даже не могу себе вообразить такую сумму, — вздохнула жена и мечтательно протянула: — Ах, богатство это так красиво!

— Какое небуддийское утверждение! — удивился он. — Разве богатство — это красиво?

— Если правильно обращаться с деньгами, то очень. Дело даже не в том, что человек может окружить себя только красивыми вещами и избавиться от разных некрасивых, докучных забот. Богатство дает много большее: свободу. И еще великую радость помогать тем, кому ты захочешь помочь. Быть может, наш мальчик пожелает стать не благородным вором, а художником, или коллекционером, или благотворителем.

Мастер изумился пуще прежнего.

— Но мужчине невозможно жить без высокой цели, без вечного стремления к самоусовершенствованию! Разве может быть что-то лучше, чем Китодо, наказывающее плохих богачей и помогающее хорошим беднякам? Какая благотворительность требует столько ума, ловкости, таланта и приносит столь утонченную радость?

— Но вдруг в нашем сыне пробудится какой-нибудь другой дар?

Эта мысль неприятно поразила Тацумасу. Он задумался. Представил: вдруг ему не суждено довести воспитание наследника до конца? Или вообще — уйти из жизни еще до того, как это воспитание начнется?

На всякий случай мастер написал сыну послание, где излагалась самая суть Китодо, и спрятал письмо в тайник.

На составление вроде бы недлинного письма в будущее ушел весь остаток ночи. Когда Тацумаса закончил, пора было уже встречать рассвет, второй с тех пор, как супруги поселились в пещере.

Они сели у очага, приготовившись насладиться перед сном чудесным зрелищем. Мастер держал у губ чашку чая, жена мечтательно улыбалась.

— Самое прекрасное — даже не восход солнца, а предшествующая ему розовая дымка, — сказала О-Судзу, и в следующий миг, словно исполняя ее желание, предрассветный туман начал окрашиваться в цвет утра.

В первые мгновения черно-серая мгла лишь чуть-чуть запунцовела, но чернота быстро отступала, бледнела, багрянец же разливался шире и креп. Вот остались только сизые и розовые тона. Воздух мерцал и переливался, в нем посверкивали пылинки.

Но чернота будто перешла в контратаку. Она спустилась сверху вниз густой полосой. Полоса на конце раздвоилась, закачалась. Тацумаса не сразу понял, что это сверху кто-то лезет по канату. А когда понял, на краю уже стоял человек. За его спиной клубился туман и казался уже не розовым — кровавым.

Плечистый детина в подвернутом кимоно и заляпанных грязью хакама, с красным платком на голове, с огромным тесаком на поясе уставился на мастера злобными глазами. Небритое лицо оскалилось улыбкой.

— Он здесь! — заорал человек кому-то наверх. — Господин, он здесь!

Можно было спихнуть чужака в пропасть — он стоял на самой кромке, а потом обрубить канат, и никто бы больше в пещеру не попал. Но это значило бы нарушить Канон. Поэтому Тацумаса не тронулся с места, а лишь взял жену за руку.

По веревке спустился еще один незнакомец — с такой же разбойничьей рожей, как первый, но богаче одетый, при двух мечах. И лишь третьим явился Сарухэй Тадаки, он же «ночной сёгун» и Кровавая Макака.

— Прости, это моя вина, — сказал Тацумаса жене. — Я должен был понимать: женщина, продающая любовь за деньги, продаст что угодно.

— Быть может, госпожа Орин просто не выдержала боли, — ответила О-Судзу. — Но это теперь неважно. Важно, что я жила с вами долго и счастливо.

Они поклонились друг другу и умолкли, потому что Сарухэй разразился громовым хохотом.

Разглядывая своего ликующего врага, мастер думал, что за годы, миновавшие после их встречи, господин Тадаки постарел. Жизнь, которую он ведет, подрывает здоровье и разрушает душу. А вот мартышка Хання, выглядывавшая из-за плеча акунина, нисколько не изменилась. Она была в алом наряде и почему-то в шапочке с рогами.

— Где «Золотой Коку»? — спросил Сарухэй, отсмеявшись. Ответа он не дождался и велел остальным: — Искать!

Во все стороны полетели миски и чашки, соломенные маты, ширмы. От грохота проснулся в углу младенец, недовольно заверещал.

О сыне Тацумаса сейчас старался не думать. Он пытался сочинить предсмертное стихотворение, а детский крик мешал сосредоточиться.

О-Судзу сомкнула веки, ее губы шевелились. Наверное, читала сутру.

— Нигде нет! — сообщили разбойники.

Тогда главарь сел перед мастером на корточки, схватил пятерней за косичку.

— Где мой «Золотой Коку»? Куда ты его спрятал? Зарыл тут где-нибудь?

— Вам наверняка рассказали, что всю поклажу я доставил сюда сам. Разве я поднял бы целый коку? — спокойно молвил Тацумаса.

— Так где же золото?

Можно было, конечно, сказать, что оно утоплено в заливе, но Сарухэй не поверил бы, да и не хотелось омрачать последние минуты ложью.

— Оно к вам не вернется. Шайке «Обезьянья рука» конец, — с тихой улыбкой сказал мастер.

Налитые кровью глаза Сарухэя сузились.

— Связать. Расшевелить угли, чтоб жарче горели, — отрывисто скомандовал атаман.

Мастеру скрутили руки за спиной, стянули веревкой щиколотки. Полупогасший очаг, перед которым он сидел, заалел, заплевался искрами.

— Думаешь, я буду жечь огнем тебя? — усмехнулся Сарухэй. — Нет. Я знаю, болью от тебя ничего не добьешься. Но говорят, ты очень любишь жену... Держите ее крепче!

Двое бандитов схватили О-Судзу, обнажили ее по пояс, содрав верхнее и нижнее кимоно. Тацумасу много лет не видел жену голой. Защемило сердце. Как пожухло ее тело! Но такою, с опустившейся грудью и морщинистым животом, он любил О-Судзу еще больше, чем прежде. За ее спиной розовел утренний туман.

— Скажи, где золото, и я ее отпущу, — пообещал Сарухэй. — Тебя — нет, врать не стану. Но жену и сына пощажу. Слово Тадаки. И тебя убью достойно, ударом меча. Голову потом с почетом омою, оберну в шелковый платок. Ты достойный противник.

Моя голова ему нужна, чтобы потом всем показывать: я-де победил, а благородный вор проиграл, подумал Тацумаса, но ничего говорить не стал.

— Упрямишься? Сначала я буду жечь твою жену. Потом зажарю сына. А сам ты умрешь позорной и смешной смертью. Видишь, моя Хання в красном и с рогами? Она сегодня демон смерти Синигами. Ты примешь смерть не от меня, а от обезьяньей лапки.

Сарухэй подтащил к себе мартышку, сунул ей свой кинжал.

— Покажи, как я тебя учил. Хання, бей!

Ощерив мелкие зубы, обезьянка испуганно замахала перед собой клинком.

— Быстро она тебя не убьет, но рано или поздно докромсает. И ты войдешь в историю под прозвищем «Убитый макакой Тацумаса». — Рот злодея кривился в ухмылке, но глаза смотрели тревожно. Голос чуть дрогнул. — Послушай, твоя жизнь кончена. Какая тебе разница, достанется мне «Золотой Коку» или нет?

— Какая мне разница, под каким прозвищем я войду в историю? — тем же тоном ответил мастер.

Он думал: не в том дело, как тебя запомнят. Главное, как ты уходишь — победителем или побежденным. Побежденный — тот, кто сдался. Победитель — всякий, кто побежденным себя не признал. Даже если убит.

— Начинайте, — махнул своим подручным Сарухэй.

Они швырнули О-Судзу на колени, ткнули головой в угли. Жена не закричала, но хрипа сдержать не смогла. Запахло обожженной плотью, палеными волосами.

Тацумаса вытянул связанные ноги вперед и сунул их в очаг, чтобы разделить боль с женой. Это помогло.

— Пока хватит.

Госпожу О-Судзу распрямили, сбили с прически пламя. Лицо она сразу закрыла руками, чтобы воля супруга не ослабела при виде ожогов.

— Что ты за мужчина, если можешь спасти свою женщину и не делаешь этого? — презрительно спросил Сарухэй. — Кусок золота для тебя дороже семьи. Тьфу!

Зубы Тацумасы были крепко стиснуты. Мерзавец прав! Победа, поражение — какая всё это чушь по сравнению с ладонями, которыми О-Судзу прикрывает свое бедное лицо.

— Я скажу… — глухо проговорил благородный вор.

Но он не успел выдать тайну.

Не поднимаясь с колен, О-Судзу рывком перекатилась назад через голову и вскочила на ноги. Совсем как в юности, когда Тацумаса впервые увидел тоненькую акробатку на рыночной площади. Ах, как она плясала на канате! Как крутила «змеиное колесо»! И лицо у О-Судзу тоже стало таким, как тридцать лет назад. Свежим, юным, бесстрашным. Обожженные пятна на щеках были как девичий румянец.

Разбойники не ожидали от пожилой дамы такой прыти и обомлели.

— Простите, что ухожу первой, — сказала мужу О-Судзу.

Сарухэй крикнул:

— Держите ее, болваны!

Но куда там. Развернувшись, О-Судзу прыгнула прямо в сияющий туман, как в прежние времена на представлениях ныряла рыбкой через обруч с острыми ножами.

Радужная дымка приняла ее и снова сомкнулась.

И к Тацумасе пришло хокку. Очень хорошее — жалко никто не услышит и не оценит.

Всё, конечно, уйдет.
Но тлеет прекрасная
Искра надежды.

Разъяренный Сарухэй сыпал проклятьями, колотил своих помощников ножнами меча. А Тацумаса смотрел на рассвет, шептал последнее стихотворение.

— Ты думаешь, это всё? — подлетел к нему акунин. — Нет, самое интересное впереди! Эй, мальчонку сюда!

Ребенок уже не орал, а сипел — голосишко сел от крика. Бедняжка не привык, что он выражает недовольство, а никто не обращает внимания.

По-настоящему красивое хокку всегда таит в себе сокровенный смысл, понятный лишь посвященным. Когда Тацумаса сунул ноги в огонь, веревка, которой они были связаны, опалилась и затлела. Теперь она уже прогорела насквозь.

Великий мастер Китодо быстро и плавно поднялся.

— Прощай, Масахиро! — крикнул он сыну.

И не распрямившись до конца, побежал вперед. Точно таким же прыжком, как минуту назад жена, влетел в розовое Ничто.

О-Судзу, я к тебе…

Какой это был счастливый полет!

Побежденный Сарухэй долго скрежетал зубами, глядя в пропасть. Туман всё никак не рассеивался. Тел внизу было не видно.

— Что будем делать, господин? — спросил Рюдзо Сибата, ёкохамский «даймё». Здешние места находились на его территории.

— Трупы подобрать. Тацумасе отрезать голову… Нет, всем троим. Выставить на мосту Нихонбаси. — Тадаки мог говорить только короткими фразами. Его душили слезы отчаянья. — Пусть все знают. Мы сильны и без «Золотого Коку». И мы не ведаем пощады.

Сибата кивнул своему бойцу Нэдзуми. Тот обнажил тесак, наклонился над не умолкающим младенцем.

Вдруг к Сарухэю пришла идея.

— Постой-ка. Какая это будет месть, если я сразу же отправлю к Тацумасе его сына?

Искаженное горем лицо поползло в стороны — это сквозь рыдания пробилась улыбка.

— Не-ет, я придумал кое-что получше. Сибата, заберешь щенка себе. Усынови его.

— А? — вытаращился ёкохамский «даймё».

— Как его — Масахиро? Пусть будет Масахиро Сибата. Воспитай щенка по-нашему. Разбойником, убийцей. Никаких дурацких правил и канонов. Вот тогда Тацумаса на том свете изойдет кровавыми слезами.

Тадаки улыбался всё шире.

— Сын Тацумасы не станет «благородным вором». Он станет моим солдатом и будет жить по моим правилам. Вот что такое настоящая месть, болваны. Учитесь.

Болваны склонились в безмолвном восхищении.

А розовая дымка наконец растаяла, и открылся вид на равнину Мусаси, прекрасный как никогда.

第一幕

Действие первое

ПОСЛЕ КОНЦА СВЕТА

МАСТЕР ОДИНОЧЕСТВА

Когда на синем горизонте возник белый пупырышек, гора Фудзи, оркестр заиграл бравурную увертюру из «Микадо».

Всю ночь грохотала гроза, еще полчаса назад на небе клубились тучи, и вдруг внезапно развиднелось. Лазурь внизу, лазурь наверху. Ясно, чисто и радостно. Только вынырнувшее из небытия светило было странное, словно протухшее яйцо: в середине ярко-желтое, по ободку коричневое. За шестьдесят три года жизни Масахиро Сибата такого солнца никогда не видывал. Это удивительное природное явление, совпавшее с днем возвращения на родину, вероятно, предвещало нечто очень плохое или очень хорошее, но станет ли задумываться о подобной ерунде человек, расставшийся с надеждами и страхами?

Есть старинное сказание о споре между поэтессой Наноха-Сикибу, воспевавшей вечную любовь, и умудренным отшельником. Монах произносит обычную буддийскую проповедь о том, что любовь — химера, самообман глупца. Человеку лишь кажется, что он вместе с кем-то, на самом деле он всегда один. Один входит в жизнь, один из нее уходит, и путь от входа до выхода преодолевает тоже сам по себе, как сумеет. Попутчик может помочь или помешать, но у него свой путь, своя карма. И Наноха-Сикибу дает старцу знаменитый ответ: «Это суждение верно касательно большинства людей, но

не всех. Некоторые ведь рождаются на свет не одинокими, но вдвоем с близнецом. А некоторые и умирают вдвоем, совершая синдзю». Вся притча, собственно, является предисловием к классическому хокку, которое Масе раньше очень нравилось:

В рай, в ад — всё равно,
Куда иду я, милый.
Только бы с тобой.

Эта красивая формула пригодна не только для влюбленного, но и для самурая, избравшего Путь верности. В прежние времена, потеряв господина, такой вассал совершал дзюнси, «умирал вослед» — и никаких проблем. Но в двадцатом веке этакую штуку способен отмочить только какой-нибудь замшелый генерал Ноги, сделавший харакири после кончины императора Мэйдзи. Человеку, приобщившемуся к европейской культуре (или испорченному ею?), подобный поступок представляется дикостью.

У Запада другая мудрость. Ее труднее уловить, потому что она теряется в потоке избыточных слов, но в минуту сатори даже европейские поэты (философы-то никогда) подчас могут лаконично сформулировать главное. Например, лучшее стихотворение многоречивого русского поэта Жуковского состоит всего из четырех строчек, нечто среднее между хокку и танка.

О милых спутниках, которые наш свет
Своим сопутствием для нас животворили,
Не говори с тоской: их нет;
Но с благодарностию: были.

Японцы, увы, так относиться к потерям не умеют. И если осиротевший самурай не взрезал себе живот, он становится ронином, бесцельным и бесприютным бродягой. Великая мудрость жизни, однако, состоит в том, что уважающий себя человек любую судьбу может превратить в Путь. Что ж, Масахиро Сибата принялся осваивать Путь Одиночества и за короткий срок достиг на нем мастерства. Двигаясь от дана к дану, он все лучше овладевал Кодокудзюцу, «искусством одиночества», которое делает человека бесстрашным и неуязвимым. Бесстрашным — потому что больше нечего страшиться; неуязвимым — потому что ничем не дорожишь. Судьба пугает тебя, грозится что-то отобрать, а тебе ничего не жалко. Подавись, судьба! В мире нет человека защищеннее и свободнее ронина — если, конечно, тот не ищет нового господина. Масахиро Сибата не искал. Служить господину, который будет хуже прежнего, он не сумел бы, а лучшему на этом свете взяться неоткуда.

Кодокудзюцу прекрасно еще и тем, что, давая иммунитет от страха и всевозможных терзаний, оно не мешает пользоваться жизненными удовольствиями — совсем наоборот.

Эта приятная мысль пришла неуязвимому ронину в голову, потому что на променадную палубу как раз поднялась миссис Тревор, должно быть, привлеченная звуками музыки.

Маса полуотвернулся, помахивая веером, а когда почувствовал на себе взгляд дамы, слегка вздрогнул, словно пронзенный энергетическим лучом, резко обернулся и просветлел лицом (для этого нужно чуть расширить глаза, приоткрыть рот и капельку его раздвинуть). Всякой женщине отрадно, когда на нее так смотрят.

Подошел, поцеловал руку в стиле «сдержанная страстность» (стремительный наклон, затем почтительное замедление, губами кожи не касаться, а лишь слегка согреть ее дыханием). Японский наряд в сочетании со старомодно европейскими манерами — тот самый подход, который требовался в данном случае.

— Миссис Тревор…

Она ласково улыбнулась.

— Мистер Сибата, наше путешествие подходит к концу, а мы с вами всё церемонничаем. Вы позволите называть вас по имени — Масахиро?

— Для вас — просто Маса. Мне будет жаль с вами расставаться. Не знаю, как у вас, а у меня останется ощущение чего-то несбывшегося.

Он нежно, печально улыбнулся:

— Но ничего не поделаешь. Через час наши пути разойдутся. Может быть, в следующей жизни они сойдутся опять, и мы встретимся. — Махнул стюарду, взял с подноса два бокала. — Выпьем за это, Наоми? Вы позволите и мне называть вас по имени?

Ну и, конечно, Наоми Тревор сказала в ответ то, что следовало:

— Плаванием жизнь не заканчивается. Надеюсь, мы будем видеться и в Иокогаме.

В ответ Маса приподнял брови, как бы пораженный столь неожиданной перспективой, но вообще-то ухаживание шло стандартным маршрутом, по установленному расписанию — как трамваи в прекрасной дореволюционной Москве. Метафора была неудачная, про московскую жизнь ронину вспоминать не следовало, чтобы не будоражить сердце, и Маса мысленно поправился: как ритуальный танец в спектакле Но. С Наоми будут еще две платонические встречи, а на третьем свидании миссис Тревор позволит собою полакомиться. Женщины так предсказуемы.

В одной научной книжке Масахиро Сибата прочитал, что у нормального мужчины к шестидесяти «зов гормонов» затухает. У восточной медицины для этого возрастного явления имеется более приятное объяснение: если мужчина развивается гармонично, его жизненная энергия Ки понемногу перемещается из земной сферы в небесную. Плотское искание перевоплощается в духовное. Но у Масы пока не перевоплотилось, или же гормоны были какие-то неправильные, всё звали и звали.

Люди без понятия и фантазии полагают, что седина и морщины понижают мужскую привлекательность в глазах противоположного пола. Глупое заблуждение! Просто если ты немолод, не картинный красавец и не богач, которому легко превратить жизнь избранницы в праздник, используй иные средства.

Для мужчины даже выгодно выглядеть старше своего возраста — при условии, что ты по-прежнему молод сердцем и энергией Ки. У женщин-то наоборот: для них

лучше иметь сердце старухи и молодую кожу. Последнее дается нелегко, но женщинам вообще живется труднее.

Мужчине зрелых лет, во-первых, следует избегать стратегической ошибки: ни в коем случае не тратить время на ту половину женщин, которые ищут в партнере сына. Совершенно достаточно второй половины, кому нужен партнер-отец. Таких на свете за вычетом девочек и старух (Маса взял для расчета перепись 1920 года) примерно двести пятьдесят миллионов — вполне достаточно. Определяются женщины, жаждущие удочерения, по тысяче разных примет, это легко.

Правило второе. Всякая мало-мальски привлекательная женщина воображает себя цветком, а мужчин — пчелами, которые только и мечтают присесть на ее венчик и высосать сладкую пыльцу. Поэтому цветок ведет свою извечную игру, то приоткрывая лепестки, то их закрывая. Секрет успеха в том, чтобы переменить роли, и тут у Масы была разработана безотказная технология.

Отлично работала трогательная повесть об обете целомудрия, принятом верным ронином в память о погибшем господине. Ничто так не распаляет женщину, как мужская неприступность. «Я всегда очень любил любовь и считался в ней мастером, — отрешенно говорил одинокий ронин, — но на похоронах господина поклялся никогда больше не радовать своей плоти чувственными удовольствиями, даже с самой ослепительной красавицей. (Тут обязательно следовал восхищенный взгляд на собеседницу.) Нарушить обет для меня — все равно что погубить свою душу». Какая же дама после таких слов не захочет проверить, готов кавалер ради нее погубить свою душу или нет? Сами соблазняли и даже уговаривали. Маса некоторое время противился, но сила Красоты оказывалась сильнее Долга.

Правило третье: коли ты японец, живущий в западном мире, делай ставку на женщин, которые возбуждаются от необычного, от экзотики. Маса заделался сугубым, выражаясь по-украински, щирым японцем. Вместо пиджака и брюк стал носить кимоно, обзавелся веером, голову обрил на манер Будды, освоил таинственно-восточную, как бы обращенную внутрь себя улыбку. Любительницы экзотики клевали на него, как красноперки на мотыля. Дальше — просто. Потихоньку выбираешь леску, поддерживая в рыбке градус любопытства: открываешь всё новые и новые грани своей необычности. Здесь у Масахиро Сибаты имелся большой арсенал. Завершающим ударом обычно становился доверительный рассказ о мистическом знаке — маленьком красном драконе в точке тандэн. (Была у Масы такая татуировка — всю жизнь, черт ее знает откуда.) «Где это — точка тандэн?» — разумеется, спрашивала бедная пчелка. «На два дюйма ниже пупа», невозмутимо отвечал ронин (не будем забывать, давший обет целомудрия). После долгих уговоров давал взглянуть «одним глазком», а от татуировки и до мужского корня недалеко. За долгие годы красный дракон притащил Масе немало добычи. Хозяин волшебной рептилии всегда думал, что именно для этого загадочная татуировка ему и ниспослана. Но теперь, в нынешнем своем возрасте, на высоком дане Кодокудзюцу, прозрел: смысл дракона совсем в другом.

В японском бестиарии есть десять существ, традиционно покровительствующих тому или иному магистральному направлению жизни. Обычно человек сам решает, какой из этих знаков поставить несмываемой печатью на свою кожу, а у Масы выбора не было. Герб красовался на нем с младенчества, и может быть даже являлся не татуировкой, но родимым пятном (вот было бы интересно!).

Восемь символических существ — земные: Черепаха Камэ знаменует мудрость; Бабочка Тёхо — безмятежность и семейное счастье (поэтому ею любят украшать себя женщины); Карп Кои — преодоление трудностей, поскольку эта упрямая рыба норовит плыть против течения; Кошка Нэко — процветание; Журавль Цуру — удачливость; Лягушка Каэру — неуязвимость в жизненных странствиях, ибо глагол «каэру» значит «благополучно возвращаться»; Барсук Тануки — творческий поиск, ведь этот зверь отличается озорством и непредсказуемостью (когда-то, в юности, у Масы была такая кличка); Лев Комаину — разумеется, обозначает силу.

И только два зверя — фантастические, каких в природе нет: Феникс Хоо и Дракон Тацу. Они противоположны. Феникс олицетворяет душевный покой и ведет человека к умиротворению, просветлению — это явно не карма Масахиро Сибаты. Ему по дороге с драконом, покровителем героев и одиночек, следующих особенным, ни на что не похожим путем. Ну и потом, одно дело, если у мужчины в низу живота какая-то лягушка или рыба — и совсем другое, когда гордо предъявляешь избраннице красного дракона.

С миссис Тревор впрочем до дракона пока еще было далеко. Одинокий ронин ухаживал за ней всего второй день и пока еще только добрался до драматического повествования о родителях.

— Видите вон ту дальнюю скалу? — кивнул Маса на первый попавшийся утес, прилепившийся на краю мыса Кэндзаки. Позатуманил глаза, потом вовсе прикрыл. — Я уже говорил вам, что я происхожу из старинного рода якудза, который обитал в этих краях, когда Иокогама была всего лишь рыбацкой деревней. Моего отца звали Рюдзо Сибата...

В юности он рассказывал эту байку бессчетному количеству девушек, всякий раз показывая на скалу или обрыв, какие оказывались неподалеку.

— Он почти не выходил из тюрьмы. На левой руке у него оставалось всего два пальца. Однажды — мне было три года — отец бежал из темницы и спрятался вон на том маяке. Мать отправилась к нему на свидание, захватив с собой меня. Но убежище окружили сёгунские стражники. Сдаться отец не захотел, он был гордый человек. Они с женой предпочли уйти из жизни. Родитель ударил матушку ножом в сердце, а потом перерезал себе горло. На сына рука у него не поднялась, он смог лишь сбросить меня в море. Но я не утонул, стражники вытащили — уж не знаю, к добру или к худу...

Слова, интонация, сдержанная дрожь голоса — всё было отточено до совершенства. Рассказывая, Маса обычно думал о чем-то другом, не забывая подглядывать из-под ресниц за реакцией слушательницы.

Миссис Тревор слушала как надо: вздыхала, всхлипывала. Вообще-то она была женщина с твердым характером, но какая же японка останется равнодушной, внимая рассказу о двойном самоубийстве влюбленных и родительском мягкосердечии. (Несмотря на свои британские манеры и английский язык, Наоми была японкой, фамилия ей досталась от мужа, поэтому объяснять, что такое «якудза» и зачем отрезают пальцы, не понадобилось.)

Чувствительную историю Маса придумал еще в детстве — так давно, что сам в нее поверил. Даже видел, как всё это произошло — ну, или могло произойти.

Однако сейчас, близ родного берега, случилось странное.

Вдали, среди золотистых блесток, покачивалась рыбацкая лодка. Там — согнутая фигурка в широкой соломенной шляпе, в воде торчали поплавки раскинутой сети и чернела точка — детская голова. Так в этих краях издавна ловили рыбу: мужчина сидел в лодке, а мальчишка шести-семи лет находился в воде, беспрестанно расправляя невод, чтобы его не закрутило течением. Ребенка постарше деревянные поплавки-укидама на поверхности не удержали бы, а плавать столько часов подряд никому не под силу.

И Маса словно провалился в иную жизнь, нырнул с головой в далекое прошлое, забарахтался в нем, чувствуя холод тяжелой воды, вкус соли на запекшихся губах, жар солнца на затылке, ломоту в пальцах. Грубый голос Дзиро проорал сквозь слепящие лучи: «Не спи, бандитское отродье! Работай руками!»

Наверное, Дзиро не был злым человеком. Родных детей он никогда не бил. Просто не считал приемыша своим.

Деревенские жили трудно. У них было издавна заведено покупать за небольшие деньги никому не нужных малышей-сирот, подращивать, а затем ставить на тяжкую работу, которую жалко поручать собственным детям. Маса всегда знал, что он чужой, сын якудзы. У него и фамилия была другая — Сибата. Это уже потом, когда он сбежал в Иокогаму и прибился учеником к шайке Тёбэйгуми (а куда еще было деваться «бандитскому отродью»?), мальчишке рассказали, что его отца звали Рюдзо и он был большой человек, оябун собственной банды. Но та банда сгинула, и куда подевался Рюдзо Сибата, никто не знал. Не беда — Маса придумал отцу красивую гибель, а заодно придумал и мать, о которой вообще было ничего не известно. Мальчик вырос, обучился лихому ремеслу якудзы и, верно, прожил бы свой век совсем другой, волчьей жизнью, если бы однажды, сорок пять лет назад, не повстречал в Иокогаме молодого гайдзина с седыми висками…

Когда-то Маса пообещал себе забыть свое раннее горько-соленое детство, никогда о нем не вспоминать. И забыл — казалось, что навсегда. Но стоило ему вновь попасть в те же места, увидеть, как болтается на волнах рыбацкое суденышко, как торчит из воды «живой поплавок», и память выдернула из каких-то темных подвалов то, что там, оказывается, хранилось и за все эти годы нисколько не потускнело.

— Что же вы замолчали? — сострадательно молвила Наоми Тревор. — …Впрочем, не отвечайте. Представляю, каково это — вернуться на родину после столь долгой разлуки. За сорок лет сильно изменился весь мир, а Япония — больше любой другой страны. Вы почувствуете себя Урасимой Таро, не узнавшим родного края.

— Нет, это не так. — Маса глядел на берег, чувствуя сладкую ломоту в сердце. — Я узнаю здесь всё. Фудзи, холмы, цвет воды, переливы воздуха, оттенки света и тени, запах водорослей, каждый мыс, каждую бухту. И крышу храма над Ста Ступенями. И морской рейд…

С каждой минутой город приближался, делался всё больше. Он, конечно, изменился. Над крышами там и сям поднялись башни со шпилями, корабли у причалов тянулись к небу не мачтами, а трубами, но это была та самая Ёкохама, где когда-то всё было испытано впервые: горе и счастье, победа и поражение, любовь и ненависть, страх и преодоление страха. Одним словом, это была Родина.

Масе показалось нелепым, что он так долго оттягивал свое возвращение, сомневался, стоит ли, и мысленно повторял древнее танка:

Проста истина:
Не возвращайся, ро́нин,
В прежние места —
Ведь лепестку сакуры
Не вернуться на ветку.

Танка ошибалось. Человек не лепесток, подвластный лишь законам ботаники и гравитации. У тебя всегда есть выбор, и самые главные решения нужно принимать сердцем. Сердце же звало Масу на Родину, к прежней привязанности, с того самого момента, когда не осталось других. Правда, имелась вдова господина, но близость Масы только мешала ей построить какую-то другую жизнь, служила вечным напоминанием о горестной потере. Оба они были не мягкими лепестками сакуры, а твердыми яблоками. Яблоки же, ударившись о землю, откатываются в разные стороны...

Дорога на Родину получилась длинной, но куда спешить мастеру одиночества? К тому же денег хватило только на билет до Шанхая, где Маса провел больше полугода, прежде чем смог двинуться дальше. Господин всегда говорил, что деньги, лежащие на американском счете, принадлежат им обоим. Но пусть всё достанется вдове и сыну. Ронин с чековой книжкой — это абсурд.

В Шанхае возвращенец не сидел сложа руки — вторая половина обратного пути требовала подготовки.

Впервые Маса работал сам по себе, используя накопленные за бурную жизнь навыки: привычку к опасностям, гибкость ума, а также знание человеческой природы и обоих миров, Западного и Восточного.

Этот капитал оказался очень кстати, когда пришлось взяться за одно деликатное дело, чреватое слезами и кровью.

Юный сын японского генерального консула Татибаны имел неосторожность страстно влюбиться в дочь опиумоторговца Крюкова, ведавшего транзитом магического зелья между Шанхаем и Харбином. Господин Татибана, понятное дело, был в ужасе: сын связался с преступным кланом! Не легче было и положение русского бандита. Он тесно сотрудничал с китайскими триадами, которые ненавидят японцев, и зазорная связь дочери означала для Крюкова ужасную потерю лица.

История Ромео и Джульетты красиво смотрится только на сцене, а в жизни ничего красивого тут нет, одни проблемы. Да и сами влюбленные, честно сказать, были нехороши: мальчишка глуп и прыщав, девчонка вздорна и тоща.

Японский отец хотел отослать заблудшего отпрыска на родину, но тот грозился разрезать себе живот. Русский отец охотно прикончил бы соблазнителя, но его дочь сулилась повеситься. Добром всё это кончиться не могло. Весь иностранный сеттльмент Шанхая ждал неминуемой трагической развязки.

Здесь Масахиро Сибата и пригодился. Он предложил свои конфиденциальные услуги господину Татибане, сказав, что хорошо знает русских и все их повадки. Консул ухватился за это предложение, как утопающий за соломинку.

На самом деле повадки русских были ни при чем. Просто Маса присмотрелся к девице и понял: она, во-первых, пустоголова, а во-вторых, относится к породе женщин, влюбляющихся в необычное, потому и втрескалась в японца. Дальнейшее было вопросом техники. Зрелый японец с экзотической биографией и богатым жизненным опытом гораздо необычнее японца юного и сопливого. Девушка колебалась недолго. Мальчишка, конечно, поубивался, но харакири не сделал — стыдно накладывать на себя руки из-за вертихвостки. В общем, все остались живы, обошлось без кровопролития.

Оба отца были несказанно благодарны спасителю. То есть русский-то отец вначале не очень, он даже подослал наемных убийц — прикончить нового совратителя дочери, но прикончить Масахиро Сибату очень непросто. С первого раза это не получилось, а второй попытки Маса ждать не стал. Ночью он пробрался в спальню господина Крюкова, проскользнув мимо охраны, и разбудил обидчивого родителя. Залепил ему рот пластырем и на хорошем русском языке объяснил, как славно и удачно всё устроилось. Крюков был хоть и бандит, но человек умный, иначе он не сумел бы вести дела с триадами. Попросив жестом позволения снять пластырь, хозяин дома сердечно поблагодарил ночного гостя и даже предложил выплатить награду, но Маса отказался. Ронин не берет денег за любовь, даже если девушка такая глупая и тощая (последних слов он, конечно, не сказал, чтобы не ранить отцовское самолюбие).

Тогда господин Крюков предложил Масе заработать: сопроводить груз в Харбин и вернуться обратно с деньгами. Предложение было принято. Покойный господин такой работы не одобрил бы, но, посмотрев на гражданскую войну в России, Масахиро Сибата перестал понимать, что такого уж страшного в наркотиках. Если человек, не нашедший в своей жизни никакого смысла, предпочитает реальности опиумные грезы — его дело. По крайней мере он не навязывает свою химеру другим людям, расстреливая тех, кто с нею не согласен.

Задание было легким, оплата превосходной. Крюков остался доволен и предложил постоянную службу, на очень хороших условиях, но в планы ронина не входило вновь становиться самураем. Кто летал за белым орлом, не полетит за навозной мухой.

Японский отец отблагодарил Масу на свой консульский лад: помог возобновить давно утраченное подданство страны Ямато. Без этого вернуться на родину не получилось бы.

Чиновник, выписывавший паспорт, спросил, какими иероглифами пишется имя репатрианта.

— «Сиба-та» — «Травяное поле», да?

Когда-то фамилия так и писалась, самым заурядным образом. Но для новой жизни Маса решил избрать иное написание, более уместное для одинокого ронина.

— Нет, «Си-бата», «Знамя Смерти».

По-другому теперь выглядело и личное имя «Масахиро»: вместо «Правдивой Широты» — «Красивый Поиск». Потому что Красота выше Правды, а после шестидесяти человеку пора переходить от широты и экспансии к прицельному Поиску окончательного смысла жизни.

— Вы всё блуждаете где-то мыслями, — вернула собеседника к реальности миссис Тревор.

Рассеянность в разговоре — правильный стиль поведения на первой стадии ухаживания, но нельзя, чтобы женщина вообразила, будто ею пренебрегают. Поэтому Маса виновато моргнул и поработал мышцами щек, чтобы они смущенно порозовели.

— Вы странно на меня действуете, Наоми. Сам не пойму, в чем дело…

Это было немного в лоб, но времени оставалось совсем мало. Пароход уже входил в акваторию порта.

Запоздалость ухаживания объяснялась тем, что вплоть до вчерашнего дня Маса был занят.

Из Шанхая он плыл в каюте второго класса, делил ее с утомительно говорливым и скучным агентом страховой компании «Ллойд», который к тому же еще и храпел. Но звучные рулады Маса терпел только одну ночь. Уже на второй день плавания он нашел путь к сердцу и телу милой американской отельерши из города Кобе, большой ценительницы экзотических мужчин. Каждый вечер Маса незаметно проскальзывал на палубу первого класса и отлично проводил ночи с мягкой женщиной на мягкой постели. В Кобе мисс Виксен сошла, и, помахав ей на прощанье веером, Маса приступил к осаде Наоми Тревор, которая обитала в Иокогаме и годилась для будущих сухопутных отношений.

Она была совершенно в Масином вкусе — полная, сочная, круглолицая — и к тому же переживала трудное время: ее бросил муж. Он был англичанин, очень богатый человек, оптовый торговец шелком. Год назад открыл филиал в Шанхае, стал проводить в Китае много времени и в конце концов завел там вторую семью, которая постепенно стала первой. Наоми плавала в Шанхай оформлять развод. Все ее разговоры были о том, что она содрала с негодяя три шкуры и что своей обожаемой дочери он больше никогда не увидит. Показала фотокарточку: прехорошенькая девочка лет тринадцати без малейших следов европейской крови — настоящая куколка итимацу, только не в кимоно, а в платье с кружевным воротником. Миссис Тревор говорила, что не портит свою Глэдис «туземным воспитанием». Все разговоры дома только на английском, прислуга тоже сплошь британская, за исключением боя, который таскает за барышней в школу ранец и зонт.

Маса сочувственно слушал (с женщинами это самое главное), мужа осуждал, дочкой восхищался. Событий не торопил. Как уже было сказано, до завершения осады оставалось еще два этапа.

На первом миссис Тревор должна была вернуться домой, поглядеть вокруг себя взглядом отринутой супруги и напугаться, что ее женская жизнь закончена. На втором — вспомнить интересного спутника с парохода «Емпресс оф зе Ист» и самой его разыскать, а потом прорваться через обет целомудрия (про который она еще не знала) к татуировке дракона и соседствующему с ней мужскому корню. Дозревание миссис Тревор продлится не больше недели.

— Вон там, на Блаффе, мой дом. — Наоми показала на холм, где еще в семидесятые годы прошлого века начали селиться состоятельные иностранцы. — Надеюсь увидеть вас в гостях. Любой рикша знает особняк Треворов.

— Скоро не получится. У меня будет много хлопот. Я ведь говорил вам, что собираюсь открыть в Иокогаме агентство.

— Да, но не сказали, какое.

— Детективное, — небрежно сказал Маса. — Я по профессии международный сыщик, расследую разные сложные преступления, с которыми не может справиться полиция.

Нарочно сообщил об этом только теперь, напоследок. Лишний крючок, который приблизит встречу на берегу.

— Ах, как интересно! — взвизгнула Наоми. — Я обожаю истории про сыщиков! Вы читали «Приключения Шерлока Холмса»?

— И даже участвовал в одном из них, при весьма неординарных обстоятельствах, — дал еще один залп Маса. — К сожалению, сейчас не успею рассказать — нужно собирать вещи.

Поцеловал даме пальцы, на сей раз коснувшись их жаркими губами. Сокрушенно вздохнул, откланялся.

Вещи могли и подождать, их у Масы было немного, но захотелось побыть ближе к воде с ее будоражащими память запахами.

С парадной верхней палубы он спустился на самую нижнюю, под которой находились недра огромного парохода — трюм, машинное отделение, грузовые отсеки.

Море теперь было совсем рядом, покачивалось всей своей мармеладной массой, но пахло оно не юностью, а большим портом — мазутом, маслом, бензином, как на рейде Нью-Йорка или Кронштадта.

Протиснуться к борту не получилось, там плотно теснились трюмные пассажиры — китайские и корейские рабочие, приплывшие в Японию на заработки: сплошная стена черных и коричневых чогори, синих рабочих курток, суконных шапочек и потертых кепок. Только один в толпе был одет по-японски, в простое серое кимоно. Сзади было видно крепкую шею, непокорно оттопыренные уши, блестящий ежик торчащих кверху волос. Стоило Масе сделать шаг к лопоухому, и тот быстро обернулся. Этот человек спиной чувствовал взгляд, была у него такая особенность. Маса несколько раз пытался подойти к нему незаметно — просто так, для эксперимента, — и ни разу не удалось.

— А, загадочный ронин, ходок по бабам, — сказал человек по-русски. — Ну что, доплыли? — И пропел: — Плыли по реченьке белые гуси…

Ухмыльнулся, пожал руку. В узких глазах поблескивали нетерпеливые искорки. Маса с удивлением разглядывал свежевыбритое лицо, на котором проступили резкие носогубные, открылась твердая линия насмешливого рта, каменный подбородок с ямочкой.

— Где борода и усы? Я тебя еле узнал.

— Борода не в честь, а усы и у кошки есть, — засмеялся балагур. — Что, брат, сердчишко стук-стук? Могу себе представить. Я-то не был дома двадцать лет, а ты все сорок.

— Сорок один год с половиной, — поправил Маса.

Познакомились они так.

В первую ночь после отплытия из Шанхая, изгнанный из каюты храпом страхового агента Маса вышел пройтись на палубу, и на темной корме было у него наваждение. Он как раз мрачно думал: за каким чертом тащусь я в чужую мне Японию, когда моя страна давно уже Россия, которая теперь тоже чужая, но по которой я тоскую каждый день. И вдруг замер — не поверил ушам.

Приятный хрипловатый голос негромко пропел в ночи:

— Раскинулось море широко, лишь волны бушуют вдали...

— Товарищ, мы едем далеко, подальше от нашей земли, — неуверенно подхватил Маса.

Прожектор на мостике прочертил лучом черноту, выхватил из нее человеческую фигуру, и теперь Маса уже не поверил глазам. Перед ним, изумленно щурясь, стоял не русский, а японец. Несколько секунд они пялились друг на друга, оба в кимоно, в деревянных гэта.

Потом, конечно, заговорили — по-русски, которым ночной певец владел даже лучше Масы. Ни малейших признаков акцента в скупой, но быстрой речи не было.

Человек был осторожен. Много расспрашивал, мало рассказывал. На вопрос об имени назвался сказочным персонажем:

— Зови меня Момотаро. А ты кто?

— Ронин, — буркнул Маса, обидевшись на невежливость. Момотаро, Персиковый мальчик, — персонаж из детской сказки.

Так они потом и называли друг друга: Момотаро и Ронин, хотя через некоторое время, присмотревшись к

Масе, новый знакомый представился и по-настоящему. Имя у него было неожиданное: Кибальчич.

Когда Маса удивился, откуда у японца русская фамилия, Момотаро ответил, что прозвание, с которым рождаешься на свет, ровным счетом ничего не значит, ибо досталось тебе по случайности. Нужно брать имя самому, со смыслом. С этим Маса был совершенно согласен и спросил, в чем смысл фамилии «Кибальчич».

Оказывается, был такой революционный герой, изобретатель бомбы, которая убила царя Александра II. Кибальчич был ученый физик. Уже сидя в тюрьме и ожидая казни, он проектировал ракету для полетов в космос — за это Момотаро его и зауважал.

— Красивый человек, — признал Маса. — Среди революционеров вообще много красивых людей, хотя сама революция очень некрасивая.

И рассказал про красивых террористов «Боевой группы», которых когда-то знавал в Москве. Полицейский начальник, ловивший террористов, был гораздо хуже их. За это господин с Масой его наказали.

Момотаро выслушал давнюю историю внимательно. Оказалось, что он знает про «Боевую группу» и чтит память ее участников, «легендарных героев революционного движения» (прямо так и назвал, торжественно). После этого разговора собеседник стал менее осторожен в общении и даже кое-что о себе рассказал.

Он был японский солдат, попавший в русский плен под Ляояном.

— Я тогда был совсем зеленый, дурак дураком, — усмехаясь, говорил Момотаро-Кибальчич. — Считал плен страшным позором, хотел покончить с собой, воткнул себе в живот перочинный ножик, да он оказался коротковат. Вылечили меня. Вылечили и выучили. Посмотрел я на другую жизнь, на ту, первую революцию, прибился к настоящим людям. И потом куда меня только ни бросало — и на запад, и на восток...

На этом, правда, изложение биографии и закончилось. Момотаро часто сам себя обрывал, вечно чего-то недоговаривал.

Они виделись каждый день. Обоим доставляло удовольствие говорить по-русски. Много спорили — конечно, о революции.

— Ты не смотри, Ронин, что она в России получилась такая суровая и страшная, — горячился Кибальчич, когда Маса ругал красных. — Там у народа нет привычки к самодисциплине. От этого бардак и всякие эксцессы. Но революция в любом случае начинается с разрушения: «Весь мир насилья мы разрушим». Это работа тяжелая, грязная, весь перепачкаешься. Потом на обломках старого порядка надо построить новый, правильный порядок. Тоже пыли наглотаешься, прежде чем наведешь чистоту. Русским одним управляться трудно. Помочь им надо, навалиться всем миром голодных и рабов.

Маса придерживался иного мнения — был согласен с покойным господином, всегда говорившим, что грязными руками ничего чистого не создашь. Но слушал Кибальчича с интересом. Догадаться, по каким делам этот русский японец возвращается на родину, было нетрудно. Однажды Маса напрямую спросил: ты что, из Коминтерна?

— Любопытной Варваре на базаре нос оторвали, — засмеялся Момотаро. Как всякий иностранец, хорошо выучивший русский, он обожал пословицы и поговорки.

Но на другой вопрос — почему ты носишь кимоно, попутчик ответил с неожиданной откровенностью:

— Документишки у меня хреноватые. Надеюсь, что посконного Япона Японыча в Иокогаме сильно шмонать не станут.

Затем, наверное, и бороду с усами сбрил — чтоб ничем не отличаться от обычного японца.

Сегодня Кибальчич был не такой, как всегда. Всё время находился в движении — подергивал головой, хрустел пальцами.

— Волнуешься перед встречей с Родиной? — понимающе спросил Маса. Его тоже потряхивало.

— Волнуюсь, что возьмут на цугундер, — хмуро ответил Кибальчич.

Достал из-за пазухи паспорт.

— Видишь, на фотокарточке морда вдвое толще. И место рождения стоит «Осака». Похоже по говору, что я из Осаки?

Последнюю фразу он произнес по-японски, стараясь говорить на кансайском диалекте. Прозвучало неубедительно.

Маса рассматривал в небольшой, но сильный цейссовский бинокль набережную Банд, с которой было связано столько воспоминаний. Там многое изменилось, но некоторые здания остались. Где-то вон за теми густыми деревьями (сорок лет назад они были саженцами) должен находиться дом 6, консульство страны «Оросиа», где юный якудза по прозвищу Барсук учился быть русским самураем…

— Дай-ка.

Кибальчич отобрал окуляры, навел их на какую-то точку и застыл.

— Что у тебя на том холме? — спросил Маса. — Родной дом?

— Тюрьма Нэгиси, — пробормотал Момотаро, — самая большая в Японии. В ней сидит немало товарищей. Как бы и мне там не оказаться с моей дерьмовой ксивой… Ладно. Бог не выдаст — свинья не съест.

Наверху ударил гонг, приглашая пассажиров респектабельных классов на прощальный капитанский коктейль.

Надо было идти туда — трогательно расстаться с Наоми и между делом обронить, что жить Маса пока будет в «Гранд-отеле». Иначе как она потом разыщет своего утешителя?

— Ну, желаю удачи. Пойду.

— Бывай, — буркнул Кибальчич, не глядя сунул руку. — Бинокль не подаришь? По русскому обычаю положено, при расставании. А я тебе часы отдам, московские, «Павел Буре».

В детективной профессии без хорошего бинокля никуда, поэтому Маса на обмен не согласился.

— Мы в Японии, тут такого обычая нет.

— Жлоб ты, Ронин!

На том и расстались.

На квартердеке оркестр наигрывал сладкую арию Тё-тё-сан, чистая публика потягивала коктейли, капитан в белоснежном мундире посматривал на часы — до полудня, официального времени прибытия, оставалось пять минут. Пароход «Емпресс оф зэ Ист» славился своей пунктуальностью.

Корабль медленно плыл вдоль длиннющего, чуть не километрового пирса, к назначенному месту стоянки. Там выстроилась вереница автомобилей и рикш, лиловела букетами и женскими кимоно толпа встречающих. Лиловость объяснялась тем, что сегодня был первый день осени, когда все дарят друг другу цветы хаги, а дамы, обладающие хорошим вкусом, подбирают наряд того же изысканного оттенка.

Надо было торопиться.

Маса высмотрел у перил миссис Тревор и направился к ней, однако наткнулся на непредвиденное препятствие. Дорогу заслонила сестра Турнип, дьяконисса

иокогамской лютеранской миссии, жуткая мымра. Она всегда ходила в сером платье с белым фартуком и мышином чепце, с крестом на груди. Недавно читала в салоне лекцию «Эволюция греха в современном мире» и все время кидала на Масу злобные взгляды. Обычно он обходил святую женщину стороной.

Попробовал обогнуть и теперь, но не получилось.

Дьякониса прошипела:

— Оставьте миссис Тревор в покое! Я видела, как вы стервятником кружите вокруг бедной потерянной овечки! Она уважаемая прихожанка нашей церкви, я не позволю вам ввергнуть ее в грех! Ступайте своей дорогой, распутник, иначе я расскажу Наоми, как вы каждую ночь таскались к вашей американской блуднице!

— Сделайте милость, — поклонился Маса. — Это только поднимет меня в глазах Наоми. Нормальные женщины обожают Дон Жуанов.

Надо будет заменить историю об обете целомудрия на историю о вечном поиске недостижимого женского идеала, мысленно скорректировал он стратегию.

Вежливые, с достоинством произнесенные слова (а может быть, упоминание о «нормальных женщинах») ввергли фурию в бешенство.

— О, я хорошо знаю мужчин вашего сорта! — занеистовствовала она. — Вы плодите зло и разврат, уверенные, что вам всё сойдет с рук! Вы превращаете мир в Содом и Гоморру! Однажды из-за таких, как вы, Господь прольет дождем горящую серу, разрушит города и всех, кто живет в городах, и всё, что растет на земле! Он спасет праведных, а грешников вроде вас погубит! Читайте «Бытие», глава 19, стих 23! И коли иного средства нет, я призываю Всевышнего не медлить! Пускай грянет конец света!

Сестра Турнип воздела очи и перст к небу.

Небо откликнулось гневным рокотом, от которого затряслась и вздыбилась земля, а море вспучилось пенными гребнями и провалилось ямами. Грянул конец света.

Произошло это 1 сентября 1923 года в 11 часов 58 минут и 34 секунды. Тысячи остановившихся хронометров зафиксировали этот момент с точностью.

НЕЧЕЛОВЕЧЕСКОЕ

Земной шар повел себя, как вымокшая собака — встряхнулся, и пассажиры «Восточной Императрицы» брызгами полетели во все стороны. Масу швырнуло на дьякониссу, он сшиб достопочтенную даму с ног, да еще бухнулся сверху, но мисс Турнип не возмутилась, а пролепетала:

— Это что, Апокалипсис? Господи, я не хотела…

Что это такое, Маса не знал. В юности он перенес несколько довольно сильных землетрясений, но такой бешеной тряски, чтобы подпрыгивал горизонт, такого оглушительного грохота, будто палят двенадцатидюймовые орудия, никогда не бывало.

— Конец света, — сообщила ему мисс Турнип — он не столько услышал, сколько догадался по движению губ. — Вот он и настал! Господи, прими мою душу!

Но вцепилась при этом в Масины плечи. Оттолкнув дуру, он поднялся на четвереньки, пополз по прыгающей палубе к борту, схватился за него, поднялся.

Открывшееся зрелище было невероятным. Весь пирс ходил асфальтовыми волнами выше человеческого роста, змеился огромными трещинами. В одну из них скатился автомобиль «форд», и зазубренные края тут же сомкнулись, будто жующие челюсти. Вот огромный кусок причала, в двести или триста метров длиной, накренился, обрушился в воду. С него посыпались люди. Судя по разинутым ртам, они истошно орали, но утробный рык планеты заглушал крики.

Маса зажмурился, чтобы не видеть этой картины, — и вдруг бешеная вибрация прекратилась. Открыв один глаз, он зачем-то взглянул на часы, как будто имело значение, сколько сейчас времени. Сначала подумал, что они стоят — длинная стрелка так и застыла, чуть-чуть не дойдя до полудня. Но вот она дрогнула, переместилась ровно на двенадцать, и оказалось, что нескончаемый ужас длился меньше минуты.

Трясти перестало, но не стих гром, от которого закладывало уши. Теперь стало ясно, что он несется с берега. Маса взглянул на Иокогаму и не увидел ее. Там, где только что находился город, покачивалась огромная коричневая туча. Почти такого же цвета, разве что немного светлее, было небо. Вдруг оно зашумело, засвистело — еще громче, чем гремела земля, и пришло в движение. Воздух колыхнулся, упруго ударил Масу в грудь — он упал бы, если бы не держался за перила.

Тайфун! Это налетел тайфун, невиданной ярости и мощи. Он сдул с полуразрушенного пирса уцелевших людей, подбросил кверху рикш вместе с колясками, больно сыпанул в лицо колючей пылью.

Закашлявшись, Маса присел, спрятался за борт. По палубе, подпрыгивая и звеня, прямо на него с бешеной скоростью катилась медная оркестровая тарелка — он еле увернулся. Потом произошло совсем страшное: над головой пролетел маленький мальчик в матросском костюмчике — должно быть, вихрь вырвал малыша из материнских рук. Маса рванулся ухватить ребенка, но тот уже исчез.

Словно насытившись этой жертвой, ужасный ветер стих — так же внезапно, как налетел. Но тут на землю упало коричневое небо. Всё исчезло в густейшем тумане, каких в природе не бывает. Маса поднял руку и едва разглядел ее контур. Цвет воздуха посекундно менялся: бурый, охряной, грязно-желтый, но видимости не прибавлялось.

Кажется, и правда конец света, подумал ронин — не со страхом, а со странным удовлетворением. За тысячелетия сменилось столько поколений, и только нынешнему выпало увидеть конец представления. Ну-ка, что последует дальше? Неужто Страшный Суд? Нет, если правы христиане, сначала поскачут всадники Апокалипсиса.

Всадники пока не скакали. Снова поднялся ветер — тоже очень сильный, но уже не ураганной ярости. Он поменял направление на противоположное, дул с моря на сушу. Унес плотный туман, а вместе с ним и громыхание.

Воздух восстановил прозрачность, наступила абсолютная тишина. Маса увидел, что на палубе повсюду сидят и лежат пассажиры. У всех одинаковые застывшие лица. Никто не кричит, не двигается. Вспомнил картину художника Бурюрова «Гибель Помпеи», на которой все бегут, мечутся, вопят. Было совсем непохоже. Какая-то женщина сидела с вытянутыми вверх руками и тупо на них смотрела. Мать, у которой тайфун вырвал ребенка, догадался Маса и поскорее отвернулся.

Теперь Иокогаму было хорошо видно, только смотреть там стало не на что. Будто аравийская пустыня: одни барханы, и больше ничего. Город исчез. Остались покрытые белой пылью развалины. Уцелело только то, что не было создано людьми: холмы, деревья, море. Вдали, как ни в чем не бывало, сияла снежная Фудзи. Вернулось и сверкающее медное солнце — будто в зенит взлетела та чертова тарелка, едва не прикончившая Масу.

Но и тишина с неподвижностью долго не продержались. После краткого антракта ужасный спектакль возобновился, задействовав новые сценические эффекты.

Сначала в правом углу панорамы, над огромной цистерной с надписью "Standard Oil" вскинулось огненное облако, переметнулось на соседние резервуары, и скоро в той стороне всё загрохотало, заполыхало. Взрывы поменьше ударили и в других местах. Тут и там взметнулись красные языки пламени. После великой тряски и великого тайфуна настал черед великого пожара.

Хорошо еще, что не все три беды одновременно, подумал Маса — и сглазил.

Пароход качнуло снова и затрясло почти так же сильно, как несколько минут назад, пассажиры опять повалились кто куда. Как клоуны в цирке, только никто не хохочет, мелькнуло в голове у Масы. Хотя как знать? Может быть, Главный Зритель сейчас и покатывается со смеху. С чего люди взяли, что Он добр и к ним благорасположен?

Нелепую мысль выдуло новым порывом ураганного ветра, только теперь он был еще страшнее, потому что подхватил с земли бушующее пламя и потащил его над бухтой, крутя огненными смерчами. Небо запереливалось чернотой и багрянцем, вниз посыпались обжигающие хлопья. Теперь трясение земли, тайфун и пожар объединились, чтобы уничтожить остатки жизни.

Шквал подкатил прямо Масе под ноги непрошенный подарок — дьякониссу, дрыгающую тощими ногами из-под задравшейся юбки. Мисс Турнип что-то кричала, разевая желтозубый рот.

— «...И отверз шестую печать, и был великий тряс, и солнце почернело, как рубище, и луна сделалась, как кровь!» — разобрал Маса и подумал: не похоже, что мы доживем до луны.

Он отвернулся и обмер, завороженный фантастической картиной. Над самой поверхностью моря неслось огненное торнадо, поджигая яхты и лодки. Паруса и мачты пылали на них куклуксклановскими крестами. Вот загорелась целая шхуна. Смерч сделал вид, что обойдет «Императрицу» стороной, метнулся к середине бухты, но передумал. Вернулся к пылающей шхуне, легко сорвал ее с якоря и погнал прямо на неподвижный, беспомощный пароход.

Вот и конец, сказал себе Маса. Надо бы составить прощальное хокку, но за оставшуюся минуту хорошего стихотворения не сочинишь, а с плохим помирать не хочется.

— А-а-а-а-а!!! — завопила «Емпресс оф зе Ист» в тысячу глоток.

И тут сверху, будто из-под облаков, раздался зычный бас. Это капитан проорал в рупор:

— Женщины и дети — вниз! Мужчины — спрятаться за борта! Команда, по пожарным постам!

Повелитель корабля стоял на мостике в уже не белом, а грязно-сером, присыпанном пеплом кителе и без фуражки, седые волосы растрепались, но голос был тверд, жесты уверенны.

— Кларк, раскатать шланги! Поливать борта и палубу! Сандерс, берите своих, багры в руки и на нижнюю палубу! Отталкивайте шхуну, не дайте ей прилипнуть! Боцман, песок! Коллинз, снять брезент со спасательных шлюпок!

Сразу все задвигалось, забегало. И перестало быть страшно.

Хорошо, когда в хаосе и неразберихе появляется кто-то, твердо знающий, что делать, подумал Маса, хватая с пожарного щита топор.

Самый главный Капитан — Тот, что на небе — всегда ценит мужество. И в последний миг Он сменил гнев на милость: ветер опять задул в другую сторону. Корабль-смерть прошел в каких-нибудь двадцати метрах от парохода, накренился, повернул в открытое море.

Выходит, жизнь еще не заканчивалась.

В этот нескончаемо длинный день Маса прощался с нею еще несколько раз. Дважды трясло так сильно, что пароход бешено бился об останки пирса и было неясно, выдержит обшивка или нет. Потом опрокинуло трап, на котором несколько добровольцев соскребали с борта пылающий мазут. Все остальные свалились в горящую воду и сгинули, а Маса висел над смертью на канате минут пятнадцать, пока не вытащили. На этот раз он успел сочинить прощальное трехстишие, довольно приличное:

Так и не знаю,
Зачем я жил на свете,
Но всем спасибо.

Заучил стихотворение наизусть — еще пригодится, и, может быть, скоро.

Паники и смятения на корабле, однако, больше не было. Капитан Денфорд ввел особый режим и установил жесткую диктатуру. Одного пассажира, британского генерала, который попытался оспаривать приказ, моментально скрутили и посадили под арест. Все распоряжения членов команды должны были беспрекословно исполняться пассажирами. Мужчин капитан объявил мобилизованными и разбил на группы. Раненых отнесли в медицинскую часть. Все продукты и запасы воды были изъяты, помещены под охрану. Женщина, у которой тайфун унес ребенка, выйдя из ступора, начала громко выть — ее усыпили уколом морфия.

Маса смотрел на капитана с восхищением. В обычное время Денфорд казался болваном. Говорил дамам тяжеловесные комплименты, за бокалом вина рассказывал плоские анекдоты и сам громко им смеялся. Но в критической ситуации оказался на месте — спас свой корабль.

Правда, к вечеру, когда непосредственная опасность миновала и можно было бы уже поуменьшить строгостей, капитан продолжал их наращивать — вошел во вкус. Маса слышал, как Денфорд говорит помощнику, что на корабле, попавшем в бедствие, капитан соединяет в себе единобожие с самодержавием: он и Год, и Кинг.

Вечером ввели комендантский час. Пассажирам было приказано разойтись по каютам и до утреннего гонга не выходить. Повсюду — в коридорах, на палубах, в переходах — расхаживали патрули из матросов и прислуги, которая тоже сделалась очень важной. Даже соседские визиты из каюты в каюту строжайше воспрещались. В размноженном на машинке приказе капитана объяснялось, что это делается в целях пресечения панических разговоров.

Их на протяжении ужасного дня действительно было много.

На виду у пассажиров горел полумиллионный город — пожар охватывал все новые кварталы. Черный дымный столб вздымался до самого неба и в той сторо-

Тосусай Сяраку. Актёр Мацумото Касира

Цукиока Ёситоси. Стихотворение

Утагава Кунисада. Сцена из спектакля Кабуки

Рюрюкё Синсай. Мартышка

Неизвестный художник. Семейная сцена

Утагава Хиросигэ. Скалы

Итиракутэй Эйсуй. Куртизанка

Кацусика Хокусай. Горный пейзаж

Утагава Куниёси. Тигр и дракон

не, где в двадцати милях к северо-востоку находилась японская столица. Собираясь кучками, люди спорили, что произошло: небывалой силы землетрясение или некая глобальная катастрофа? Судя по тому, что по заливу перекатывались высокие волны, в открытом море разразилось еще и мощное цунами.

Профессор физики из Токийского университета предположил, что в планету врезался огромный метеорит, а если так, то, возможно, разрушена вся земная цивилизация. Эту апокалиптическую версию укрепляло зловещее молчание пароходной радиостанции. Может быть, она просто сломалась от сотрясения, но спросить было не у кого — радист лежал в лазарете без сознания, его швырнуло виском об угол.

Насчет всей земной цивилизации Маса не знал, но от страны Японии, кажется, мало что осталось.

Ночью, когда исстрадавшиеся пассажиры крепко спали или мучились кошмарами в своих каютах, одинокий ронин предавался мрачным раздумьям. Страхового агента не было. Во время самого первого толчка бедолага упал с лестницы и сломал себе шею. Ныне он почивал в трюмном холодильнике — тихо, без храпа.

Моя роковая карма — всем приносить беду, виноватил себя Маса, имея в виду отнюдь не только злосчастного храпуна. Жил в России — и что с нею случилось? Погибла. Достиг японских берегов — не стало и Японии. В этом самоистязании, пожалуй, был и совсем крошечный оттенок гордости.

Но на пароходе, оказывается, спали не все.

Кто-то негромко постучал в окно. В сером квадрате чернела ушастая голова. Момотаро. Показал жестом: подними раму. Перелез в каюту. Он был не в кимоно, а в дешевой пиджачной паре и сатиновой рубахе без воротничков, сделавшись похож на татаристого мастерового — на Волге таких полным-полно.

Весь день приятели не виделись, потому что одним из первых приказов капитан объявил нечистую трюмную публику «временно интернированной» и снизу никого не выпускали. Пароходный диктатор не доверял пролетариату.

Момотаро, конечно, заговорил о грозных событиях, но в неожиданном тоне.

— Как мне свезло со всей этой хреновиной! — прошептал он, возбужденно сопя. — С землетрясением, с тайфуном, с пожарами! Ни тебе пограничного контроля, ничего! Одна проблема: как добраться до берега. Пирс развалился, и все равно около трапа караул. Но я нашел способ. Только нужна твоя помощь. Как, Ронин, пособишь?

Не дожидаясь ответа, придвинулся ближе.

— К корме пришвартована шлюпка с веслами. Она на цепи, и замок наверху. Я спущусь, а ты с палубы отомкнешь. Лады?

Маса пожал плечами — почему нет? Но тут опять постучали — с другой стороны, из коридора.

Открыл — в дверь проскользнула Наоми Тревор. Не обращая внимания на постороннего человека (а может быть, и не разглядев его в темноте), дрожащим голосом зашептала:

— Мистер Сибата! Дорогой Маса! Только вы можете мне помочь! Блафф в огне!

— Сочувствую. У вас ведь там дом.

— Что дом! Там моя Глэдис! Перепуганная, в опасности, а может быть, уже… — Миссис Тревор всхлипнула. — Я умоляла капитана дать мне лодку — отказал. Просила просто высадить на берег — не хочет и слушать! Тогда я вспомнила о вас, о вашей профессии. Вы опытный человек, наверняка бывали в тысяче переделок. Доставьте меня к дочери!

— Пока это никак невозможно, — участливо сказал Маса. — Может быть, утром.

— Возможно, очень даже возможно, — подал голос Момотаро. По-английски он говорил паршиво, но понятно. — У меня есть лодка. Но это будет стоить денег.

Повернувшись к незнакомцу и не задавая никаких вопросов, миссис Тревор воскликнула:

— Я заплачу сколько угодно!

— Пятьсот иен, — назвал несусветную сумму защитник голодных и рабов. — Деньги вперед.

— Имей совесть, скотина! — обругал его по-русски Маса.

— Твоя зазноба — буржуйка. Пускай платит, — хладнокровно парировал Момотаро. — Деньги мне пригодятся для дела.

Взволнованная мать торговаться и не подумала — только поставила условие, что расплатится на берегу. Такую женщину не надуешь, даже когда она в отчаянии.

— Мистер Сибата, я в каюту за деньгами. И переоденусь для опасного путешествия. Постучитесь через пять минут.

Согласен он или нет, даже не спросила. Об оплате речи тоже не шло. Насколько же выгоднее быть хамом и вымогателем, чем джентльменом!

Момотаро полез обратно в окно. Договорились встретиться на корме нижней палубы.

Через пожар и развалины удобней пробираться в облегающей одежде и в башмаках, поэтому Маса тоже переоделся в европейское.

Помочь женщине в беде — это благородно, думал он. Особенно красивой женщине, которая может вознаградить благородство любовью. Так что еще неизвестно, кто умнее — хам или джентльмен. Если мир разрушен, то пятьсот иен превратились в никчемные бумажки, а любовь — валюта, которая никогда не обесценится.

Немного повеселев, благородный ронин отправился за благородной дамой.

Миссис Тревор ждала его в дверях каюты, наряженная в черное коктейльное платье и белые теннисные туфли, с театральной сумочкой через плечо. Голову она повязала шелковой шалью. Этот наряд Маса в целом одобрил, лишь выразив сомнение по поводу узкого платья — как в таком перелезать через борт? Однако Наоми продемонстрировала сбоку вырез до середины бедра и то, как высоко она может задрать колено. Колено ронину очень понравилось. Оно было полное и круглое.

— Только одно условие, — нежно сказал он. — Вы будете беспрекословно исполнять все мои указания. Слышите — все?

Миссис Тревор кротко кивнула. Воображать, как она будет исполнять все Масины указания, было приятно.

Бесшумно, по ковровой дорожке, они двинулись вдоль коридора, но одна из дверей вдруг приоткрылась. Оттуда высунулась мисс Турнип, схватила Наоми за рукав.

— Остановитесь, несчастная! Зачем идете вы за этим дьяволом? Чтобы предаться с ним разврату? Как вы можете в час Божьего гнева помышлять о грехе?

— Тссс. — Наоми приложила палец к губам. — Мне нужно домой, к дочери. Без надежного спутника я на берег не попаду и через горящий город не проберусь. У нас лодка.

— Лодка? — Дьяконисса тоже перешла на шепот. — Тогда возьмите меня с собой. Мое место там, где плач и скрежет зубовный.

— Лодка совсем маленькая. Мест нету, — буркнул Маса. Не хватало ему еще этой ядовитой сколопендры.

Он даже не представлял себе, до какой степени ядовитой.

— Не возьмете — подниму крик, — пообещала святая женщина. — И вас посадят под арест за нарушение капитанского приказа.

Делать нечего, пришлось взять.

Берег был ярко-алый, освещенный пожарами, которые пылали повсюду. По черной воде бухты метались переливчатые сполохи. Пожалуй, это было красиво. Но дьяконисса придерживалась иного мнения.

— Мерзость и содрогание! Геенна огненная! — пробормотала она, крестясь. — Укрепи, Боже, мою душу.

Первым по цепи соскользнул Момотаро. Потом Маса на спасательном круге с веревкой спустил в лодку женщин, причем вторую, мисс Турнип, очень хотелось уронить.

Открыл замок, скинул цепь вниз. Разделся догола, чтоб не замочить одежду. Свернул ее, бросил Кибальчичу. Спрыгнул.

Вода была маслянистая, теплая, пахла гарью.

Когда Маса забирался в лодку, дамы отвернулись, но миссис Тревор, несмотря на боль материнского сердца, будто поправляя прическу, разок покосилась назад. Очень хорошо. Фигура у Масы была крепкая, а в тусклом освещении, когда не видно морщин (совсем маленьких, но все-таки), выглядела просто великолепно — как у циркового борца. Татуировку и прочее он скромно прикрывал ладонью, потому что всему свое место и время.

Сели с Кибальчичем на весла, на «три-четыре» взмахнули ими.

По черной воде до красного берега предстояло проплыть с полкилометра. Женщины были на носу, молились на коленях (понятно, по чьей инициативе). Мужчины тихо переговаривались по-русски.

— Какое ужасное несчастье, — вздохнул Маса, оглядываясь через плечо на гибнущую родину.

— Мещанский взгляд, — ответил Момотаро. — На самом деле для Японии это огромная удача. Революция так или иначе все разрушила бы, но когда этим занимаются люди, рождается много вражды и ненависти, а из-за этого — сам видел — начинается гражданская война. Тут же никто ни в чем не виноват. Всю грязную работу исполнила природа! И с какой быстротой, всего за несколько часов! Старый мир разрушен, половина дела сделана. Теперь только остается построить на развалинах новый.

— И как ты собираешься его строить?

— Я же Момотаро, — оскалил зубы строитель нового мира. — Ты что, сказку забыл? Плыву на остров Онигасима. Соберу там команду: Пса, Обезьяну, Фазана. Изгоним демонов и заживем припеваючи.

Хищная радость Кибальчича была Масе неприятна. Ишь, стервятник, весь трясется от возбуждения. Всем горе, а ему праздник.

Очень храбрые люди бывают трех сортов. К первому относятся тупоумцы, бесстрашные из-за полного отсутствия фантазии — они просто не задумываются о последствиях. Еще есть люди (к ним относил себя и Маса), кто появился на свет вовсе без чувства страха — как рождаются дальтониками, не видящими какой-то из цветов спектра. Но самые отчаянные — те, кто боится, но приходит от страха в экстаз и специально стремится попадать в опасные ситуации. Кибальчич несомненно был из последней категории, потому и рвался в пылающий город, как мотылек на огонь.

Расставание у них вышло несердечным.

Уже на берегу, суя за пазуху конверт с деньгами, Момотаро сказал:

— Пошли ты к черту свое бабьё. Айда со мной. Я к тебе пригляделся, Ронин. Ты мужик крепкий. Давай ко мне в команду: Псом или Фазаном, Обезьяной — кем захочешь. Прогоним с острова бесов!

— Сам ты пес и обезьяна, — обиделся Маса. — Ищи себе других помощников. Я не хочу прогонять одних бесов, чтоб вместо них уселись другие.

— Ну и черт с тобой. Обойдусь. Тюрьма Нэгиси, поди, тоже развалилась. Найду помощников там.

Даже не кивнул на прощанье. Сплюнул и был таков — исчез в черной тени. Все-таки революционеры очень неприятные люди.

До Блаффа нужно было идти влево по набережной Банд. О, как отчетливо и ясно видел ее Маса в ностальгических снах!

Но от набережной остались только тлеющие головешки.

У номера шестого, где располагалось российское консульство, репатриант горестно вздохнул — там чернели лишь обгорелые деревья. А вот здесь, где груда обугленных кирпичей с торчащими балками, когда-то находился «Девятый номер», самый почтенный из иокогамских борделей. Бывал в нем и юный Масахиро Сибата — не за деньги, а по дружбе с одним погибшим, но милым созданьем (это цитата из стихотворения великого русского поэта Пушкина).

Перед развалинами «Гранд-отеля», жить в котором Масе уже никогда не придется, ночным путникам была явлена жуткая икэбана. Среди щебня и осколков стекла на тротуаре белела ванна, в которой сидела мертвая дама, голая и очень красивая. Должно быть, первым

ударом землетрясения ее выкинуло наружу с верхнего этажа.

Наоми жалостливо вскрикнула. Ханжа мисс Турнип подобрала с асфальта штору и придала покойнице пристойный вид.

Они держались поближе к воде, где меньше чувствовался жар. Ни одной живой души им пока не встретилось. Только трупы.

Впереди что-то потрескивало. Это лежал на боку трамвай. Змеящийся по земле провод брызгал искрами. Вокруг темнели неподвижные тела.

— Куда? — еле ухватил за воротник Маса рванувшуюся туда дьякониссу.

— Может быть, кто-то жив!

— Туда нельзя — ток.

Наоми тянула его в другую сторону, где за речкой Оокагава темнела махина Блаффа.

— Скорее! Мы уже близко!

— Близко-то близко... — покачал головой Маса.

На тот берег было не перебраться, железный мост рухнул.

— Идем к следующему мосту.

Они повернули направо, на Главную улицу. Пришлось сделать зигзаг, возвращаться в сторону центра, потому что к северу весь квартал полыхал огнем. Должно быть, занялось недавно — слышались крики, метались тени. По крайней мере, хоть кто-то в Иокогаме был еще жив.

Вскоре людей стало много. Даже слишком много. Они выбегали из переулков, в которые ворвался пожар. Кто-то несся не разбирая дороги, с выпученными глазами, всё бросив. Кто-то толкал тележку с наскоро нагруженным добром. Многие прикрывали головы подушками или ватными одеялами. Сначала Маса не понял, зачем, но потом увидел, как лопаются стекла в занявшемся доме и вниз сыплются острые осколки.

Ночной ветер набирал силу, перекидывая языки пламени с одной крыши на другую. Казалось, идет соревнование — кто кого обгонит: беглецы пожар или пожар беглецов.

— Быстрей! Быстрей! — закричал Маса, хватая спутниц за руки.

Огонь подбирался и с другой стороны. Сейчас замкнет периметр — и не выберешься.

Кто-то споткнулся, упал. Прямо по лежащему проехала коляска со скарбом. На углу маленькой улочки возникло видение, которое — Маса сразу понял — будет преследовать его до конца жизни. Мимо с воплем пробежала женщина с высокой прической, которая пылала, словно костер. Кинулся помочь, но не догнал. Несчастная, должно быть, ослепнув от ужаса и боли, метнулась в горящий переулок и скрылась за стеной огня.

— Мистер Сибата! Куда вы? Вернитесь! — звали сзади.

Он хотел вернуться, но замер. Пожилой мужчина тянул за руки из-под рухнувшей балки придавленную старуху. Оба громко кричали. Он — жалобно, она — злобно.

— Я тебя не брошу! — плакал мужчина.

Старуха орала:

— Беги, кретин, беги! Только сначала возьми кирпич и проломи мне голову. Я не хочу сгореть живьем! Убей меня, сволочь! Всю жизнь был тряпкой, так хоть напоследок поступи как мужчина! Давай!

Маса подбежал, навалился всем телом на деревянную опору, но та не сдвинулась ни на дюйм.

Рядом бухнулась на колени мисс Турнип:

— Молись, несчастная! Будем молиться вместе! — призывала она на ломаном японском.

Придавленная вопила — требовала, чтобы ее прикончили. Муж рыдал. Дьяконисса молилась. Миссис Тревор сзади хватала за плечи, умоляла не задерживаться. Это и есть настоящий ад: безысходный кошмар и кошмарная безысходность, подумал Маса.

Просить бегущих людей о помощи было бесполезно — тут каждый спасался как мог.

— Господин, убейте меня вы. Очень вас прошу. Этот слизняк не сможет, — вдруг спокойно, вежливо сказала старуха, как-то умудрившись лежа изобразить поклон. — Вы ведь не хотите, чтобы я умерла медленной страшной смертью?

Нет, настоящий ад — вот это: когда в кошмарную безысходность попадает не кто-то другой, а лично ты, — содрогнулся Маса. Выполнить страшную просьбу и отказать было одинаково немыслимо.

— Господь милосердный, спаси нас и помилуй! — вздымала руки к черному небу мисс Турнип.

Улица уже опустела. Толпа умчалась в поисках спасения туда, где ночь еще оставалась черной. На мостовой валялись деревянные сандалии, шляпы, брошеные вещи. Пожар надвигался с трех сторон.

Маса потрогал в кармане «браунинг», который взял с собой на всякий случай — но уж точно не на такой.

— Господи, яви чудо! Пошли Своих белых ангелов-спасителей! — надрывалась богомолица.

И вдруг — Маса не поверил глазам — в зазоре между двумя ближайшими домами, один из которых уже вспыхнул, а второй еще нет, возникло несколько фигур. Нет, не белых — черных, но то явно были спасители. Они начали очень ловко и быстро крушить баграми и кирками еще не загоревшееся строение — чтобы замедлить распространение огня. Командовал ими кто-то высокий, с белой повязкой на голове — будто с нимбом.

Пожарные, это пожарные! Хоть кто-то в этом распавшемся мире думает не только о себе!

— Сюда! Пожалуйста, сюда! — закричал Маса.

Человек в повязке оглянулся, подошел. Вблизи стало видно, что это не пожарный. За поясом торчал танто в ножнах из кожи ската, на белой повязке алел солнечный круг и было написано «Хиномару-гуми». Раз «гуми» и короткий меч за поясом — это якудза. Маса припомнил, что во времена его юности в Токио был клан с названием «Хиномару». Должно быть, расширил территорию или вообще перебрался в Иокогаму.

Предводитель был молод, статен, густобров и горбонос — такому впору играть героев на сцене Кабуки. Он присел на корточки, попробовал сдвинуть обломок стены, покачал головой, крикнул своим:

— Эй, все сюда!

Подбежали остальные. Вожак скинул куртку с той же надписью, что на повязке. Тело у него было поджарое, мускулистое, всё в затейливых разноцветных татуировках. Самая большая — усатый единорог Кирин, поборник справедливости и враг всяческой неправды.

— Двое — упритесь ломами! Саперную лопатку мне!

Полез под руины. По камню заскрежетал металл, балка чуть дрогнула.

— Поднимай!

Минуту спустя расцарапанную, но в остальном вполне целую старуху вытащили из ловушки.

— Благодарствуйте, господин Сандаймэ, — поклонилась она спине с Кирином — чудесный спаситель уже удалялся. Его люди вернулись доламывать соседний дом.

— Кто это? — спросил Маса.

— Вы наверно нездешний? Это Сандаймэ, оябун нашего иокогамского клана «Хиномару».

«Сандаймэ» означало «третий в роде». Стало быть горбоносый молодец унаследовал свой возвышенный статус от отца и деда. Этим, видно, и объяснялась его молодость.

— Что ревешь? — накинулась свирепая старуха на мужа. — Бежим отсюда, идиот, пока не сгорели!

Она уволокла своего подкаблучника, а к Масе пристала мисс Турнип.

— Кто эти святые люди? Монахи?

— Это якудза. *Настоящие* якудза, — ответил Маса, гордясь своим происхождением.

— Скажите им, что я хочу остаться с ними. Я им пригожусь. На войне я работала в лазаретс сестрой милосердия. Переведите!

— Дорогая мисс Турнип, якудза — это не монахи, это бандиты, — объяснила ей Наоми. — От них лучше держаться подальше.

— В Писании сказано: «Кто о ближних своих более, чем о себе, помышляет, с тем и Бог», — ответила на это миссионерша. — Желаю вам благополучно найти дочь, миссис Тревор. Я остаюсь.

Она решительно направилась к оябуну, еще издали крича ему что-то на своем чудовищном японском. Маса искренне посочувствовал якудзе. Отвязаться от мисс Турнип им будет непросто.

«Вот ведь вроде бы глупая, несносная курица, — думал он, уводя Наоми подальше от огня, — а сказала самое главное. Хорошие люди отличаются от плохих только тем, что о других заботятся больше, чем о себе. Значит, мисс Турнип хорошая? Хм. Однако чему удивляться? Разве новость, что хорошие люди могут быть очень неприятными, а плохие — очень приятными и что с первыми часто тяжелее, чем со вторыми?»

С Главной улицы они повернули на улицу Одавара, пока нетронутую пожаром, и, пробежав квартал, снова двинулись к речке, но и тут дорогу преградил огонь — проклятый ветер все время менял направление. Навстречу опять бежала охваченная паникой толпа, пришлось поворачивать обратно. «Наверх! Наверх! — кричали люди. — На холм Сэнгэн! Там безопасно!»

Стадо с топотом пронеслось мимо. Хотел бежать за всеми и Маса, но опять увидел такое, что застыл.

На пустом тротуаре в покосившейся инвалидной коляске сидел старик. Должно быть, отлетело колесико, и калеку бросили.

— Куда вы опять? — крикнула миссис Тревор.

Но Маса уже бежал назад. Вид неподвижной фигуры его поразил. Старик был не японцем, а европейцем, причем несомненно русским. Это было видно по интеллигентской бородке, по пенсне, по холщовой панаме, в которой бывало сиживали на подмосковных верандах дачники. Из газет Маса знал, что в Иокогаме немало русских эмигрантов, ожидающих визы в Америку и Австралию, так что в самом факте ничего удивительного не было, но на фоне горящей японской улицы этот чеховский персонаж выглядел фантастично — будто в машинерии бытия что-то сдвинулось и перепуталось.

Еще удивительнее была поза инвалида. Он сидел, удобно откинувшись назад, положив ногу на ногу, а вблизи оказалось, что человек еще и улыбается — спокойно, снисходительно, будто наблюдает не конец цивилизации, а некое забавное, не вполне пристойное представление.

— Вас бросили? — крикнул Маса, присаживаясь на корточки, чтобы осмотреть поломку.

Старик нисколько не удивился, что японец обращается к нему по-русски.

— Почему бросили? Сам отпустил. Зачем погибать тому, кто хочет жить?

— Переломилась ось. Не починишь. Можете обхватить меня за плечо?

Человек поморщился.

— Не вижу смысла. Пыхтеть, кряхтеть, падать. И ради чего? На холм вы меня все равно не затащите. Благодарю за приглашение, но не стоит. Ступайте, сударь, ваша дама волнуется.

— Но вы сгорите!

— Нет, — безмятежно ответил удивительный инвалид. — Я задохнусь. Поверьте, это менее неприятно, чем моя повседневная жизнь. А уж в свете этих обстоятельств, — кивнул головой на горящий город, — тем более. Мне нисколько не жаль расставаться с таким миром. Скорее нужно пожалеть тех, кто здесь останется.

— Господи, мы же погибнем! — истерично взвизгнула миссис Тревор. — Вы взялись меня сопровождать! Вы за меня отвечаете!

И потащила Масу прочь от улыбающегося старика.

Следующий мост через Оокагаву тоже обвалился. Пришлось сделать еще один зигзаг. Лишь третий по счету мост, Нисинохаси, хоть и покривился, но устоял. Осторожно ступая по растрескавшемуся покрытию, Маса провел спутницу над водой, которая, отражая пламя, была похожа на поток расплавленной лавы.

Наконец они оказались на приморском холме Блафф. Но пожар уже добрался и сюда. С северной стороны всё трещало и стреляло. Ветер, кажется, твердо решил дуть только оттуда. Огонь надвигался сплошной стеной. Многие дома, богатые и нарядные, в землетрясении уцелели, но теперь они вспыхивали один за другим.

— Быстрее, быстрее! — торопила Наоми. — Я живу над самым берегом, мы успеем!

— Но пожар прижмет нас к обрыву, — сказал Маса, оглядываясь. Сзади огромной свечой пылала высокая готическая церковь. Это было очень красиво.

— Мы спустим вниз сетку с теннисного корта. Понадобится — привяжем к ней запасную. Только бы обогнать пожар! Только бы найти Глэдис!

Вблизи дома миссис Тревор стала увереннней. Теперь она бежала первой, показывая дорогу.

— Вон наши ворота! Целы! — радостно закричала она.

Помпезные кованые ворота действительно стояли нетронутыми, но с одной стороны от них решетчатая ограда изогнулась, с другой вовсе рухнула. Скособочился и трехэтажный особняк. Крыша сдвинулась, будто залихватски нахлобученная шляпа. Башенка с флюгером торчала под углом в сорок пять градусов.

Во дворе двигались тени, слышались крики.

— Это голос Пиммса, нашего батлера! Остальные слуги тоже здесь! — сообщила Наоми, замерев перед воротами — словно боялась войти. — Но я не вижу Глэдис… Боже, спаси и сохрани!

Бросилась во двор.

— Пиммс, это я! Где моя дочь? Глэдис, милая, где ты?

ЧЕЛОВЕЧЕСКОЕ

Масе не понравилось, что никто миссис Тревор не ответил. Слуги (их было семеро, четыре женщины и трое мужчин) повели себя очень нехорошо: сначала все посмотрели на хозяйку, а потом опустили глаза.

И еще на земле кто-то лежал. В темной, зловещей луже.

— Добрый день, мэм... — промямлил пожилой мужчина, к которому обратилась Наоми. Он был круглоголовый, короткошеий, похожий на бобра. — То есть, собственно, не день... И нельзя сказать, чтобы добрый...

Пока он лепетал эту чушь, Маса присел над телом. Молодой парень в такой же ливрее, как у Пиммса, только без золотых позументов. Лежит ничком. Руки раскинуты. Эхе-хе... А шея-то наполовину перерублена. Очень острым клинком.

Маса осторожно перевернул мертвеца. В отличие от остальных слуг этот был японец.

Миссис Тревор утратила обычную благовоспитанность, схватила батлера за лацканы.

— Где Глэдис?! Там?.. — Трясущийся палец показал на осевший дом. — Она... п-погибла? Во время з-землетрясения?

Бедняжка начала заикаться.

— Нет, мэм, что вы! — замахал руками Бобер. — От землетрясения никто не погиб. И даже не пострадал. С этим всё в порядке.

— Так что же ты меня пугаешь? Где моя девочка?

— Ее забрали, мэм...

— Кто?! Куда?!

Батлер шлепал губами, оглядывался на остальных. Наконец пробормотал:

— Какие-то люди...

— Бандиты, мэм, — всхлипнула долговязая служанка, почему-то зажимавшая ладонями голову с обеих сторон. — Юную мисс увели с собой какие-то ужасные люди. Настоящие звери! Смотрите, что они со мной сделали. Вырвали золотые сережки, прямо с мясом!

Она отняла руки, демонстрируя окровавленные уши, и заплакала.

После этого, перебивая друг друга, заговорили разом все слуги. Из этих причитаний и возгласов постепенно восстановилась картина случившегося.

День домашние провели снаружи, боясь, что от очередного толчка дом окончательно рассыплется. Всё ценное вынесли во двор. Для молодой мисс из скатертей и ширм соорудили подобие шатра. Но глубокой ночью, примерно час назад, из темноты вдруг вышли неизвестные люди (по выражению батлера, «туземцы»). Их было трое. Один катил за собой двухколесную повозку, на каких возят рикши. Она была набита вещами.

Незнакомцы выглядели страшно и вели себя очень грубо. Они переложили к себе в коляску всё самое дорогое из спасенного имущества. И увели с собой юную мисс.

— Их было только трое, вас, мужчин, тоже, — сказал Маса. — Почему вы не сопротивлялись?

— У них были здоровенные кинжалы, сэр! Наш бой Сабуро не давал им забрать мисс Глэдис, и главный грабитель зарубил его. Кровь так и брызнула! Ужас!

Все посмотрели на мертвеца. Маса сообразил, что это и есть бой, который носил за юной госпожой зонт и ранец. Значит, из всей прислуги защитить девочку попробовал только японец. Понятно, почему: то самое «туземное воспитание», от которого желает оградить свою дочь миссис Тревор. С точки зрения японского слуги, не заступиться за госпожу — чудовищная низость, после которой будет невозможно жить на свете.

Маса с почтением и жалостью глядел на бледное лицо убитого. Совсем молоденький, лет семнадцать. Наверное, был еще и безнадежно влюблен в кукольно красивую девочку. Еще одна маленькая трагедия внутри трагедии гигантской.

— Ладно они взяли ценности, но зачем им Глэдис? Я ничего не понимаю! — дрожащим голосом вскричала Наоми.

— Старший посмотрел на нее, поцокал языком и сказал «бидзин», — глядя в сторону, негромко произнес Пиммс. — Это по-ихнему «красавица», мэм.

— Я знаю, что значит «бидзин»! Я ведь японка! — Миссис Тревор схватилась за голову. — Боже, эти негодяи решили надругаться над ребенком!

Она издала душераздирающий стон, явно готовясь перейти к бурным рыданиям. Поэтому Маса быстро сказал:

— Надругаться — вряд ли.

Наоми обернулась к нему с отчаянной надеждой во взгляде.

— Вы думаете?

— Если б ими овладела похоть, они удовлетворили бы ее прямо здесь. Кого им тут бояться? — Маса с презрением покосился на европейских слуг. — Бандиты ведь уже убили единственного человека, который мог им помешать.

— Зачем же тогда они ее увели? Для выкупа? — Миссис Тревор просветлела. — О, я ничего не пожалею ради спасения Глэдис! Если сумма будет непомерно велика, отправлю телеграмму мерзавцу в Шанхай. Это ведь и его дочь.

Если еще существует телеграф, да и Шанхай, подумал Маса. Но вслух такое говорить не стал. Он вообще ничего больше не сказал безутешной матери. Сначала нужно было получить ответы на несколько вопросов. Пожалуй, на четыре.

— Пиммс, усадите госпожу куда-нибудь и дайте ей воды. А вы все, марш за мной.

Он отвел слуг в сторону и задал им следующие вопросы:

— Вы говорите, что у них были «здоровенные кинжалы». Какой длины и с какими рукоятками?

— Один из них вел себя, как старший, верно? Кланялись ли ему двое остальных вот этак? (Он показал, как.) Произносили они при этом «осс»?

— Как были одеты грабители — по-японски или по-западному? Если по-японски, то одинаково или нет?

И были у них на одежде какие-нибудь эмблемы или иероглифы?

— Заметили ли вы у кого-то из них особые приметы?

Без хозяйки прислуга держалась свободнее и отвечала связнее.

«Кинжалы», разумеется, оказались обычными вакудзаси. И вели себя двое младших со старшим так, как предполагал Маса. Опознавательных знаков на одежде не было — жаль, но ожидаемо. Кое-что выяснилось и по приметам. У главаря (слуги больше пялились на него) поперек лба косой шрам, рассекающий левую бровь.

— Еще у него на руке нет пальца! — сообщила долговязая служанка. — Я не хотела сережки отдавать, они настоящие золотые, мне жених подарил, он судовой механик, но этот как схватит меня ручищей за горло, а мизинца нет!

Это устранило последние сомнения.

Маса подошел к полуобморочной миссис Тревор, которую батлер поил какими-то каплями, и с уверенностью доложил:

— Это были якудза.

— Как якудза? — Наоми испуганно смотрела снизу вверх. — Они же не грабят обычных людей!

— В мои времена были правильные якудза и неправильные якудза. Видно, так и осталось. Правильные якудза помогают попавшим в несчастье. Неправильные — чужим несчастьем пользуются. Не знаю только, из какого гуми были эти мерзавцы. Они сняли свой обычный наряд, потому что занимались грязным делом. Не хотели компрометировать свой клан.

— Но зачем им Глэдис?

— Такую красивую девочку можно дорого продать.

— Кому? Куда?

Он промолчал. В прежние времена были — и наверняка существуют поныне — бордели, куда девочек продают в пожизненное рабство. Это страшная судьба. Лучше бы уж надругались, да потом отпустили, чем такое.

Но миссис Тревор поняла сама, она ведь все-таки была японкой. Лицо задрожало, ресницы захлопали, глаза заблестели от слез.

— Мистер Сибата! Маса! Верните мне дочь! Вы ведь сыщик! Вы собираетесь открыть детективное агентство! Я хочу вас нанять! Я буду вашим первым клиентом! Я заплачу, я очень щедро заплачу! Умоляю, найдите Глэдис!

И разрыдалась — с воем, горько, некрасиво. Потекло из носа, а она даже не замечала.

Детективное агентство? В разрушенном мире, где ничего не осталось — ни закона, ни порядка? Маса покачал головой. Агентство теперь никому не нужно. Плата тоже чепуха. Во-первых, что теперь деньги? Во-вторых, даже если они и сохранят ценность, откуда миссис Тревор их возьмет? Давеча они пробегали по Главной улице мимо «Иокогамского коммерческого банка». От него осталась только дымящаяся гора кирпичей. И вообще что за странное занятие — разыскивать украденную девочку, когда люди вокруг гибнут тысячами, а может быть, и миллионами? Нынче утром человеческая жизнь стоила дорого, а сейчас ей цена — кучка пепла.

Но еще две с половиной тысячи лет назад мудрец сказал: «Нащупавший в трясине кочку не утонет». А другой мудрец, на другом конце планеты, примерно тогда же изрек: «Дайте мне точку опоры, и я переверну мир».

Переворачивать мир не хотелось, он и так перекувырнулся вверх тормашками, но опереться на что-то незыблемое было бы неплохо. Если восстановить правильность хотя бы в одной маленькой точке бытия, может быть, Хаос попятится и мир начнет переворачиваться обратно с головы на ноги?

— Хорошо, миссис Тревор, — поклонился Маса своей первой клиентке. — Ваш заказ принят. Я попробую найти вашу дочь. А теперь нужно поскорее отсюда уходить. Где ваши теннисные сетки? Они нам понадобятся.

Соседний дом уже горел. Во дворе стало совсем светло и очень, очень жарко.

По обрыву на галечный берег Маса спустился первый. Принял госпожу Тревор, а остальных дожидаться не стал. Сказал: нужно торопиться, пока еще можно отыскать след.

Прощаясь с сыщиком, Наоми не перекрестила его, а молитвенно сложила ладони и поклонилась. Значит, на японских богов надеялась больше, чем на христианского.

Уходил Маса широким шагом, олицетворяя собой уверенное, но не суетливое поспешание. Однако вскоре, у развалин моста, увидел выброшенную на берег спортивную яхту с уютной каюткой и решил, что прежде всего необходимо выспаться. Потому что очень устал и потому что утро мудренее. Бордель, куда неправильные якудза захотят продать красивую девочку, наверняка тоже разрушен или во всяком случае прекратил работу. Люди устроены так, что или боятся, или развратничают. Одно с другим не совмещается.

На яхте ронин нашел галеты и ящик пива. Поел, попил, завернулся в запасной парус, улегся. В цепенеющем перед тем как отключиться мозгу мелькнула надежда: а вдруг всё это вообще приснилось? Открою глаза у себя в каюте, на пароходе, и ничего этого не было: ни землетрясения, ни тайфуна, ни пожара.

Но проснулся Маса там же, где лег. Несмотря на близость большого города вокруг было очень тихо, только поплескивали волны. Нет, не приснилось. Иокогама мертва.

Смотреть на берег он пока не стал, чтобы не сбить дедуктивное вдохновение. Сел в позу дзадзэн, уставился на пустой горизонт. Солнце сияло прямо сверху — был полдень.

В прозрачной и легкой голове, как хрустальные шарики, перекатывались быстрые мысли.

Из какого клана Шрам-На-Лбу и его люди? Какие-нибудь самовольщики из вчерашней «Хиномару» или бойцы другого гуми? Вполне могли нагрянуть и пришлые, чтобы поживиться в богатом городе.

Задачка не из сложных. Нужно разыскать Сандаймэ и спросить: есть ли у него в банде субъект с разрубленной бровью, отрезанным мизинцем и ущербной нравственностью? Оябун производит впечатление человека достойного. Он не простит подобного злодейства ни своим, ни чужим.

В общем, дедукция не заняла и минуты.

Маса бодро вскочил и, скрепив сердце, обернулся к Иокогаме.

Родной город был похож на почерневший, обугленный труп. Пожары закончились, потому что всё воспламеняющееся сгорело. Повсюду клубился дым, сливаясь в пелену сизого тумана, а выше, нетронутые огненной стихией, зеленели холмы.

Туда мне и нужно, подумал Маса. Все, кто уцелел, будут наверху. И подскажут, где найти оябуна «Хиномару».

...Расчет оказался точным. Поднявшись по знаменитой каменной лестнице Сто Ступеней, Маса увидел, что Иокогама не совсем умерла. Погибло только каменно-деревянное тело города, от которого оторвалась душа, но переместилась она не на небо, а на вершину холма Сэнгэн. Здесь она и копошилась, покалеченная и потрясенная, однако живая. Десятки тысяч людей лежали и сидели на траве, под кое-как сооруженными навесами. Многие в кровавых тряпках, с самодельными шинами на сломанных конечностях, с волдырями от ожогов. Стоял ровный гул множества приглушенных голосов. Кто-то плакал, кто-то стонал, где-то хныкали дети, но все эти звуки были негромкими. Вот отличие японской толпы от любой другой, подумал Маса, озираясь. Русские, американцы или китайцы в таком положении галдели бы, причитали и кричали. Японцы же приучены держать горе на коротком поводке, чтоб оно никому не докучало своим воем.

На прославленной смотровой площадке молча стояли люди. Все глядели вниз. Посмотрел и Маса.

Крупнейший портовый город Дальнего Востока превратился в черно-серую курящуюся пустыню. Кажется, не уцелело ни одного здания.

Это не город, а кладбище, подумал Маса и содрогнулся. Среди развалин лежат тысячи и тысячи раздавленных, задохнувшихся, сгоревших. На сентябрьской жаре тела скоро начнут гнить. Не похоже, что их кто-то убирает. Непохоже, что кто-то собирается помогать раненым. И чем будут питаться выжившие? Что они будут пить? Где найдут пристанище? Толчки закончились, пожары догорели, но люди, умеющие жить только при Порядке, без цивилизации обречены. Они как стадо овец, оставшееся без пастуха и овчарки, без хлеба и корма — без хозяина.

Прежде чем искать Глэдис Тревор, нужно понять, уцелело ли хоть что-то от государства, от большого мира. Знает тут это кто-нибудь или нет?

Поодаль густела, шевелилась плотная толпа. Маса пошел туда. На длинной стене обвалившегося деревянного сарая сплошь висели маленькие бумажки. На них — имена, имена, имена. Люди все время перемещались, толкаясь локтями, жадно читали. Искали пропавших близких — вдруг отыщутся?

Но у Масы в городе родственников не было. Его больше заинтересовало скопище, образовавшееся вокруг очкастого мужчины в пыльном белом кителе. Он что-то рассказывал, остальные напряженно слушали.

— Кто это? — спросил Маса у очень приличной дамы в дорогом, но разорванном на спине кимоно.

— Таможенник, из порта. Землетрясение застало его на канадском пароходе. На берег он выбрался только сегодня, ищет семью.

— А почему его слушают?

— Он всё знает. На пароходе работало радио.

— Значит, где-то сохранились радиостанции? — обрадовался Маса.

На них цыкнули:

— Тише вы! Он про принца Ямасину рассказывает!

Принц Такэхико Ямасина был любимцем прессы, о нем писали даже в Европе. Молодой красавец, морской летчик, газеты называли его «Летающий Принц».

— ...Дворец обрушился и похоронил под обломками юную жену его высочества, а она была на сносях, — трагическим тоном объявил очкастый таможенник, и все вокруг запричитали:

— Ах, какое ужасное несчастье! Такая хорошенькая! Настоящий ангел! Ей же всего девятнадцать лет! Бедный принц!

Удивительно, до чего публика падка на новости об августейших особах — даже в такое время, подивился Маса. У каждого собственная беда, а вот ведь сморкаются, льют слезы.

Всхлипывала и его соседка, изящно промакивая глаза бумажной салфеточкой.

— Что Япония-то, вся развалилась или нет? — шепотом спросил Маса.

— Пострадал только район Канто. Токио и Иокогама разрушены землетрясением и пожаром. По заливу Сагами прокатилось цунами, смыло прибрежные города. Этот господин говорит, что море утащило с рельсов целую электричку со всеми пассажирами, а еще одна рухнула с моста. Но есть и хорошие новости. Императорский дворец уцелел. И его величество — вот счастье! — находился не в столице, а в загородной резиденции.

— Да черт бы с ним, с его величеством! — воскликнул Маса. — На кой он нужен, если нет ни врачей, ни полиции, ни пожарных! Никто не помогает людям!

Дама уставилась на него в ужасе. Говорить такое о священной особе императора в Японии было невообразимо.

— Почему? Помогают… — пролепетала она. И показала куда-то в сторону.

Там тоже толпились люди, но не гурьбой, а выстроившись в очередь. Крепкие парни в уже знакомых Масе черных куртках с красной эмблемой разливали из бочки питьевую воду. На бочке было написано «Хиномару-гуми».

— Ага, — прошептал Маса, — вы-то мне и нужны.

Подошел.

Якудза, который черпал воду, все время приговаривал:

— Передайте всем. Из колодцев не пить! Там может быть отрава. Передайте всем. Из колодцев не пить! Там может быть отрава.

Почему не пить? Какая еще отрава?

Другой раздавал напечатанные на гектографе листовки. Маса взял одну, стал читать.

Наверху — герб клана. Заголовок «Жителям города Иокогама». Ниже крупно: «ОСТОРОЖНО!» И текст: «Из тюрьмы Нэгиси вырвалась на свободу тысяча преступников. Это большевики, анархисты, террористы и уголовники. Они хотят воспользоваться народной бедой, чтобы погубить великую страну Ямато. Особенно берегитесь корейцев, которые поголовно заражены красной пропагандой. Они грабят наши дома, насилуют наших женщин, убивают одиноких прохожих, отравляют колодцы. Наша трагедия — их радость. Будьте бдительны!»

— А почему наша трагедия для корейцев радость? — спросил Маса у человека, заглядывавшего ему через плечо.

— Так они же корейцы, — ответил тот, удивившись. — Мы их завоевали, они нас ненавидят. Вот сволочи! Жара ведь, всем пить охота, а они — колодцы отравлять.

Умные люди все разные, а остолопы повсюду одинаковы, вздохнул Маса, отходя. У русских остолопов чуть что случись — колодцы отравляют евреи или цыгане, у японских остолопов — корейцы. Когда сваливается большая беда, остолопам обязательно нужно на ком-то выместить свой испуг.

А еще все моментально звереют, подумал он, увидев картину, в обычной японской жизни непредставимую. Двое здоровенных лбов вырывали у худосочного парня-студента, только что отстоявшего очередь, флягу с водой. Парень жалобно вскрикивал. Люди молча смотрели — не с возмущением, а с завистью, облизывая пересохшие губы.

Видели мы уже такое, качнул головой Маса. В России, когда всё рухнуло. Хаос он и есть Хаос. Начинают действовать другие правила, другие законы. Главный закон ясен и прост: кто сильнее, тот и прав.

Нечего тут бродить, среди потерянных людей, быстро превращающихся из общества в стаю, а то с ума сойдешь. Нужно заняться делом.

Он подошел к черным курткам.

— Где мне найти господина Сандаймэ, ребята? У меня к нему дело.

Спросил на диалекте, которым пользуются якудза, с раскатистым рррр и смазанными гласными. Спокойно, как свой у своих.

На него уставились.

— Ты сам кто? Какое у тебя дело?

— У меня *к нему* дело, — спокойно повторил Маса. — Не к вам.

Говорить надо было без агресии, но сразу обозначив, кто здесь старший.

Похоже, за долгие годы, проведенные на чужбине, прежние навыки не забылись — ответили ему почтительно:

— Иди на Ханадзоно, аники. У наших там бакуфу.

«Аники» означало «старший брат». «Ханадзоно» — парк в нижнем городе. «Бакуфу» — ставка сёгуна, то есть, надо полагать, временный штаб клана.

Неопределенно хмыкнув вместо изъявлений благодарности, которая уважающему себя «аники» была бы не к лицу, Маса с облегчением пошел прочь от толпы. Вниз, в погибший город.

Он шел через выгоревшие кварталы. По развалинам ползали, что-то искали люди, такого же серого цвета, что и развалины. Вначале Маса подумал, что это спасатели разыскивают заваленных, но очень уж воровато предполагаемые спасатели озирались на прохожего. У каждого при себе был набитый мешок. Кто-то с довольным видом вытащил из-под мусора швейную машинку. Двое, рыча и плюясь, рвали друг у друга из рук серебряный канделябр.

Мародеры…

На тротуаре валялся мертвец с раскроенным черепом. Его явно убило не землетрясение. Кровь еще не застыла.

Есть зло нечеловеческое, чудовищное, но в то же время и величественное — как вчерашняя катастрофа, а есть зло, творимое людьми, и оно намного мерзее, печально размышлял одинокий ронин. Прав лиходей Момотаро, всё это очень похоже на русскую революцию, только еще страшней, потому что Хаос воцарился так быстро. Люди и без того в большинстве своем неумны, а от отмены всех и всяческих ограничений становятся совсем дураками.

И только было Маса окончательно закручинился, как увидел перед собой ограничение в самой наглядной форме: впереди улицу перегораживал деревянный барьер, и около него стояли люди с красными повязками на рукавах.

Появилась какая-то самоорганизация, зачаток Порядка, воспрял духом Маса. Значит, люди не пропащие, они сопротивляются анархии!

Кажется, какого-то преступника уже схватили — трясли за шиворот, допрашивали. Задержанный, щуплый паренек в полотняной фуражке, испуганно вертел головой.

Караульные были вооружены чем придется. Один с топором, другой с охотничьим ружьем, остальные с бамбуковыми кольями, с кухонными ножами. На повязках белой краской написано «Дзикэнтай», «Отряд самообороны».

— Пой национальный гимн! — услышал Маса, подходя. — Что, слова забыл? Их всякий японец со школы знает! Говорю вам, это кореец!

Парнишка дрожал, шевелил губами, но вырывалось только мычание.

— Точно кореец! Гадина, это ты сторожа Исокити убил! Кончай его, ребята!

Маса кинулся вперед, еле отбил локтем удар дубиной.

— Подождите! С чего вы взяли, что он кореец? Я вот японец, а тоже слов гимна не знаю!

И откуда ему было их знать? Когда он покидал Японию, никакого гимна в школах не разучивали. Да и не ходил он отродясь ни в какую школу.

Со всех сторон закричали:

— Еще один кореец! Матерый! Пришел своего выручать! Вали обоих!

Ну, эта ситуация Масе была хорошо знакома. Когда все против тебя и хотят прикончить. Бывали волки позубастей, чем перепуганные обыватели.

Убивать и калечить идиотов ронин не стал, а просто вынул «браунинг», пару раз пальнул в воздух.

Караульные тут же разбежались кто куда, вопя: «Террорист! Корейский террорист! С пистолетом!»

На улице остались только Маса и спасенный им паренек. Он всё мычал.

— Не трясись, они не вернутся.

Юнец полез за чем-то в карман. Вынул блокнотик, карандаш, написал прыгающим почерком: «Эти люди сбежали из сумасшедшего дома Окадзаки? Он тоже разрушен?».

— Э, да ты глухонемой. Бедняга…

«Тут все сумасшедшие. Если еще остановят, сразу пиши на бумаге, что ты ничего не слышишь», — написал Маса. Хлопнул парня по плечу, пошел дальше.

Теперь пикеты из дружинников с красными повязками стояли уже на каждом перекрестке. И ни через одну заставу без проверки было не пройти. На тротуаре лежали окровавленные трупы. Наверное, корейцы или те, кого за них приняли.

Проверки были странные. Документов никто не спрашивал — мало кто вчера, убегая из дома, взял их с собой. На следующем блок-посте попросили произнести скороговорку, где все время встречался звук «дз» — корейцы произносят его как «ч». «Дзутто мудзукасии надзо да дзо», — послушно повторил Маса идиотскую фразу и был благополучно пропущен. Но через квартал опять потребовали спеть гимн. Делать нечего — пришлось палить в воздух. Убежали.

Потом попались какие-то дерганые, злющие. Без разговоров сразу схватили за шиворот. Маса тоже разозлился. Одного, второго немножко стукнул, но набежала целая туча — с тупыми и колющими предметами. Бабах! Бабах! И путь свободен.

Тут Маса заглянул в магазин, увидел в нем один-единственный оставшийся патрон и понял, что этаким манером до парка Ханадзоно не доберешься. Конечно, в штанине еще есть полезнейшая складная бритва, но остолопы по глупости ее вряд ли испугаются, полезут со своими копьями, топорами, и придется кого-нибудь порезать, а резать остолопов не к лицу пожилому, уважающему себя человеку. Лучше двигаться не улицами, а через развалины. Получится не так быстро, зато спокойней.

Свернул с тротуара. Пошел, прячась за руинами. И очень правильно сделал.

На ближайшем перекрестке размахивала руками группа мужчин, все с красными повязками, а один, в середине, еще и в шляпе и при портфеле, очень важный. Видимо, какой-нибудь самооборонный начальник. Ему возбужденно рассказывали:

— ...Голова лысая, как у монаха, рожа зверская, одет в клетчатый сэбиро.

Маса посмотрел на свой клетчатый пиджак, задумчиво погладил гладко выбритую макушку.

— Сообщить на все заставы, что по району бродит корейский террорист с пистолетом, — распорядилась шляпа. — Приметы: среднего роста, плотный, бритая голова, клетчатый пиджак. Очень опасен. Уничтожить на месте, не вступая в разговоры. Исполняйте!

В четыре стороны бросились посыльные. Следуя пословице «когда все бегают, лучше посидеть», Маса присел на корточки. Кому захочется, чтобы его уничтожили, да еще не вступая в разговоры?

Выход был только один — поменять приметы.

Некоторое время он кружил по разоренным кварталам, пока не нашел то, что нужно.

То, что нужно, стояло у фонарного столба. Косопузый дядька в очках, с дробовиком на плече. Одет в юкату, на рукаве красная тряпка, голова повязана платком, чтоб не напекло.

Бесшумно подойдя сзади, Маса вкрадчиво спросил:

— Про лысого корейского террориста с пистолетом слыхал? Это я.

Дядька подпрыгнул, обернулся, выронил ружье. Оно, впрочем, было негодное, с отломанным курком.

— Ты кто? Что сторожишь? — поинтересовался Маса.

— Я провизор из здешней аптеки… Поставлен охранять государственный флаг, террорист-сан, — дрожа, поклонился дружинник.

На фонаре действительно болтался белый лоскут с красным кругом.

— Давай сюда повязку. И юкату. И платок. Очки тоже давай, — прибавил Маса, подумав, что с точки зрения идиота корейские террористы в очках ходить не могут.

— Теперь вы меня убьете? — проблеял раздевшийся защитник государственного флага.

— Обязан, — строго сказал Маса. — У нас, террористов, такой порядок.

Дядька зажмурился, но просить пощады не стал. Всякий японец понимает: порядок есть порядок.

— …Однако мы, корейские террористы, тоже люди, — вздохнул Маса. — Эх, возьму грех на душу, оставлю тебя в живых.

Близорукие глаза аптекаря замигали. В них были изумление и робкая надежда.

— Но пообещай, что никому не расскажешь о нашей встрече.

— Клянусь! — завопил ограбленный. И потом долго кланялся вслед: — Спасибо вам, террорист-сан, спасибо!

Не расскажет. Потому что японец и понимает долг благодарности.

Дальше Маса шел в открытую. Надел юкату поверх костюма, бритую голову обмотал платком, нацепил очки, но главное — привязал на руку красную тряпку. Вроде не бог весть какой камуфляж, а никто чужого человека больше не останавливал. Повязка была чем-то вроде униформы, а в Японии ко всякому мундиру привыкли относиться с уважением.

За собой подобного благоговения к мундирам Маса раньше не замечал и все же чуть не прослезился, когда увидел посреди пустыря, прежде, вероятно, бывшего площадью, фигуру в черном кителе, черной фуражке, с саблей на боку. Полицейский ничего не делал. Просто стоял. Но сам его вид означал, что государство все-таки существует, что не всё в этом мире распалось. Обычный омавари, японский городовой, показался измученному Хаосом путнику мессией, несущим надежду на новое пришествие.

Ах, как добропорядочные обыватели в дореволюционной России не любили полицейских — и как затосковали по ним, когда в мире не осталось ни добра, ни порядка! В Японии-то отношение к блюстителям закона другое. Правда, и полиция другая. Полвека назад, когда ее создавали, на службу принимали только самураев, людей с достоинством. Их происхождение и поведение вызывали у публики почтение.

Важно держался и этот, нынешний полицейский. Осанка, как на параде, перчатки белее снега, пуговицы

сверкают, выпученные глаза строго устремлены в пространство.

Маса кинулся к нему, как больной к доктору. И, как положено больному, начал с жалоб:

— Куда вы все подевались? Под землю от тряски провалились? Вы знаете, что в городе творится? У вас людей убивают, ни за что ни про что!

— Мне приказано стоять на посту — я стою на посту, — ответил омавари.

— Кем приказано?

— Начальником, капитаном Бабой.

Существует начальник, он отдает приказы — уже неплохо, сказал себе Маса. И скорректировал первоначальный план. Зачем обращаться за помощью к якудзе, если есть полиция?

— Где он, ваш начальник?

— Где положено. В околотке, на Хонго.

«Где положено», «в околотке», «на Хонго». Эти слова звучали для слуха прекрасной музыкой.

На улице Хонго полицейская часть находилась и в прежние времена. Хоть что-то в этом утлом мире осталось незыблемым.

Чем хороша Япония

Но околоток на улице Хонго не остался незыблемым. От него уцелел только обломок стены — правда, с дверью, перед которой стоял навытяжку еще один полицейский, похожий на постового с площади, как брат-близнец. Рядом на груде камней была аккуратно водружена вывеска «Полицейское управление Портового района», над нею торчал государственный флаг.

— Я к господину капитану Бабе, — сказал Маса. — По срочному делу.

Постовой откозырял, сделал чеканный разворот «кругом», постучал.

— Господин капитан, к вам посетитель!

— Пусть войдет, — отозвался строгий голос.

Переступив порог, Маса обмер. Посреди битого кирпича и всякого хлама, прямо под открытым небом стоял письменный стол. На вошедшего смотрели два лица, благосклонное и суровое. Первое — с портрета, повешенного на деревянный шест: его величество микадо. Второе принадлежало сидевшему под портретом офицеру.

Он был очень широкий и головастый, как борец сумо, с преогромными закрученными усами — пышнее, чем у красного кавалерийского генерала Буденного.

— Я Баба. Чем могу быть полезен? Говорите коротко и ясно. Очень много дел, — сурово произнес начальник.

Уху Масы, испорченному русским языком, фамилия капитана показалась никак не соответствующей муже-

ственному облику, хотя по-японски она звучала солидно: означала «Конский Манеж». Наверное, предки господина Бабы были конюшими — почетная самурайская служба.

— Во-первых, на улице убивают корейцев. То есть даже не корейцев, а всех, кто им кажется подозрительным, — начал Маса, едва представившись, но капитан сразу же раздраженно перебил:

— Вы думаете, я этого не знаю? Людей можно понять. Они в панике, а среди корейских рабочих действительно немало смутьянов. Уже появились листовки подрывного содержания, с призывами к пролетарской революции и созданию «советов трудящихся». Черт знает, кто их развешивает.

На эту тему у Масы было предположение, но он благоразумно промолчал.

— Если среди корейцев и есть «смутьяны», разве это причина убивать всех подряд?

— Нет, не причина. — Баба насупился. — Я делаю, что могу. Но большинство моих людей погибли, или ранены, или позорные предатели — бросили службу ради спасения своих семей. Семь полицейских у меня осталось, на весь Портовый район! Одного я поставил перед дверью, остальных отправил стоять на площади и большие перекрестки, где их лучше видно. Пусть напоминают гражданам, что мы еще существуем! Сам сижу тут, как идиот, и ничего не делаю! Принимаю посетителей и отправляю их ни с чем! От начальства ни приказов, ни помощи — ничего!

Сразу было видно, что нервы у капитана на взводе. Окончательно сорвавшись, он накинулся на Масу:

— Вы вообще кто такой? Говорите чудно́, будто иностранец.

— Меня, повторяю, зовут Сибата Масахиро. Я международный сыщик, вел расследования во многих странах, — с достоинством молвил Маса. — А во времена, когда вы еще в школу не ходили, я помогал создавать иокогамскую полицию. Слышали про инспектора Асагаву, убитого «крадущимися»? Я с ним работал.

Дело в свое время было громкое, но очень уж давнее, и помянул его Маса без особой надежды. Однако Баба вскочил и с волнением воскликнул:

— Вы лично знали Героического Инспектора Гоэмона Асагаву?! Работали с ним?! Прошу вас садиться, Сибата-сенсей.

Подбежал, пододвинул стул.

Чем хороша Япония — здесь чтут память героев, с удовлетворением подумал Маса, неспешно усаживаясь. Обращение «сенсей» заставило его приосаниться.

Теперь начальник районной полиции заговорил совсем иначе.

— Погром — конечно, безобразие и хуже того позор. Откуда-то поползли слухи, упавшие на подготовленную почву, корейцам просто не повезло. Их не любят, потому что они приезжают сюда, нанимаются работать задешево, сбивают расценки.

— Слухи поползли не просто так. Их специально распространяют.

Маса рассказал, какие листовки раздают на холме Сэнгэн. Капитан задумался.

— Если сообщения исходят от «Хиномару-гуми», к ним следует отнестись серьезно. Господин Сандаймэ человек твердых принципов. Ни в чем недостойном он участвовать не стал бы. Должно быть, у него есть основания обвинять корейцев. Хотя, учитывая воспаленное состояние умов, делать этого все равно не следовало бы…

Какой-нибудь иностранец, наверное, удивился бы, что полицейский начальник говорит о главаре бандитов с таким уважением, но Маса был японец, и к тому же якудза не вполне бандиты. Во всяком случае, не все.

Положение сенсея дает человеку массу привилегий. Например, можно рассердиться и повысить голос. Это Маса, на правах личного знакомого Героического Инспектора, и сделал.

— Значит, нужно у Сандаймэ спросить, почему он распространяет такие взрывоопасные слухи! И это-то уж вы сделать можете. Чем сидеть тут «как идиот»!

О втором деле — про украденную Глэдис — международный сыщик решил пока не говорить. Во-первых, японские полицейские (а впрочем, любые полицейские) не способны вместить в башку два трудных дела сразу. А во-вторых, гораздо лучше будет выяснить про Шрам-На-Лбу у самого Сандаймэ, явившись к нему с представителем власти.

— Нет, сенсей. Извините, не могу. Я должен находиться здесь, в управлении. Это мой долг. Мимо проходят люди, видят, что власть на месте, и немного успокаиваются. Я — не просто человек по имени Итиро Баба, я олицетворяю государство.

— Олицетворяете то, чего нет. Почему государство ничего не делает?

Капитан подвигал усищами, запыхтел. Ответил неохотно, понизив голос:

— Потому что у нас демократия. Парламент, партии. Вы же знаете, неделю назад умер премьер-министр Като, его кабинет ушел в отставку, а новое правительство еще не сформировано. В прежние времена сёгун назначил бы главного министра, тот отдал бы приказ, и всё задвигалось бы. А сейчас, наверно, спорят, голосуют. Юристы говорят, что это и это сделать нельзя, потому что конституция… Поди еще депутатов собери в этой неразберихе. В результате никто ничего не делает. Демократическое государство — оно слабое. Нет настоящего Порядка, одна видимость.

Произнести такое вслух для японского казенного человека было непросто.

— Если государство — видимость, зачем вам сидеть на битых кирпичах в разрушенном доме? — рассудительно молвил Маса. — Флаг висит, постовой стоит. Он будет говорить людям, что господин начальник очень занят, принять не может. Посетитель увидит, что государство на месте и работает. Этого достаточно. А к тому, что обычному человеку государство ничем не поможет, все и так знают. Идемте лучше в парк Ханадзоно. Потолкуем с Сандаймэ. Нужно остановить убийства. Это самый первый долг полицейского.

С людьми, у которых развито чувство долга, легко. К тому же капитан, кажется, и сам измучился сидеть под портретом императора, пыхтя от бессилия и безделия.

— Разве что отлучиться ненадолго?

Баба прицепил саблю, надел фуражку и перчатки, расчесал щеточкой усы.

— Идемте, сенсей.

Беседа о государстве продолжалась по дороге.

Капитан с глубоким убеждением говорил:

— Вся Япония держится на одном стержне, который называется «Кокутай», «Тело Государства». В Государственном Теле живет национальный дух, он называется «Кокусуй», «Суть Государства». Каждый японец — клетка этого тела и частица этого духа. Твердо знает свой долг и права, понимает все правила и потому чувствует себя защищенным. Беда в том, что землетрясение разрушило столицу — голову, принимающую решения. Империя сейчас похожа на человека в эпилептическом припадке. Члены бессмысленно двигаются, руки и ноги дергаются, сами себя калечат... И чем дольше помрачен мозг, тем больше будет травм.

— А может быть, Кокутай — не самая лучшая концепция государства? — усомнился Маса. — Хорошо ли, когда все решения принимаются в одном пункте, который можно парализовать? И который способен совершать ошибки? В Америке, например, сорок восемь штатов, и в каждом свой собственный мозг.

— Кокутай не лучшая идея?! Какая нелепая мысль! — Баба даже остановился от изумления. — Вы слишком долго жили за границей, Сибата-сенсей. Что нам пример американцев? У них нет представления о морали. Но мы, японцы, потому и японцы, что являемся одной семьей. А в хорошей семье младшие слушаются старших, иначе семья распадается.

Они завернули за угол и остановились как вкопанные. На тротуаре вповалку лежали люди, человек двадцать или тридцать. Здесь случилась какая-то трагедия!

По русской привычке Маса хотел перекреститься, но тут одно тело шевельнулось, за ним другое. Это были не покойники. Около развалин дома валялась вывеска винной лавки, в воздухе стоял густой запах сакэ.

— Вы когда-нибудь видели таких японцев? Хуже иностранных моряков, — горько вздохнул Баба, отворачиваясь. — Вот она — жизнь, в которой совсем не осталось Порядка...

Он был прав. Кокутай не Кокутай, но совсем без Порядка жить нельзя.

Впереди зазеленел городской парк, самого обычного вида: кусты, деревья, клумбы. Будто и не было никакого землетрясения. Насколько природа прочнее человеческих творений — каменные дома развалились, а деревья стоят.

На широкой лужайке кипела работа. Люди в черных куртках разгружали из автофургона ящики с консервами и мешки риса. Другие складывали штабелями котелки для приготовления пищи, свернутые палатки, носилки.

— Вот кто сохранил Кокусуй, — с завистью сказал Баба. — Потому что у якудзы нет демократии, зато есть твердый Порядок... Где Сандаймэ-сан? — спросил он у ближайшей черной куртки.

— Оябун сейчас в лазарете, начальник, — поклонился якудза. — Вон там, за кустами.

За кустами, под натянутыми полотняными навесами, лежали раненые. Их было несколько сотен.

Первый, кого увидел Маса, была мисс Турнип. То есть, увидел он ее потом — сначала услышал.

Пароходная знакомая орала на красавца Сандаймэ по-английски:

— Сколько раз повторять? Нужны еще бинты! Йод! Противостолбнячная сыворотка!

Дьяконисса выглядела диковинно. Она тоже была в черной куртке, с повязкой «Хиномару-гуми» на голове.

Главный якудза морщился на крик, но покорно кивал.

— Ору райт, окусан, — повторял он. — Ору райт.

Увидел приближающегося полицейского, очень обрадовался.

— Сорри, окусан. Ай маст гоу! Порису! — поклонился он ведьме добра и кинулся навстречу капитану.

Они вежливо поклонились друг другу, как добрые знакомые.

Мисс Турнип злобно уставилась на Масу.

— А, мистер якудза! К своим пришли? Только вас здесь и не хватало. Хорошо хоть Наоми оставили в покое... Эй, разве так накладывают шину?! — закричала она на кого-то. — Я же показывала!

Слава богу, ушла.

Маса тоже поклонился:

— Благодарю за вчерашнее.

Сандаймэ слегка наморщил лоб, пытаясь вспомнить, о чем речь, — и, кажется, не вспомнил. Должно быть, вчера было слишком много всякого.

— Почему Турнип-сан назвала вас «мистер якудза»?

— Потому что я родом из иокогамских якудза. Масахиро Сибата. А моего отца звали Рюдзо Сибата.

Капитан удивленно воскликнул:

— Вы же говорили, что создавали иокогамскую полицию!

— Разве якудза и полиция — враги? — укорил его Маса.

Баба смутился:

— Нет, конечно. Прошу прощения, сенсей. Прошу прощения, Тадаки-сан.

А Сандаймэ задумчиво повторил:

— Рюдзо Сибата, Рюдзо Сибата… Точно. Был у моего деда Сахэя в Иокогаме такой гасира — еще во времена, когда мы назывались «Обезьяньей рукой». Его убили стражники за сопротивление при аресте. Отрубили руку с мечом, а потом и голову, чтобы не мучился. Красивая смерть. Насколько я помню, это произошло в третьем году эры Бункю, ровно шестьдесят лет назад.

И пояснил капитану:

— Курано-сенсей следил за тем, чтобы мы с братом хорошо учили историю семьи. Всё зубрили наизусть: имена, даты.

Маса молчал, потрясенный тем, что наконец, совершенно неожиданно, узнал правду о гибели своего бандитского папаши…

— По какому вы делу, капитан? — спросил Сандаймэ, фамилия которого, выходит, была Тадаки.

Говорил он на правильном, чистом японском — не на жаргоне. К тому же еще худо-бедно изъяснялся по-английски. И то, и другое для якудзы необычно, подумал Маса. Либо же японская преступность за сорок лет сильно изменилась.

— Сибата-сенсей говорит, что ваши люди раздают листовки, которые настраивают горожан против корейцев. Из-за этого в городе происходят самочинные расправы, — строго начал Баба, но сразу же перешел с официального тона на доверительный: — Я привык вас считать человеком ответственным. Зачем же вы умножаете Хаос там, где его и так слишком много? Откуда у вас сведения, что корейцы творят бесчинства и отравляют колодцы?

Оябун ответил не тотчас же, словно что-то обдумывая. Смотрел он при этом не на полицейского, а на Масу. И обратился тоже к нему:

— ...Если вы из рода якудза, значит, вам можно доверять, лишнего не наболтаете. Предупреждаю: то, что я скажу, разглашению не подлежит.

А еще Япония хороша тем, что если тебя признали своим, то тебе доверяют, подумал Маса. Раз ты потомственный якудза, а полицейский начальник именует тебя «сенсеем», значит, ты заслуживаешь всяческого респекта и от тебя можно не таиться.

— Дело в том, — понизил голос Сандаймэ, — что вчера вечером нарочный доставил мне письмо из Токио. Вот оно.

Он достал из-за пазухи конверт с затейливой монограммой, вынул листок дорогой рисовой бумаги. Почтительно развернул. Текст был написан не ручкой, а кисточкой — в нынешние времена так никто уже не пишет.

— Главное — вот здесь. Слушайте. «...Ко мне поступили сведения, что левые элементы затевают провокации и диверсии с целью возбуждения беспорядков. Особенную активность красные будут проявлять среди так называемых «корейских пролетариев», падких на всякую антиправительственную агитацию. Ни в коем случае нельзя допустить, чтобы природная катастрофа переросла в социальную. Наш Кокутай и так переживает тяжелейшее испытание. А еще помни то, чему я тебя когда-то учил. Для умного человека всякое несчастье — не удар судьбы, а шанс. У нас появилась возможность очистить страну не только от обломков землетрясения, но и от заразы, разъедающей наш Кокусуй». — Сандаймэ поднял глаза. — Дальше следуют инструкции, которые я зачитывать вам не стану. Но теперь вы видите: мы делаем только то, чего требуют принципы Кокутай и Кокусуй.

— А кто это пишет? — спросил Баба, косясь на листок.

Оябун отодвинул палец, показал подпись.

— О! Сам Курано-сенсей! — Капитан поклонился. — Тогда понятно. Ему, конечно, видней.

Это имя Маса услышал уже во второй раз. Очень захотелось узнать, что за Курано, к которому и якудза, и полицейский относятся с таким благоговением. Но спрашивать не стал. Раз все этого сенсея знают, а он — нет, как бы не разжаловали из своих в чужие.

Вместо этого Маса осторожно поинтересовался:

— Подтверждаются ли сведения о диверсиях? Я видел в городе, как убивают и избивают случайных, ни в чем не повинных людей. Провокаций и диверсий — нет, не видел.

— Подтверждаются, — ответил Сандаймэ. — Мои люди поймали в развалинах человека, который расклеивал подрывные прокламации. С ним были еще трое, в тюремных юкатах, но они убежали, а этот не успел.

Капитан и Маса взяли смятую, надорванную листовку. На ней от руки, красными иероглифами было написано:

«Трудовой люд Японии!

Сама природа освободила тебя от гнета буржуев и аристократов! Их власть рассыпалась, она валяется на земле бесхозная. Подобрать ее должен народ.

Пролетарии, создавайте советы самоуправления! Вооружайтесь, чтобы защищать свою свободу!

Добьемся мы освобожденья своею собственной рукой!»

— Это писал коммунист, — со знанием дела сказал капитан. — В конце цитата из их главной песни «Интернационал». И что рассказывает пойманный кореец?

— Пока ничего. Молчит.

— *У вас*? — удивился Баба. — Как это возможно, чтобы вы допрашивали корейца, а он не отвечал?

— Это японец.

— Откуда вы знаете, если он молчит?

— Кореец давно бы раскололся. Нет, это точно японец, — уверенно сказал Сандаймэ. — Настоящий японец. Уже четыре часа терпит. Хотите взглянуть?

— Нет, — нахмурился Баба. — Мне такое видеть не положено. Я полицейский.

— Я хочу, — сказал Маса, потому что у него появилась нехорошая догадка.

Но капитан за ними все-таки потащился. То ли из любопытства, то ли из чувства долга. Правда, предупредил:

— Официально меня тут нет.

В дальнем краю парка, прямо на траве, были прямоугольником составлены ширмы, вероятно, вынесенные из разрушенных домов. Перед этим эфемерным, но нарядным сооружением прохаживался здоровяк в форменной черной куртке, но при этом в полосатых брюках и щегольских штиблетах на перламутровых кнопочках. Из-под закатанных рукавов виднелись жилистые предплечья, сплошь покрытые татуировками.

— Это мой вакагасира, — сказал Сандаймэ, а своих спутников представлять не стал.

Сразу было видно, что в «Хиномару-гуми» соблюдается строгая субординация. Даже второй человек в клане не ровня гостям, которых сопровождает сам оябун.

— Ну что, Фугу?

Широкая и круглая физиономия, обросшая тщательно подстриженной щетиной, и малюсенькие глазки в самом деле придавали франту сходство с этой ядовитой рыбиной.

— Ни звука, ояссан. Только кряхтит.

Без интереса скользнув взглядом по полицейскому, Фугу внимательно посмотрел на Масу, очевидно, не понимая, что это за человек.

— Покажи его господину Сибате.

— Осс!

Энергично поклонившись, вакагасира отодвинул одну из загородок.

На земле лежал по пояс раздетый человек, привязанный за ноги и за руки к четырем колышкам. Рядом на подставке было установлено зеркало. Оно сияло нестерпимым светом, отражая прямые солнечные лучи и направляя их на живот лежащего. Живот выглядел странно: был весь темный и шевелился.

Маса слышал про эту старинную пытку. Она называется «Спуск в колодец». На животе бобовой пастой пишут большой иероглиф «колодец», напоминающий решетку. На сладкий запах, на обгорающую под солнцем кожу отовсюду сползаются и слетаются насекомые: муравьи, кровососущие мухи. Это пытка не на остроту боли, которую мужественный человек способен вынести кратким напряжением воли, а на выносливость, на непрекращающуюся муку, когда дух постепенно ослабевает, словно проваливается в глубокий колодец. Истязание это считается незазорным для допрашивающих, потому что никому не приходится брать на себя унизительную роль палача. Тому, кого пытают, «Спуск в колодец» тоже дает возможность сохранить лицо. Считается, что от многочасового изматывающего страдания рассудок помрачается, человек утрачивает контроль над сознанием, начинает бредить и может проговориться в беспамятстве, а это не капитуляция, это не стыдно. Сила духа определяется тем, как долго продержался допрашиваемый, прежде чем его дух провалится в колодец.

Даже в пытке мы, японцы, желаем сохранять достоинство, подумал Маса, сам не зная, гордиться или плеваться.

Оторвав взгляд от живота, он посмотрел на лицо пленника и скривился. Ну так и есть! Кибальчич! Отыскал себе Пса, Обезьяну и Фазана, но те удрали, а Персиковый мальчик, идиот, попался.

Момотаро подмигнул знакомцу красным, воспаленным глазом, оскалил сжатые зубы.

Сзади сопел капитан Баба. В нем, вероятно, боролись Кокутай и Кокусуй. Первый требовал соблюдения Порядка, второй взывал к духу Ямато. Привело это к компромиссу.

— Я начальник местной полиции капитан Баба, — объявил служивый, приблизившись к лежащему. — Назовите ваше имя и укажите сообщников. Тогда я вас арестую, и вы окажетесь под защитой закона.

Оскалившись еще шире, Момотаро просипел по-русски:

— Баба-Яга, костяная нога.

Он попробовал плюнуть капитану на ботинок, но слюны из пересохшего рта не вылетело.

— Ишь ты, заговорил, — удивился Сандаймэ. — Но ничего не разберешь. Бредит.

Оскорбленный плевком, даже символическим, Баба отвернулся от хама, который так ведет себя с представителем власти.

— Тадаки-сан, у меня пока нет возможности принимать арестованных. Участок разрушен. Пусть остается у вас. Если что-то расскажет — сообщите.

— Само собой.

— Идемте, сенсей, — сказал капитан Масе. — Мне не следует здесь находиться.

— Сейчас, у меня развязался шнурок.

Маса опустился на одно колено около Кибальчича. Тот хрипло затянул «Варяга»:

Из пристани верной мы в битву идем,
Навстречу грозящей нам смерти,
За Родину в море открытом умрем,
Где ждут желтолицые черти!

Незаметно вынув из штанины бритву, Маса чиркнул ей по веревке, обвязанной вокруг запястья арестанта. Потом сунул бритву в раскрытую ладонь. Пальцы сомкнулись.

— Только не убивай мордатого, — шепнул Маса. — Иначе за тобой будет охотиться весь клан.

Вместо следующего куплета Момотаро пропел:

Скажите, пожалуйста, умник какой.
А то бы я сам не дотумкал!
Я все же японец, ты не забывай.
Жену поучи свою, Ронин.

А спасибо не сказал, хоть и японец. Большевики, они такие.

...Потом, выполняя долг вежливости, Сандаймэ, конечно, пригласил гостей выпить чая к себе в шатер. Там у клана «Хиномару», тоже оставшегося без крыши над головой, находился «бакуфу» (это слово, собственно, и означает «походная ставка в шатре»).

Теперь, на правах уважаемого сенсея, который, с одной стороны, помогал создавать иокогамскую полицию, а с другой стороны, был потомственным якудзой и отпрыском иокогамского гасиры, погибшего красивой смертью, Маса мог перейти к главному.

— У меня есть еще одно дело, — сказал он, сначала похвалив вкус чая. — Оно касается вас обоих. В Блаффе неизвестные преступники похитили тринадцатилетнюю девочку. Я взялся найти ее, пока злодеи не продали ребенка в публичный дом.

— Сибата-сенсей в свое время служил с Героическим Инспектором Асагавой, а потом искоренял преступления по всему миру, — объяснил капитан. Так торжественно он перевел «международный сыщик».

— Вы служите в полиции?! Вы, якудза?! — подскочил на стуле оябун.

Помогать полиции (разумеется, строго в установленных кодексом рамках) было допустимо, но служить в ней — никогда. Это означало предать свой род, и сидеть, распивать чаи с таким ренегатом честному якудзе было зазорно.

— Героическому Инспектору я только помогал. Вернее он мне. А потом я стал частным сыщиком, — успокоил щепетильного хозяина Маса.

— А, это другое дело. — Сандаймэ снова сел. — Однако зачем вы рассказываете про похищенную девочку мне? Расследовать такие преступления — работа полиции.

— Я тоже сейчас заняться этим не могу, — сказал Баба. — Какая девочка, что вы? Сами видите, что творится.

— Я обратился к вам обоим, потому что это вопрос чести. И для клана «Хиномару», чье доброе имя под угрозой. И для чести иокогамской полиции.

Эффект был достигнут. Сандаймэ и Баба повели себя одинаково: сдвинули брови и подались вперед. Хочешь, чтобы японский служивый и японский бандит тебя внимательно слушали, — скажи, что их честь и доброе имя под угрозой.

Маса начал атаку с капитана.

— Как начальник полиции Портового района вы, должно быть, ведаете всеми делами, касающимися иностранцев? В прежние времена было так.

— Так и осталось, — подтвердил Баба. — Мне приходится заниматься поножовщиной среди моряков, торговлей кокаином и морфием, вообще — любыми преступлениями, жертвами или виновниками которых являются иностранные подданные. Прежде чем получить эту должность, я сдавал экзамен по английскому. Но при чем тут иностранцы?

— Девочка — англичанка. Из очень влиятельной семьи. А похитили ее японцы. На глазах у многочисленных свидетелей-иностранцев. При этом одного человека преступники убили. — (Что убитый — японец, Маса уточнять не стал.) — Сейчас внимание всего мира будет привлечено к Японии. Сюда уже плывут специальные корреспонденты из Европы и Америки. Они обязательно накинутся на эту историю. Для западных репортеров история о белой девочке, утащенной желтолицыми чертями в свой азиатский бордель, будет лакомым подарком. — (О том, что Глэдис Тревор не совсем белая девочка, говорить тоже не следовало.) — Представьте себе, как будет выглядеть бездействующая иокогамская полиция и лично вы. Хуже того: представьте, как пострадает честь Японии.

Баба представил — и побледнел. Для японского служаки мысль о том, что из-за него пострадает престиж родной страны, невыносима.

Следующий шаг был — сделать капитана своим должником.

— Я знаю, у вас не осталось людей и нет возможности заняться поисками, — сочувственно произнес Маса. — Поэтому я помогу вам. Буду искать девочку сам.

— Правда?! Вы готовы исполнить работу полиции?! Сенсей, вы меня очень, очень выручите!

Полицейский дернулся вперед всем туловищем, застыл в поклоне.

— Да, я буду искать английскую девочку Глэдис Тревор. Но мне понадобится ваша помощь.

— Всё, что смогу, сенсей! Всё!

Так. Полдела сделано.

Маса повернулся к оябуну.

— Вас, Тадаки-сан, это преступление затрагивает еще больше, чем полицию. Потому что убили слугу-катаги и похитили ребенка люди из якудзы. Не знаю, ваши ли это бойцы, но ведь вся Иокогама — территория клана «Хиномару». Подумают на вас.

Словом «катаги» якудза называют мирных обывателей, обижать которых без особой причины кодекс строжайше воспрещает. В народе знают это, потому и относятся к преступным кланам с уважением.

— У меня в гуми нет и не может быть мерзавцев, которые грабят и убивают *катаги*, тем более воруют девочек, — гордо ответил Сандаймэ. — Опять же «Хиномару-гуми» не опускается до работы с публичными домами. Это запрещено нашим Никёдо.

Кодекс Никёдо, что буквально означает «Путь Сострадания и Рыцарственности», у каждой гуми свой, вводящий дополнения и разъяснения к общим правилам. Чем кодекс строже, тем клан почтенней.

— Тогда еще хуже. — Маса сокрушенно поцокал языком — европейская привычка. Оябун странному звуку удивился. — Выходит, в вашем сима орудуют бойцы другого клана…

«Сима» («остров») — территория, подконтрольная гуми и зорко оберегаемая от чужаков. Всякое вторжение извне для клана — потеря лица и потому заканчивается войной между бандами.

— Ну да, я знаю, сейчас такой хаос, — деликатно вздохнул Маса. — Люди поймут, что вы не можете за всем уследить, и, конечно, извинят вас…

Оябун грозно зашевелил своими красивыми бровями. Оставалось подлить еще чуть-чуть керосина в огонь.

— …Правда, некоторые наверняка подумают, что это ваши люди решили немножко подзаработать. Ну, да на каждый роток не накинешь фуросики.

Каменный кулак оябуна ударил по столику. Драгоценный старинный чайник подпрыгнул.

— Я знаю, как выглядит главарь, — быстро сказал Маса, пока Сандаймэ не ослеп и не оглох от ярости. — Может быть, вы его опознаете.

И перечислил приметы.

— Нет, такого человека у меня нет, — все еще взволнованно, но с явным облегчением молвил Сандаймэ. — Однако вы правы. Нельзя допустить, чтобы на «Хиномару-гуми» легла хоть малейшая тень. Негодяев необходимо найти и наказать. Мой вакагасира знает всех мало-мальски заметных якудза области Канто. Подождите, я спрошу.

Он вышел из шатра.

Раздался громкий крик:

— Эй, Фугу ко мне! Живо!

Множество голосов подхватили:

— Фугу-сан! Фугу-сан! К оябуну!

Самое время для Кибальчича удрать, подумал Маса.

Капитан Баба сидел багровый, переживал за честь Японии. Вежливость предписывала смягчить напряжение светской беседой, поэтому Маса заметил:

— Тадаки-сан совсем непохож на потомственного якудзу. Говорит и держится, словно катаги.

— Он и не должен был стать якудзой. Отец, Тадаки Второй, прочил ему другую жизнь. Там был старший сын, которому полагалось унаследовать семейное дело. А младшего отдали в военное училище. Он стал офицером, отличился на войне с немцами, при штурме крепости Циндао. Но восемь лет назад произошло столкновение между кланами. Отец со старшим братом попали в засаду и погибли, гуми осталась без оябуна. Курано-сенсей написал своему воспитаннику, что долг предписывает ему вернуться. Потому что храбрых офицеров у империи много, а возглавить клан «Хиномару» больше некому. И Сандаймэ подал в отставку.

Уже в третий раз услышав имя «Курано», Маса решил, что пора разобраться с этим загадочным субъектом.

— Сам Курано-сенсей его призвал? Надо же!

— Никого другого Сандаймэ бы не послушал. Он очень любил армию, но согласился стать невольником чести. Ведь такому человеку, как Курано-сенсей, перечить не станешь.

Эти слова капитан сопроводил кивком на угол шатра, где в импровизированной почетной нише токонома, японском аналоге иконостаса, висел какой-то свиток с каллиграфией и большой фотографический портрет в серебряной раме. Должно быть, реликвии перенесли сюда из разрушенной резиденции клана.

Подойдя, Маса посмотрел на снимок, запечатлевший длиннобородого старца в строгом черном кимоно с гербами. Глаза патриарха были полуприкрыты, на челе пролегла строгая складка. Сразу видно: мудрец. На свитке прекрасной скорописью было начертано: «Хранить Кокусуй, Лелеять Кокутай». По-японски это звучало красиво, но когда Маса мысленно попробовал перевести изречение на русский, получилось не очень: «Хранить Суть государства и лелеять его Тело». Может быть, оттого, что у русского государства суть не вполне понятна, а тело слишком корпулентно — как такое лелеять?

— Это девиз патриотического союза Кокусуйся, «Общества Государственной Сути», которое создал Курано-сенсей, — пояснил капитан. — Теперь-то он удалился от дел, ему ведь далеко за восемьдесят. Но Учитель всегда остается Учителем.

На это Маса издал возглас «хээ», на русский язык вовсе не переводимый и обозначающий высшую степень уважительного восхищения.

— Как же из армейского офицера получился глава гуми?

— О, это прекрасная история — хоть мне, полицейскому, и не следовало бы ею восхищаться.

— Что за история?

Капитан оживился. Все японцы, даже служители закона, обожают рассказывать о подвигах якудза.

— У нас тогда объявился новый клан, «Коокай-гуми», «Клан Желтого Моря». Они разбогатели на китайской контрабанде и захотели утвердиться в Иокогаме. Очень были напористые, действовали нахрапом, будто и не японцы. Китайский дух развратил их. Никёдо «желтоморцев» даже разрешал пользоваться огнестрельным оружием, за это старые кланы их не уважали. Знаете, как они расправились с отцом и братом господина Сандаймэ? С ужасающей вульгарностью. Просто подстерегли на выходе из бани, да изрешетили из американских автоматов «томпсон».

— Ай-ай-ай, — не одобрил Маса, а про себя подумал, что от двадцатого века за бумажными сёдзи не отсидишься, как ни старайся.

— В «Хиномару» началось смятение. Некоторые хотели выбрать оябуном первого помощника Фугу, вы его видели. Он слывет человеком современным, открытым всему новому. С Курано-сенсеем спорить, конечно, не посмели, однако мало кто верил, что из катаги, бывшего военного, может получиться хороший оябун. Однако Сандаймэ всех удивил.

— Да-а? — поразился Маса, потому что рассказчик ждал именно такой реакции.

— Он пришел в штаб «Коокай-гуми» один, среди бела дня. Те были уверены, что это официальная капитуляция, тем более что Тадаки-сан надел парадное кимоно с широкими рукавами. Из этих рукавов он выхватил два меча и в мгновение ока зарубил оябуна с вакагасирой. Представляете? Вжих, вжих — и два трупа! — восхищенно хохотнул полицейский. — Остальные «желтоморцы» труханули и разбежались. Я же говорю, у них был слабый Никёдо и китайский дух.

— Все знают, что Тадаки-сан совершил двойное убийство, и при этом он на свободе?

Это было странно. В Японии так не бывает. За каждым преступлением здесь обязательно следует наказание. Иначе нарушился бы извечный Порядок и пострадал был Кокутай.

— Всё было, как положено. Тадаки-сан вызвал полицию, сдался, сел в тюрьму. А через несколько месяцев по амнистии в связи с коронацией императора Тайсё вышел на свободу. Его встречали, как героя, и никто в «Хиномару-гуми» больше не сомневался в новом оябуне.

Полог шатра откинулся, и показался невольник чести. Вид у него был довольный.

— А бровь правая или левая? — спросил у кого-то Сандаймэ, оборачиваясь.

— Левая, ояссан, — ответил голос вакагасиры.

Войдя в палатку, оябун объявил:

— Есть один якудза, совпадающий по приметам. Имени Фугу не знает, а прозвище у этого человека Трехбровый. Он гасира в токийском клане «Урага-гуми», который опекает веселые дома в районе Ёсивара. — Сандаймэ поморщился. — Клан не из солидных. Разболтанный, гасиры не слишком слушаются оябуна. Оно и понятно. Кто кормится от шлюх, заражается дурными болезнями.

Похоже на правду, сказал себе Маса. Всё складывается. Очень возможно, что Трехбрового отрядили ловить в разрушенных кварталах пригодный живой товар, а пограбить гасира решил для приработка.

— Тогда получается, Тадаки-сан, что клан «Урага» позволил себе своевольничать на вашем «острове». Неужели вы это стерпите?

Но теперь, когда оябун убедился, что его люди ни при чем, манипулировать им было трудней.

— Сейчас всё перевернулось вверх дном. Не время предъявлять друг другу претензии по мелочам.

— Значит, вы ничем не поможете *нам с капитаном*? — укоряюще молвил Маса.

Сандаймэ посмотрел на полицейского, почесал скулу.

— Могу дать вам письмо к оябуну «Урага-гуми». Напишу, что Трехбровый поставил нас обоих, его и меня, в неудобное положение. Не уверен, что вам вернут девочку, но по крайней мере с моим письмом вас не прикончат.

С хромого тигра хоть кисточку от хвоста, подумал Маса и повернулся к капитану.

— А что можете вы?

— Дам рекомендационное письмо к начальнику управления, куда относится Ёсивара. Капитан Соно — достойный человек, который выполняет свою трудную службу с честью. Он мой должник. Всё, что может, сделает.

Что ж, Маса остался доволен. С двумя такими письмами, да зная, кого и где искать, можно рассчитывать на быстрый результат.

Веселый квартал

В условиях, когда железная дорога разрушена, а все шоссе завалены обломками, до столицы проще всего было добраться водой.

В порту уже наладился перевозной бизнес. Погибшие погибли, но те, кто остался, склеивали как могли осколки жизни. По бухте сновали лодки и буксиры, доставляя людей с пароходов.

Нашелся и лодочник, ходивший на моторке до Токио. Плата, правда, была грабительская. Вымогатель потребовал целых сто иен. Раньше он столько, поди, за месяц не зарабатывал. Но Маса не торговался. Он получил от убитой горем матери солидную сумму на оперативные расходы. Слава богу, деньги сохранили ценность и после конца света.

Через пару часов легкого хода по гладкой воде обогнули Кавасаки, и дальше уже начинались задворки столицы. На берегу разрушений было меньше, чем в Иокогаме. Сначала, когда плыли мимо пригородного района Сиба, совершенно целого, Масе подумалось, что слухи о гибели Токио сильно преувеличены, но лодка повернула в устье реки Сумидагавы, и сплошь потянулись выжженные кварталы.

Лодочник, уже побывавший здесь вчера и сегодня, рассказывал всякие ужасы.

— Главный кошмар был вон там, в Хондзё, где раньше стояли армейские склады, а теперь большой пустырь.

Он показал на правый берег реки, где когда-то, во времена Масиной молодости, еще и никаких армейских складов не было. Там доживали в старинных усадьбах бывшие сёгунские самураи.

— ...Туда сбежались от пожара со всего района. Сорок тыщ народу. Потому что открытое место. Думали, безопасно. А потом как налетит огненный тайфун. Завертелся, высосал весь воздух. И задохнулись все. Сорок тыщ! Так и лежат вповалку, не убрали еще, потому что некому. Пятерку накинете — заверну в канал, покажу. Жуть! Увидишь — до гроба не забудешь.

— Нет, спасибо, — поежился Маса.

А экскурсовод с гордостью показывал уже на левый берег. Там вдали кренилась какая-то пизанская башня.

— Наш японский небоскреб Рёункаку! Вы хоть и не местный, но наверняка видали его на открытках. Двенадцать этажей! Еле устоял. Но все равно не сегодня-завтра рухнет. Эх, останется Токио без небоскреба.

Ну, небоскреба-то Масе было не очень жалко. Вечная история. Построили люди Вавилонскую башню, погордились ею, а она возьми и развались. Но сорок тысяч задохнувшихся... Бр-р-р.

Отсюда, из Асакусы, до Ёсивары нужно было идти пешком. Маса поднялся на набережную и пошел по улице, с любопытством оглядываясь.

В юности он, конечно, много слышал о знаменитом веселом квартале, но никогда в нем не бывал. Говорили, что днем и ночью (особенно ночью) здесь не стихают возгласы наслажденья, громкие песни и радостный смех. Эти приятные звуки издавали десять тысяч девушек и такое же количество счастливых клиентов. Жительниц Ёсивары уподобляли бабочкам. В бордель они попадали еще личинками, здесь окукливались, недолго

Неизвестный художник. Огненный вихрь над морем

Неизвестный художник. Великое землетрясение в Канто

Кондо Сиун. Японская трагедия

Неизвестный художник. Токийский район Харадзюку 1 сентября 1923 года

Раскрашенная фотография начала XX века. Гейша

Кацусика Хокусай. Мост под луной

Утагава Куниёси. Кицунэ

Тоёхара Кунитика. Воровка

Огата Гэкко. Девятихвостая лиса

Китагава Утамаро. Портрет красавицы Тоёхина

трепетали яркими крылышками и потом — лет тридцати, самое большее тридцати пяти — зачахнув от беспрестанного веселья, переселялись на кладбище храма Дзёкандзи. В народе он называется «подкидным», потому что умершую шлюху без лишних церемоний просто засовывали в мешок и подкидывали под ограду — чтоб не тратиться на похороны.

Но раньше грустным местом здесь был только Дзёкандзи, сейчас же весь развеселый район представлял собой сплошное кладбище. Сколько Маса ни вертел головой, не мог разглядеть ни одного целого дома. Выгорело всё, остались только легкомысленные таблички с указателями, на каждом какой-нибудь цветок и названия заведений.

Только по указателям и отыскался полицейский участок. Выглядел он еще хуже, чем заведение капитана Бабы. Там хоть кусок стены с дверью сохранился, здесь же остались только горы мусора. Среди них кто на чем сидели черные мундиры, десятка полтора, и совсем ничего не делали, даже не разговаривали друг с другом. Просто смотрели — одни в землю, другие в пространство, третьи в предвечернее небо. Если полиция представляет государство, то лучше было бы распустить таких представителей Кокутай по домам. От них несло унынием, безнадежностью, параличом.

Маса спросил, где начальник. Ему молча, да еще пальцем (невообразимое отсутствие манер!) показали на понурого человека, который сидел на деревянном ящике и вяло чертил прутиком по земле. Судя по звездочкам на петлицах, это был капитан.

— Господин Соно?

— Я его заместитель, Идзаки. — Офицер поднял мутный взгляд. На лбу у него розовело пятно ожога. — Вы кто? По какому делу?

— У меня к господину Соно письмо из Иокогамы. От капитана Бабы.

Это совершенно заурядное сообщение вызвало удивительную реакцию. Глаза заместителя наполнились слезами.

— Да, я знаю, они дружили.

Всхлипнул.

— Погиб? — догадался Маса. — Какая досада! — И поправился. — То есть, какая трагедия.

— Сделал сэппуку, — сообщил Идзаки и расплакался навзрыд. Находившиеся поблизости полицейские начали сморкаться.

— Как сэппуку? Почему?

— Вчера, когда началось землетрясение... — Капитан говорил с перерывами, сглатывая слезы. — ...Большинство проституток после рабочей ночи еще спали... Хозяйки сразу заперли дома и дворы, чтоб никто не разбежался... Но когда начались пожары, Соно-сан разослал патрульных по заведениям, сказать, чтобы всех вели в парк... Потому что там пруд, вода... Он хотел всех спасти... В парк набилось много девушек, очень много... Но огонь подступил со всех четырех сторон. Стало невыносимо жарко, полетели искры... Девушки стали прыгать в пруд. На них сверху другие... Нижние тонули, верхние задыхались от дыма... Никто не спасся... Сегодня мы пошли туда, а пруд весь — как бочка, набитая иваси. Сотни и сотни трупов... Девчонки, мало кому двадцать лет... Соно-сан постоял там. Потом говорит: «Это я, это моя вина».

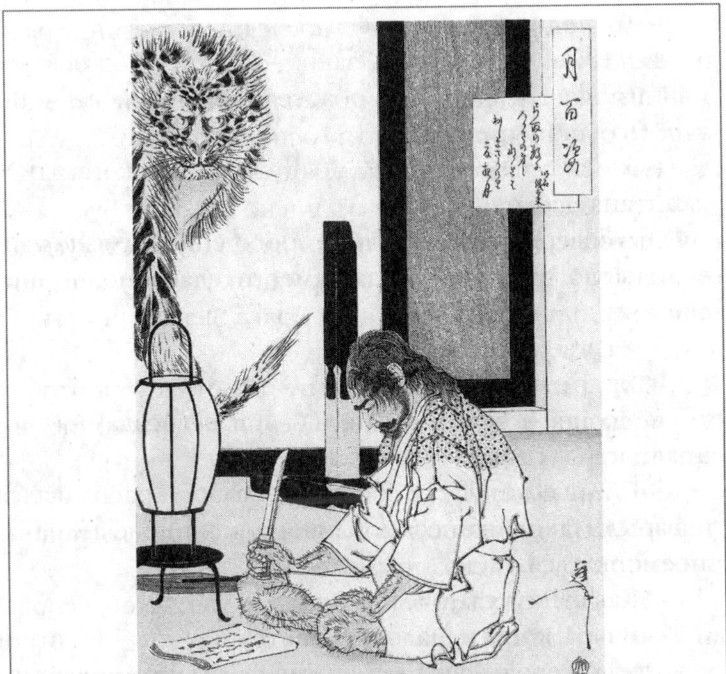

Ушел. И один, даже без секунданта, в мучениях… Он был очень хороший человек. Поэтому мы все такие…

Вытирая глаза платком, Идзаки кивнул на полицейских.

За свою долгую заморскую жизнь Маса забыл про эту особенность японских начальников. Западные обычно сваливают ответственность за случившееся на подчиненных. Японские от нее не увиливают и часто карают себя сами.

— Что же мне делать? Господин Баба просит господина Соно о помощи…

Маса протянул письмо.

Прочитав, Идзаки смахнул последнюю слезинку, распрямился.

— Вы получите помощь от меня, Сибата-сан. Это мой долг по отношению к памяти господина Соно. Я стольким ему обязан! Что возможно — сделаю.

И тут Маса понял, что ему сильно повезло. Будь жив начальник, за множеством других забот он максимум сообщил бы какую-нибудь информацию, ныне же включился великий механизм Онги, Долга Благодарности — да еще перед только что умершим.

— Тогда идемте в «Урага-гуми» и потребуем, чтобы они поскорей вернули девочку. Бедняжка, наверное, до смерти перепугана.

Капитан замялся.

— Я сказал: «Сделаю что возможно». Вы же, господин Сибата, требуете невозможного.

— У вас осталось слишком мало людей, чтобы справиться с якудза, если они заупрямятся?

— Не в этом дело. Якудза не окажут сопротивления, даже если я приду к ним один. При условии, что я потребую от них чего-то правильного.

— То есть законного?

— Нет, «законное» и «правильное» у нас в Ёсиваре не одно и то же. Здесь особый мир, в котором существуют три силы: внешний закон — то есть мы, внутренний закон — то есть якудза, и «Общество сакуры» — своего рода профсоюз хозяек заведений, за счет которых живет Ёсивара… Во всяком случае жила до вчерашнего дня… — Идзаки сделал скорбную паузу. — Взаимоотношения между этими тремя силами очень деликатные, они отработаны до мельчайших деталей, за долгие годы. Каждая сторона знает правила, то есть свои права и свои обязанности. Мамы-сан и якудза должны соблюдать тишину и порядок. Никакого воровства у клиентов, никаких драк или, упаси боже, убийств. Давать взятки полицейским запрещается (бесплатные визиты к девушкам по праздникам не в счет, это выражение благодарности). В свою очередь, мы не имеем права нервировать клиентов неожиданным появлением в борделях — если, конечно, там не произошло какого-нибудь скандала, выплеснувшегося наружу. Потому что наблюдение за внутренним порядком — уже прерогатива клана Урага, мы в их кухню не вмешиваемся. Например, откуда берутся новые девушки и как с ними там обращаются — не наше дело. Если только кто-нибудь не наложит на себя руки, да еще с шумом, так что скрыть невозможно. Постороннему человеку правила, по которым существует Ёсивара, покажутся дикими, но ни один большой город мира не может обходиться без проституции. Просто в глупо устроенных странах этот некрасивый бизнес еще и порождает букет всяких сопутствующих преступных промыслов, а у нас всё под контролем и не выходит за рамки приличий.

Познавательную лекцию Маса выслушал с интересом и догадался, к чему она была произнесена.

— То есть у вас нет права прийти к оябуну и напрямую спросить: «Где похищенная в Иокогаме девочка?»

— Да, это будет вопиющим нарушением конвенции. Он мне не ответит и будет в полном своем праве. Я только потеряю лицо. Но это не означает, что у меня нет никакой возможности вам помочь, — продолжил капитан. Маса выжидательно на него смотрел. — Мы, конечно же, получаем информацию о том, что творится за стенами борделей, от своих осведомителей. То есть осведомительниц. Шлюхи есть шлюхи, Сибата-сан, в них нет чувства верности по отношению к своему заведению.

Полицейский брезгливо поморщился. «Странно, если бы была — когда знаешь, что в тридцать лет тебя засунут в мешок и выкинут на помойку», — подумал Маса, но делиться этой мыслью не стал, а тоже изобразил на лице неодобрение.

— Например, мне известно, что вчера вечером, когда толчки закончились и пожары догорели, было чрезвычайное собрание «Общества сакуры» с участием якудзы. Самая почтенная и мудрая мама-сан произнесла речь. Она сказала, что теперь несколько дней людям будет не до увеселений, но потом наступит обратная реакция. (Это очень образованная дама, она читает все газеты и любит выражаться по-современному.) Те, кто выжил, сказала она, ощутят наплыв чувственной энергии и захотят доказать сами себе, что они живы. В Ёсивару хлынут толпы. А у нас, сказала мама-сан, дома разрушены и катастрофическая нехватка кадров. Нужно быстро соорудить временные производственные помещения — пускай просто палатки, но украшенные цветами и веселыми ширмами. Это-то мы сделаем, но проблема в том, что некоторые из нас остались без рабочей силы. И здесь мы очень надеемся на помощь наших покровителей из «Урага-гуми».

— А, тогда понятно, — кивнул Маса. — Якудза получила заказ на свежее мясо.

— Вот еще одна причина, по которой бессмысленно обращаться к оябуну. Трехбрового я знаю, это законченный мерзавец, но он лишь выполнял приказ, а это значит, что клан будет его покрывать. И как вызволить вашу англичанку, я не знаю. Будь жив Соно-сан, он мог бы попросить оябуна о личном одолжении, но я в должности пока не утвержден. Мне откажут.

— ...И вы только зря потеряете лицо. Хорошо, но ведь Трехбровый и его люди не только похитили ребенка, они еще совершили убийство. Разве это не основание для полиции потребовать клан к ответу?

— Не получится. Преступление совершено в Иокогаме, и, насколько я понимаю, даже еще не возбуждено дело... — Капитан задумался. — Что же тут можно сделать?

ПОСЛЕ КОНЦА СВЕТА

Маса терпеливо ждал. Никогда не следует торопить специалиста, если его компетенция вызывает доверие.

— Вот как мы поступим, — через минуту-другую молвил эксперт по веселому кварталу. — Хозяйка «Пионового фонаря» мне обязана. Пару месяцев назад я ее выручил. Это очень изысканное заведение, на любителя. Девушки там наряжаются призраками и сосут кровь клиентов либо слегка их душат. Одна новенькая переусердствовала. Я убедился, что преступного умысла не было, и позволил врачу дать заключение об инфаркте. Теперь я предъявлю маме-сан долг благодарности к оплате. Идемте.

Они шли по улицам раздавленного стихией греховного царства. В темноте оно выглядело куда живее, чем при свете дня. Вечер спрятал руины и пожарища. Повсюду зажглись красные бумажные фонари — хрупкие предметы в катастрофе оказались прочнее бревен и кирпича. Веселые огни покачивались на легком ветру, словно зазывно подмигивая двум пешеходам. Наверное, принимали их за первых вернувшихся клиентов. И повсюду — слева, справа — кипела работа. Стучали молотки и топоры, визжали пилы. Как трава, прорастающая на поле побоища, подумал Маса. А капитан выразился еще лиричней:

— Жизнь побеждает смерть! — с чувством сказал он. — Знаете, я всегда немного стыдился, что работаю в Ёсиваре, но сейчас рад. Встряхнулась, зализала раны — и вприпрыжку дальше. Она повидала всякое на своем веку, ее так просто не сломаешь.

Все кругом плачут,
Но не ропщет на карму
Старая дворняга.

— У вас лишний слог в последней строке, — заметил Маса. Попытался представить себе русского околоточного или американского шерифа сочиняющими стихи — не получилось.

— Пришли.

Идзаки показал на ворота. Они были сломаны, но на каменном столбе сиял красивый фонарь в виде пиона.

— Подождите меня за оградой. Мама-сан не станет откровенничать при постороннем.

Во дворе, как и повсюду, горели лампы, суетились люди. Полуголые, потные рабочие со скрученными жгутом полотенцами на головах расчищали обломки рухнувшего дома.

Капитан подошел к густо напудренной пожилой женщине в пунцовом кимоно. Беседа длилась довольно долго. Сначала говорил Идзаки, а мама-сан кивала — дол-

жно быть, принимала соболезнования. Потом она вынула из рукава бумажный платочек и пару минут с достоинством поплакала. Это не мешало ей зорко следить за рабочими и покрикивать на них, если они что-то делали не так. Терпеливо дождавшись завершения скорбного ритуала, полицейский зашептал хозяйке на ухо. Затем пошептала она. Два церемонных поклона. Конец визита.

— Хорошая новость, — сообщил Идзаки, вернувшись. — Сегодня в полночь мамы-сан, потерявшие много работниц, приглашены на аукцион. Клан «Урага» выставляет на продажу первую партию — сорок единиц товара.

— Они похитили так много девушек? — ужаснулся Маса. — Мы должны освободить их всех, не только англичанку!

— Уверяю вас, большинство проданы родственниками, которые остались без средств к существованию. Другие осиротели и, не зная куда податься, подписали контракт добровольно. Украденные же настолько запуганы, что нипочем не признаются. И вашу-то непонятно, как вытаскивать. Посторонних на аукцион не пустят. Внутрь попадут только хозяйки. Даже их охранники останутся снаружи.

— Это уж моя забота. Вы только скажите, где будет аукцион.

— В Дзёкандзи, «Подкидном Храме». Он чудесным образом уцелел. Мама-сан говорит, это хороший знак. Ёсивара возродится. А еще она говорит, что очень скоро, прямо завтра восстановится Кокутай, и всё будет по-старому, даже лучше.

— Как он может восстановиться, да еще прямо завтра? И откуда хозяйка борделя может знать подобные вещи?

— Они всегда всё знают, — пожал плечами Идзаки. — У «Общества сакуры» свои источники. Дам вам совет:

будьте осторожны. Эти женщины становятся опасны, если их разозлить. Даже я не смогу вас защитить.

— Ничего, я привык. Вы мне и так уже очень помогли. Сердечно благодарю.

Маса низко поклонился.

— Нет, — сказал капитан. — Я не могу вас оставить. Никогда себе не прощу, если с вами что-то случится. Позвольте мне сопровождать вас. Я только сниму мундир, чтобы действовать в качестве частного лица. Очень прошу, не спорьте.

И тоже поклонился.

— Признателен за великодушное предложение, но это я себе не прощу, если из-за меня пострадает ваша карьера.

Они препирались так, кланяясь друг другу, минут пять или даже больше. Капитан Идзаки был человек с очень развитым чувством чести, но немного зануда. Маса еле от него отвязался. Выражаясь по-русски, на кой васаби нужен помощник в таком элементарном деле?

Два часа спустя одинокий ронин сидел в развалинах когда-то, наверное, очень веселого, а теперь очень грустного дома и смотрел через сломанные сёдзи, украшенные похабными картинками, на улицу, по которой к Дзёкандзи шествовали участницы аукциона.

Площадка перед Подкидным Храмом сияла разноцветными огнями, будто и не было никакого конца света. Вдоль ограды цепочкой стояли крепкие парни в красных куртках с цветком ириса на груди — очевидно, эмблемой клана «Урага». Но интересней было смотреть на хозяек любовных заведений. Почтенные мамы-сан, наряженные в дорогие кимоно, с набеленными лицами и высокими, сложными прическами чинно семенили коротким шажками, церемонно приветствовали друг друга, выражали удовольствие по поводу встречи и соболезнование по поводу случившейся неприятности. Каждую сопровождали вышибалы, одетые в кимоно с гербом своего борделя.

Ёсивара — мир, которым управляют немолодые женщины, всё про жизнь знающие, снаружи мягкие, а изнутри железные, размышлял Маса. С одной из них — той, что выведет с собой девочку Глэдис, ему скоро придется иметь дело. Разговор будет непростой. Думать об этом было приятно. Маса любил железных женщин. Всяких любил, но железных — особенно.

Он приготовился к долгому ожиданию и уже знал, чем его скрасит: будет представлять Землю, которой управляют не железные снаружи, но мягкие внутри мужчины, а женщины, похожие на ёсиварских матрон. Они сумеют всё обустроить так, что и преступники, и полицейские будут у них в услужении, и никто ни с кем не будет воевать, и все будут довольны.

В храме ударил гонг — аукцион начался. Торги шли с невероятной быстротой. Должно быть, церемониал был идеально отработан. Удар молотка о медный щит, знак завершения очередного раунда, звучал раз в одну-две минуты. Прошло меньше полутора часов, и во дворе снова началось движение. Весь товар был разобран, мамы-сан стали расходиться.

Маса еще раз заглянул в медальон с фотографией бедняжки Глэдис и припал к смотровой щели. Только бы не пропустить!

Каждая матрона уводила с собой по две-три живых покупки. Девушки были очень молоденькие, некоторые просто дети. Все перепуганные, вжимающие головы в плечи. Хозяйки ласково щебетали с ними, обнимали, угощали сладостями. Но с обеих сторон топали вышибалы, бдительно присматривая за невольницами.

Выскочить что ли с криком, да открыть пальбу в воздух, подумал Маса. Начнется суматоха, и если кто-то из девочек хочет свободы — воспользуется и убежит. Но куда они убегут в разрушенном мире, где царит Хаос? Из огня да в полымя? Опять же в «браунинге» всего один патрон. И как потом спасать Глэдис?

Повздыхал, отказался от соблазнительной идеи.

Однако вот из храма вышла последняя мама-сан, а девочка так и не появилась. Осталась внутри? Но почему? Или ее тут вообще не было? Тогда где она?

И никого, кто мог бы ответить на эти вопросы.

Надо идти к оябуну, трясти перед ним письмом с претензиями от Сандаймэ. Надежды на результат мало, но ничего больше не остается.

С тяжелым сердцем Маса вышел на улицу — и тут же попятился обратно. Сердце легко запрыгало, как почуявший добычу поплавок.

Из ворот Подкидного Храма вразвалку вышел плечистый детина с грубой физиономией и шрамом, наискось рассекавшим лоб и левую бровь.

— Эй, Гама, где ты?! — крикнул Трехбровый, озираясь.

От забора отделился подушкообразный коротышка, шепеляво отозвался:

— Я здешь, аники!

— Пошли.

Помахав остальным красным курткам, оба зашагали прочь.

Ах, какая удача! — поздравил себя Маса, пристраиваясь сзади. Двое — это сущие пустяки.

Нужно было подождать, пока они повернут на какую-нибудь безлюдную и желательно темную улицу.

Повернули.

Впереди появился круг желтого света, на фоне которого чернели два силуэта, один повыше, другой пониже. Человек по кличке Гама, что означало «Жаба», держал в руке электрический фонарик.

Мудрить Маса не стал. Подобрал кусок кирпича, примерился. Очень удобно целиться, когда такая подсветка. Кинул коротышке точнехонько в затылок — не слишком сильно, чтоб не проломить череп, но вполне достаточно, чтобы Жаба не мешал разговору.

Пока кирпич насвистывал в воздухе свою незатейливую кирпичную песню, одинокий ронин сомкнул веки, готовясь к тому, что фонарик упадет и погаснет. От внезапной темноты Трехбровый ослепнет, а Маса — нет.

Тупой стук (кирпич встретился с затылком), металлический звон (упал фонарик), мягкое шуршание (повалилась оглушенная жаба), удивленный крик «Э, ты чего?» (удивился Трехбровый).

Открыв глаза, Маса увидел, что фонарик откатился в сторону, но продолжает гореть. Гасира присел на корточки над своим товарищем. Было очень удобно подбежать и врезать ему сзади ребром ладони по шее.

На всякий случай — мало ли, прохожие появятся или что — Маса взял тяжелую тушу под мышки, оттащил подальше от дороги, в укромное местечко между руин.

Пошлепал по мясистым щекам. Глаза приоткрылись, мигнули, зажмурились от яркого луча.

Дуло «браунинга» уперлось прямо в шрам, совсем не элегантный — от удара не острым мечом, а топором или даже кочергой.

— Я тебе задам один вопрос. Не ответишь — застрелю, — тихо, но убедительно молвил Маса.

Настоящего якудзу смертью не напугаешь, но расчет был на то, что этот не настоящий, а человек безо всяких представлений о чести. Для людей безо всяких представлений о чести единственная ценность — собственная шкура.

Но некоторое понятие о чести у Трехбрового всё же было.

— Ничего говорить не буду, — хрипло ответил он. — Стреляй. Я честный якудза, таким и умру. Коли уж судьба выкинула мне восемь-девять-три, значит, пора к предкам.

Это он не сам придумал красивую фразу. Она существовала и во времена Масы. Слово «я-ку-дза» означает «восемь-девять-три», самая паршивая комбинация, когда бросают кости, играя в «двадцать одно»: недобор. Потому что человек, чья карма привела его на сумрачный Путь Преступления, — самое незадачливое существо на свете.

— Честный якудза не зарубил бы семнадцатилетнего мальчишку, не вырвал бы у женщины серьги из ушей и не похитил бы ребенка. Ты нарушил все правила Никёдо.

— Парень сам на меня бросился! Поднял руку на якудзу! Женщина была иностранка, на них правила не распространяются. А что до девчонки — я выполнял приказ оябуна. С него и спрашивай!

Линия защиты была выстроена неплохо. Трехбровый был мерзавец, но не дурак. Что еще хуже, не трус.

Пришлось зайти с другой стороны.

— Золотые серьги и прочее награбленное ты, само собой, отдал оябуну, да? — мягко поинтересовался Маса, отлично зная, что такого быть не могло. «Урага-гуми» — клан не из уважаемых, но все-таки не мародеры. Трехбровый и его дружки несомненно оставили добычу себе, а это ужасное нарушение Никёдо, тут отрезанным пальцем не отделаешься.

Ага, заморгал!

— Пойду к Ураге-сан и всё ему расскажу. Тебя и твоих подельников выпрут с позором. И никто, ни один клан, даже на какой-нибудь паршивой Окинаве вас не примет. А всякий честный якудза будет плевать тебе в рожу. Еще заставят татуировки содрать, а это очень, очень больно, — с удовольствием стал перечислять разные ужасы Маса.

— Кончай болтовню! Стреляй! На том свете все равно! — крикнул якудза.

— Выстрелить-то я выстрелю, но к оябуну потом все равно схожу. Чтобы клан не начал мне мстить. Объясню, за что я тебя прикончил. И покажу письмо от клана «Хиномару», в котором описываются твои подвиги. Сандаймэ Тадаки написал, собственной рукой. Засунут твой труп в мешок и отнесут под забор Подкидного Храма. Но даже с шлюхами тебя не похоронят, а выкинут на помойку. И все потом будут говорить, что Трехбровый был вор, надувавший своих.

Вот как нужно разговаривать с японскими бандитами, с удовлетворением подумал Маса, видя, как бледнеет гасира.

— Если отвечу на твой вопрос, отпустишь? — глухо спросил Трехбровый.

Вот это был разговор уже не японский, а вполне западный. Как все-таки упали нравы якудзы!

— Где девочка? Почему ее сегодня не продали на аукционе? Говори правду — или я оттащу тебя к оябуну.

Шмыгнув носом, Трехбровый стал рассказывать.

— Вчера мы привели из Иокогамы восемь девчонок. Семеро пошли своей охотой, а эту я решил забрать, потому что очень уж красивая. Думал, уйдет за большие деньги, но она оказалась бракованная. Оябун велел даже не выставлять ее на продажу.

— Почему?!

— Так она же ни бельмеса по-японски не знает! Только по-английски лопочет! Кому нужна шлюха, не способная спеть песню или проворковать: «Как вы прекрасны без хакама, господин»? Откуда же мне было знать, если с виду она нормальная японка?

— Где девочка сейчас?

— Еще утром ее сплавили в Синдзюку. У нас там, за городом, теперь филиал. Оябун говорит: хорошее место, с большим будущим. Потому что…

— Плевать мне, что говорит твой оябун! Кому отдали девочку?

— У нашего гуми в Синдзюку есть один клиент, фамилия его Кикуя. Берет совсем молоденьких девок, которые смазливые, но почему-либо не годятся в шлюхи — тупые совсем или бездарные. Он делает «новые сюнга»: это как старинные непристойные картинки, только не рисованные, а фотографические. Они хорошо идут. Четверть доходов Кикуя отдает нам.

Бедная Глэдис попала в лапы к порнографу!

— Как его найти, этого Кикуя?

— Где ему быть? Наверно дома сидит. У него там же и студия. Синдзюку ведь не разрушен, там очень твердая земля.

— Он девочек только фотографирует? — хмуро спросил Маса.

— Сначала дрессирует, как собачек.

Нужно как можно быстрей вытащить ребенка из этой клоаки, сказал себе Маса.

— Давай адрес!

— Адреса не знаю. От железнодорожной станции Синдзюку нужно по улице Касю пройти два квартала на запад, потом повернуть в северную сторону, через пустырь…

Маса слушал, запоминал, а сам решал, что ему делать с этим плохим человеком, исчерпавшим свою полезность. Раньше не колебался бы — прикончил, и дело с концом. Потому что придерживался концепции, гласившей, что чем в мире меньше грязи, тем мир чище. Но во время русской гражданской войны все считали друг друга грязью и чистили мир, чистили, а он становился только грязней. Наверное, чистота достигается какими-то другими способами. Надо будет об этом на досуге поразмышлять.

Дослушав, Маса сказал:

— Убивать тебя я не буду. И к оябуну не пойду. Потому что уговор есть уговор. Но когда восстановится Порядок, до тебя доберется полиция за убийство верного слуги Сабуро. Можешь не сомневаться. А это тебе за серьги.

Он взял мерзавца за ухо, вывернул и половинку оторвал. Было немного трудно, но приятно. Трехбровый громко завопил. Все-таки он был не настоящий якудза.

— Будешь теперь Трехбровый, но Одноухий, — объяснил Маса на прощанье, когда крик стал немного потише.

Охо-хо, думал одинокий ронин, быстро идя по пустой улице. Тащись теперь на другой конец темного разрушенного города, а ведь мне не пятьдесят лет!

Однако надо было поспешать. Девочку отправили в Синдзюку еще утром, а уже глубокая ночь. Трехбровый сказал, что порнограф девочек «дрессирует, как собачек», — вряд ли ходить на задних лапах.

Тяжело вздохнув, Маса перешел на мерную рысцу. Хоть ему было и не пятьдесят лет, но бежать так он мог долго.

ВЫГОДЫ БЕЗДЕТНОСТИ

Одинокий ронин рысил по печальным улицам, освещенным печальной луной. Повсюду — в районе Асакуса, в Нихонбаси, в Канда — вокруг были лишь развалины и пепелища. И вдруг, на широкой площади, открылся вид на совершенно целые стены императорского замка. Приземистая громада древней цитадели стояла несокрушимо, будто сама империя, возникшая два с половиной тысячелетия назад. Взгляду, привыкшему видеть только развалины, зрелище показалось каким-то противоестественным. Еще фантастичней его делала огромная толпа молчащих людей. Они стояли и просто смотрели на стены. Ночью. Посреди выжженной пустыни, в которую превратился Токио.

Им был нужен не император. Все знали, что в столице его нет. Его нигде не было, императора Тайсё. В японских газетах об этом не писали, но каждый знал, что государь — тень человека, что он сумасшедший. Его не выпускали на публику уже года два — с тех пор, как на церемонии открытия парламента император не стал произносить речь, а свернул ее в трубочку и принялся разглядывать депутатов через воображаемый окуляр. Народу нужен несокрушимый замок, неподвластный землетрясениям и пожарам. А кто именно за его стенами и есть ли там кто-то вообще, большого значения не имеет. Что здесь таинственней — замок или народ, еще вопрос. Маса побе-

щал себе, что поломает над этим голову после, но сейчас нужно было бежать дальше, спасать испуганную девочку с японской внешностью и английской душой. Вот чей мир рухнул еще сокрушительней, чем Токио. Тайфун, пожар и потрясения для Глэдис Тревор не закончились, их неистовство только нарастает. Может быть, прямо сейчас, в эту минуту, гнусный порнограф Кикуя…

Но о том, что может вытворять с бедняжкой гнусный порнограф, Маса себе думать запретил. Вытер с бритой макушки пот, побежал дальше, прочь от заколдованного замка и заколдованной толпы.

Императорский дворец словно прикрыл собой всю западную половину города от беды. Следующий район

Ёцуя сохранился почти полностью: и дома, и ограды. Только в зданиях европейской конструкции растрескались стекла, и, конечно, не работало электричество. Но меланхоличная луна вежливо освещала таблички с названием улиц и кварталов. Правда, Маса плохо знал столицу и больше ориентировался по звездам. О них и стал размышлять, ибо просто так бежать очень скучно.

В одной ученой статье, которая когда-то лежала у господина на столе, вся в карандашных подчеркиваниях и даже с восклицательным знаком на полях, было написано, что, согласно новейшей гипотезе Большая Вселенная представляет собой нечто вроде воротника жабо или ленты Мёбиуса (в этом месте и стоял жирный восклицательный знак). Расстояние между двумя малыми вселенными может быть невообразимо огромным, если двигаться по прямой, но в то же время микроскопическим, если проткнуть воображаемой иголкой полотно и преодолеть зазор до следующего слоя. Живя в России, Маса перешел в православие — не из-за веры, а из-за верности: служишь стране — исповедуй ее религию. Но буддистская концепция бесчисленных перерождений все равно манила больше. Только — думал он теперь — души не перерождаются из одного земного тела в другое, а перемещаются за иглой, протыкающей ткань бытия, и попадают в соседнюю вселенную. Она находится рядом, на расстоянии выдоха — того самого, последнего, с которым жизненная энергия уходит из этого мира в тот. Может быть, господин совсем близко, и их новая встреча не за горами.

Думать про это было утешительно, посматривать на мерцающие звезды отрадно. Ноги отстукивали по мостовой километр за километром. Время летело быстро.

Уже в Синдзюку пришлось немного поплутать. Район был паршивый, в основном состоявший из лачуг и бараков. Ателье «Кикуя» в конце концов нашлось: одноэтажный кирпичный дом с облупившейся штукатуркой, спрятавшийся в глубине замусоренного тупика. Обычно в витринах фотомастерской висят снимки молодоженов, щекастых младенцев, стариков с медалями, а тут вместо витрин — окна со ставнями, будто зажмуренные глаза. Несмотря на глухой, предрассветный час сквозь щели сочился яркий электрический свет и раздавалось жужжание — работал генератор. В нехорошем доме не спали.

У Масы сжалось сердце.

В японское жилище, сделанное из дощечек и бумаги, он просто вломился бы, как волк в сказке про трех поросят, но в «Кикуя» дверь была окована железом. Пришлось стучать.

— Кто это в такое время? — откликнулся встревоженный мужской голос.

— Клан Урррага! Открррывай, Кикуя! — заорал Маса с раскатистым рыком, будто заправский якудза.

— А в чем дело?

— Тебе записка от самого оябуна! Отворряй живо, бакаяро!

Лязгнул засов, дверь приоткрылась, в щели, поверх стальной цепочки, сверкнул глаз. Цепочка — чепуха. От удара ногой дверь чуть не соскочила с петель, цепочка лопнула, а стоявший за нею человек шлепнулся на пол.

Кикуя был плюгавый, при подкрученных усишках, с расчесанными надвое, припомаженными волосами. И — о, мерзкий растлитель! — без пиджака, без брюк, в одной манишке и кальсонах.

Схватив порнографа за шею обеими руками, Маса высоко поднял его и прижал к стене — так что ноги негодяя не доставали до земли.

— Работаешь, тварь? Без штанов?

— Разделся, да… Жарко из-за ламп, — пролепетал Кикуя. В его широко раскрытых глазах застыл ужас.

— Где она?

— К-кто?

Из глубины дома раздался звонкий голосок:

— Hey, Georgey!

— Здесь еще и Джорджи? — зашипел Маса. — Кто это?

Правая рука опустилась в карман, нащупала «браунинг». Тщедушного фотографа на весу без труда удерживала и одна левая.

— Это мое имя — Дзёдзи... — пролепетал Кикуя. — Она англичанка, поэтому зовет меня Джорджи...

— Where are you, Georgey? — В голоске зазвучали капризные нотки. — I am hot!

Отшвырнув фотографа, Маса кинулся в комнату.

Это была студия, залитая ослепительным светом. Перед задником, аляписто изображавшим японский сад, сидела куколка в парчовом кимоно, с высокой прической «симада». Куколка была неописуемо прекрасна — даже дыхание перехватило.

— Красивая, да? — шепнул сзади в ухо Кикуя. — Никогда таких не видел. Прямо сказочная принцесса!

— Вы кто? — недовольно сказала принцесса по-английски. — Ассистент Джорджи? Не стойте. Идите сюда, поправьте мне воротник. Он жесткий, впивается в шею. Джорджи, снимай скорее, мне жарко!

Опомнившись, Маса бросился к девочке.

— Ты цела? С тобой все в порядке?

Глэдис обрадовалась:

— Вы говорите по-английски? Слава богу! А то Джорджи — через пень колоду, по десять раз нужно повторять. Скажите ему, во-первых, что шоколад я уже весь съела и хочу еще. Во-вторых, что у меня чешется голова под этим чертовым париком. И в-третьих, что мне уже надоело это кимоно, я хочу поскорей попробовать вон то, лазоревое.

Тоненький пальчик показал на вешалку, где висели наряды.

Не похоже было, что ребенка истязают. Но все же надо было проверить.

— Сейчас, милая. Я только немножко поговорю с дядей.

Маса схватил фотографа за локоть, отволок в угол.

— Ты надругался над девочкой?

— Что? — не понял Кикуя.

Выражение было из прежних времен. Теперь, кажется, его уже не употребляли. Маса вспомнил другое, юридическое:

— Ты производил с несовершеннолетней развратные действия?

— Ну что вы! Она такая красивая! С нее хочется пылинки сдувать!

— Раздевал? Делал похабные снимки?

Порнограф удивился:

— Зачем бы я стал ее раздевать? Там пока и смотреть не на что. Наоборот, я ее одевал в разные наряды. Сделал много потрясающих снимков. Напечатаю открытки, раскрашу — будут расходиться лучше всяких сюнга. Вы только посмотрите на нее...

И с восхищением уставился на Глэдис.

— I am out of chocolate! And I am devilishly hot! — сердито воскликнула девочка.

Было действительно очень жарко. Маса почувствовал, что прямо обливается потом — еще и от облегчения.

Убивать порнографа он передумал, но всё же вывел в коридор и пару раз стукнул. В знак неуважения к его постыдному ремеслу. И чтоб не перестал бояться.

— Где одежда, в которой была девочка?

— Вы ее у меня заберете? — жалобно спросил Кикуя. Его глаза наполнились слезами.

...Благородный ронин и спасенная им прекрасная дева сидели в коляске, отвернувшись друг от друга. Обычный транспорт не ходил, но от станции Синдзюку людей во всех направлениях вместо поездов возили рикши. Можно было добраться и до Иокогамы, с пересадкой на другого рикшу в Кавасаки. Людская предприимчивость всякий дефицит обращает себе на пользу.

Рикша цокал по мостовой деревянными гэта, колеса поскрипывали, вовсю распевали утренние птички. Маса наслаждался этими мирными звуками. Он очень устал.

Увести похищенного ребенка из логова разврата оказалось трудно. Был рев и крик. Девочка требовала, чтобы ее досняли во всех остальных нарядах. Кикуя тоже рыдал, просил не разлучать его с принцессой. Фотографа снова пришлось поколотить, на Глэдис накричать, а потом и отвесить подзатыльник, потому что день был очень длинный и всякому терпению есть конец. Уже на станции Глэдис попыталась удрать. Маса схватил ее за воротник матроски, перекинул, брыкающуюся, через плечо и насилу усадил в коляску. Рикша, кажется, подумал нехорошее, но заступиться не посмел — больно уж свирепый вид был у пассажира.

В коляске маленькая дрянь (принцессой она Масе уже не казалась) успокоилась тоже не сразу. Обзывалась всякими словами, удивительными в устах благовоспитанной мисс. И грозилась нажаловаться матери, что Маса ее избил и «повсюду лапал». Сменила гнев на милость, только когда он пообещал, что заставит фотографа прислать все карточки, когда они будут отпечатаны.

— Ладно, не буду на тебя жаловаться, — сказал тогда неприятный подросток. — Но ты всё равно скотина.

Отвернулась и замолчала. Уф!

Маса ехал и размышлял о том, что мечты о собственной семье, о детях — глупая химера. Что в них хорошего, в детях? Пока маленькие — будешь ежечасно трястись, что заболеют или свернут себе шею. Подрастут — что собьются на кривую дорожку. Потом вырастут, и ты станешь им уже не нужен. А если останешься очень нужен — еще хуже. Нет уж, настоящее благо — быть одиноким ронином, дух и разум которого свободны, как вон та ласточка, рассекающая голубой утренний воздух.

Коляска вдруг остановилась.

— В чем дело? — спросил Маса, перестав провожать глазами ласточку.

— Так вон, не пускают.

Рикша показал вперед.

На перекрестке стоял солдат. Рука его была поднята. В руке — полосатая палка. Регулировщик?

Рядом белел большой плакат. Издали можно было прочесть только крупный заголовок: «ВВОДИТСЯ ВОЕННОЕ ПОЛОЖЕНИЕ».

Раздался рев моторов. Со стороны столицы приближалась автоколонна. Сначала ехали грузовики, в кузовах которых, будто букеты одуванчиков, торчали фуражки с желтыми околышами. Армия! Потом потянулись санитарные машины, цистерны с питьевой водой, фуры с ящиками и бочками, саперные повозки.

Маса смотрел на этот нескончаемый поток и чувствовал ком в горле. Государство наконец проснулось. Лишь на третий день, но лучше поздно, чем никогда. Порядок возвращается. Хаосу конец!

На обочине собрались люди, которые не могли попасть на шоссе. Но никто не протестовал, что движение перекрыто. Все махали солдатам, радостно кричали, многие плакали.

То же самое произошло и в России, думал Маса. Только не за несколько дней, а за несколько лет. Если становится слишком много свободы, когда каждый предоставлен себе и должен всё решать сам, народ начинает тосковать по несвободе, когда все вместе и кто-то решает за тебя. Потому что человек — существо стадное. Без свободы жить может, без порядка — никак.

第二幕

Действие второе

Детективное агентство «Знамя смерти»

Прошло два года

УТРЕННИЙ ЗВОНОК

День начинался как обычно. Ровно в восемь директор пришел на работу, то есть переместился из крошечной спальни в маленький кабинет. Других комнат не имелось. Зато это был настоящий европейский апато (апартамент) с окнами и деревянным полом, не какая-нибудь японская соломенная избушка, где посетителям пришлось бы снимать ботинки и сидеть на корточках. И, что важно, с собственным входом. Крылечко, сверкающая медная вывеска на двух языках: «СИБАТА Тантэйся» и «Detective Agency BANNER OF DEATH». Правда, в солидный электрический звонок никто давно уже не звонил, никто не входил в красивую дубовую дверь хоть в ботинках, хоть без.

Занимаясь всегдашним утренним делом — сочиняя хокку дня — глава детективного агентства «Знамя Смерти» думал, что это, вероятно, и есть самая лучшая, гармоничная старость: неспешно писать стихотворение, потом каллиграфически выводить его кисточкой, добиваясь совершенства линий, и вешать шедевр на стену. Уже и обоев почти не видно. Со всех сторон, от пола до потолка, сплошная поэзия. Ее накопилось на толстый сборник. Как знать — может быть, потомки запомнят Масахиро Сибату не как сыщика, а как стихотворца.

Вчера родилось пятистишье, вдохновленное ожиданием водопроводчика:

«Кап-кап», течет кран.
Не плачь, тебя закрутят.
«Кап-кап», течет жизнь.
Ее придет, закрутит
И мой Водопроводчик.

Сегодня Маса был настроен на трехстишие и предполагал посвятить его цикадам, предвестницам благословенной осенней прохлады, которая всё никак не придет. Из приоткрытого окна, даром что раннее утро, тянуло не свежестью, а каким-то банным паром.

«Как я жду тебя, / О, блаженный стрекот...» — вывела авторучка первые две строки и приостановилась перед третьей. В словосочетании «осенней цикады» было больше слогов, чем нужно.

И вдруг раздался стрекот, пронзительный и звонкий. В первый миг Маса даже не сообразил, что это проснулся телефон. Аппарат молчал уже бог знает сколько дней, просто стоял себе, сверкал черными лаковыми боками. Судя по тому, как от этого довольно противного звука радостно екнуло сердце, старость у поэта поневоле была недостаточно гармоничной или же он пока состарился еще недостаточно.

— Хай. Детективное агентство «Знамя Смерти», — с некоторой осторожностью произнес в трубку Маса, боясь, что ошиблись номером.

Ура и бандзай! Телефон заговорил голосом майора Бабы:

— Доброе утро, Сибата-сенсей. Извините, что докучаю, когда вы так сильно заняты.

Это не издевательство, это обычная японская формула вежливости, напомнил себе сенсей, но все-таки насупился. Речевой этикет предписывал ответить: «Ну что вы, что вы, нисколько!», однако Маса выработал особенную манеру поведения, подчеркнуто неяпонскую — это был его фирменный стиль. Он и одевался исключительно по-западному: никаких кимоно-хакама, только пиджак с галстуком, белые гамаши, в сезон дождей — галоши. Волосы эффектного черно-серого цвета торчат щеточкой, как у Тайры русской демократии Александра Керенского, усы темнеют угольком, как у рыцаря неунывающей печали Чарли Чаплина.

С американской резкой прямотой Маса сказал:

— Я по горло завален работой, но для вас у меня всегда есть время. Выкладывайте, что у вас.

Майор закряхтел — сразу перейти к делу ему было непривычно. Попробовал заикнуться о том, что лето в этом году безбожно затягивается, но Маса прервал японское сезонное пустословие:

— К делу, Баба-сан, к делу. Что у вас?

— Это разговор не для телефона. Мне очень неловко об этом просить, но не могли бы вы меня навестить?

— Когда?

— Прошу извинения за наглость, но хорошо бы незамедлительно. Не позднее, чем в девять сорок пять... А лучше бы пораньше. Мне нет прощения, но это очень важно.

Маса хищно улыбнулся зеркалу. Оно висело прямо перед столом — чтобы разглядывать свое интересное лицо, если хокку сочинилось слишком быстро.

Разговор не для телефона, незамедлительно, и не позднее девяти сорока пяти. Это звучало очень, очень хорошо.

Вздохнул, проворчал:

— Что с вами будешь делать... Ладно, постараюсь. Отложу текущую работу.

Хотя работы у агентства «Знамя Смерти» почти не бывало. А за ту, что время от времени возникала, было неудобно перед памятью великого господина.

Затевая предприятие, Маса рассчитывал, что к нему будут охотно обращаться и японцы, и иностранцы. Первые — потому что чтут всё зарубежное, но из-за незнания языков стесняются обращаться к иностранным специалистам, а тут тебе и японец, и иностранец в одном лице. Вторые — потому что им пригодится человек, свободно себя чувствующий и в восточном мире, и в западном.

Но, увы. Токио — не Шанхай. Маса не учел того, что японцы, в отличие от китайцев, по всем криминальным вопросам привыкли обращаться за помощью к полиции, а если дело деликатное — к якудза. Сама идея частного детективного агентства местным жителям непонятна. С иностранцами тоже не заладилось, хоть Маса печатал в «Джапан таймз» красивую рекламу с картинкой, пока оставались деньги. Возможно, людей Запада, с их иррациональным страхом перед смертью, отпугивало название агентства и его эмблема — самурайский Шлем-Череп, но не менять же имя и герб в угоду низменной корысти?

Миссис Тревор, воссоединившись со своей малюткой, расплатилась за выполненный заказ нещедро, хотя обещала золотые горы. Практичные дамы — они такие. Сумму с ними следует оговаривать заранее, как это в свое время сделал бессердечный Момотаро.

Обидевшись, Маса передумал показывать неблагодарной женщине татуировку дракона и всё остальное. Правильно мистер Тревор с ней развелся, да и дочка у нее маленькое чудовище.

Остатка шанхайских денег и гонорара хватило на аренду конторы и квартиры, а также на секретаршу с пишущей машинкой и на чучело медведя с блюдом в мохнатых лапах для визитных карточек. Но машинку вскоре пришлось продать (все равно печатать на ней было нечего), от квартиры отказаться, секретаршу уволить — она оказалась плохая, без интереса к зрелым экзотическим мужчинам. Остался только медведь, но блюдо у него обычно пустовало. Спал директор агентства в бывшей кладовке, куда еле втиснул кровать и платяной шкаф — в общем, в и тесноте, и в обиде.

За два года дел у предприятия было по пальцам пересчитать.

Самое прибыльное — когда из кинотеатра «Дэнкикан» украли коробки с новейшей фильмой Дугласа Фербенкса «Благородный якудза Робин Гуд». Пустяковое расследование (картину, разумеется, сперли конкуренты) принесло четыреста иен.

Самое унизительное — поиск пропавшей болонки графини Орсини, жены итальянского посла. Стыд и срам, что взялся, но было совсем нечем платить по счетам.

По крайней мере, «Знамя Смерти» не опускалось до вынюхивания супружеских измен, а ведь чаще всего в агентство обращались ревнивые иностранцы, женатые на японках. Маса сурово отказывался и потом корил себя за чистоплюйство.

Если бы не редкие звонки господина Бабы, была бы совсем тоска. Полицейский чтил опыт Сибаты-сенсея, его знание гайдзинской психологии и обычаев, поэтому иногда обращался за консультацией в особенно деликатных или сложных случаях.

Благодаря этому знакомству агентство «Знамя Смерти» поучаствовало в расследовании двух довольно интересных убийств, одного шантажа и в поисках владельца найденной на помойке руки — явно не японской, рыжеволосатой. (По татуировке с шэмроком и якорем Маса определил, что конечность принадлежала матросу-ирландцу, а дальше было просто.) К сожалению, полиция платила за консультации только уважением и благодарственными грамотами, которые красовались на стене кабинета, со всех сторон окруженные поэзией.

И все же звонок от майора принес сыщику еще больше радости, чем если бы наконец пришла осень.

Выбирая, какой надеть пиджак (их было два, оба немного потрепанные, но еще приличные), Маса ощущал себя молодым, полным энергии. И песню напевал соответствующую: «Помню, я еще молодушкой была».

Времени оставалось достаточно, чтобы часть дороги пройти пешком. Собственно, если ускорить шаг, можно было бы в целях экономии вовсе домаршировать на своих двоих. Но несолидно являться к майору употевшим, поэтому метров за пятьсот до конечного пункта Маса собирался взять рикшу — нет, лучше даже разориться на таксомотор.

Первоначально планировалось, что детективное агентство будет находиться в Иокогаме, но два года назад от родного города совсем ничего не осталось. Откуда там взялись бы клиенты? И бывший иокогамец сделался токийцем.

Район Мэгуро («Черный Глаз»), расположенный немножко на отшибе, но довольно приличный, был не в последнюю очередь выбран за импозантное название, хорошо сочетавшееся с именем фирмы. Где Черный Глаз, там и знамя смерти с черепом — очень гармонично.

Переселился в столицу и майор Баба — ему вышло повышение не только в чине, но и в должности. Служил он теперь в самом центре, у ворот Ёцуя.

Прошагать предстояло чуть не пол-города, но Маса любил прогулки по Токио. Они укрепляли веру в человечество — ну, или во всяком случае, в японцев.

Два года назад здесь было огромное пожарище, заваленное трупами. От землетрясения и огня погибли 120 тысяч человек, десятки тысяч были покалечены или обожжены. Токио лишился половины домов, Иокогама — почти всех. Два миллиона бездомных, голодных, потрясенных людей не знали, как будут жить дальше — и будут ли.

Но на третий день дело взяла в свои руки армия. Пятьдесят тысяч военных оккупировали зону, пораженную бедствием. Моментально прекратились грабежи и убийства. Каждый погорелец стал получать паек, три го риса в день. Повсюду, словно по мановению волшебника, возникли палаточные и барачные городки.

Всё это спасло людей, но Токио, казалось, не спасти. Заговорили о том, что нужно оставить эту гигантскую свалку и построить столицу на другом месте. Однако во-

енная администрация пресекла подобные дискуссии. Нет, объявило правительство. Мы будем считать, что природа расчистила нам строительную площадку, и возведем на ней вместо средневековой большой деревни современный город.

Развернулась стройка, какой, наверное, не бывало в истории человечества. За короткий срок возник новый Токио. Появились улицы, состоящие из аккуратных многоквартирных бараков, целые кварталы казенных учреждений и офисов. Дома были временные, их собирали из деревянных щитов, и вырастали они со скоростью бамбука. До наступления зимних холодов всех бездомных уже расселили.

Заодно — чтобы избежать повторения тотальных пожаров — повсеместно велась работа по расширению улиц. Для этого в Токио пришлось передвинуть 200 тысяч уцелевших домов. Город расправил плечи, задышал. Его было не узнать. От стиснутого, соломенно-бумажного старого Эдо не осталось ничего кроме императорского замка. А скоро должно было начаться новое, капитальное строительство, когда вместо временных сооружений начнут появляться кирпичные и каменные, многоэтажные.

Вот что такое — японский Кокутай, вот что такое — японский Кокусуй, писали газеты. Все радовались, гордились собой. Правда, не радоваться и не гордиться газетам теперь не полагалось. После того как армия наглядно продемонстрировала обществу преимущества твердого Порядка перед Хаосом, акции свободы и демократии очень упали. Военное положение давно отменили, но прежний дух вседозволенности, когда каждый говорил и писал, что хотел, не вернулся.

В мае вышел «Закон о поддержании спокойствия», который объявлял социалистов, коммунистов, республиканцев, сторонников народовластия — вообще всех, кто подрывает цельность Кокутай, — преступниками. Критиканство и пессимизм попадали в категорию антияпонской деятельности. За предосудительными деяниями, высказываниями и даже мыслями теперь следила Токко, «Особая высшая полиция», отделения которой учреждались по всей стране.

Демократия закончилась. По наблюдениям Масы, никто по ней особенно не тосковал. По чистым и прямым улицам столицы, украшенным бело-красными флагами, цветочными гирляндами, многоцветными рекламами, разгуливали нарядные подданные сумасшедшего императора, радовались жизни. Никто не голодал, потому что повсюду требовались рабочие руки. Столичные жители даже стали быстрее ходить и жестикулировать, словно кто-то пустил по невидимым проводам ток более

высокого напряжения. Ловя такси на оживленном перекрестке Акасака, Маса подумал, что и толпа теперь выглядит иначе. Большинство токийцев одеваются по-европейски. Поглядишь вокруг — и будто ты в Нью-Йорке или Берлине. Наверное, всё это хорошо. Когда самые уважаемые люди в стране — военные, нация подтягивается, не унывает, смотрит соколом и поет бодрые песни. Вот только куда она марширует под надзором полиции Токко?

В этом вездесущем, всемогущем учреждении и служил теперь майор Баба. Потому что в компетенцию Особой высшей полиции среди прочего входило и наблюдение за подданными зарубежных государств. Баба с его иокогамским опытом тут очень пригодился. Его взяли в Иностранный отдел заместителем начальника по уголовным делам. Высокая должность и большая ответственность.

На том самом месте, где работал майор, два с лишним века назад, при сёгуне Цунаёси, который любил собак больше, чем людей, стояла гигантская псарня для бездомных четвероногих. Они толстели и спаривались за счет казны, облаивали прохожих, могли и покусать, но бить и даже ругать собачек строжайше воспрещалось. Когда августейший друг животных помер, всех их, конечно, прикончили.

Выглядел Иностранный отдел очень солидно. Три этажа, фасад в рустованной штукатурке — по виду и не скажешь, что здание хлипкое, временное, как весь новый Токио. Выдавая таксисту полторы иены за короткую поездку, Маса покосился на угловое окно. Там шевельнулась штора. Очень хорошо. Во-первых, Баба нетерпеливо ждет. Во-вторых, увидел, что Сибата-сенсей прибыл на авто.

Полицейский встретил консультанта в дверях. Сказал: «Домо-домо». Это выражение, буквально означающее «очень-очень», заменяет цветистые изъявления вежливости. Когда майор так здоровался, становилось ясно, что времени на церемонии нет. Однако японец есть японец: все же поинтересовался, как сенсей переносит эту утомительную жару.

— Хреново, — коротко ответил Маса. — И хватит об этом. Раз вы попросили меня прийти не позднее девяти сорока пяти, значит, на десять у вас что-то назначено и перед этим вы хотите мне сообщить какую-то информацию. Так? — Майор склонил голову перед такой остротой дедукции. — Тогда слушаю вас. Что стряслось? И что произойдет в десять часов?

С комфортом устроившись в кресле для уважаемых посетителей (для допрашиваемых у майора перед столом имелся жесткий табурет), сыщик приготовился слушать. Обескураженное лицо Бабы и нервное поглаживание пышных усов предвещали интересные новости.

— В десять часов сюда придет господин Браун, директор токийского филиала АКБ, «Американского коммерческого банка». У них случилось чрезвычайное происшествие… У нас тоже, — вздохнув, прибавил полицейский. — Позапрошлой ночью из сверхнадежного хранилища АКБ, из самого главного сейфа, совершенно непонятным образом, был похищен предмет огромной ценности. Причем не только материальной…

— Позапрошлой ночью? — перебил Маса. — Значит, вы там уже побывали и не нашли никаких зацепок. Потому и решили обратиться ко мне.

— Вы как всегда проницательны, сенсей.

— Что похищено?

Майор благоговейно понизил голос:

— Семисотлетний свиток с собственноручной каллиграфической надписью святого Нитирэна. Сакральное заклинание: «Чту Сутру Лотоса Благой Дхармы».

— Господи, почему оно находилось в сейфе банка, да еще американского?!

— Я сам поразился. Всем известно, что эта реликвия уже двести лет принадлежит концерну «Мицутомо».

Масе это не было известно, но он кивнул. Концерн «Мицутомо» он, конечно, знал — кто ж его не знает. Старинный купеческий дом, который в новые времена превратился в мощную корпорацию. После землетрясения она активно включилась в строительный бизнес, гребет иены лопатой.

— Компания набрала столько подрядов, что даже такому гиганту не хватает капитала, — продолжил майор. — Поэтому они взяли у АКБ ссуду в три миллиона долларов. Как выясняется, сакральный свиток был тайно передан банку в залог. Более надежного обеспечения нельзя и придумать. Если «Мицутомо» лишится своей — нет, общенациональной — святыни, им конец. Понимаете, в этой истории всё загадка. Во-первых, выкрасть свиток было совершенно невозможно, вы даже не представляете, какие там меры безопасности. А во-вторых, зачем похищать то, что невозможно сбыть? Реликвия слишком известна!

— Ну, на второй вопрос я могу ответить сразу, — уверенно заявил Маса. — Вор рассчитывает продать свиток самому концерну, который после этого сможет не возвращать три миллиона долларов. Не удивлюсь, если «Мицутомо» и организовал похищение. Им ведь наверняка показывали, где и как будут хранить их сокровище.

Версия была отменная, но Баба ее отверг.

— Вы очень долго жили за границей, сенсей, и отвыкли от японской действительности. То, что вы предполагаете, невообразимо. Как только банк публично объявит о краже и все узнают, что «Мицутомо» тайно передал священную реликвию иностранцам за презренные доллары, разразится невероятный скандал. Патриоты устроят концерну бойкот, заказы прекратятся, а какие-нибудь горячие головы еще и зарубят председателя мечом — вы знаете, как оно у нас бывает. Я, признаться, и сам был потрясен. Как такое возможно? В погоне за барышами капиталисты утрачивают всякое понятие о Кокусуе! Но позор постигнет не только жадных торгашей, он обрушится и на всю Японию. Банк ведь американский. Страшно вообразить, сколько грязи на нас выльет их бесконтрольная пресса! — От волнения майор даже оттянул воротник — ему было трудно дышать. — Вчера еле упросил мистера Брауна пока держать инцидент в тайне. Пообещал, что привлеку великого мастера детективных расследований, который обязательно найдет пропажу.

Тут полагалось запротестовать и сказать что-нибудь скромное, но Маса позволил себе проявить чудовищную вульгарность.

— Наверное, банк предлагает значительную награду?

— Мистер Браун сначала назвал сумму в пятьдесят тысяч долларов, потом повысил до ста, но я за вас, конечно, отказался. Не хватало еще, чтобы консультант японской полиции брал вознаграждение от иностранцев! Мы наградим вас по-своему, не сомневайтесь. Может быть, даже серебряной чаркой для сакэ с императорским гербом.

— Ну что вы, это уж будет чересчур, — кисло молвил Маса, но утешился тем, что дело обещает быть интересным. — Ладно. Рассказывайте про обстоятельства преступления.

Капитан взял со стола бумаги с какими-то записями и схемами, но тут в дверь постучал секретарь. Сказал, что прибыл Браун-сан.

— Чертовы иностранцы, никакого представления о пунктуальности! — воскликнул майор, глядя на часы (было без десяти десять). — То опаздывают, то приходят раньше времени!

А в дверь, не дожидаясь позволения, уже просунулась костистая неяпонская физиономия.

— Мэй ай кам ин?

ЗАГАДКА НА ЗАГАДКЕ

Маса и не представлял себе, до какой степени интересным окажется дело об украденном свитке.

— Это просто невозможно! Необъяснимо! — рассказывал мистер Браун. Он был носатый, рыжеволосый, узкогубый, с круглыми водянисто-голубыми глазами — по японским меркам жуткий урод. К тому же слабак — совершенно не умел сохранять выдержку в несчастье. Дрожал голосом и хрустел пальцами. — Когда наше прежнее помещение рассыпалось, как карточный домик, во время землетрясения, мы купили прочнейшее старинное здание, сложенное из огромных тесаных камней, которое нисколько не пострадало. Потратили полтора года и триста тысяч долларов на реконструкцию. Оборудовали всё по последнему слову науки. Даже на Манхэттене нет более надежного депозитария, чем наш! Достижения технического прогресса там соединены с живой охраной. Одно дополняет и контролирует другое. К центральному сейфу, где находился залог, без волшебства было даже не подойти!

— Про систему безопасности подробнее, пожалуйста, — велел Маса, делая вид, будто помечает что-то в тетрадочке. Американец разговаривал с ним, как пациент с медицинском светилом, последней своей надеждой. — И поверьте моему опыту, сэр. Волшебных краж не бывает. Бывают дырявые системы безопасности.

Банкир обиделся.

— Хорошо. Попробуйте обнаружить дыру, а я посмотрю! Само хранилище (это цокольное помещение) на ночь изолируется от внешнего мира автоматической стальной дверью. Она толщиной в два фута, весом в четыре тонны. Часовой механизм ни при каких обстоятельствах не даст замкам открыться до восьми часов утра. Охранник заперт внутри. Вдоль стен депозитария расположены банковские ячейки. Днем к ним имеют свободный доступ клиенты. Их у нас много, иногда внутри одновременно находится десять, даже пятнадцать человек. Но отсек максимальной безопасности, где хранился залог, представляет собой камеру внутри камеры. И туда без сопровождающего попасть невозможно. Это отдельный вход со стальной дверью.

— Она тоже автоматически запирается до утра?

— Нет, всё еще надежней. По инструкции раз в десять минут охранник делает круг по депозитарию, а потом должен, отперев дверь во внутренний отсек, произвести его визуальный осмотр. Камера площадью всего двадцать метров, и вся просматривается. Спрятаться там негде. Потом охранник снова запирает дверь и уходит. Это повторяется всю ночь, каждые десять минут. Отпирание и запирание регистрируется специальным устройством — чтобы дежурный не ленился.

— А после смены вы вашего охранника обыскиваете? — спросил Маса.

— Конечно. Очень тщательно. Перед дежурством он полностью переодевается в спецодежду, которую потом оставляет внутри. Нет, кражу совершил не охранник.

— Хм. Интере-е-есно… — В тетрадочке появился рисунок родового дракона, мудрость и везение которого Масе сейчас очень пригодились бы. — Значит, за десять минут кто-то проник сначала во внешнее хранилище, потом во внутреннее, вскрыл сейф, да еще тем же путем успел выбраться обратно. Через две стальные двери и часовой механизм?

— Все еще загадочней, — сказал Браун. — Преступник действовал в полной темноте.

— Откуда это известно? Кто бы помешал взломщику включить фонарик?

— Там внутри уникальная система сигнализации. Она реагирует на малейшее световое излучение.

— Что дактилоскопия? — повернулся Маса к полицейскому.

Тот помотал головой:

— Ничего.

— А ту штучку вы консультанту показали? — спросил банкир.

— Не успел еще. Вы пришли раньше назначенного времени. Вот что мы нашли там на полу около сейфа, сенсей. Нэцкэ.

Майор достал из стола маленькую костяную фигурку размером с брелок от ключей. Какой-то старичок с большой бородой.

— Почему вы решили, что это нэцкэ?

— Видите две маленькие дырочки? Они для тонкого шнурка. Для чего еще? Но отпечатков нет и здесь. Можете взять.

— Странно, — задумчиво произнес Маса, вертя безделушку. — Такой фантастически ловкий вор, а обронил улику? Да столь приметную? Может быть, не обронил? Знаете, в старинные времена знаменитые мастера ночного промысла иногда оставляли на месте преступления свой знак, вроде автографа. Мол, знайте, что это я, — все равно не докажете.

— Это первое, что я подумал, сенсей. Послал запрос в главное управление уголовной полиции. Никто никогда таких нэцкэ на месте преступлений не обнаруживал. Это еще одна загадка.

Банкир опять противно захрустел суставами.

— Тут слишком много загадок! И если вы очень быстро не найдете для них отгадок, джентльмены, я буду вынужден предать дело гласности. Через центральные газеты, по радио. Назначим премию в сто, нет в двести тысяч. Гарантируем анонимность и безнаказанность. Или вы думаете «Мицутомо» заплатит похитителю больше? — забеспокоился Браун. — Майор, вы обязаны организовать слежку за «Мицутомо».

— Без тебя бы не догадался, — пробурчал Баба по-японски.

— Если они вступят в контакт с кем-то подозрительным, берите их с поличным! — брызгал слюной американец. — Я не допущу, чтобы наш банк надули на три миллиона! Подниму такой шум, что небу станет жарко!

Майор в панике смотрел на Масу. События развивались по самому худшему сценарию.

— Попробую найти вам отгадки, — лениво сказал консультант, пририсовав дракону пламя из пасти. — Двести тысяч мне не нужны, я работаю ради искусства. Но будут накладные расходы.

— Какие угодно! — вскричал директор. — Я немедленно выпишу вам открытый чек!

— Хорошо. Тогда встретимся через три часа в банке.

На месте версия, возникшая у сыщика, получила подтверждение. Маса, однако, продемонстрировал ее не сразу. Сначала обошел оба помещения, внешнее и внутреннее, как следует огляделся. Майор с директором, затаив дыхание, наблюдали.

Скорлупа у ореха была крепкая: массивные каменные стены, пол из старинных плит, плотно подогнанных одна к другой. При переоборудовании исторического здания под банк ничего менять тут не понадобилось — динамитом не взорвешь. Сейф, правда, был довольно заурядный, с цилиндрическим кодовым замком, комбинация из шести цифр. Для хорошего мастера с хорошим снаряжением пустяки. Дверь в камеру вообще запиралась на обычный ключ. Оно и понятно — иначе охранник замучился бы ее открывать-закрывать каждые десять минут. Да и зачем лишние сложности, если на ночь хранилище полностью изолируется?

В общем, Маса остался доволен.

— Покажу, как действовал ваш волшебник, — снисходительно сказал сыщик. — Положите в сейф что-нибудь, мистер Браун. Хоть ваши часы. Гасите лампы, включайте вашу светосигнализацию.

Американец вынул из жилетного кармашка золотой хронометр, звякнул им о стальную полку. Потом, заслонив собой замок, набрал комбинацию. Дверца с лязгом захлопнулась.

— Я клиент банка, — объявил Маса, когда все вышли в общий депозитарий. — Выбрал момент, когда в помещении с ячейками много посетителей, а потом сделал вот что. Отвернитесь, досчитайте до пяти и снова поворачивайтесь.

— What the hell! — раздался пять секунд спустя возглас банкира.

— Где вы, сенсей? — удивился и майор.

— Я здесь.

Маса высунулся сверху. Над самым высоким рядом ячеек было плоское пространство. Ловкий человек запросто мог, опираясь ногой на ручки стальных ящиков, вскарабкаться туда, прижаться к стене и распластаться.

— Я пролежал здесь до закрытия, а потом сделал вот что. Майор, вы будете охранник. Идите в обход и возвращайтесь ровно через десять минут.

Сняв ботинки, Маса бесшумно спрыгнул на пол. Вынул из кармана универсальную отмычку, кипсейк былых времен. Когда-то она принадлежала знаменитому медвежатнику Ле Кулевру, которого они с господином взяли в Париже во время Всемирной выставки 1900 года.

Дверной замок во внутреннюю камеру чудо-отмычка взяла за сорок секунд.

Проскользнув в кромешную тьму, Маса вынул из кармана новинку техники, рекламу которой недавно видел в газете. Три часа понадобилось не только для того, чтобы съездить домой за отмычкой, но еще и для визита в оптический магазин «Масунага».

По виду это были очки, только с необычно массивными дужками и толстыми стеклами. Назывались «иконоскоп», прибор для ночного видения. По-научному «электронно-оптический преобразователь». Продукт славной компании «Филипс», триумф инженерной мысли. С одной стороны на стекла напылен фотокатод, с другой люминофор, в дужках источник питания, разгоняющий электроны. Жутко дорогой прибор, сто восемьдесят иен, но ведь банк выдал открытый чек.

В очках камера походила на сказочную пещеру. Наполнилась разноцветными контурами, ореолами, мерцаниями. Но любоваться было некогда. Маса вынул еще одну дорогую покупку, из магазина медицинского оборудования: сверхчувствительный фонендоскоп за тридцать пять иен.

Надел, приложил раструб к замку, стал поворачивать цилиндр. Правильные цифры должны были щелкнуть чуточку глуше, чем неправильные. При этом в зависимости от очередности звук получался на совсем уж микроскопическую толику громче или тише. Приснопамятный Ле Кулевр умел обходиться без хитрых фонендоскопов — просто прижимался ухом, и всё. У старика был феноменальный слух.

Цифры зашептали Масе свои секреты, у каждой был свой индивидуальный голос. На то, чтобы определить нужные, понадобилось не более полминуты. Но правильных цифр оказалось не шесть, а пять. Четверка была использована дважды, из-за чего шепот у нее был какой-то двусмысленный. В любом случае получалось 8–4–3–9–0–4.

Тяжелая дверца с приятным хрустом открылась. Золотые часы мистера Брауна в иконоскопе почему-то лучились зеленым сиянием.

— Держите ваш «Брегет», — сказал Маса остолбеневшему банкиру, возвращаясь на божий свет. — Понадобилось всего четыре с половиной минуты. Потом вор залез обратно наверх и оставался там до утра. А когда хранилище открылось, преспокойно спустился и вышел. Эй, Баба-сан! Хватит гулять, идите сюда. Дело сделано!

Зрители были потрясены, требовали разоблачения фокуса. Что ж, Маса интриговать их не стал — объяснил.

— На всякую хитрую технику найдется другая хитрая техника, — наставительно завершил он свой рассказ.

— Впечатляет, — вздохнул мистер Браун. — Только ничего этого произойти не могло.

И разнес убедительнейшую версию вдребезги.

— Видите ли, мистер Сибата, сейчас я, как вы велели, включил только световую сигнализацию. Очки ночного видения с нею справились. Но по ночам на входе во внутреннюю камеру задействуется еще одна система безопасности. Видите вот эти штуки? — Он показал небольшие черные коробочки, расположенные по обе стороны от дверного проема. — Это новейшая продукция компании «Фишер» — металлодетекторы. Они испускают лучи, улавливающие металл. Причем тут устройства двух типов, настроенные на разную частоту: для магнитных металлов и для цветных. Лучи направлены таким образом, что нельзя сделать и одного шага через порог. Какой там иконоскоп или фонендоскоп! Серебряные часы, золотая запонка, железная расческа, медный крючочек на брюках — любое, даже совсем маленькое количество металла будет моментально сдетектировано, и сработает сирена. Нет, сэр, ваша демонстрация очень эффектна, но она не дает отгадки. Придется все-таки давать объявление в газеты. Иного способа нет.

Маса молчал, совершенно сокрушенный. Попробовал потереть дракона — будто зачесался живот, но никакой подсказки от мудрого ящера не последовало.

— Подождите с объявлением! — попросил американца Баба. — Дайте нам с сенсеем еще времени. Банку такой скандал тоже на пользу не пойдет. Не выпускайте джинна из ящика!

От волнения майор смешал два иностранных мукасибанаси — про лампу Аладдина и про ящик Пандоры, но никто его не поправил.

— Сутки, — угрюмо молвил Браун. — Максимум. Иначе правление банка оторвет мне голову. Ведь это три миллиона!

Бородатая женщина без глазниц

Приступая к особенно мудреному, а тем более ограниченному по срокам расследованию, господин всегда начинал от противоположного: предельной простоты и абсолютной неспешности. Так же поступил и Маса.

Вернувшись домой, он сначала посидел в корыте с холодной водой, чтобы смыть суету и жар. Надел легкую юкату, выпил чаю и сел в позу «безмятежный камень». Мозг отключил, дух выпустил на волю — полетать орлом в облаках.

Двадцатый век внес в древнюю медитационную практику новшество: господин взял за правило еще и слушать музыку, способствующую озарению. Поставил эту магическую пластинку и ученик великого детектива. Называлась она «Восьмая симфония Малера».

Под торжественное пение хора орел выписывал в небесах медленные круги, зорко высматривая на дольних просторах белое пятнышко пасущейся овечки-Версии.

Итак, что же получается?

Некто, умеющий незаметно проникать в неприступные помещения и выбираться из них, прозирающий взглядом тьму, владеющий искусством медвежатника и не улавливаемый металлодетекторами, выкрал предмет,

в приобретении которого могут быть заинтересованы только два покупателя: «АКБ» и «Мицутомо». Но такой гений воровства никак не может быть идиотом и отлично понимает, что грозная полиция станет бдительно следить и за банком, и за концерном...

Орел жалобно заклекотал. Овечки на лугу не было.

А может быть, играла неправильная музыка.

Поднявшись с пола, Маса заменил нудного Малера на хорошую пластинку «Мадам Лулу», всегда напоминавшую ему о России, уселся к письменному столу и принялся изучать маленькую фигурку, единственный след, оставленный таинственным преступником — если, конечно, нэцкэ обронил преступник.

«Ее изящной тайной окружает шуршанье шелка, ласковый угар. Что скрыто им кто угадает, тот знает тайну женских чар», — подпевал Маса, разглядывая нэцкэ в лупу.

Первый вывод был: это не нэцкэ. У костяного старика слишком буйная, определенно не японская борода. Похож на Карла Маркса или на анархиста Бакунина. Второе открытие: это не старик, а старушка, потому что с грудями. И еще одна странность: вместо глазниц у пожилой бородатой женщины было совершенно гладкое место.

А зачем дырочки? Повертел и так и этак. Даже дунул.

Вдруг раздался странный звук. Тихий, но пронзительной, высокой частоты. Свистулька, вот что это такое!

Надел другую лупу, ювелирную, для большого увеличения. Теперь разглядел снизу буковки. Греческие. Разобрал: Τειρεσίας. Тейресиас? Что-то античное.

Возможно, тратить драгоценное время на это и не следовало, но больше уцепиться все равно было не за что. Выяснять, кто такой или что такое «Тейресиас», Маса отправился в Уэно, в Императорскую библиотеку, где имелся отличнейший предметный каталог.

«Тейресиас» оказался Тиресием, персонажем древнегреческой мифологии. Вещий прорицатель, который несколько раз менял пол, становясь то мужчиной, то женщиной. (Ага, вот почему и борода, и груди.) Чаще всего фигурирует в сюжете о споре между Зевсом и Герой: кто получает больше наслаждения от соития — мужчина или женщина. Спорщики обратились за консультацией к Тиресию. Руководствуясь своим уникальным опытом, эксперт сообщил, что экстаз женщины в девять раз сильнее. Проспорившая Гера разозлилась и лишила его глаз. (Вот почему у костяной фигурки такая странная физиономия.)

Сравнительный анализ мужского и женского экстазов Масу очень заинтересовал, он на минутку даже отвлекся, однако расследованию познавательная информация помочь никак не могла.

Стал просматривать картотеку с указанием книг, где упоминается безглазая мужчиноженщина. Каталог почтенной библиотеки был составлен с истинно японской дотошностью.

Эсхил «Вызыватели душ»; Софокл «Царь Эдип» и «Антигона»; Гомер «Одиссея»; Овидий «Метаморфозы»; Данте «Ад»; Аполлинер (это кто-то из новых) «Груди Тиресия». Названия вместе с шифрами Маса аккуратно переписал. Придется всю эту бунгаку изучить, и прямо сейчас, до закрытия.

Уже собираясь задвинуть ящик, сыщик вдруг заметил, что есть еще одна карточка, прилепившаяся краешком к «Грудям Тиресия». Он ее чуть не пропустил.

Книжка оказалась такая, что заказывать ее не имело смысла: брошюра Японского общества слепых, напечатанная шрифтом Брайля. Название: «К десятилетнему юбилею клуба «Тиресий».

Сначала Маса захлопнул ящик, потом хлопнул еще раз — себя по лбу. Этот хлопок одной ладони прочистил ему мозги лучше всякого Малера.

Эврика! (Если уж окончательно переходить на греческий.) Слепой! Вот кому не нужен свет! А еще у слепых бывает исключительно тонкий слух! Не хуже, чем у французского медвежатника Ле Кулевра!

Конечно, оставалась самая главная тайна: как слепой ворюга проник в хранилище, спрятанное внутри другого хранилища, а потом выбрался обратно. Но это уж он сам расскажет. Потому что теперь ясно, где его искать.

По пути в газетно-журнальный зал Маса исполнил на пустой лестнице небольшой греческий танец. Очень скоро, с помощью тематического указателя, он выяснил про клуб «Тиресий» всё, что возможно.

Любопытнейшее оказалось заведение.

Находилось оно в одном из укромных переулков района Гиндза. Работало только в ночное время. Славилось изысканной западной кухней и превосходной западной же музыкой, но насладиться всеми этими удовольствиями могли только члены. Клуб был закрытый. Принимали в него людей состоятельных (членский взнос — тысяча иен, ого!), притом только слепых. Зрячим вход строжайше воспрещался, да им там и нечего было делать. Писали, что свет в «Тиресии» никогда не включают, там всегда царит абсолютный мрак. Вся обслуга тоже из слепых. Повара на темной кухне готовят по звукам и ароматам, официанты разливают вино по бульканью, девушек-хостесс принимают на работу не за внешность, а за красивый голос.

В одной заметке упоминался и костяной лже-нэцкэ. Оказывается, каждому члену выдается свисток, который является своеобразным ключом или пропуском. Посвистишь — дверь в клуб отворится. А на обычный стук, сколько ни ломись, не откроют.

Но у Масы-то свисток имелся.

Ночь обещает быть интересной, сказал себе сыщик. Нужно пойти выспаться.

Поздним вечером новоиспеченный слепец шел по ярко освещенной улице Гиндза. Тренировался. Постукивая палочкой по асфальту, иногда зажмуривал глаза. Пытался представить, каково это — не видеть автомобилей, трамваев, электрических вывесок, горящих витрин, красивых женщин (они, как нарочно, попадались буквально через одну). Вселенная, состоящая из одних звуков и запахов, получалась решительно нехороша. Звуки — грохот, скрежет, шуршание, обрывки никчемных разговоров — были несимпатичны, запахи — бензин, резина, подгорелое масло, пропотевший дневной жарой воздух — активно неприятны. Все-таки правы буддийские вероучители: текучий мир — одна обманчивая видимость.

Свернул в переулок, после Гиндзы показавшийся темным, хоть здесь и светились фонари. Судя по номеру (вывески не было), клуб «Тиресий» располагался в скучном, странном здании с заложенными кирпичом окнами. Хотя на кой здешним посетителям вывеска и окна? Дверь была, но совершенно не импозантная, какую следовало бы иметь столь фешенебельному заведению. Удивительнее всего, что отсутствовала ручка. Как же открыть-то?

Но когда Маса дунул в костяного гермафродита, дверь открылась сама. За нею была чернота. Из нее донесся очень тихий и очень приятный голос:

— Добро пожаловать, дорогой гость.

Быстро нацепив хитрые очки, дорогой гость для убедительности постучал палочкой по земле и шагнул внутрь.

Где-то неблизко играла веселая музыка — модный танец чарльстон. В мерцающем сиянии иконоскопа маячил немолодой господин в смокинге и бабочке, с вежливой полуулыбкой на неподвижном, будто деревянном лице. Кончик тонкого носа чуть подергивался, как у принюхивающейся собаки, ноздри раздувались.

— Позвольте тросточку. И шляпу — если вы в шляпе.

Слева виднелась вешалка для головных уборов, справа подставка для тростей. Их тут было, как ружей в казарме.

— Вы у нас впервые. Должно быть, недавно вступили. Я метрдотель Хомэросу. Прошу любить и жаловать.

Нормальный японский метрдотель уже десять раз низко поклонился бы, а этот даже не шелохнулся. Но это была не самая большая странность. Даже совсем не странность, с учетом специфики клуба.

— Откуда вы знаете, что я здесь впервые?

Известно, что слепые иногда умеют распознавать тончайшие индивидуальные особенности голоса, но ведь Маса пока не произнес ни слова.

Улыбка Хомэросу стала чуть шире.

— У меня очень развито обоняние. Как у лягавой собаки или у полицейской ищейки. Раз вдохнув аромат, я запоминаю его навсегда. У каждого человека свой неповторимый букет. А уж ваш — такой интригующий, что ни с кем не спутаешь.

— И чем же я пахну? — насторожился Маса.

— Если не считать пиво «Асахи», суси с лососем и нежирным тунцом, маринованную редьку, салат из водорослей... — очень точно перечислил его обеденное меню метрдотель и слегка запнулся. — ...Вы пахнете силой, храбростью, странствиями и мужественным одиночеством с привкусом тоски по тому, чего не вернуть.

Э, брат, да с тобой нужно держать ухо востро, подумал Маса. А гений обоняния продолжил:

— Как прикажете к вам обращаться? У нас многие выбирают особое клубное имя, позаимствовав его у когонибудь из великих предшественников.

«Каких предшественников?» — чуть не спросил Маса, но сообразил: наверное, великих слепцов. «Хомэросу» — это ведь Гомер.

— Лучше зовите меня... «мистер Чарльстон».

Оркестр наяривал так задорно, а сердце в предвкушении увлекательной ночи так азартно билось, что ноги пританцовывали сами собой.

— Проводить вас к столику, Тярусутон-сан?

— Где вся публика, туда и ведите.

— Дайте руку. Я буду считать шаги вслух, — предупредил Хомэросу. — Впрочем, у нас тут всё устроено очень просто и удобно. Только один поворот.

Поскольку музыка звучала негромко, Маса ожидал, что зал находится на изрядном расстоянии либо впереди какие-то плотные двери, но через десять шагов, за первым же углом, засияла широкая арка, сразу за которой зеленели, розовели и голубели призрачные столики. Просто джаз-банд, оказывается, играл удивительно тихо. Должно быть, слишком резкий шум мучителен для слуха здешних завсегдатаев, догадался Маса.

Людей в зале было порядком. Многие сидели поодиночке, но были и компании. У стены, например, целая стайка молодых женщин.

— Предпочитаете посередине или у стены?

«Где получше обзор», — едва не ляпнул Маса.

— Посередине, чтобы всё слышать.

— Позвольте руку. Вот здесь приборы, здесь салфетки. Пепельница и спички. Хотя вы ведь не курите… А это наше меню.

В ладонь легла совершенно белая картонка, покрытая выпуклыми точками.

— Обратите внимание на третью позицию. Новинка от нашего шефа — пальчики оближете! Мэтр Араго — француз из Парижа. Потерял зрение на войне, а до того работал в знаменитом ресторане. Потом научился готовить заново, и лучше прежнего. Его блюда особенно славны своими изысканными ароматами. А имя мастер взял в память о великом путешественнике Жаке Араго, который, даже ослепнув, продолжал исследовать мир.

Выслушав это любопытное, но бесполезное для расследования сообщение, Маса решил, что пора переходить к делу.

— Прошу вас впредь меня жаловать, — произнес он стандартную в такой ситуации формулу направленной в будущее благодарности. — Это вам.

Протянул купюру из средств, выделенных банком на расходы. Метр принял бумажку деликатно, двумя пальцами за уголок, и все равно моментально определил, что это десятка. Вряд ли он когда-либо получал столь щедрые чаевые.

— Ооо, безмерно благодарен! — (А всё равно не поклонился.) — Чем еще могу я вам помочь, Тярусутон-сама?

— Расскажите мне про гостей. Кто здесь сегодня? — для разбега спросил Маса.

Хомэросу наклонился к самому уху. Шептал еле-еле, пришлось напрячь слух. Еще и чертова музыка мешала. Она уже не казалась Масе тихой.

Рассказ был такой:

— За соседним на запад столиком — знаменитый массажист Иино-сенсей, который в клубе известен как Такэда Нобутика. Ну, помните по урокам истории: это слепой сын князя Такэды Сингэна, покончивший с собой, чтобы не попасть в плен к Оде Нобунаге.

— Как же, как же, — кивнул Маса, в своем трудном детстве учившийся только бандитским наукам.

— За столиком на северо-северо-западе… — (Там потягивал коктейль бриллиантиновый щеголь с хризантемой в петлице.) — Сидит Эротосфен-сан, наследник торгового дома «Ёцукоси». Очень богатый и очень веселый господин, с экстравагантными манерами. Он учился за границей, поэтому иногда бывает груб. Заранее прошу за него извинения.

— Он что, увлекается математикой? — спросил Маса, знавший западную историю, особенно научную, лучше отечественной. — Ведь грек Эратосфен первый рассчитал окружность Земли.

— Нет, он эротоман, увлекается эросом... Обратите внимание на господина, который отсюда на юго-востоке, через два столика. Это Тиресий-сенсей, прославленный гадальщик. Вы, конечно, слышали про него. Один из отцов-основателей нашего клуба. Мы даже названы в его честь.

На седобородого отца-основателя Маса посмотрел с особым вниманием, хотя вообразить почтенного старца карабкающимся на банковские ячейки было затруднительно.

— На юг от вас господин Отани, главный специалист парфюмерной фабрики «Канэбо». Взял себе имя в честь Отани Ёсицугу — слепого самурая, который после разгрома при Сэкигахаре спросил: «Мне уже пора делать харакири? А то я не вижу»... Ах да, у стены на юго-юго-западе супружеская пара. Оба музыканты. Счастливо прожили вместе сорок восемь лет, состарились. Собираются прожить еще два года, а на золотой юбилей вместе уйти из жизни — красиво, на берегу моря, как герои пьесы «Самоубийство влюбленных на Острове Небесных Сетей». И зовут их так же: Дзихэй и Кохару.

Маса поглядел на голубков с завистью. Есть же люди, которые заранее все планируют. Молодцы. Придумали, как обмануть одиночество.

— Советую вам потом подойти к большому столу на дальнем востоке, где всегда сидят наши красавицы. — Гомер говорил про молодых женщин, с самого начала привлекших внимание Масы. — Если какая-то из них вам придется по вкусу и обонянию (шутка сопровождалась хихиканьем), можно договориться за умеренную цену. У нас имеются отдельные кабинеты.

Здешние жрицы любви Масе красавицами не показались. Совсем наоборот. Но в этом мире несомненно существовали какие-то свои каноны красоты. Метрдотель подтвердил эту догадку:

— Такие чарующие голоса, такие волшебные пальцы, такая шелковая кожа! А какими они пользуются благовониями!

Если зажмуриться, то, возможно, будет интересно, подумал одинокий, но не отказавшийся от жизненных радостей ронин. Однако отвлекаться на жизненные радости сейчас было не время.

Пожалуй, пора брать быка за рога.

Тихий стук.

— Ах, я уронил свой свисток! — воскликнул Маса.

— Не беспокойтесь, я поищу.

Гомер присел на корточки, стал шарить по полу. Пальцы несколько раз чуть не коснулись костяного Тиресия, и Маса носком ботинка тихонько отодвинул фигурку подальше.

— Какой я неловкий. Скажите, а что делать члену клуба, если он потерял свой ключ?

— Ничего страшного. Просто постучите в дверь и назовите свое имя. А можно и не называть. Теперь я узнаю вас просто по голосу. Как и любого другого из членов... Не могу найти. Придется позвать официанта. У них есть специальные проволочные грабли на случай, если кто-то что-нибудь уронил.

— Вот он, нащупал! А кто-нибудь из членов клуба в последнее время терял Тиресия? — небрежным тоном поинтересовался Маса — и внутренне замер, как рыболов, готовый дернуть натянувшуюся леску.

— Нет.

Метр пыхтя поднялся.

Какое разочарование! Крючок пуст.

— ...Из членов клуба никто. Но такие же брелки есть у всех, кто здесь работает. И наша джазовая певица Мари-сан позавчера пришла без ключа. Где-то обронила. Ничего, я ее впустил.

— У вас есть и джазовая певица? — сладко поинтересовался Маса. — Как это современно! Где же она?

— Вот-вот появится. Сейчас как раз без трех минут полночь. — У Гомера кроме уникального обоняния организм, кажется, был еще и оснащен встроенным хронометром. — Ровно в двенадцать она выйдет и споет одну песню. Всегда только одну, и никогда не исполняет на «бис». Некоторые специально приходят, только чтобы послушать этот номер. Мари-сан поразительно талантлива, она вам понравится!

— Не сомневаюсь, — улыбнулся сыщик и отпустил полезного человека, искренне его поблагодарив.

Расследование оказалось недлинным и приближалось к концу.

Действительно — ровно в полночь на эстраду вышла долговязая худющая особа в облегающем зеленом платье, стриженная а-ля Мэри Пикфорд. Маса так и впился в нее глазами.

Элегантная, по-змеиному гибкая, походка — будто танец. По неприятной современной моде на узость и угловатость певица несомненно считалась стильной. Лич-

Цутия Коицу. Сумерки в столице

Судзуки Кинсэн. Якудза в схватке

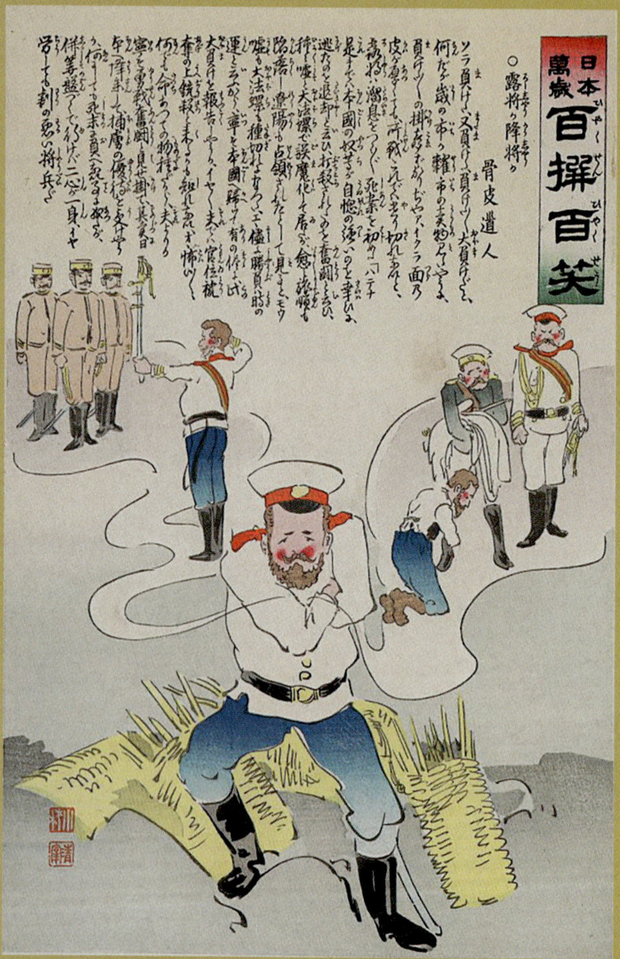

Киётика Кобаяси. Русские солдаты. Лубок начала XX века

Сиро Касамацу. Вечерний дождь в парке Уэно

Кобаякава Киёси. Гейша Итимару

Томиока Айдзэн. Путешествие под полной луной

Томиока Айдзэн. Путешествие под полной луной

Исии Хакутэй. Гиндза

Касамацу Сиро. Токио

Утагава Кунимаса. Куртизанка

Поль Жакуле. Старый японец с чётками

но Масе всегда нравились женщины полные, похожие на румяную грушу, эта же напоминала гороховый стручок. Впрочем, здешней аудитории было все равно, как она выглядит.

— Ну, попалась птичка, стой, — ласково пробормотал международный сыщик, очень довольный своей дедукцией. Всего один день понадобился, чтобы выявить главного подозреваемого в таком головоломном деле!

Сказано было хоть и вслух, но тихо. Однако Эротосфен, наследник торговой империи, за которого метр заранее извинился, обернулся от своего столика и сердито прошипел:

— А можно не орать?

Потом приложил ладонь ко рту, крикнул в сторону сцены:

— Добрый вечер, Мари! Мы вас ждали!

Ну как — «крикнул». Обычные люди таким голосом подзывают кошку.

По залу прокатилась волна странно приглушенных аплодисментов. Зрители (то есть слушатели) сдвигали ладони почти беззвучно.

Любимица публики покачалась, пощелкала длинными пальцами, задавая оркестру ритм. Но сначала зазвучал только голос. Он был неожиданно низкий, хрипловатый, обволакивающий и какой-то очень интимный. Будто в ванной мечтательно и немного грустно поет сама себе молодая женщина, а ты подслушиваешь, да еще и подглядываешь. От этого стыдно, но так хорошо, что ни за что не отвернуться.

Ах, как это было прекрасно! Маса никогда еще не слышал такого чувственного пения — куда там Вяльцевой или даже Плевицкой!

«Blackbird, blackbird singing the blues all day right outside of my door», — пела она, и хотелось быть дроздом, чтобы только весь день сидеть у нее за дверью. Когда же певица печально пожаловалась: «No one here can love and understand me», Маса удивился, что мужчины не закричали с мест: «Я, я полюблю и пойму тебя!» Просто все вокруг были сдержанные японцы, да еще, наверно, не понимали по-английски, а что касается самого Масы, то он-то знал: поет преступница, и поддаваться ее чарам ни в коем случае нельзя.

На инструментальном проигрыше волшебница вдруг отмочила штуку — стала отплясывать одна, в кромешной тьме, непонятно для кого. Движения были поразительно точные — и не подумаешь, что слепая.

Этот никем не оцененный, избыточный артистизм поневоле восхитил Масу. Вот что такое настоящее искусство! Оно даже не нуждается в ценителях, оно появляется, потому что не может не появиться. Так великий мастер уруси покрывает свои изделия не тремя и не четырьмя, а пятнадцатью слоями лака. Снаружи этого не будет видно, но красота, не доступная глазу, все равно красота.

Еще отраднее, однако, было другое. В отличие от дедушки Тиресия эту кобру было очень легко вообразить скользящей по темному банковскому депозитарию. Многолетнее чутье на хищную фауну подсказывало бывалому сыщику: это тот, кого ты ищешь.

Вот слепая исполнительница дотанцевала, допела, послала всем воздушный поцелуй без участия рук: просто почмокала губами воздух.

В зале долго шелестели аплодисменты, звучали тихие возгласы «Браво! Браво, Мари-сан!»

Певица отошла к барной стойке, села нога на ногу. Очень неприлично, японки так не садятся, но кто тут увидит? Официант подал ей высокий бокал, в который по новейшей моде была воткнута соломинка. Вспыхнул огонек зажигалки, при котором в причудливом преломлении иконоскопа тонкое лицо певицы запереливалось всеми цветами радуги, а огромные глаза, даром что незрячие, по-кошачьи зафосфоресцировали.

Маса поднялся, потянулся. Мягко двинулся к добыче.

LITTLE LOST CHILD

— That was a most impressive performance, — сказал он, подойдя к бару. В виду имелось не столько пение, сколько ограбление.

Женщина повернула голову. Вблизи ее лицо было еще экзотичнее. Глаза — как два черных колодца, в глубине которых мерцает студеная вода. Масе вспомнилась испанская пословица. «Голубые глаза говорят: полюби или умру; черные: полюби или убью». Эта, пожалуй, убьет — ресницами не дрогнет. Но одинокий ронин знал про себя: что его слабость — женщины-кошки, с которыми никогда ни в чем нельзя быть уверенным. И даже женщины-кицунэ, с которыми можно быть уверенным, что до добра они не доведут.

— Я не понимаю по-английски, — ответила певица, лениво оторвав от соломинки пухлые ярко-оранжевые (фокусы иконоскопа) губки.

Это было удивительно.

— Но когда вы пели, не ощущалось ни малейшего акцента!

— У меня абсолютный слух. — Губки чуть раздвинулись в улыбке и сразу изменили цвет на ярко-голубой. — Я как попугай. Он ведь всё повторяет без акцента… А как вы узнали, что я осталась в зале? Обычно, закончив выступление, я сразу ухожу за кулисы.

Ни в коем случае нельзя было, чтобы подозреваемая насторожилась. По счастью Масе вспомнился нюхастый метрдотель.

— У вас такой изысканный, чувственный аромат. Он притягивает и не отпускает.

Мари кивнула, словно это было самое обычное объяснение.

Со слепой женщиной удобно то, что можно без стеснения пялиться на нее в упор. Именно этим сыщик и занимался.

Очень странное лицо, даже без учета колористических экспромтов иконоскопа. Все детали, каждая по отдельности, мягко говоря не идеальны. Слишком высокий лоб, нечеткого рисунка брови, островатый подбородок, длинноватый нос. А общее впечатление — как от картины художника Врубеля «Царевна Лебедь». Взгляд не оторвешь.

На длинноватый нос Маса посмотрел с особенным вниманием. Для незрячих очень важны запахи. По ним составляется впечатление о собеседнике. Пожалуй, имеет смысл подышать ртом, чтобы эта преступная, но очень привлекательная женщина лучше ощутила аромат силы, храбрости, странствий и мужественного одиночества с привкусом тоски по тому, чего не вернуть.

Но Мари не стала жадно втягивать воздух, а недоверчиво качнула головой.

— Насчет изысканного аромата — может быть. Если же вас привлекает чувственность, обоняние должно было притянуть вас к столу, за которым сидят наши красавицы. Повернитесь на юго-восток и как следует принюхайтесь.

— Я не ценитель женщин-собак, которых можно подозвать свистом или подманить косточкой, — сказал Маса, рассматривая фигуру худосочной красавицы. Фигуры практически не было.

Мари задумчиво произнесла:

— У вас очень интересный голос.

А про очень интересный запах ничего не сказала, и Маса на всякий случай перестал дышать ртом.

— ...Весь день у меня было предчувствие, что нынче ночью что-то случится. Что-то прекрасное. Или ужасное, — тихо продолжила красавица, к которой очень подходило невежливое русское выражение «ни кожи, ни рожи», а все равно она была красавица, и этот парадокс, пожалуй, манил больше всего. — Может быть, это вы?

— Я, — сразу сознался Маса. — Я ужасно прекрасное и прекрасно ужасное.

— Вы позволите?

Легко и быстро, самыми кончиками длинных пальцев она пробежалась по его лицу, коснулась плеч, провела по рукаву, чуть задержалась на ладонях. Было немного щекотно и очень приятно.

Флирт слепых это так эротично, подумал Маса. Между нами возникла незримая связь, мы оба ее чувствуем. Как между охотником и дичью. Нет, как между хищником и добычей. Это самый интимный вид взаимоотношений. Потому что слопать кого-то, то есть поместить внутрь своей хары, процесс еще более интимный, чем любовное спаривание. Тем более — быть слопанной.

Но Мари, конечно, не подозревала, что ее скоро слопают. Улавливала только обычное женско-мужское притяжение, которого тоже хватало.

— Мне тридцать девять лет, — сказала она. Маса удивился, что так много, а потом удивился еще больше, ибо следующие слова были такие: — Я самая свободная женщина в Японии. Не соблюдаю условностей. Делаю, что пожелаю. Беру, что пожелаю. Хотите, я возьму вас?

И поднялась со стула, причем оказалась на полголовы выше и вдвое уже, чем Маса.

— Очень хочу, — быстро ответил он.

— Только одно условие: это я вас беру, а не вы меня. Будете безропотно повиноваться. Иначе — саёнара.

От этого условия он пришел в еще большее возбуждение. Ах, какая женщина!

Поклонился, хоть она и не могла это увидеть.

— Слушаюсь, госпожа.

— Тогда за мной. У меня здесь своя комната. Я иногда сплю в ней до утра. Давайте руку.

Как это было восхитительно! Загадочная, удивительная женщина вела одинокого ронина за руку в темноту, чтобы на время избавить от одиночества и подарить свою любовь, которая — можно не сомневаться — будет не похожа на любовь обычных женщин. Насколько все-таки лучше быть частным сыщиком, чем полицейским! Человек в мундире сейчас терзался бы тем, что нарушает устав и служебную этику, а у Масы никакого устава не было.

Они шли извилистым неосвещенным коридором. На стенах ни картинок, ни украшений, зато на каждом повороте висела маленькая клетка со сверчком, и все они стрекотали по-разному.

Платье у Мари было хоть и западное, но с совершенно японским декольте на спине. Ведь женская шея сзади — такое элегантное и соблазнительное зрелище. Придвинувшись, Маса поцеловал коротко стриженный затылок с нежными завитками.

— Делать только то, что я прикажу! — прикрикнула на него Мари, не оборачиваясь. — Еще одна вольность — выставлю!

— Слушаюсь, госпожа.

— И помалкивать!

Ах, как это было волнующе! «Про банк мы с тобой потолкуем после, — мысленно сказал повелительнице Маса. — И тогда посмотрим, кто у нас тут распоряжается. Чем больше ты мне понравишься в постели, тем я буду с тобой милосердней».

Они вошли в небольшую комнатку, и постель в ней имелась. Узковатая, но крепкая, с железными решетками. На стене зачем-то висело бра.

— Ложись и лежи, — приказала Мари, переходя на «ты».

Он лег.

— Слышишь? — Позвякала наручниками. — Одолжила у наших красавиц.

Что ж, можно поиграть и в наручники, подумал Маса. В Японии, где женщины обычно так кротки, это вдвойне пикантно.

Она пристегнула его руки к изголовью. Потом вдруг сдернула очки, и всё вокруг почернело.

В комнате царила абсолютная тьма. Беспомощный и слепой, Маса лежал на спине, а быстрые, уверенные руки опасной женщины шарили по нему. Кролик полагал, что сейчас проглотит удава. Какая занятная игра!

Звякнула пряжка на ремне. С ронина спустили брюки — он приподнял таз, чтобы было удобней.

Вдруг она уже разделась? Какая жалость, что ничего не видно! Но не просить же включить свет.

Щелчок. Словно подслушав желание, Мари включила бра. Лежащий зажмурился, но поскорее вновь открыл глаза.

Нет, красавица не разделась. Она склонилась над нижней, обнаженной половиной Масиного тела и что-то там рассматривала. Именно *рассматривала*, никаких сомнений! Глаза были прищурены, взгляд сосредоточен.

Она зрячая!

И смотрела Мари вовсе не туда, куда следовало, а выше, на живот.

Клиновидное лицо озарилось хищной улыбкой.

— Так и есть, я не ошиблась! Татуировка дракона!

ПУТЬ НОЧНОЙ. ПУТЬ ДНЕВНОЙ

Митиюки

Первую половину жизни Мари шла ночной дорогой, вторую половину — дневной. И сказать, какая из них лучше, непросто. Обе хороши, каждая по-своему.

Девочка появилась на свет слепой. Жизнь вокруг не была черной, она была темно-серой, иногда в этой мгле двигались какие-то смутные тени, но ведь и ночь, даже самая кромешная, не вполне темна. Существа, не приспособленные к дневному свету, отлично обходятся слухом, обонянием и осязанием. В их полунощном мире животные, полагающиеся главным образом на зрение, беспомощны. Нужно только оставаться в своей, неосвещенной половине — и будешь сильней.

Эту истину Мари открывала для себя постепенно. Помогло то, что она с самого рождения хорошо освоилась с одиночеством. У нее имелись старшие сестры, здоровые, и еще одна дочь, слепая, родителям была не нужна. Они охотно от нее избавились, отдали на попечение дедушке и потом появлялись редко, так и остались малознакомыми голосами.

Дедушка был хриплый бас, резкие химические запахи и мягкие, но в то же время безжалостные пальцы, всегда холодные. Внучка интересовала его с медицинской точки зрения. Первое слово, которое произнесла малютка, было «катаракта» — слышала его постоянно. Огромная тень на сером фоне бесцеремонно оттягивала веки и щупала глазные яблоки, все время приговаривая: «Ай да катаракта, прямо загляденье».

Дед был фанатик медицинской науки, знаменитый специалист по внутренним болезням. Но ради Мари он освоил новую профессию, офтальмологию, и стал изучать мировой опыт по лечению катаракт. «Не бойся, кротик, — часто повторял он. — Я не помру, пока не прочищу тебе глазки. Но торопиться мы не будем, чтобы не напортачить. Festina lente. Поспешай без спешки».

Маленькая Мари никуда и не торопилась. Ей было уютно, покойно. Земля была безвидна и пуста, и только дух витал над водами, порождая образы, сотканные из маленьких точек. Девочка рано научилась читать на тэндзи, японской азбуке Брайля. Ночью домашние думали, что Мари спит, а она лежала в темноте, водила пальцами по говорящей бумаге. На кончиках собирался весь окружающий мир. Так оно потом и осталось. Узнав про жизнь что-то новое, интересное, Мари чувствовала щекотку в подушечках.

Будущего тогда не существовало, только вечное сейчас. Слепая девочка ничего не ждала, ни о чем не мечтала, жила мгновением. Это искусство, обычно доступное только очень тусклым натурам и почти никогда не достающееся носителям острого разума, стало самым драгоценным подарком слепоты. Но были и другие подарки, тоже важные.

Когда не видишь других людей, когда они не порабощают тебя своей любовью, обретаешь восхитительную свободу. Ни от кого не ждешь бескорыстной помощи, никому ничем не обязан, ни от кого не зависишь. На свете есть ты — и есть смутные тени, издающие приятные или неприятные звуки.

Потом музыка. Этот канал прямой связи человека с Высшей Силой требует монопольной концентрации и по-настоящему открывается лишь тем, кто не отвлекается на видимости.

Или взять пищу. У незрячего более развиты вкусовые ощущения. Соответственно, выше и наслаждение от еды — если, конечно, у тебя достаточно денег на кулинарные изыски.

Само собой — ароматы. Но это палка о двух концах. Всякий дурной запах вызывает тошноту, слишком резкий — мигрень. Находясь на улице или в каком-нибудь сомнительном месте, Мари обычно затыкала ноздри кусочками ваты, пропитанными чем-нибудь приятным, соответствующим настроению. Дышала слегка приоткрытым ртом. Зрячим нравится, когда меж женских губ влажно поблескивают белые зубки. Дуракам кажется, что это признак глуповатости и доступности.

Но полезнее всего — эволюция рук. Из довольно примитивного средства для хватания, сжимания и щипания, они могут развиться в тончайший инструмент. Когда девочку учили играть на пианино, клавиши сами ласкались к пальцам, ложились под них то покорно, то страстно. Если бы в Японии женщина могла стать концертирующим пианистом, Мари стала бы звездой фортепиано. Но имелись свои бонусы и в мизогинистической Стране Солнечного Корня. Дедушка научил внучку массажной науке Матэ, «Волшебной Руки» — чтоб Мари наполняла энергией его старое усталое тело. Клялся, что таких талантливых digiti не встречал даже у прославленных мастеров этого сложного искусства. Пальцы Мари безошибочно ощущали под кожей и даже в глубине плоти колючие шипы спрятанной боли и упругие шарики наслаждения.

Так — безмятежно и уединенно — двигалась юная Мари по Ночному Пути, который никуда не вел, а просто обдувал лицо ароматами и шелестел невидимыми листьями.

Однако упорный дедушка в конце концов сделал то, что обещал — произвел операцию по удалению катаракты и сразу после этого, когда с внучки еще не сняли повязку, с глубоким удовлетворением помер. На могиле завещал высечь, что здесь лежит врач, впервые в Японии благополучно удаливший двухстороннюю катаракту.

Так двадцати лет отроду Мари обрела зримый мир, и была им ужасно разочарована. Ее будто обворовали. Всё оказалось не таким, как она представляла, безбожно преувеличенным, даже пресловутые красоты природы — морские закаты, осенняя листва, цветение сакуры.

Но хуже всего выглядели люди. Она вскрикнула от ужаса, когда открыла глаза и увидела склонившихся над нею уродов. Эти кошмарные мятые уши, эти торчащие дырявые носы! Просто какие-то тэнгу!

Потом ей дали зеркало. Сказали: «Посмотри, какая ты красивая». Мари взглянула, с отвращением отшатнулась и заплакала.

Первое время она вспоминала своего самоотверженного деда с ненавистью. Зачем, зачем он выволок ее с ночного Пути на дневной? Несколько месяцев просидела дома, за плотными шторами, без света, да еще с зажмуренными глазами. Наружу выходила только безлунными ночами.

Но от добровольного затворничества пришлось отказаться. Жизнь заставила.

Кончились оставшиеся от деда средства. Он хорошо зарабатывал, но копить деньги не умел и о том, как после него будет жить внучка, не задумывался — его занимала только великая хирургическая операция.

Можно было, конечно, зарабатывать массажем или музыкой. Мари попробовала и первое, и второе, пока не нашла себе более выгодное ремесло, отнимавшее совсем немного времени. Петь в клуб «Тиресий» она ходила не для заработка, а потому что слепые умеют ценить наслаждение звуком лучше кого бы то ни было. И еще там был отличный джаз-банд, большая редкость в стране, где все помешаны на соблюдении правил. Ведь джаз никаких правил не признает, это самая свободная музыка на свете.

Дневной Путь тоже оказался неплох, грех жаловаться. Особенно, когда владеешь навыками и другого мира — ночного.

Конец митиюки

Ей плевать на мой мужской корень! Вот первая мысль, уязвившая Масу. Вторая была еще обидней: проклятая змея заманила его в ловушку, а он, как последний бака, попался! Он, стреляный воробей, бывалый сыщик, ученик и помощник великого Фандорина!

— Да ты знаешь, кто я?! — взревел Маса, тщетно сотрясая скованными руками изголовье. Попробовал ударить мерзавку ногой, но та проворно отскочила. Да и трудно лягаться в наполовину спущенных штанах. О, какой невыносимый позор…

— Я-то знаю, кто ты. А вот ты, кажется, этого не знаешь, — сказала коварная злодейка. — Ну-ка, кем ты себя считаешь? Правильно ответишь — расстегну наручники.

«Я считаю себя чертовым идиотом!» — хотел крикнуть Маса, но вспомнил древнюю максиму, гласившую: чем недостойнее ситуация, тем достойней держится благородный муж.

— Я детектив Сибата, и ты очень пожалеешь о своей проделке, стерва, — с достоинством молвил он. — Я оторву твою подлую башку!

— Ответ неправильный. Никакой ты не Сибата. Ты сын Сиракабы-но-Тацумасы.

— Кого? — переспросил пленник, вдруг догадавшись: э, да ты, голубушка, чокнутая — ишь глаза-то сверкают.

— Великого Тацумасы, — торжественно произнесла сумасшедшая баба. — Неужели ты никогда не слышал о своем отце? А я выросла под рассказы о свершениях благородного вора из Дома-под-Березой. Мой дед, доктор Саяма, был его близким другом. Я знаю про подвиги Тацумасы все. Особенно волновал меня рассказ о том, как его убил, но не сумел победить заклятый враг, Кровавая Макака. И как страшно он отомстил благородному вору. Выставил на мосту отрубленные головы Тацумасы и его жены, а снизу повесил мертвую мартышку с надписью «Их убила я». Единственного сына Тацумасы, младенца по имени Масахиро, Макака отдал на воспитание свирепому иокогамскому бандиту Рюдзо Сибате. Мой дед хотел вызволить малыша, но боялся. Взялся за поиски, только когда Сибату прикончили. Однако ребенок бесследно исчез.

Маса больше не дергался и не брыкался, лежал тихо. Слушал.

— И вдруг я узнаю, что у полицейского начальника Бабы есть консультант по имени Масахиро Сибата. Что он обладает очень острым нюхом. Родом он из иокогамских якудза. А лет в точности столько же, сколько пропавшему Масахиро. И как же было не проверить: вдруг отыскался сын Великого Тацумасы? Дедушка рассказывал, что у мальчика в точке тандэн была татуировка: красный дракон. Вот она! — Мари ликующе показала пальцем. — Никогда не видела ничего прекраснее!

— Полюбовалась и хватит, — пролепетал потрясенный Маса.

От сильных чувств — сначала ярости, потом изумления — вся энергия Ки из нижней части тела переместилась в голову, которая прямо пылала, а обнаженное место, наоборот, мерзло. Ну и вообще — что за разговор о столь поразительных вещах со спущенными штанами?

Вопросы теснились, выпихивая друг друга. Значит, мой отец не Рюдзо Сибата, а некий вор? Притом благородный, у которого были подвиги? И которого убила какая-то макака?

Как только Мари натянула ему брюки, Маса задал главный вопрос, который в непристойном виде не задашь:

— Как погиб Тацумаса?

— Он враждовал с главарем бандитов по кличке Кровавая Макака. Спрятался в укромном месте, но был предан близкой знакомой, куртизанкой Орин.

— И никто не отомстил за... отца? — задал Маса второй по важности вопрос, выговорив слово «отец» с некоторым трудом. Нужно было еще привыкнуть к мысли, что твой родитель — не тот, кого ты считал таковым все шестьдесят пять лет жизни. Но сомнений не было. Имя, возраст, татуировка — всё сходится... «Благородный вор» звучит почти так же хорошо, как «благородный якудза».

— У Тацумасы были верные ученики. Но они придерживались кодекса Китодо, запрещающего убивать. Кровавую Макаку скоро прикончили собственные подручные, а что до куртизанки — ее постигла иная кара. Все от нее отвернулись. Потому что люди уважали Тацумасу и потому что нет злодейства черней предательства. Орин оставила свое ремесло, сменила имя, постриглась в монахини и в знак раскаяния приняла обет вечного молчания.

Теперь Маса хотел расспросить, что такое Китодо — «Путь благородного вора», но женщина еще не договорила.

— Я с ней встречалась...

— С кем? С куртизанкой? — поразился Маса.

— Да. Они были для меня как персонажи какой-нибудь старинной драмы Кабуки — благородный вор Тацумаса, прекрасная Орин. И перед своим пятнадцатилетием я попросила деда, чтобы он сделал мне подарок — отвез в обитель, куда скрылась от мира предательница. Я тогда была слепая и посмотреть на нее не могла, но надеялась послушать. Вдруг из-за встречи со старым знакомым, моим дедом, монахиня на время нарушит обет?

— И что?

— Ничего не вышло. Дед не захотел видеть изменницу и остался в гостинице. Меня повели к отшельнице, в какую-то отдельно стоящую келью. Там пахло травами и буддийскими курениями. Рядом находился кто-то, источавший аромат печали и старости, но это всё. Я назвала имя деда — молчание. Стала убеждать — в пятнадцать лет у меня уже был очень хорошо подвешен язык. Сказала: вы удалились от мира, ибо не желаете, чтобы кто-то видел ваше навсегда потерянное лицо, но я ведь его и не увижу. Расскажите мне о великом Тацумасе. Молчание. Это было странное свидание слепоты и беззвучия. Я ушла ни с чем...

Маса завороженно слушал.

— Десять лет спустя, уже зрячей, я наведалась туда вновь и теперь ее увидела. Такая хрупкая старушка, белый одуванчик. Ни разу не подняла глаз. Не раскрыла рта... Представляешь, она жива и до сих пор. Ей, наверное, уже под девяносто. На каждый новый год я шлю ей поздравительную открытку. Если бы умерла, открытка вернулась бы обратно.

— Отвези меня к ней! — воскликнул Маса. — Она отказалась разговаривать с тобой, но я — иное дело! Я не буду ее обвинять. Я просто хочу узнать, каким был мой отец. И, конечно, мать! У меня ведь была и мать? Что о ней известно?

— Немногое. Только что ее звали О-Судзу, что она сочиняла красивые стихи, и что она погибла вместе с Тацумасой.

— Значит, эта Орин погубила обоих моих родителей? — сдвинул брови Маса. — Тем более я хочу ее увидеть, пока старуха не умерла. Просто скажи, как ее теперь зовут и где находится монастырь.

Певица смотрела не просто внимательно, а, пожалуй, испытующе. Будто что-то прикидывала.

— Сначала мы сделаем одно дело.

— Какое еще дело? Да отцепи ты меня!

— Не раньше, чем ты выслушаешь мое предложение.

Мари села на корточки подле кровати. Ее лицо теперь было близко. Глаза посверкивали загадочными огоньками, и Маса подумал, что от этой женщины можно ждать чего угодно. Она совершенно непредсказуема. Кицунэ, настоящая кицунэ!

— Я не хочу делать с тобой никаких дел!

— Просто послушай меня, — проворковала она. — Если мы не договоримся, я повернусь и уйду, а ты как-нибудь высвободишься сам. Или позовешь на помощь.

— Я с воровкой ни о чем договариваться не буду!

— Странно слышать такое от сына вора. К тому же я живу строго по заветам твоего отца.

— Каким заветам? — подозрительно спросил он.

— У великого Тацумасы было три правила. «Не красть у своих; не красть у хороших людей; не красть у тех, у кого и так мало». Своих у меня нет, значит, красть я могу у всех. Хороших людей я в жизни пока не встречала. А у тех, кто беден, красть не имеет смысла. Еще у Тацумасы был один канон: «Кто верит в Будду, ни у кого не отнимает жизни». Канон я тоже не нарушаю, хоть в Будду и не верю.

— Значит, ты не отрицаешь, что ты воровка. И что банк обокрала ты, — вспомнил наконец Маса о том, зачем он явился в клуб «Тиресий». — Я это и так знаю, но расскажи, как ты проникла в хранилище и потом выбралась обратно? И как обманула двойную сигнализацию?

Они молча глядели друг на друга. Он сурово, она задумчиво.

— Если я удовлетворю твое любопытство, ты выслушаешь мое предложение?

— Выслушаю, выслушаю, рассказывай!

Мари опустилась на колени, устраиваясь поудобнее.

— У меня есть одна реликвия, связанная с Тацумасой. Прежде чем спрятаться от Кровавой Макаки, великий мастер передал ее моему деду. Брать с собой лишний груз не мог, а оставлять ученикам не хотел, потому что они еще не созрели для этого знания. Дед же прочитать шифр все равно не сумел бы.

— Какой шифр?

— Это толстая книжка, в которую Тацумаса записывал свои секреты. Когда я научилась видеть, мне понадобилось несколько лет, чтобы разобраться в коде. Но я никуда не торопилась... — Мари улыбнулась воспоминанию. — Там описаны тайные лазы в множество зданий. Более двух сотен адресов. Подземные ходы, секретные рычаги, замаскированные люки. Я составила список тех, где до сих пор могут храниться ценности. И время от времени совершала небольшие экскурсии. Неоднократно возвращалась с пустыми руками — былые сокровищницы оказывались пусты. Но несколько раз мне повезло. Например, в бывшей резиденции князя Минобэ разместился музей азиатского искусства. Я вынесла оттуда несколько работ великого Чжао Юна, китайцы у меня их с руками оторвали. — Видно было, что рассказчице приятно хвастаться былыми достижениями. — А однажды я кощунственно проникла на императорскую виллу в Никко. — Хихикнула. — Сначала расстроилась, потому что лаз привел меня в павильон для чайных церемоний. Что там возьмешь? Но осмотрелась и цапнула две чашки работы Нинсэя Нономуры. Одну продала коллекционеру за десять тысяч, с другой расстаться не смогла. У нее такие вмятинки, такие шероховатости! Трогаю пальцами — издаю стон наслаждения.

Она прикрыла глаза и действительно простонала, да так сладострастно, что Маса сморгнул. Все же Мари была очень, очень соблазнительна. Хоть и воровка.

— Я не жадная. Много мне не нужно, — продолжила свой рассказ удивительная женщина. — Я хочу жить, как великий, ленивый Эдвард Маркс.

— Кто это?

— Композитор, сочинивший песенку «Little Lost Child». Знаешь, жалостная такая. — Мари пропела первую строфу. — Сочинил и потом двадцать лет стриг купоны. А когда после войны вкусы публики изменились и деньги течь перестали, он написал новый шлягер. И опять ни черта не делает. Но увы. — Последовал вздох. — Проклятое землетрясение разрушило мою мечту. Уцелевших зданий из заветной тетрадки осталось — по пальцам пересчитать. Моя работа усложнилась. Пришлось освоить новые специальности.

— Какие?

— Например, я стала работать в домах, которые сохранились, но перестроены. Риск тот же, а результат чаще всего нулевой. За два года была только одна серьезная удача. — Снова самодовольная улыбка. — Залезаю я в бывшее сёгунское хранилище фарфора. Дом давно переделан, осовременен. Проживает там член кабинета министров. Ничего интересного не жду. Максимум — часы золотые с тумбочки возьмешь, да какую-нибудь наличность. Заглядываю в спальню, а там его превосходительство почивает в обнимку с юным лакеем. Подождала рассвета, чтобы фотографии получились почетче, пощелкала. Потом продала пленку самому же министру.

— А почему у тебя был с собой фотоаппарат? — полюбопытствовал Маса.

— Он у меня всегда с собой. На случай, если будут какие-нибудь картины, вазы и прочие габаритные вещи непонятной ценности. Я показываю снимки эксперту. Если что-то стоящее — прихожу во второй раз. Зачем зря тяжести таскать?

— Методика ясна, — кивнул Маса, впечатленный подобной обстоятельностью. — Теперь рассказывай про ограбление банка.

— Когда я прочитала в газете, что «Американский коммерческий банк» купил бывшую усадьбу меняльного дома «Рёгоку», я сразу догадалась, где они устроят депозитарий. Там же, где в старину находились знаменитые каменные погреба для хранения денег. В книге Тацумасы объясняется, как туда попасть, — запись от третьего года эры Ансэй. Мне нужно было только дождаться, когда закончится переоборудование. Я как следует подготовилась, выяснила, что требовалось. В первый раз наведалась месяц назад, чтобы проверить, всё ли работает. Механизм поднял плиту пола, даже не скрипнул. Вот раньше были мастера! Про аварийную сигнализацию я, конечно, знала. Но через лучи около двери мне проходить было не нужно. И свет мне тоже ни к чему. Я вижу в темноте не хуже, чем днем. Даже лучше. Просто запомнила марку сейфа и ушла. Купила такой же, научилась угадывать код по звуку. С моим слухом это пустяки… — Мари вздохнула. — Всё прошло без сучка, без задоринки. Но мне не повезло. В чертовом сейфе ничего не было, кроме дурацкого свитка, который никому не продашь. Сутра Нитирэна, ее все знают. Но в это время я уже выведала про тебя…

— Да, ты сказала, что интересовалась майором Бабой. Но почему?

— Я же говорю: я подготовилась как следует. Выяснила, что расследованием скорее всего будет заниматься Иностранный отдел Токко, потому что ограбят американцев. Уголовными делами там ведает майор Баба. Сам он дубина, но ему помогает опытный консультант. Стала разузнавать про консультанта — сюрприз… — Воровка рассмеялась. — Поэтому когда я вскрыла сейф, развернула свиток и поняла, что вытянула пустышку, решила извлечь из всего этого хоть какую-то пользу. Оставила на полу Тиресия.

— Зачем?

— Чтоб проверить, так ли ты ловок, как про тебя рассказывают. Если не найдешь меня по этому следу — значит, ты либо не сын великого Тацумасы, либо сын, но бездарный, и тогда ты мне не нужен. А если явишься — дело другое. Теперь я убедилась. Ты сын Тацумасы. Достойный своего отца. Правда, глуповат с женщинами, но это нестрашно. С женщинами тебе иметь дело не придется. Кроме меня.

Последние слова сопровождались обворожительной улыбкой. Маса ответил гримасой. Он не был уверен, что этим комплиментом нужно гордиться. И совсем не хотел иметь дело с этой лисицей.

Но стало любопытно.

— Хорошо. Ты убедилась, что я ловок и что я сын Тацумасы. Но зачем я тебе так сильно понадобился? Из-за чего было устраивать весь этот мудреный спектакль?

Кицунэ наклонилась совсем близко и, обдав пряным запахом, шепнула прямо в ухо:

— Из-за золота.

第三幕

Действие третье

БЕЛОЕ ЗОЛОТО

Любовь кицунэ

— Какого еще золота?

— Белого. Ты почти русский. Стало быть, знаешь, что такое белое золото?

— Знаю, — подумав ответил Маса. — «Белым золотом» русские фабриканты, разбогатевшие на текстильной индустрии, прозвали хлопок. На что тебе хлопок?

Певица сердито шлепнула его по лбу.

— Не говори глупостей, сын Тацумасы. Какой к черту хлопок! «Белое золото» — это золото, которое белогвардейцы вывезли из России! Слушай. — Она погладила место, которое только что стукнула, и зашептала: — Между Токио и Иокогамой, в одном доме — из нашей с твоим папой тетрадки — когда-то жил богатый вассал сёгуна. Потом много лет усадьба пустовала. И вот недавно ее сдали жильцу, который сразу меня заинтересовал. Это беглый русский генерал по имени Сэмёнофу. У себя на родине он был очень важный начальник, дальневосточный сёгун. Наши газеты называют его «атаман». Наверное, это от слова «атама», «голова». Вроде главнокомандующего.

— Да, казачий атаман Семёнов, слышал о таком, — кивнул Маса. — В Европе о нем тоже писали. Одни называли «белым рыцарем Желтороссии», другие «кровожадным чудовищем».

— А читал ты, что Семёнов (теперь Мари повторила иностранное имя очень чисто) прибрал к рукам золотой запас России?

Сыщик припомнил, что в какой-то статье действительно рассказывали о «золотом эшелоне» — поезде, на котором белые увезли в Сибирь царскую казну.

— Сначала золото захватил белый верховный правитель Корутяку, но потом оно досталось атаману. Убегая с родины, Семёнов не имел возможности взять с собой такой громоздкий груз и передал его на хранение своим союзникам-японцам. Наши военные перевезли золото через море, сдали в банк. Там оно и лежит. Сразу несколько белых генералов предъявили на него права. Наши этому обрадовались и не отдают золото никому, пока не закончится судебный процесс. Он всё длится и длится. Атаман сначала жил в Нагасаки, а теперь перебрался сюда, потому что начались финальные слушания.

— Ты собираешься проникнуть в банковское хранилище, где лежит белое золото? — недоверчиво спросил Маса.

— Нет, я же не сошла с ума. Атаман сдал не все золото, четыре ящика оставил себе — я это точно узнала. Собиралась пробраться по описанному в тетрадке лазу в семёновскую усадьбу и утащить один ящичек. Золото ведь тяжелое, много не унесешь. Только ничего не вышло. — Мари горько вздохнула. — Потайной ход обвалился. Чертово землетрясение разрушило весь мой бизнес!

Пленник позлорадствовал:

— Нет худа без добра.

— Да, — согласилась воровка. — Осложнения всегда способствуют эволюции и прогрессу. Я же говорила, жизнь заставила меня осваивать смежные специальности. У меня появились новые, более смелые идеи. Золото атамана Семёнова не давало мне покоя. Я все думала, думала, как до него добраться... С одной стороны, задача непростая. Усадьбу днем и ночью охраняют казаки. Посторонних никого не пускают. Но прелесть в том, что золото ввезено в Японию нелегально. Это значит, что в полицию русские заявить не смогут...

Маса слушал, подозрительно щурясь.

— Я-то здесь при чем?

Снова хлопок по лбу.

— Не перебивай! Готовясь к визиту в американский банк и собирая сведения о майоре Бабе, я выяснила, что его отдел среди прочего занимается и русскими эмигрантами. В том числе атаманом Семёновым — в особенности после недавнего инцидента.

— Какого инцидента?

Теперь узкая ладонь легла сыщику на уста.

— Помалкивай и слушай. И тут меня озарило сатори! Все сходится один к одному! — Она засмеялась. — Человек, который может быть сыном великого Тацумасы, мастер тайных операций, много лет прожил в России! Он хорошо знает трудный язык и трудных людей этой трудной страны! А еще ему доверяет майор Баба! Оставалось только проверить, насколько ты ловок. И я это проверила. Ты достойный сын своего отца. Ты подберешься к атаману с помощью майора Бабы и добудешь белое золото! Каково, а? — Мари просияла гордой улыбкой. — Теперь я расскажу, в чем состоит мой гениальный план.

Маса укусил ее за палец, а когда ладонь отдернулась, сказал:

— Не трудись. У русских детей есть игра «Сыщики и воры». Так вот — я в жизни играю за сыщиков. Я не совершаю преступлений, я их расследую. Это раз, как говаривал мой господин. А два: ты думаешь, что ты меня победила, но ты ошибаешься.

Он ведь не просто лежал беспомощной мясной тушей, внимая удивительным рассказам. Левая рука, которая у Масы, как у всякого правши, была чуть уже правой, все время работала: делала упражнение, которое Фандорин-доно называл «киселизация». Нужно несколько минут подвигать кистью, расслабляя мышцы и размягчая суставы. Тогда они становятся текучими, как кисель.

Высвободив из стального кольца одну руку, Маса выдернул из-за кроватного прута и другую. Наручники звонко брякнули. Сыщик качнулся вперед, в секунду разорвал веревку, которой были прикручены ноги.

Мари распрямилась, кинулась к двери, но разве может лисица убежать от разъяренного тигра?

Тигр ухватил лисицу за хвост, то есть за юбку, развернул, прижал к стене. Сильные пальцы стиснули тонкую шею.

Огромные черные глаза оказались совсем рядом. Широко раскрытые, они смотрели на Масу испуганно.

— Кицунэ, я тебя поймал! — прорычал он.

— Мы поймали друг друга, — тихо ответила она и вдруг улыбнулась. В глазах был не испуг, нет. Восхищение. — Да, я в тебе не ошиблась. Сын в отца! Ты — сын великого Тацумасы, я его последовательница. Мы созданы друг для друга…

С последним утверждением при всей его сомнительности спорить Масе не захотелось. И вообще — достойно ли благородного ронина держать за шею красивую женщину, которая не сопротивляется и *так* на тебя смотрит?

— Я не сын великого вора, я ученик великого детектива. Это раз, — буркнул Маса, разжимая пальцы, но не отодвигаясь. — Я раскрыл загадочное преступление за один день. И это два.

— Благородная кража — не преступление. Это, как ты говоришь, раз, — ответила Мари. — Ни одно из правил твоего великого отца не нарушено. Нельзя красть у своих, а я обокрала американцев. Нельзя красть у хороших людей, а где ты видел хороших банкиров? Наконец, нельзя красть у тех, у кого мало. Тут тоже все в порядке.

— Ты сказала «это раз». А что «два»?

— Ничего ты не раскрыл, ученик великого детектива. Я сама тебе все рассказала. — Мари подбоченилась, приняв очень неженственную, совершенно неяпонскую позу. — Никаких доказательств у тебя нет. И свитка тоже нет. Поэтому предлагаю сделку. Я верну тебе реликвию, все равно мне от нее никакого проку, а ты поможешь мне добыть белое золото.

— Нет!

— А еще, в качестве бонуса, я скажу тебе, где найти куртизанку Орин, и ты сможешь расспросить ее о родителях. Может быть, ради сына Тацумасы она нарушит обет молчания.

— Еще раз нет! Вором ты меня не сделаешь! Благородного воровства не бывает!

— Стыдно порочить память родного отца, достойнейшего из людей, — укорила его Мари. — Я не Орин, но я могу тебе рассказать про него одну историю. В детстве я много раз слышала ее от деда. Сядем?

Она взяла сердитого Масу за руку, усадила рядом с собой на кровать, прижала свое колено к его колену, и гнев сам собой утих.

— Однажды к Тацумасе пришла юная гейша по имени Тоёхина. Ее так прозвали, потому что она была как две капли воды похожа на легендарную красавицу Тоёхину со знаменитого портрета Утамаро. Просто одно лицо. Горько плача, девушка попросила благородного вора о спасении. Ее домогался ростовщик Ясука, известный своей извращенной чувственностью. Подлый кровосос тайком скупил все долговые обязательства заведения, где служила красавица, и потребовал либо отдать ее, либо немедленно расплатиться. Почтенному чайному дому, история которого насчитывала двести лет, грозило позорное банкротство. Орошая рукава кимоно слезами, хозяйка стала умолять Тоёхину отступиться от непреклонности. Тоёхина не знала, как ей быть. Она берегла девственность для какого-нибудь серьезного романтического приключения, но не смела и отказать своей благодетельнице. «Я даже не могу наложить на себя руки! — рыдала бедняжка. — Этот мерзкий паук все равно разорит наше заведение, и получится, что я подвела хозяйку, которой стольким обязана!

Я, конечно, все равно покончу с собой, но сначала мне предстоит подвергнуться гнусному надругательству».

— А в чем заключалась извращенная чувственность Ясуки? — не удержался от вопроса Маса.

Мари обстоятельно ответила, спокойно глядя на него своими мерцающими глазами. Слушатель покраснел и закашлялся.

— Хорошо. Продолжай.

— Тацумаса пожалел девушку, пообещал ей выкрасть расписки. Но сделать это было непросто. Ясуку называли «Собачий Ростовщик», потому что, подобно Собачьему Сёгуну, псов он любил больше, чем людей. То есть, правильней сказать, Ясука не любил собак меньше, чем людей. Все ценные бумаги он хранил во дворе, на псарне, где безвылазно сидели десять огромных, злющих кобелей. Войти к ним не осмеливался никто, кроме хозяина, и пищу они принимали только из его рук. Эта собачья охрана оберегала заветный шкаф лучше любых ниндзя. Что сделал Тацумаса? Он нарядился самураем, явился к ростовщику якобы за ссудой в десять рё и оставил в залог драгоценную гарду от меча. Попрощавшись, он вышел и спрятался за оградой. Тацумаса знал, что хозяин сразу же отправится на псарню — положить залог в шкаф. Но стоило Ясуке открыть дверь, как на него стали кидаться разом все кобели. Дело в том, что Тацумаса незаметно опрыскал ростовщику кимоно смазкой, которую суки выделяют во время течки. Бедные затворники-псы от этого волшебного запаха сошли с ума. Они повалили Ясуку, он на четвереньках пополз прочь, а они, толкаясь, на него громоздились. Так что пришлось ему испытать на себе, каково это, когда тебя домогаются кобели. Бедняга вскочил, пустился со всех ног — собаки за ним. Тогда Тацумаса спокойно перелез через ограду, вошел в пустую псарню и забрал все расписки — кроме тех, что были выданы нехорошими людьми. Ясука в тот же день свихнулся. То ли от жадности, то ли кобели добились от него, чего хотели. Тацумаса же вернул расписки не только чайному дому, но всем хорошим людям, и эдосцы полюбили благородного вора пуще прежнего. Тоёхина нанесла своему спасителю визит, чтобы отблагодарить его по-своему. Сказала, что вряд ли встретит кого-то, с кем было бы почетнее утратить девственность, и попросила Тацумасу принять этот скромный дар признательности. Но благородный вор учтиво отклонил подношение.

— Почему? — расстроился Маса.

— Потому что Тацумаса любил твою мать, — ответила рассказчица, укоризненно покачав головой. — Неужели ты бы поступил на его месте иначе?

— Не знаю. У меня никогда не было жены, — печально ответил Маса.

— Ты видишь, каким благородным человеком был твой родитель? Потому что воровство и благородство друг другу не помеха — если красть, не нарушая Трех Правил.

Выслушав поучительную историю, Маса заколебался. Генерал Семёнов украл золото у белых, которые украли его у страны, которая умерла. То есть речь идет о том, чтобы обворовать вора, который обворовал воров, которые обворовали покойницу, не оставившую законных наследников. И наградой будет любовь фантастически интересной женщины. Неспроста же она рассказала историю о благодарной гейше?

Всё это очень похоже на старинную сказку «Любовь кицунэ». Про то, как лиса-оборотень полюбила самурая и ради своего избранника отказалась от лисьей природы, превратившись в обычную женщину.

Правда, возникло сомнение: не вышло бы наоборот? Пока что кицунэ предлагает тебе самому стать оборотнем. Но эта мысль не столько встревожила Масу, сколько взволновала. Должно быть, сказалась отцовская кровь...

Он все еще колебался. Но Мари вдруг поднялась с кровати, вынула что-то из тумбочки.

— Хорошо, никаких сделок. Держи.

— Что это?

Он с недоумением взял длинный парчовый футляр.

— Доказательство моего преступления. Теперь я в твоих руках. Поступай, как тебе велит твой внутренний кодекс.

В футляре лежал пожелтевший от старости бумажный свиток.

Теперь я ничего ей не сделаю, с замиранием сердца подумал благородный ронин. И она знает это. Поняла, что больше всего меня обезоруживает незащищенность. О, хитрая лисица! Вертит мною, словно своим рыжим хвостом. А хуже всего, что я, кажется, влюбился. И опять в такую женщину, которых любить ни в коем случае нельзя. Что за несчастная натура! Почему я не могу любить тех, кто готов в ответ щедро дарить мне свою любовь? Почему меня тянет к женщинам, которые оставляют любовь при себе или, хуже того, вообще любить не умеют? Надо поворачиваться и уходить без оглядки, пока не поздно.

Только было уже поздно. И зачем уходить от опасности, которая тебя манит? Ради чего? Чтобы потом сидеть одному в пустой комнате и радоваться, что колобок укатился от Лисы? А может, пусть лучше съела бы? Он представил, как Мари его ест своими пурпурными губами, кусает белыми зубками, облизывает острым язычком...

Чего бояться стареющему ронину? За что так уж цепляться в одинокой безрадостной жизни? За свою хваленую неуязвимость? Да черт с нею, надоела.

— Хорошо. Давай благородно обворуем атамана Семёнова, — печально молвил Маса, покоряясь карме.

Коварная лисица бросилась к нему, обняла и слегка коснулась твердыми губами бедной щеки — ту словно ожгло. По этому верному признаку Маса понял, что принял решение хоть и глубоко ошибочное, но единственно правильное. Потому что есть ситуации, в которых лучше ошибиться, чем воздержаться от ошибки. Захотелось испытать ожог еще раз, и Колобок попробовал прижаться к Лисе, но она выскользнула.

— Нет. *Такой* любви у нас не будет. Если будет, то другая.

— Какая? — тяжело дыша, спросил он.

— Потом покажу. Может быть. Если у нас всё... сложится. Это не то, чем занимаются обычные женщины и мужчины, но тебе понравится.

Конечно, с такой необычной женщиной и любовь будет необычная, сказал себе Маса. Просто эту ни на что не похожую любовь придется завоевать. Нежностями, вздохами и приятными словами тут не обойдешься. Если Мари Саяма кого-то и полюбит, то лишь победителя. Ну, держись, белый рыцарь Желтороссии.

Чтобы охладить голову и переместить туда энергию из нижней части тела, Маса сам отодвинулся от своей новообретенной соратницы. То есть подельницы. Изобразил хладнокровие, которого не испытывал.

— Гениальный план, говоришь? Какой?

Мари смотрела на него с интересом.

— Вот таким ты мне нравишься. Во-первых, ты вернешь этот дурацкий свиток. Не банку, а майору — чтобы он мог покрасоваться перед начальством. Баба ужасно обрадуется и спросит, чем тебя отблагодарить. Скажи, что ты очень соскучился по серьезным преступлениям, особенно по расследованию загадочных убийств. Тут сделай паузу, выжди, не предложит ли он сам тебе заняться смертью русского офицера. Если нет — спроси у него: что-де это за история с убийством русского белогвардейца?

— Это и есть инцидент, о котором ты говорила? Кого убили?

— Не того, кого собирались. Хотели Семёнова. Две недели назад, когда он возвращался с очередного судебного заседания, на атамана напали какие-то люди. Сам он не пострадал, а его спутника, переводчика, прикончили. Дело ведет Иностранный отдел Токко, то есть Баба. Но не особенно старается. Белые русские — не американцы, они никому не интересны. И пресса ведет себя вяло. Журналисты привыкли, что с русскими эмигрантами вечно что-то случается. А ты скажешь майору, что это как раз по твоей части. Ты хорошо знаешь русских. Сможешь заняться расследованием изнутри.

— Как это «изнутри»?

— Наймешься к генералу в переводчики. Он пытается найти замену убитому среди японоязычных русских и русскоязычных японцев, но никто не хочет. Все боятся. Увидишь — майор ухватится за твое предложение. И ты попадешь туда, куда нам нужно. Как тебе мой план?

— Он безупречен, — ответил Маса, подумав: эта женщина еще умнее меня.

Почему-то мысль была не обидная, а приятная.

НАСТОЯЩИЙ РУССКИЙ МЕДВЕДЬ

С майором все вышло так, как предполагала пугающе умная женщина. Даже лучше.

Полицейский не поверил своему счастью, когда получил из рук консультанта похищенную реликвию. Горячо поблагодарил за то, что сенсей не передал свиток напрямую американцам, хотя те наверняка богато наградили бы своего спасителя.

Деликатный вопрос о личности преступника разрешился без осложнений.

Маса сообщил, что вор оказался человеком чести и вернул святыню добровольно, чтобы не пострадал престиж страны Ямато.

— Кто-нибудь вроде старинного «благородного вора» Сиракабы Тацумасы? — сам того не зная, попал прямо в точку Баба. — У нас в полицейской академии был спецкурс «Японские криминальные организации как носители национального духа». Там в основном рассказывали про историю якудзы, но была и потрясающе интересная лекция про Китодо, Путь Благородного Вора. Значит, это почтенное ремесло не угасло? Расскажите!

— Не могу, — сурово ответил Маса. — Дал слово.

— Понимаю. Что ж, пускай ваш благородный вор остается на свободе. Такой способный и патриотичный человек может пригодиться, не теряйте с ним контакт.

— Не потеряю, — пообещал сын «благородного вора», про которого, оказывается, читают лекции в академии. Таким отцом можно гордиться!

Вторая часть беседы сначала тоже шла по плану. Маса спросил про убийство белогвардейца, предложил поучаствовать в расследовании — и майор ничего странного в том не усмотрел. Но возникло затруднение.

Баба посопел, покряхтел, подергал пышный ус.

— ...Понимаете, сенсей, я вообще-то не имею права говорить об этом с штатскими. Тут дело не уголовное — политическое, — наконец сказал он. — Поэтому я не мог попросить вас о помощи, хотя дело зашло в тупик. Русские невероятно утомительная нация. Они все время создают мне проблемы. Во-первых, есть белые русские и красные русские. Они мало того что враждуют между собой, так еще и внутри каждого лагеря идет борьба. Там черт ногу сломит! Есть белые, которые за принца Никораи, есть белые, которые за принца Кириру; есть белые, которые за барона Урангери, а есть которые сами за себя — вроде этого Сэмёнофу.

«Первые трое — великий князь Николай Николаевич, великий князь Кирилл Владимирович и барон Врангель», мысленно перевел Маса.

— ...Друг друга они ненавидят и очень легко убивают — привыкли ни во что не ставить человеческую жизнь. Красные не лучше. У них две соперничающие группировки: одну возглавляет партийный вождь Сутарин, другую — победитель в гражданской войне Тороцуки. В министерстве иностранных дел тоже две фракции. Министр Титерин и его заместитель Ритубинофу воюют между собой. Каждый проводит свою линию, присылает своих ставленников. Посольство, как осиное гнездо! Наши шпионы вконец запутались, кто там за кого.

Баба явно говорил лишнее, но, видно, у человека наболело.

— А лично мое положение усложняется еще и тем, что, кроме непосредственного начальства, есть один большой человек там... — Полицейский показал на потолок. — Не могу вам назвать имя... Он очень интересуется русскими, а я многим ему обязан и должен считаться с его указаниями. О, как мне пригодилась бы ваша помощь в расследовании дела об убийстве русского переводчика! Но привлечь частного детектива я не могу.

— А если я сам себя привлеку? — сказал тогда Маса. — Атаман никак не может найти нового переводчика. И тут появляюсь я, предлагаю свои услуги...

— В самом деле! — вскричал Баба. — Я совсем забыл, что вы долго жили в России! Подождите, сенсей, я позвоню начальнику отдела.

И всё быстро решилось. Частного детектива Масахиро Сибату подключили к расследованию в качестве внештатного агента Токко. Майор торжественно приколол новому коллеге под лацкан жетон сотрудника секретной полиции. Носитель грозного знака мог потребовать содействия от любых представителей власти, а при необходимости даже произвести арест.

Теперь Баба заговорил совершенно свободно и сообщил массу информации, в основном бесполезной. Описание бурной биографии генерал-лейтенанта «Гуриго-ри-Михайробити Сэмёнофу», главнокомандующего Дальневосточной армии и «сёгуна Забайкальского казачьего войска», Маса в основном пропустил мимо ушей. Навострил уши, только когда начался рассказ о жизни Семёнова в Японии.

В страну эмигранта пустили при условии, что он не будет заниматься политической деятельностью. Атаман ею и не занимался — все его усилия были направлены на то, чтобы получить назад замороженный в банке золотой запас, двести тонн благородного металла. На пригородной вилле Момидзихара белый сёгун проживал с семьей и с личной охраной из казаков.

— Мы знаем, что они вопреки закону вооружены до зубов, но смотрим на это сквозь пальцы, — говорил майор. — Единственное условие, что за территорию виллы никто из русских огнестрельного оружия не выносит, — иначе немедленная депортация. Атаман был очень этим недоволен. Мы его успокаивали, объясняли, что Япония законопослушная страна, на улицах здесь не стреляют. Однако события показали, что не очень законопослушная. Две недели назад генерал возвращался из Токио со своим адъютантом и переводчиком Бура...Бураго... Черт знает, как это произнести.

Баба показал протокол, где значилась невообразимая для японца фамилия «Благовещенский».

— На пустыре на них напали трое неизвестных. Капитана убили, атамана повалили, но он расшвырял нападавших и убежал. Он мужчина вот такого роста, вот с такущими плечами и кулаками. Одним словом, богатырь и герой. *Русский* герой, — поправился полицейский. — Потому что японский герой, конечно, не стал бы убегать — предпочел бы погибнуть в неравном бою.

— А зачем его повалили? Почему просто не застрелили? — спросил Маса.

— Тут две версии, и мы не знаем, какая из них правильная. А может, обе неправильные. — Майор вздохнул. — Если на атамана напало ГПУ (это советская тайная полиция, вроде нашей Токко), то у их заграничной резидентуры теперь новая мода. Они не убивают вождей эмиграции, а выкрадывают их. Чтоб допросить или, если получится, перевербовать. Если же покушение устроили люди из белого лагеря, то у них просто могло не быть огнестрельного оружия. Вы знаете, как строго у нас карается нарушение этого закона. В общем, мы ни черта не знаем. Только — что нападавших было трое. Инцидент произошел поздно вечером, в темноте, лица преступников были закрыты масками. Атаман даже не разглядел, японцы они или нет. А может, разглядел, но не хочет нам говорить...

— Это всё, что вы можете мне сообщить? — спросил Маса, которому показалось, что Баба чего-то не договаривает.

— По обстоятельствам дела, увы, всё. Но... — Майор понизил голос. — Человек, имя которого я не буду называть, — (быстрый взгляд на потолок), — очень встревожен. Он имеет на атамана большие виды. Потому что Сэмёнофу — искренний друг нашей страны, ценный союзник. «Это настоящий русский медведь, послушный хозяину и грозный для враго́в, — сказал мой покровитель. — Заиграешь музыку — пустится в пляс, а натравишь на неприятеля — задерет».

Наше правительство держит Семёнова на цепи, чтобы грозить Советам белогвардейским мятежом на Дальнем Востоке, догадался Маса. Наверное, это полезно как аргумент в какой-нибудь закулисной торговле, однако к моему делу отношения не имеет.

Про политику он расспрашивать не стал, но нужно было выяснить кое-что существенное.

— Если Семёнов так ценен, вы, должно быть, приставили к нему агентов Токко для охраны?

Это сильно осложнило бы кражу. Пожалуй, даже сделало бы ее невозможной.

— Нельзя. Официальная охрана эмигрантского предводителя вызвала бы протесты со стороны Москвы. А раздражать советское посольство мне запрещено. Сейчас идут очень важные переговоры о нефти и рыболовстве.

— Соо ка, — протянул Маса. Это означало «в самом деле?» и при определенной интонации выражало вежливое недоверие. — Может быть, ваши агенты приглядывают за атаманом неофициально?

— Агенты в штатском тоже не задействованы. Это приказ моего непосредственного начальства, — твердо ответил Баба. — И я рад, что такой человек, как вы, окажется рядом с генералом. Будете ему дополнительной защитой.

Что ж, сказал себе Маса, препятствий для проведения операции «Белое золото», кажется, нет. Карма решительно ведет меня маршрутом, известным ей одной.

Сначала благородный помощник благородного мужа становится благородным ронином, потом превращается в благородного вора. Сколь же широки горизонты благородства!

Вилла с красивым названием Момидзихара, Долина Осенней Листвы, находилась в стороне от населенных кварталов, среди заливных рисовых полей. Ветхая, потрескавшаяся стена в два человеческих роста, над нею черепичные крыши нескольких приземистых построек. Во двор заглянуть не удалось. На стук в калитке открылась щель, в ней появились два глаза — не круглые, а нормальные, раскосо-карие. Маса удивился, что вход стережет японец, но голос с сильным русским акцентом настороженно спросил: «Нан-но ё?», «Чего надо?» Это был азиат, но не японец. Кажется, среди забайкальских казаков много бурят.

— Добрый вечер, я по объявлению. Ищу место переводчика, — учтиво сказал Маса по-японски.

В «Japan Times» действительно из номера в номер печатали объявление: «В высокопоставленное европейское семейство требуется опытный русско-японский переводчик. Оплата по договоренности».

— Нихонго вакаранай, — ответила калитка.

Пришлось повторить то же самое по-русски.

Но и после этого дверь не отворилась.

— Его превосходительство уехали по делам, а во сколько вернутся, неизвестно. После приходите.

Щель захлопнулась. Подождать в доме визитеру не предложили.

За годы, проведенные вдали от любимой России, Маса немного отвык от простоты ее обычаев и испытал теплое, ностальгическое чувство. О, милая страна, где никто не притворяется приятным и где улыбаются лишь тем, кого искренне любят!

Делать нечего, придется подождать снаружи.

По насыпной дорожке, с обеих сторон от которой последним закатным отсветом розовела вода полей,

Маса дошел до кустарников, что тянулись вдоль неширокого канала. На той стороне теснились одноэтажные домишки. Для сёгуна и владельца золотых ящиков странновато было селиться в столь неавантажном районе. Должно быть, выбирая резиденцию, атаман думал не о престиже, а о безопасности.

Масе пришла в голову отличная идея. Если засесть в кустах, можно посмотреть на Григория Михайловича Семёнова, когда тот будет возвращаться домой, и составить о белом рыцаре, кровожадном чудовище и настоящем медведе предварительное впечатление.

В более молодые годы ждать, ничего не делая, для Масы было бы мукой, но возраст научил путника великой мудрости: праздность — одно из роскошеств жизни.

Сидеть на траве под ветвями ивы, над тихо журчащей водой, любоваться затухающими красками дня было наслаждением. Засинели сумерки, принеся с собой прохладу. Очертания мира смягчились, окна и бумажные сёдзи домов наполнились теплым сиянием. Идиллический, вневременной пейзаж! Он выглядел точно таким же во времена, когда здесь прятался отец, приглядываясь к той же самой усадьбе и тоже прикидывая, как бы ее обчистить. Расчувствовавшись, Маса прошептал на разных языках слово, которого никогда в жизни не произносил: «Тити, daddy, padre, папа, батя-сан...» Покойный господин, взирая из иного мира на своего заблудшего соратника, должно быть, морщился, зато отец наверняка был горд и рад. Яблоко прикатилось назад к яблоне, с которой когда-то упало...

На мосту загорелся электрический фонарь, будто напоминая, что времена Тацумасы миновали, что ныне двадцатый век. От яркого, не по-японски вульгарного сияния мир утратил изысканную неопределенность, поделился на две части: освещенную и темную, очевидную и сокрытую. А минуту спустя донесся еще один звук, которого в эпоху Эдо быть не могло: шуршание резиновых шин.

По улице, мерно выбрасывая колени, топотал рикша в надвинутой на глаза соломенной шляпе. На сиденье развалился огромный человек в сдвинутой на затылок шляпе-канотье.

Не мой ли это едет, подумал Маса, приподнявшись. Словно в ответ седок взмахнул ручищей и громким, хмельным голосом, отчаянно фальшивя, запел: «По ди-иким степям Забайкалья-а-а, где зо-олото моют в гора-ах!» Ну конечно, что еще может петь атаман Забайкальского войска?

На него устраивают покушения, а он раскатывает в темноте один, без охраны и еще поет! Прав Баба — это настоящий герой. Или настоящий дурак. Хотя одно другому не мешает, а даже помогает. Вот предварительное впечатление, которое произвел на наблюдателя Григорий Михайлович Семёнов.

С человеком подобного склада можно особенно не хитрить. Прямо сейчас и познакомимся, подумал Маса, поднимаясь на ноги.

Но выйти из кустов не успел.

На мосту случилось нечто поразительное. Коляска вдруг резко накренилась, массивная туша немелодичного певца вывалилась наземь, сверху на нее обрушилась двухколесная повозка. Самое удивительное, что неуклюжий рикша, умудрившийся опрокинуть свой нехитрый экипаж на ровном месте, не кинулся поднимать пассажира, а подбежал и с размаху двинул его ногой по голове. Канотье откатилась к перилам.

С того берега, из темноты, появились две быстро движущиеся фигуры. Один человек был в кепке, второй простоволосый, но у обоих лица обмотаны черными тряпками.

Опять покушение! Маса пригнулся, еще не решив, что делать.

Атаман приподнялся, держась за ушибленную голову, но на него навалились втроем: двое прижали к земле, у третьего в руке что-то блеснуло. Нож? Нет, шприц! Версия майора про то, что атамана хотят убрать белые, отпадает, хладнокровно отметил Маса. Напали красные. И это не убийство, а похищение.

— Суки! Не возьмете! — хрипло вопила по-русски жертва нападения.

— Держите крепче! Стукни его по башке, оглуши! — орала по-японски кепка. — Никак не попаду!

Надо было решить логическую задачу. Что выгоднее для операции «Белое золото»: спасти превосходительство или пусть его лучше заберут советские агенты, легче будет добраться до слитков?

Но самое интересное только начиналось. На мост выбежали еще двое. Эти были в кимоно, размахивали короткими мечами, только один держал вакидзаси в правой руке, а другой в левой.

Стало совсем шумно. Все кричали: и забайкальский сёгун, и те, кто на него напал, и те, которые напали на напавших. Помалкивал только Маса. Наблюдал, чья возьмет.

Те, что колошматили атамана, распрямились. Человек в кепке рванул что-то из-за пояса. Вспышка, выстрел. Первый меченосец упал, остался левша. Точным — пожалуй, даже элегантным — движением он ударил стрелявшего рукоятью в висок, клинок вонзил в грудь рикше, хотел выдернуть, но меч застрял. Тогда рубака выпустил оружие и схватился врукопашную с последним из предположительных красных. Замелькали руки, ноги. Противники осыпали друг друга быстрыми ударами. Левша был явно ловчее. Сочный удар. Простоволосый шмякнулся задницей о низкие перила, едва через них не перевалившись.

Левша нагнулся, с хрустом выдернул свой вакидзаси. Второй — тот, что у перил, — полез в карман. Должно быть, за пистолетом. Ну-ка, кто быстрее? Маса, как и положено японцу, болел за холодное оружие.

С утробным ревом левша налетел на врага, воткнул в него сталь, но нарвался на выстрел. Оба качнулись, накренились, рухнули с моста. Вода встретила их громким всплеском. Плюх! Получилась ничья: счет один — один.

Только что было очень шумно, а теперь стало совсем тихо. Всё интересное происшествие не заняло и полминуты. На перевернувшемся экипаже еще вовсю крутились колеса.

На мосту осталось четыре тела. Застреленный в кимоно лежал скрючившись. Заколотый рикша навзничь. Человек в кепке ничком. Эти трое были неподвижны. Шевелился только Семёнов. Приподнялся на локте, помотал здоровенной, коротко стриженной башкой.

Выбора у Масы теперь не осталось — только предстать спасителем.

Он выбежал на мост, наклонился над атаманом. Лицо у белого вождя было широкое, скуластое, с торчащими в стороны усищами. Маленькие глазки глядели мутно.

— Ты... кто? Что это... тут? — спросил его превосходительство, с трудом ворочая языком. Поглядел вокруг. Сощурился. — Плывет всё... Это ты их положил?

Полупустой шприц валялся на земле. Всю дозу генералу вколоть не успели, а половины оказалось недостаточно, чтобы отключить здоровенного детину.

— Эти люди переубивали друг друга, — сказал Маса по-русски, потому что благородный человек не станет присваивать чужие заслуги.

Атаман потер лоб. Сказал сам себе:

— Черт. Я, кажется, стал понимать по-ихнему. Или мерещится... Дрянь какую-то всадили... Морфий что ли? Эй, японец. Помоги встать...

От усадьбы с топотом бежали люди. Кричали:

— Григорьмихалыч! Атаман!

— Не тронь его! Убью! — заорал передний — кривоносый, с золотой серьгой в ухе. Наставил на Масу «маузер».

Слава богу, генерал Семёнов что-то соображал. И с каждой секундой все лучше. Только ноги его не держали. Если б не Маса, упал бы.

— Отставить! — приказал атаман. — Это хороший японец. Он меня спас… Уберите пушки, чай не дома. Сейчас полиция явится. Увидят «маузеры» — беда.

Казаки обступили своего предводителя со всех сторон. Маса с девятнадцатого года не видел столько чубатых мужчин свирепой наружности. К генералу они обращались по имени-отчеству и на «ты» — это было необычно.

Все вопили, перебивали друг друга.

— Григорьмихалыч, ты целый? Дай пощупаю! А кто эти-то? Не русские, японцы! Кем подосланные? Краснюками или говнюками?

Маса догадался, что ко второй категории у семёновцев относились собратья по белому лагерю, враждебные их атаману.

— После разберемся. Ходу, казаки, ходу отсюда! — оборвал галдеж генерал. — Мертвяков в воду, и домой. Живо!

А чего тут разбираться, подумал Маса. Всё и так понятно. На Семёнова напали агенты ГПУ. На агентов напали якудза — по мечам ясно. Почти наверняка из «Хиномару-гуми». Потому что здесь их территория, и потому что Сандаймэ Тадаки давно связан с Бабой. Вот почему на вопрос о негласном наблюдении майор ответил с некоторой уклончивостью: люди из Токко этим-де не занимаются, начальство запретило. Однако оставить русского сёгуна без охраны Бабе не велел его потолочный покровитель. Должно быть, майор попросил Сандаймэ приставить к атаману сопровождающих. Вот почему Семёнов преспокойно разъезжает в одиночестве. Знает, что его охраняет якудза.

За перила полетело одно тело, потом второе, но человек в кепке, когда его подняли за руки и за ноги, застонал.

— Григорьмихалыч, с этим чего? Он живой. Топить или как?

— Я тебе утоплю, дурень! В дом несите. Допросим. Живее, живее!

— Давай мы и тебя понесем. Ишь, как тя качает-то.

Атаман отмахнулся.

— Сам дойду. Вот он мне поможет. — Обнял Масу за плечо. — Я тебе, мил человек, еще спасибо не сказал. Айда с нами! Буду тебе свое казацкое аригато говорить. Понял? Вакару?

— Вакару, вакару, — терпеливо сказал Маса, с трудом обхватывая большого человека за его трудно обхватываемое туловище.

Что ж, знакомство с владельцем золотых ящиков начиналось удачно.

Внутри бывшая самурайская усадьба выглядела так же запущенно, как снаружи. Луна освещала большой одноэтажный дом с потемневшими стенами, заросший травою двор, какие-то сараи. Заинтересовала Масу только чахлая ольха, лепившаяся к самой дальней части стены. На нее в случае чего можно будет вскарабкаться и спрыгнуть на ту сторону.

Чувствовать себя вором, даже благородным, было странно, но — признаемся самому себе — интересно. Очень бодрило. Будто тебе снова восемнадцать, ты отчаянный якудза и не знаешь, что случится завтра. Наверное, именно такое ощущение описывает великий Тотомото-но Хиросукэ в своем знаменитом стихотворении:

В декабре жизни
Дунул мартовский ветер.
И будь что будет!

(Старый котяра, правда, всего лишь женился на семнадцатилетней куртизанке, но сказано красиво.)

К казакам, выбежавшим на выстрелы, прибавился еще один — тот самый бурят или кто он там, что давеча выглядывал в щель. Должно быть, он был в карауле и не мог отлучиться со своего поста. Всего, стало быть, охранников семеро, отметил Маса.

Едва войдя во двор, атаман задал часовому вопрос не вполне понятного смысла:

— Что она, Михайлов? Слыхала пальбу?

— Никак нет, детей перед сном купает, — ответил бурят Михайлов. — Они орут, вода плещет.

— Слава богу. — Семёнов облегченно выдохнул. — Водки мне. А то на ступеньки не взойду. Башка кружится.

Кто-то бросился в дом, через минуту вернулся с граненым стаканом, до краев наполненным прозрачной жидкостью. Это не водка — спирт, определил Маса по резкому запаху. Среднего японца такая доза убила бы на месте, генерал же заглотнул ее в три булька. Рыкнул, крякнул, тряхнул головой. Настоящий русский медведь!

— Другое дело.

И действительно, после этого поднялся на веранду собственными ногами, без поддержки. От спирта его превосходительство не опьянел, а наоборот пришел в себя.

Казакам сказал:

— Ступайте.

Масу поманил за собой.

Полутемный коридор вел куда-то вглубь дома, но хозяин повернул в первую же дверь направо.

Там оказалась просторная, странновато обставленная комната. Над большим столом великолепная хрустальная люстра, а стулья самые простецкие. В углу серебрится окладами многоликий иконостас, вдоль стен поблескивают стеклянные витрины с какими-то знаменами и мундирами, а мебели почти нет.

— Живу по-походному, биваком, — сказал Семёнов, оборачиваясь к спутнику.

При ярком свете оказалось, что атаман молод, лет тридцати пяти, и, кажется, совсем не медведь. Глаза смотрели внимательно, сочные губы приязненно улыбались. И голос звучал совсем не так, как на мосту, — приятно, даже мягко.

— Давайте познакомимся как следует. Кто вы, загадочный незнакомец? Почему знаете русский? И, главное, откуда вы так внезапно и так кстати появились? — Огромная пятерня сильно, но в то же время деликатно сжала гостю руку. — Однако позвольте сначала представиться самому. Генерал-лейтенант Григорий Михайлович Семёнов, атаман Забайкальского казачьего войска, главнокомандующий разных армий и прочая, и прочая.

Титулование было ироническим.

Грубая внешность в сочетании с вежливыми манерами — это очень обаятельно, подумал Маса. А еще атаман хорошо чувствует людей и знает, как с кем разговаривать. Это задатки прирожденного вождя. Нужно быть очень осторожным.

— Меня зовут Кацура, — назвался Маса заранее придуманной фамилией, которая для русского уха звучит хорошо, прямо по-казацки. — Я много лет прожил в России. Узнав, что вам требуется переводчик, пришел наниматься на работу. Охранник сказал, что вы еще не вернулись, и я решил подождать около моста. Увидел, как на вас сначала напали трое неизвестных, как потом прибежали двое с мечами, как они сражались между собой и перебили друг друга. Когда я приблизился к вам, всё уже закончилось.

— Не скромничайте, господин Кацура! — воскликнул атаман. — Другой пустился бы наутек, а вы не побоялись прийти мне на помощь! Вы человек хороший, и не робкого десятка, я таких люблю. Все хорошие люди друг другу братья. А плохих я подле себя не держу. Мы с казаками все между собой на «ты», по-родному — генерал или простой урядник, неважно. Коли будете служить у меня, тоже станете братом. Знаете что? Давайте выпьем на брудершафт по-нашему, по-казачьи, с шашки.

Не дожидаясь согласия, Семёнов подошел к стене, где было развешено оружие. Вынул из серебряных ножен шашку. Взял со стола графин, наполнил две стопки, ловко пристроил их на клинок.

Это старинный прием, с помощью которого русские приручают иностранцев: внезапный переход к задушевной сердечности, подумал Маса. Он опрокинул стопку. Потом, как положено, раскрыл объятья и троекратно ткнулся в пушистые усы. Атаман лобызался всерьез, в губы, с чмоканьем.

Голубые навыкате глаза подернулись слезой.

— Вот это по-нашему. Тебя как звать?

— Горо, — назвал Маса первое пришедшее в голову имя.

— Будешь Егор. А я Григорий. Ты мне теперь брат. Ну-ка скажи: «Григорий, ты мне брат».

Подумалось: все-таки это чересчур стремительно даже для русской сердечности. Наверное, что-то сугубо сибирское. Эй, Баргузин, пошевеливай вал.

Семёнов понял смущение новообретенного брата по-своему.

— Не беспокойся, Егор. Братство братством, а служить будешь не за просто так. Все по земле ходим. Соловей не поклюет — не запоет. Сколько жалованья хочешь? Сто иен в месяц хватит? — Широкий взмах от плеча. — Эх, хочешь двести? Мне кто полюбился, тот полюбился!

— Спасибо.

Маса хотел по привычке поклониться, но атаман без церемоний взял его за голову и распрямил.

— У нас только иконам кланяются. Сладились за двести? — Снова крепкое рукопожатие. — Аванс выдать не смогу, наличность кончилась. Всем пока плачу векселями. Мой банковский консультант говорит, что в декабре подскочат цены на золото. Тогда продам очередной слиток и со всеми рассчитаюсь.

— Какой слиток? — изобразил удивление Маса.

— Ты не слыхал про мое золото? — удивился и Семёнов. — О нем все наши который год говорят. Это, брат, огого какая история! — Он очень оживился. — Я же спас от большевиков золотой запас Российской империи! Двести тонн золота! Передал на сохранение японцам, а они, суки… — Атаман сбился. — К тебе не относится, это я про подлых японцев, а ты какой надо японец. В общем, не отдают они мне золота. Главное, я же не для себя, я для Белого Дела!

— Как же вы… как же ты можешь продать слиток, если подлые японцы не отдают золото? — продолжил свою игру Маса.

— А я четыре ящичка себе оставил. На оперативные расходы.

Брат Григорий хитро подмигнул. Было видно, что рассказывать об этом ему приятно.

— Хочешь покажу?

Маса кивнул, не веря своему везению.

— Пойдем.

Семёнов повел его в угол, мимо стеклянных шкафов, содержимое которых теперь можно было рассмотреть вблизи. В одном висел русский генеральский мундир с золотыми погонами и орденами. В другом парчовый монгольский халат. В третьем китайская церемониальная куртка магуа с Орденом Двойного Дракона на груди.

— Мои регалии, — кивнул на всю эту красоту хозяин. — Я ведь еще монгольский князь и китайский мандарин первого класса.

Он остановился подле стенного шкафа, к дверцам которого были приделаны скобы и висел большой замок.

— Ключ всегда при мне, рядом с нательным крестом, — сказал Семёнов, вытягивая из-под рубашки цепочку. — Сезам, откройся!

Наверное, моя настоящая карма — благородное воровство, если добыча так легко, сама собой, идет ко мне в руки, подумал Маса.

За дверцей на крепких деревянных полках стояли четыре небольших ящика.

— Который на тебя смотрит? — спросил атаман. — Пускай этот, крайний.

Откинул крышку с самого левого. Электрический свет заиграл веселыми бликами на плотно сдвинутых брусках.

— Берем любой.

В лапище Семёнова слиток казался совсем маленьким.

— На, подержи. Три фунта чистейшего царского золота!

Маса рассмотрел слиток. Клеймо 999 пробы, двуглавый орел, штамп казначейства, пятизначный порядковый номер.

— Убедился? В каждом ящике таких двадцать четыре штуки. Сейчас они идут по 4800 долларов, а в конце года, если верить консультанту, цена подскочит минимум до пяти с половиной. Тут я тебя, голубчик, и превращу в тленную бумагу. — Генерал бережно взял слиток, поцеловал его, положил обратно. — Тогда сразу твое жалованье и выдам. А будешь работать молодцом — еще и с премией. Так-то, брат Кацура.

Он приобнял Масу за плечо, оставив дверцу открытой.

На сердце заскребли кошки. Человека, который тебе доверился, обокрасть — плевое дело. Хоть прямо сейчас: стукнуть ребром ладони по кадыку, взять ящик, да вынести. Ну, у ворот еще бурята Михайлова перевести в горизонтальное положение. Вот и вся «операция». Можно, пожалуй, еще и за вторым ящиком вернуться. Только будет ли такое воровство благородным?

А в следующую минуту настроение у Масы совсем испортилось.

— Леночка, Мишенька, поцелуйте папу — и спать, — раздался молодой женский голос.

В гостиную с визгом ворвались девчушка и мальчуган, оба лет трех-четырех, налетели на атамана, обхватили его ножищи справа и слева.

— Ленусик, Михасик, — заурчал медведь, обнимая обоих сразу. Подхватил, посадил девочку на одно плечо, мальчика на другое.

Подошла румяная красавица со сложенными в венец русыми волосами, в красивом переливчато-бархатном платье.

— Грегуар, прекрати баламутить детей! — строго молвила она. — Я их потом не уложу. Я что сказала? На пол!

— Сейчас, сейчас, — засуетился белый рыцарь, кровожадное чудовище. — Подите, подите. Слышите — мама ругается. Душенька, это Егор Кацура, мой новый переводчик. Очень хороший человек. А это моя супруга, Елена Викторовна.

— Бурят? Якут? — подозрительно спросила супруга. — Пьете много?

— Я японец. Совсем не пью.

— Это хорошо. — Суровая госпожа Семёнова помягчела. — Собутыльников ему и так хватает.

— Ле-еночка, — укоризненно протянул его превосходительство.

Но жена не слушала. Она присела, чтобы вытащить из-под стола Михасика.

— О том, что было на мосту, молчок, — шепнул атаман. — Она мне голову оторвет.

Маса кивнул. Его сердце когтили уже не кошки, а тигры.

Григорий Семёнов ему все больше нравился. Верный признак настоящего героя — быть подкаблучником. Взять того же Геракла, которого Омфала заставила прясть. Или покойного господина, никогда не умевшего противиться воле любимой женщины. Масахиро Сибата знал про себя, что и сам поступал бы так же. Собственно, уже поступил: не по своему же хотению оказался он в роли благородного вора?

Только что тут благородного? Эх…

В дверь сунулась знакомая кривоносая физиономия с серьгой в ухе. Выразительно зашевелила бровями. Атаман поманил пальцем.

— Чего тебе, Мандрыка?

— Энтот очухался, — тихонько сообщил помощник. — Мы его малость поспрошали, но молчит, гнида.

— «Поспрошали» они, — так же вполголоса передразнил Семёнов. — По-японски, что ли? Пойдем, Егор, попереводишь. — И сладким голосом супруге. — Леночка, ты укладывай деточек. У нас тут небольшое дело.

— Не напиваться! И не шуметь! — погрозила пальцем Елена Викторовна.

— Ни-ни, мы тихонько.

Втроем они прошли длинным коридором, спустились по лестнице в погреб.

Там горела керосиновая лампа, полукругом стояли казаки, смотрели сверху вниз.

— А ну, братцы, расступись, — велел Семёнов.

Расступились.

На земляном полу сидел человек с опущенной головой. Одно ухо, багровое и распухшее, оттопыривалось. Из рассеченной брови сочилась кровь. Рядом валялась кепка.

Услышав тяжелые шаги, пленник поднял голову, и Маса испытал пренеприятное ощущение, называемое по-французски «дежавекю». Это как дежавю, только еще хуже.

На земле сидел, моргал узкими глазами Момотаро Кибальчич.

Не было бы фуку — да вадзаваи помогло

Но ошеломление длилось недолго. Ничего фантастического в явлении Кибальчича вообще-то не было. Секретный эмиссар Коминтерна прибыл в Японию готовить революцию, создавать нелегальную коммунистическую организацию. Теперь, когда у Советов в Токио официальное диппредставительство, подпольная группа наверняка выполняет тайные поручения посольства. Например, такие, как похищение белогвардейского вождя. А что пути двух русских японцев вновь пересеклись — это уже карма. Как поется в романсе: «С своей походною клюкой, с своими мрачными очами судьба, как грозный часовой, повсюду следует за нами». Но до чего же это некстати!

— Как ты мне надоел! — злобно рявкнул Маса по-японски на Кибальчича, который пялился на него с не меньшим изумлением. — Нарочно ты, что ли, под ногами путаешься?

Момотаро оскалил разбитый рот, сплюнул красную слюну. Процедил, тоже по-японски:

— И тебе здрасьте. Давненько не виделись, ронин. Заодно и попрощаемся…

— Ишь ты, — поразился атаман. — С моими молчал, а с тобой сразу заговорил! Ну-ка переведи ему. Давай, по-япон-

ски: «Сейчас, красная сволочь, казаки тебя по-настоящему потрошить станут. Перво-наперво, кто тебя подослал?»

Маса грозным голосом сказал:

— Когда я тебя ударю, ори во всю глотку, как можно громче.

— Большевики не орут, — скривил рот Кибальчич.

— «Борусевики»! — повторил атаман понятное слово. — Признался! Эк у тебя, Егор, ловко допрос идет! Давай, пытай дальше: «Назови имя того, кто дал тебе задание».

— Делай, что говорю, идиот!!! — гаркнул Маса на упрямца. Повернулся к атаману: — Григорий Михайлович, разреши я с ним по-своему потолкую. Быстрей получится.

Скинул пиджак, стал засучивать рукава.

Атаман хлопнул его по плечу.

— Я гляжу, ты на все руки мастер. И жнец, и швец, и на дуде игрец. Ну-ка, сыграй на дуде. Может, запоет?

Коротким, резким ударом Маса ткнул связанного пальцем под ключицу, где нервный узел. В четверть силы, но все равно чувствительно.

Надо было отдать Кибальчичу должное — он заорал так, что зазвенело в ушах.

— Стой! — схватил Масу за локоть атаман, испуганно оглядываясь на лестницу. — Жена услышит. — Почесал подбородок. — Вот что, ребятки, ведите его во двор. В сарае продолжим. Там пускай вопит.

Это Масе и было нужно.

— Упирайся! — рыкнул он на Момотаро и замахнулся.

Тот опять послушался. Когда казаки поставили его на ноги, начал рваться, брыкаться. На лестницу не шел.

— Берите за ноги, я под мышки. Понесем, — сказал Маса. Наклоняясь, незаметно сунул руку в штанину.

Пленника подхватили, оторвали от земли.

Пригнувшись к самому его уху, Маса шепнул:

— Бритв на тебя не напасешься. Справа у стены дерево. А теперь укуси меня. До крови.

Момотаро вывернул голову и цапнул своего спасителя острыми зубами за щеку.

Маса разжал руки. Кибальчич бухнулся затылком и плечами о землю.

— Тикусё!

Но русский язык гораздо лучше японского подходит для выражения сильных чувств отрицательного свойства. Маса перешел на него, разразился всеми известными ему матерными выражениями — кроме тех, в котором поминается собственно мать, поскольку к предкам следует относиться с уважением.

— Дай погляжу, — заботливо сказал Семёнов, осматривая укушенную щеку, пока казаки лупили буяна ногами. — Эк он тебя… Надо водой промыть, чтоб зараза не пристала. Краснюки хуже бешеной собаки.

Теперь Кибальчича потащили четверо, а у Масы появилось алиби. Когда Момотаро сбежит, переводчика рядом не будет.

— Мандрыка, поработайте с ним, пока мы с Кацурой не подойдем. Только глядите, черти, не до смерти.

Генерал повел покусанного наверх, в умывальню. Она была допотопная. Наверное, не меняли со времен Тацумасы. Воду надо было качать ногой, и лилась она из бамбуковой трубки.

— Люб ты мне, Егор, — сказал Семёнов, подавая полотенце. — Сразу по сердцу пришелся, с первой минуты. Я людей не умом, сердцем чую.

Ни черта ты не чуешь, кисло думал Маса. Как же противно втираться в доверие, чтобы потом его предать! Прав был господин, когда говорил, что благородный муж никогда не станет хорошим шпионом — только хорошим контрразведчиком, который вероломных шпионов ловит.

Они вышли в темный двор, а там беготня, крики.

— Что такое?! — громко зашипел атаман. — Тихо! Детей перебудите!

Подбежал кривоносый Мандрыка.

— Сбежал краснюк! Веревку чем-то перерезал! Мирона по руке полоснул, дунул к стене, влез на дерево, и сиганул!

— Так догоняйте его, болваны!

Укатился Персиковый мальчик, с удовлетворением подумал Маса. Поминай как звали. В темноте вы его не сыщете.

А Семёнов горько произнес:

— Вон оно как, Егор. Веришь людям, братьями зовешь, а они — нож в спину. Врагу моему сбежать дали.

— Всякий может совершить ошибку.

— Тут не ошибка. — Атаман насупил брови. — Кто-то из моих ему помог. Краснюка обыскали, прежде чем связать. Ножика у него не было. После кто-то сунул. Это что значит? Агент у меня советский. Вот и гадай теперь, который? Ведь с каждым пуд соли съел, сто раз под пулями был. — Он тяжело вздохнул. — И ведь знаю, чем иуду красные купили. Не тридцатью сребрениками, нет. Тухнут казаки от жизни на чужбине. Домой хотят. Поманили, пообещали… Эх, я и сам иногда думаю: кабы можно было… — Закручинился, махнул рукой. — Никому верить нельзя. Доберутся до меня красные, достанут — не так, так этак. Пойдем, Егор, посидим вдвоем, выпьем. Никого из своих сейчас видеть не хочу. — Повернулся к мрачно слушавшему Масе. — Ладно, Кацура, не вешай нос. И я не буду. Семёнова так просто не возьмешь. Знаешь чего? У меня вечером всегда банька натоплена. Любишь русскую баньку? Казаки поставили. Хорошо попариться, да спиртом проложить — лучшее лекарство от туги-печали. Идем, мил человек, душа просит!

Русскую баню Маса не любил, от нее вся энергия Ки впустую через поры выходит. Японская баня, в бочке, куда как лучше. Но у атамана Семёнова влажно блестели глаза, и отказаться было нельзя. Русский человек сильно обижается, если у него душа чего-то просит, а ты не хочешь поддержать.

Они сидели голые в чадном дощатом закутке, оба плотно сбитые, круглолицые, короткошеие, только один в полтора раза крупнее другого. Атаман пил спирт, но не пьянел. Маса потягивал квас, который в России терпеть не мог, а сейчас от ностальгии прямо в носу щипало.

Разговор шел задушевный.

— Вот за что я вашу нацию люблю — нету в вас двурушничества, — вздыхал атаман. — У нас говорят, что японцы коварные, а подлей своего брата русака никто не предаст. Главное, будет тебе в глаза смотреть, в уста лобызать, Христом-Богом и Святой Русью клясться, а после продаст с потрохами, притом задешево.

Маса заступался. Просто у русских-де слова мало что значат. Привыкли от несвободы и опаски думать одно, а вслух говорить другое. Отсюда и присказки. «Соврешь — не помрешь», «Царю присягай, а себе помогай». В России человека надо судить не по словам, а по поступкам. Они не обманут. И если встретится хороший человек, то будет он чистое золото, потому что в трудной стране быть хорошим очень трудно.

— Э, да у тебя квас кончился, — поднялся с полка Семёнов. — Пойду еще налью.

— Не хватало еще, чтобы такой человек мне квас носил! Я сам!

— Чудак ты, мне это в радость, — насильно усадил его атаман.

Вышел.

Уйду и больше сюда не вернусь, пообещал себе Маса. А Омфале скажу, что не гожусь в воры, что пошел не в отца. И вдруг стукнуло: а может, и в отца! Одно из трех правил Китодо позволяет красть только у плохих людей. Семёнов, конечно, не ангел, но безусловно человек неплохой. Тацумаса у такого воровать бы не стал.

...Однако что-то долгонько неплохой человек ходил за квасом. Маса уже хотел выглянуть наружу, но дверь открылась сама, и вошел не атаман, а двое казаков — Мандрыка с бурятом Михайловым.

Ни слова не говоря, они сноровисто заломили Масе руки и выволокли его, голого, в предбанник.

Там на скамье сидел полностью одетый Семёнов. Хмуро вертел в руках что-то черное, матово поблескивающее. Маса узнал свой «браунинг».

— Тут вот какая штука, — сказал атаман, подняв глаза. — Я своих казаков знаю, среди них предателей нету. Никто краснюку не помог бы. Только кто-нибудь чужой. А чужих кроме тебя никого не было. О чем вы там на самом деле по-японски толковали?

Ни добродушия, ни веселости грубое лицо сейчас не выражало. Маленькие глазки смотрели холодно, грозно.

— Я тебя в баню повел, чтобы одежду твою пощупать. Нашел интересное. В кармане «браунинг» — а честный японец с пистолетом ходить не станет. В брючине изнутри пришит чехол для бритвы. Это ее ты большевичку подсунул?

Маса молчал. Казаки держали его так, что не шелохнешься.

— Сдается мне, Егор, или как там тебя, что ты советский агент. И операцию вы провернули не чтоб меня взять, а чтоб тебя ко мне пристроить. Ловко придумали! Семёнов под контролем еще лучше, чем похищенный. Но меня перехитрить у вас хитрилка коротка. Сейчас ты мне всё расскажешь.

Усы шевельнулись в недоброй улыбке.

— Не сразу, конечно. Мужик ты крепкий, тертый. Поерепенишься. Но Мандрыка умеет язык развязывать. Сначала он с тебя немножко кожу посдирает. Потом сольцой присыплет. Польет солонину спиртиком. И это только закуска. Приятеля своего от этого угощения ты избавил, так сам его отведаешь. Тут ведь что хорошо? Переводчик нам не понадобится.

Не белый рыцарь. Все-таки кровожадное чудовище, подумал Маса. И никакой он не медведь. Сибирский тигр на мягких когтистых лапах.

Это было чудесно, просто замечательно! Семёнов плохой человек. Кодекс великого Тацумасы нарушен не будет.

— Плохо ты порылся в моей одежде, Григорий Михайлович, — сказал Маса. — Главного не нашел. Под лацкан загляни. Под левый. И вели-ка своим людям убрать лапы. Если не хочешь поссориться с японской тайной полицией. Мое настоящее имя Масахиро Сибата, я приставлен к тебе для негласного наблюдения и твоей же дополнительной охраны. Сам видел — одной якудзы недостаточно. А работаю я с заместителем начальника Иностранного отдела Токко майором Бабой. Знаешь такого?

— Знаю, как не знать. — Атаман взял пиджак, внимательно рассмотрел жетон. — Но коли ты вправду из Токко, зачем ты помог красному агенту сбежать?

— Потому что это мой старинный приятель. Еще по прежней жизни. Я не всегда работал на Токко, а он не всегда служил красным. Я не ждал его тут встретить. Подумай сам: если б мы с ним с самого начала были заодно, почему же я не помог ему еще на мосту? Я рассмотрел его лицо только в подвале.

Всё это было правдой или почти правдой, но Маса не ждал, что Семёнов поверит. Пускай. Беспокоиться не о чем. Все сомнения касательно того, кто такой Масахиро Сибата, разрешит один телефонный звонок майору.

Однако атаман удивил.

Киётика Кобаяси. Русский казак

Цукиока Ёситоси. Старик Нисимура

Охара Косон. Танцующая лисица

Поль Жакуле. Воспоминания о прошлой Японии

Кавасэ Хасуй. Озеро Товада

Утагава Хиросигэ. Вид на Мусаси

Уэхара Конэн. Мост и Луна

Утагава Хиросигэ. Мост в Эдо

Цутия Коицу. В Синдзюку

— Это такая небылица, что я тебе верю, — усмехнулся он. — В жизни всякое бывает. У меня до войны в полку приятель был, такой же хорунжий, как я. В Гражданскую у красных дивизией командовал. Попался бы ко мне в плен, я б ему по старой дружбе тоже сбежать дал. Отпустите его, хлопцы.

Казаки отошли. Маса подвигал руками, чтобы скорей восстановилось кровообращение. Ждал, что будет дальше.

А дальше было вот что. Семёнов снова добродушно заулыбался.

— Хороший ты мужик, Егор Кацура (позволь уж буду звать тебя так и дальше). Ради старого товарища всё свое задание под угрозу поставил. Я таких уважаю. А еще мне нравится, — тут он подмигнул, — что у нас с тобой будет общая тайна от твоего начальства. У вас ведь не то, что у нас русских. Всё по правилам. Ты красного агента, иностранного шпиона, отпустил. Тебе за это, коли узнают, башку оторвут. Так?

— К чему ты ведешь? — не понял Маса.

— А к тому, что я, конечно, могу позвонить майору и рассказать, как ты задание провалил и большевику помог. Но я этого делать не стану. А взамен ты будешь теперь не человеком майора Бабы, а моим человеком. Знаешь, бабу с возу…

Он загоготал, но в глазах веселья не было.

— Надежный переводчик мне пригодится. Особенно, если я его крепко держу за яйца. — Атаман выразительно посмотрел Масе ниже дракона и сжал кулак. — У меня будут важные переговоры, про которые твоему начальству знать незачем. Пусть оно думает, что я под хорошим присмотром. Я про тебя болтать не стану, ты про меня тоже. Годится тебе такая сделка?

Изобразив недолгое колебание, Маса со вздохом сказал:

— Куда мне деваться. Твоя взяла.

Генерал одобрительно кивнул.

— Ты только обликом японец, а внутри — русский человек. Умный. Только знаешь что, Егор. Ты мне больше не брат. Зови меня впредь «ваше превосходительство».

— Слушаюсь, ваше превосходительство! — по-военному вытянулся Маса, очень довольный, что они больше не братья. — Разрешите подштанники надеть? И верните пистолет. Он казенный.

В итоге всё устроилось как нельзя удачней. Не было бы фуку, да вадзаваи помогло. (От напряжения и усталости русский и японский языки в голове у Масы начинали немножко путаться.)

Пока он одевался, Семёнов что-то сосредоточенно обдумывал.

— Твой приятель, которого ты спас, большевик и красный агент, так? И работает на советское посольство, так? А ты спас ему жизнь, так?

Маса не понял, к чему это, но трижды наклонил голову, а потом еще и вслух сказал:

— Точно так, ваше превосходительство.

— Вот что я думаю... — Генерал прищурился на лампу. — Первый раз у них не вышло, второй раз не вышло, а на третий раз они меня все-таки добудут. Или прикончат. Потому что у великой державы великие возможности. Россия теперь ихняя, советская, нравится мне это или нет. Доблестно пускать струю против ветра — занятие для идиотов. В газетах пишут, что советские перестали ставить к стенке белых генералов, кто помирился с советской властью. Слащов-Крымский у них преподает в военной академии, Толька Пепеляев помилован. Даже террорист Савинков, который Ленина чуть не убил, с ними задружился. А тут целый атаман Семёнов! Соображаешь, к чему я?

— Никак нет, ваше превосходительство!

— Перестань ты мне через каждое слово «превосходительствовать»! Зови по имени-отчеству или «господин генерал». Ты мне, Кацура, может, пригодишься еще больше, чем я думал. На, держи свой «браунинг». Видишь, как я тебе доверяю? И вот тебе первое задание. Сосватай-ка ты мне через своего шустрого приятеля встречу с советским послом. Само собой, без доклада полицейскому начальству.

Вот хитрый зверь, поневоле восхитился Маса. Прикидывается увальнем, а соображает с пулеметной скоростью. Какую комбинацию выстроил!

— Говорю же, это была случайная встреча. Я понятия не имею, где его искать.

— Ага, так я и поверил. — Атаман положил тяжелую руку Масе на плечо, наклонился, убедительно сказал: — Сутки тебе даю, Егор Кацура. Не выполнишь, что поручено, — позвоню майору Бабе, опозорю. Для вас, японцев, хуже этого нету, правда? Всё. Ступай. Поздно уже. Спать охота.

ПУТЬ УЛИТКИ

Ужасно устал от этого длинного, хлопотного дня и Маса. Ему тоже хотелось упасть в постель, провалиться в мирный сон. Шестьдесят пять лет — это вам не пятьдесят пять. Нормальные люди в таком почтенном возрасте вечером поиграют с внуками, попьют чаю, пораскладывают пасьянс либо позанимаются каллиграфией, да на боковую, а не вынюхивают, как бы обокрасть медвежью берлогу, не парятся в русской бане с кровожадными чудовищами и не рискуют превратиться в солонину.

Ночь встретила усталого путника стрекотом цикад и лунной безмятежностью. На мосту было пусто. На той стороне темнели спящие дома. Хваленая полиция, кажется, так и не появилась — несмотря на выстрелы и крики. А ведь считается, что в Японии ни одно преступление не остается нерасследованным. Вот вам пожалуйста: четыре трупа — и хоть бы что.

Но едва он вышел на мост, как из ночи справа и слева налетели две быстрые, бесшумные тени. Опять Масе выворачивали руки и сопели в ухо, только теперь еще и приставили клинок к горлу. Котелок упал с головы, и судя по хрусту, на хорошую шляпу наступила чья-то нога.

Вышел еще один, третий. Посветил в лицо фонариком. Пришлось зажмуриться.

— Ага, это ты! Приметы совпадают, — сказал хриплый голос, по которому сразу было понятно: говорит якудза.

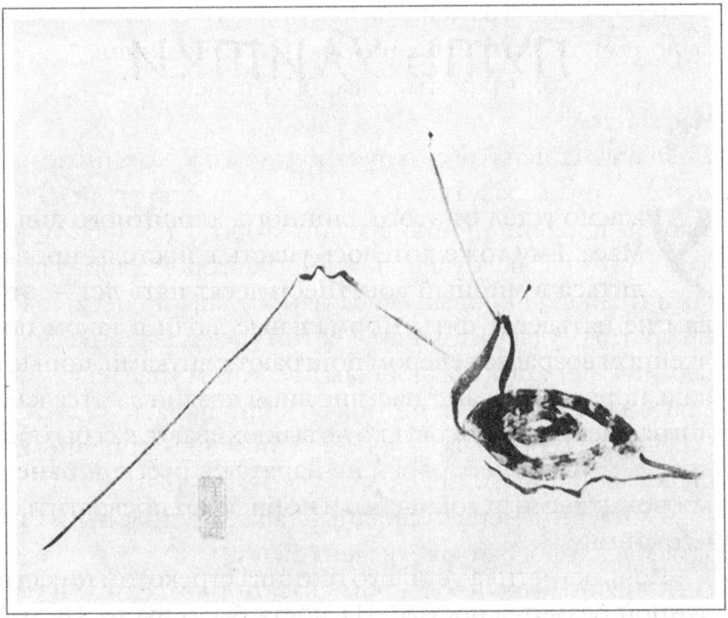

Да и приставили к горлу не какой-нибудь вульгарный нож, а меч вакидзаси. Полиция, может, и не прибыла, но «Хиномару-гуми» своих пропавших бойцов хватилась.

— Это безусловно я, — вежливо сказал Маса. — Но о каких приметах вы говорите, почтенный разбойник?

— Не отпирайся! — прикрикнул голос с той стороны фонарика, хоть Маса и не отпирался. — Старуха из дома напротив все видела!

А, тогда понятно. Свидетельница сообщила о резне не в полицию, а какому-нибудь местному якудзе. Вот почему на мосту вместо людей в мундирах люди с мечами.

— Она сказала, что большой роскэ из усадьбы Момидзихара ушел в обнимку с человеком в клетчатом сэбиро и шляпе яматакабоси. Это ты самый и есть!

Теперь, когда загадка разъяснилась, больше незачем было терпеть выламывание рук и сопение в уши.

— Не груби старшим, хамло! — перешел на жаргон Маса.

Левого сопуна он стукнул каблуком под коленную чашечку — рука сразу освободилась, и ею, открытой ладонью, было очень удобно врезать второму по носу. Пока один громила, согнувшись, вопил, а второй хлопал глазами и хлюпал кровью, Маса нанес главарю несколько аккуратных ударов в живот. Третий якудза шлепнулся на задницу. Фонарик с жалобным дребезгом упал на камни и разбился. Ночная гармония восстановилась.

Однако ссориться с кланом «Хиномару», конечно, не следовало.

— Отведите меня к Сандаймэ Тадаки, остолопы. Я Сибата Масахиро. Ваш оябун меня знает.

Конечно, можно было бы сказать то же самое и без мордобоя, но Маса очень устал и рассердился, что мирный сон откладывается.

До станции он дошел не под конвоем, а как бы с почетным эскортом. Впереди, поминутно оглядываясь и каждый раз слегка кланяясь, семенил старший якудза. За ним шествовал Маса, обмахиваясь помятым котелком-яматакабоси (ночь была душновата). Сзади ковыляли шестерки: один прихрамывал, другой зажимал расквашенный нос.

На пустой площади ждал «форд» с эмблемой клана на дверце. Якудза тоже модернизируется, подумал Маса. На экстренный вызов мчатся уже не на рикшах — на авто.

Сели, поехали — судя по тому, что луна оказалась справа, в Иокогаму. Можно было бы подремать по дороге, но автомобиль сильно тарахтел и подпрыгивал на ухабах.

Два года назад, после землетрясения, штаб «Хиномару-гуми» располагался в палатке. Теперь машина остановилась перед новехоньким каменным особняком в модном псевдояпонском стиле: декоративная черепичная крыша с загнутыми углами увенчивала вполне европейское здание. Широкие окна сияли электричеством. Несмотря на поздний час в резиденции не спали.

Владелец разбитого фонарика побежал в дом. Маса с двумя остальными остался в «форде». Минуты две позевал — с крыльца спустилась знакомая статная фигура. Встречать гостя вышел сам оябун.

Масе распахнули дверцу. Два церемонных поклона. Десять секунд взаимного разглядывания.

Сандаймэ нисколько не изменился. Всё то же красивое, густобровое, бесстрастное лицо, внимательные глаза, не умеющие улыбаться губы.

— Давно вас не видел, сенсей. Вы постарели, — сказал Тадаки. По-японски это не звучало невежливо, но Маса все равно насупился. — Прошу пожаловать.

В просторной комнате вокруг низкого стола на циновках сидели хмурые люди. Все в черных куртках, коротко стриженные. Лица неприятные. Гасиры клана собрались на чрезвычайное совещание. Потеря двух бойцов — это серьезно.

— Можем мы поговорить наедине? — спросил Маса.

Сандаймэ кивнул. Провел в кабинет, в котором ничего японского не было. Письменный стол с телефоном, кожаные кресла, шкаф с канцелярскими папками, на стене большая карта, на которой Иокогама с окрестностями, Кавасаки и юго-западная часть Токио закрашены розовым цветом. Должно быть, территория, подконтрольная клану.

Сели. Экстренность ситуации проявилась в том, что Тадаки сразу, безо всяких церемоний, перешел к делу.

— Свидетельница рассказала, что моих людей застрелили те, кто напал на русского сёгуна. А потом на мосту появился человек в клетчатом пиджаке и круглой шляпе. Могу я узнать, сенсей, что вы там делали?

Вопрос был задан тихим голосом человека, который привык, что ни одно произнесенное им слово не будет упущено. И, несмотря на обращение «сенсей», прозвучал не очень-то вежливо. Поэтому Маса ответил в том же тоне.

— Вы не спрашиваете, чтó там произошло. Потому что и так это знаете. Майор Баба попросил вас охранять белого генерала. Но ваши люди с этим заданием не справились. Клан «Хиномару» потерял лицо.

Сандаймэ чуть сдвинул брови, крыть ему было нечем.

— Я благодарен, что вы пришли генералу на помощь. Но всё же: что вы там делали?

— Мне не нужно задавать один и тот же вопрос дважды, — чуть прибавил резкости Маса. — Теперь, когда вы меня поблагодарили, я отвечу.

В этом учтивом, но рискованном словесном поединке он взял верх. Показал, кто тут старше.

— Как вам, вероятно, известно, господин майор иногда обращается ко мне за помощью. Так случилось и в этот раз.

Коротко, без лишних подробностей, он объяснил суть полученного задания. Отвернул лацкан, чтобы у Тадаки не осталось сомнений.

— Теперь, когда мне удалось попасть в ближнее окружение русского генерала, ваша защита больше не нужна. Я предупрежу Бабу-сан, что буду охранять атамана Семёнова сам.

Для дела было совершенно ни к чему, чтобы рядом крутились бандиты из «Хиномару».

— Если вы так говорите, сенсей, — почтительно наклонил голову Сандаймэ. — Теперь, когда я все знаю, позвольте поблагодарить вас еще раз, уже не формально, а искренне. Для моей чести действительно было бы ужасным ударом, если бы я подвел господина майора. Несмотря на разность профессий, мы каждый по-своему оберегаем Кокутай. А вы, сенсей, идеально соединяете в себе оба моральных кодекса — и государственной службы, и якудзы. Позвольте выразить вам глубочайшее почтение и полное доверие. Мы с вами делаем одно дело.

— Я знаю, каков был кодекс Никёдо полвека назад, во времена моей юности. Но в двадцатом веке он, должно быть, сильно изменился? — спросил Маса, чтобы перевести разговор на менее щекотливую тему.

— Нисколько. Мораль всегда одна и та же, потому что и в век электричества Добро остается Добром, а Зло — Злом. Наш Путь Сострадания и Рыцарственности — всё тот же гармоничный закон жизни. Настоящая якудза по-прежнему защищает Добро и карает Зло. Как и полиция — только с более широкими возможностями. Потому что воевать со Злом добрыми средствами — это как беззубому грызться с тигром. У нас очень острые зубы, и мы воюем со Злом его же злым оружием.

Ну, кое-что все-таки изменилось, подумал Маса. В старые времена оябуны не философствовали, не умели произносить такие складные речи о морали. То были люди грубые и косноязычные, а тут чувствовалась целая идеологическая база. Захотелось понять ее лучше.

— Но что такое Добро и Зло — вопрос спорный. Меняются времена, меняются представления.

— Только не у нас. Благо Японии неизменно: Кокутай. А Зло — всё, что угрожает Кокутаю. Этот простой и ясный закон еще в детстве объяснил мне Учитель.

— Послушайте, — поморщился Маса, которого начинала раздражать высоконравственная проповедь из уст преступного босса. — «Хиномару-гуми» ведь не клуб патриотов, существующий на членские взносы. Вы зарабатываете деньги, очень много денег, всякими недозволенными законом способами. Выражаясь по-старинному, вы все равно разбойники.

Оябун нисколько не обиделся (да по-японски слово «сандзоку» и не звучало так уж оскорбительно — точ-

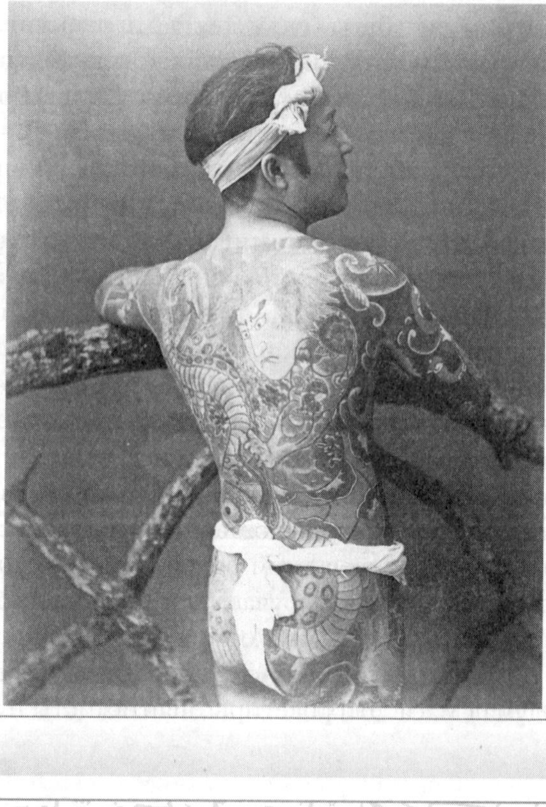

нее всего его можно было бы перевести как «лихие люди»).

— Конечно. Только мы не грабим в горах и лесах случайных путников. Наша добыча случайной не бывает. Мы живем, во-первых, за счет так называемого вымогательства. Что это такое? Это наказание для ловкачей, обманывающих закон. Они неистребимы, всегда были и всегда будут, но пусть платят штраф. Во-вторых, мы берем плату за покровительство — защищаем торговцев и предпринимателей от неорганизованной преступности. Что тут нечестного? Кто не хочет, к нам не обращается. Насильно свою защиту мы не навязываем. Потом, мы торгуем наркотиками. Но люди, употребляющие кокаин или опиум, сами выбрали свой путь. А побуждать к наркомании нормальных граждан или, упаси боже, продавать дурь подросткам Никёдо строжайше запрещает. Если кого за такое ловим — убиваем на месте. Игорный бизнес — вообще не грех. Государство делает глупость, ограничивая и запрещая его. Для многих людей, живущих тяжелой, скучной жизнью, азарт — единственная возможность прикоснуться к чуду. Что еще? Проституция? Как вы знаете, этим низменным промыслом «Хиномару» не занимается. Но другие кланы мы не осуждаем. Если только они не торгуют детьми. — Сандаймэ говорил всё это с некоторым удивлением, словно поражаясь, что взрослому человеку приходится объяснять такие очевидные вещи. — Да, мы зарабатываем очень много денег «всякими недозволенными законом способами», но мы ведь и делимся своими прибылями. Щедро жертвуем патриотическому движению, помогаем бедным, выручаем тех, кто попал в беду. За это все относятся к нам с уважением.

Вот главное отличие японских бандитов от всех прочих, подумал Маса. Эти рэкетиры, шантажисты и наркоторговцы искренне считают себя рыцарями без страха и упрека. А самое главное, что так же к ним относится и общество. Какая все-таки интересная страна наша Япония.

В общем, непростой разговор сложился неплохо. Сенсея с почетом отправили домой на машине, что было очень кстати. Маса уже совсем валился с ног.

Он велел остановиться возле новопостроенного многоквартирного здания в стиле «баухауз», в километре от дома. Рыцарственность рыцарственностью, но бандитам необязательно знать, где живет Масахиро Сибата. Он вышел через двор на соседнюю улицу и остальную часть пути проделал пешком.

Как липнет к ногам
Усталого путника
Ночью дорога!

Когда до заветной двери, за которой ждала постель, оставалось несколько шагов, вдруг вспыхнули фары стоявшего неподалеку автомобиля. Это был служебный «рено» майора Бабы.

Чтоб тебе провалиться, мысленно выругался Маса, разглядев через ветровое стекло черный силуэт в фуражке.

Стукнула дверца.

— Сенсей, я жду вас уже несколько часов и очень волнуюсь! В половине десятого позвонили из полицейского участка, на территории которого находится вилла Момидзихара. Доложили, что там был инцидент со стрельбой и жертвами. Спросили, как им поступить.

У них инструкция касательно русских: ничего не предпринимать без санкции Токко. Я спросил про вас. Сказали, что человек, соответствующий описанию, был замечен удаляющимся в сторону усадьбы. Тогда я велел не вмешиваться, чтобы не помешать вашей операции. Но ужасно, ужасно беспокоился! Если бы с вами что-то случилось, я никогда бы себе не простил!

Все-таки Япония есть Япония, с удовлетворением подумал Маса. От полиции здесь ничто не ускользает.

Делать нечего. Пришлось рассказывать и про нападение, и про атамана, и про Сандаймэ. Не всё, конечно. О своем участии в побеге красного агента и о полюбовном соглашении с Семёновым сыщик — то есть благородный вор — благоразумно умолчал.

Беседовать с полицейским на улице, рядом с домом и не пригласить внутрь было очень невежливо. Но если бы майор вошел, избавиться от него было бы трудно.

Впрочем, Баба не обиделся. Он был в восхищении от успехов своего внештатного сотрудника.

— Генерал пил с вами крепкое вино! Он водил вас в баню! Это значит, что он проникся к вам глубоким уважением! Поразительно, с какой скоростью вы завоевали дружбу этого дикого человека!

Маса не стал объяснять, что у русских распивание «крепкого вина» еще не означает глубокого уважения и что такого рода дружба обычно завоевывается очень быстро.

— Да, всё идет очень хорошо. Сейчас важно, чтобы никто мне не мешал. Пожалуйста, подтвердите господину Тадаки, что его люди больше не нужны. Никаких посторонних.

— Я всё сделаю, как вы велите, сенсей. На всякий случай проверю по смежным отделам, не ведет ли еще кто-нибудь слежки за атаманом. Никто вам мешать не будет. А теперь позвольте в знак благодарности пригласить вас отметить такую удачу. Я знаю отличный ночной ресторан в Ёцуя. И учтите: вас приглашает не Токко, а лично я, Итиро Баба. Очень прошу, вы окажете мне большую честь!

Личное приглашение означало, что на третьем году знакомства майор желает перевести деловые отношения в дружеские — для японского служаки это был знак большой, искренней симпатии.

Он настаивал, кланялся. Еле Маса от него отвязался, сославшись на смертельную усталость. Помимо усталости тут была еще одна причина. Из братьев Масу, слава богу, разжаловали, не хватало теперь еще терзаться из-за того, что обманываешь и используешь своего друга.

Наконец распрощались. Был третий час ночи.

В постель, в постель! Отоспаться. Утром на свежую голову собраться с мыслями. Потому что *аса* мудренее, чем *ёру*.

«Ирассяй-ирассяй», — гостеприимно скрипнула петлями дверь. Добро пожаловать домой, усталая улитка. Ты наконец доползла до вершины Фудзи, сейчас отдохнешь.

Разрешив себе не умываться перед сном, даже не включая света, Маса сразу направился к спальне, чтобы рухнуть на постель и отключиться.

Но темнота спросила по-русски:

— Что это за легавый, с которым ты сейчас балакал?

Маса застонал. Повернулся к письменному столу. За ним, развалившись, кто-то сидел. То есть понятно кто.

— Откуда ты узнал мой адрес?

— У меня свои возможности, — ответил Кибальчич.

— Все-таки ты японец, да? — кисло сказал Маса. — Не поблагодаришь — жить не сможешь. Не за что. Катись к черту. Я спать хочу.

— Большевики не благодарят. Я пришел не за этим. Ты нам нужен.

— Кому это «нам»?

— Японскому пролетариату. Мировой революции.

Момотаро щелкнул настольной лампой. Физиономия у него была хоть и опухшая от побоев, но очень довольная. Глаза сияли. И никаких признаков усталости. Тоже ведь у человека был непростой день: дрался, орал, получил по башке рукояткой меча, потом его волокли-колотили, потом он бегал, карабкался на высокую стену, прыгал, убегал — а свежехонек, словно только что пойманная креветка.

Железный боец революции вскочил, стукнул кулаком по сукну. Из подпрыгнувшей чернильницы полетели синие брызги.

— Ты поможешь нам взять кровавого палача Семёнова, который вешал и расстреливал красных партизан Дальнего Востока!

— Все вешали и расстреливали. Красные не меньше, чем белые, — проворчал Маса.

Но Момотаро не услышал. Он пламенел.

— Партия приняла решение. Грозная рука революции покарает врагов трудового народа, в какую бы даль они ни забрались, в какую бы щель ни забились! Они мешают Стране Советов строить мирную жизнь, подсылают убийц, переправляют через границу диверсантов, расправляются с нашими дипломатами и дипкурьерами! На западе наши товарищи ведут охоту на Врангеля, Деникина, Юденича, Кутепова, а на нашей стороне света главная гадина — атаман Семёнов. Пока он на свободе, советскому Дальнему Востоку не видать покоя! Это война, ронин! А на войне между двух армий не отсидишься. Выбирать все равно придется. Или ты за них, или за нас. За кого ты — за трудящихся или за кровососов? За рабочих и крестьян или за помещиков и капиталистов? За голодных или за жирных?

«А чего это вы избавились от помещиков с капиталистами и все равно голодные?» — спросил бы Маса, если б с пламенными революционерами имело смысл спорить.

К тому же в усталую, но все равно очень умную голову пришла хорошая идея. А ведь это зверь на ловца! Можно не дожидаться мудрого утра.

— Помитинговал? Теперь молчи и слушай. Что для пролетариата и мировой революции лучше? Поймать и шлепнуть Семёнова, место которого сразу займет какой-нибудь другой атаман? Или чтобы заклятый враг капитулировал и перешел на сторону советской власти?

Кибальчич заморгал.

— А?

— Бэ.

И Маса рассказал ему, что Семёнов больше не хочет воевать с красными, а хочет мириться. Просит устроить ему встречу с советским послом. Чем скорее, тем лучше.

Оказывается, Момотаро умел не только ораторствовать, но и слушать. Он лишь все время повторял русское выражение, означавшее крайнюю степень изумления, а в конце задал вопрос:

— Не засада это? Он не грохнет товарища Коппа?

Должно быть, так звали советского посла.

— Тогда вам и делать ничего не придется. За убийство иностранного дипломата полиция сотрет в порошок и атамана, и всю белую эмиграцию. Это Япония, не Европа.

Момотаро с минуту размышлял, сосредоточенно глядя на лампу.

Потом коротко бросил:

— Доложу кому надо.

И прямиком к двери — безо всяких «спасибо» или «до свидания». Был и сплыл, туда ему и дорога.

Спать, спать, спать.

Крошечная спаленка, в которой помещались только платяной шкаф и кровать, приняла своего обитателя в уютный кокон. Масе очень надоел внешний мир и все обитающие в нем люди. Как хорошо, что никого из них по крайней мере до завтра больше не увидишь!

Так он подумал — и ошибся. Причем дважды.

Во-первых, увидел. Во-вторых, обрадовался.

Когда Маса хотел повесить в гардероб пиджак, дверца вдруг сама открылась ему навстречу.

— Ты наконец один? — спросил шкаф сердитым шепотом.

Это была Мари Саяма. Ее глаза светились огнем, как у кошки в темной комнате.

Наверное, я рухнул на постель, провалился в забытье, и это мне снится, подумал Маса. Но пускай — сновидение прекрасно. Он вытянул чудесное видение из гардероба, прижал к себе. Длинное тело было упругим, как баклажан.

Но повело себя чудесное видение совсем не чудесно. Оно уперлось острыми кулачками в грудь, оттолкнуло Масу и яростно прошипело:

— Убери лапы!

Вблизи стало видно, что глаза светятся яростью.

— Я тебя ждала, ждала, а ты все не являлся! А потом нагрянул этот тип, открыл дверь отмычкой, пришлось спрятаться в шкаф! Почему в твоем гардеробе так несет анисом? Я чуть не задохнулась!

— Потому что я люблю этот благородный мужественный запах.

Он снова обнял ее, усадил на постель, хотел поцеловать — но вместо мягких губ наткнулся на острые зубы. Они укусили Масу за подбородок — не эротично, а больно.

— О чем ты разговаривал с этим взломщиком? Я подслушивала, но ничего не поняла. Что означает слово «niherase», которое он все время повторял?

Нехорошее русское выражение она произнесла без малейшего акцента, у нее был идеальный слух.

— Это означает «я сильно озадачен», — перевел Маса. — Такое же чувство испытываю сейчас я. Мы опять вдвоем в темной комнате, на кровати, рядом, и ты снова меня отталкиваешь. А ведь я исполнил всё, что ты поручила, и чуть не расстался со своей нынешней инкарнацией. Но тебе на меня плевать. Тебя интересует только твое белое золото. Что ж, слушай.

Он включил свет, встал в нескольких шагах от кровати и пересказал всё, что случилось за этот долгий день. Закончил уныло:

— И хитрый акунин Семёнов, и благородный бандит Сандаймэ, и ревностный служака Баба, и борец за освобождение пролетариата Момотаро — они все мне по-своему нравятся. Но мне очень не нравлюсь я. Принято считать негодяями двойных агентов, а я четверной агент. Каждый считает, что я работаю на него, я всем нужен. А на самом деле я работаю на тебя и тебе-то я совсем не нужен. Какая нелепая, жалкая карма…

— Неправда. — Мари подошла, ласково провела рукой по его щеке. — Ты мне очень нужен.

— Чтобы добыть тебе золото, — печально кивнул Маса, зная: если она будет говорить с ним таким голосом и нежно касаться мизинцем, он сделает для этой Омфалы всё, что она пожелает.

По-русски это называется «вьет из мужчины веревки», но в данном случае больше подходит английское выражение: «обматывает вокруг мизинца». О, как справедлива старинная пословица: от любви женщина умнеет, а мужчина глупеет.

— Дело не в тебе, — тихо сказала Мари ему на ухо. — Дело во мне. Я инвалидка. За то, что мои глаза стали видеть, я заплатила очень дорогую цену. Я потеряла прекрасный мир, существовавший в моем воображении. Там жили доблестные рыцари и сказочные принцы — писаные красавцы, в которых я влюблялась. Но, увидев мужчин наяву, я пришла в ужас. Эти грубые черты, торчащий кадык, пористая кожа, волоски из ноздрей. Бр-р-р. Никакой мужчина не может быть для меня объектом чувственного желания. Как можно *такое* желать? И пускать внутрь собственного тела? — Она содрогнулась, а Маса виновато отодвинулся. — Да и женщины немногим лучше. Люди невыносимо уродливы! Я даже на саму себя смотрюсь в зеркало только через опущенные ресницы, чтобы не затошнило.

Ах, как она сейчас была прекрасна, когда в голосе звучали слезы, и дрожало тонкое лицо!

«А если зажмуриться и представить, что я сказочный принц?» — хотел предложить Маса, но устыдился. Любовь не может быть односторонней, когда один на седьмом небе от счастья, а другой стиснул зубы и терпит. Лучше вообще никакой любви, чем такая.

— Значит, ты никогда не сможешь меня полюбить, — понурился он. — Я не буду больше тебе докучать. Обещаю…

Он повернул выключатель, чтобы не мучить ее видом своей пористой кожи и торчащего кадыка.

— Я буду любить тебя. Я же обещала. И сделаю это прямо сейчас, — сказал нежный голос. — Но по-другому. Не так, как все. Сними рубашку.

— Зачем? — насторожился Маса. Но снял.

— Ложись на живот. Расслабься…

Невесомые, но в то же время очень сильные пальцы пробежали по его спине и плечам, будто пианист коснулся клавиш. Каждое прикосновение было точным, и в то же время они отличались одно от другого. Какие-то звенели, какие-то обжигали, какие-то холодили. Тело запело, словно музыкальный инструмент, на котором мастер исполняет волшебную мелодию. Иногда острые ноготки пробегали по позвоночнику стремительным арпеджио. Это был массаж, но такой, какого Масе никто никогда еще не делал. Он чувствовал себя облаком, летящим по небу над зелено-голубой землей.

— Разве это хуже, чем тыкаться янем в инь? — прошептала чудо-пианистка, наклонившись к самому его уху.

— Нет, это лучше… — промурлыкал блаженствующий небожитель. — Не останавливайся…

Так, счастливым, и уснул, сам того не заметив.

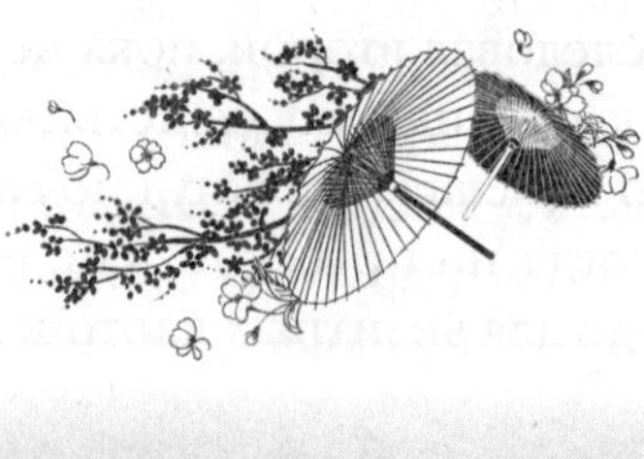

Большие люди

А назавтра, когда Маса открыл глаза, рядом никого не было. И мудренее вечера утро ему не показалось. Что делать с дальнейшей жизнью, было совершенно непонятно. Как любить такую женщину и любить ли? («Любить, любить!» — хором запели глупое сердце и жадное тело, но слушаться их не следовало.) Как распутывать головоломный узел, заплетенный из стольких жестких нитей? И самое важное: как сохранить благородство во всей это неблагородной ситуации?

Но еще древним мудрецом сказано: «Если разум озадачен и молчит, жди знака от кармы». И Маса стал ждать знака. Умылся, сделал гимнастику, поколотил ногами боксерскую грушу и пошел завтракать. В большой комнате, она же кабинет, имелся шкафчик для провизии, а в нем соленые огурцы и сушки из эмигрантской лавки.

Но шкафчик оказался пуст. Одни крошки. Больших талантов для дедукции тут не требовалось. Всю провизию, конечно же, вчера слопал Момотаро, пока поджидал хозяина. Не Мари же. Японка русскую снедь и за еду бы не приняла. Если пустой шкафчик был знаком кармы, то вряд ли благоприятным, а главное ничего не подсказывающим.

Но скоро последовал второй, пока не понятный, но побуждающий к очевидному действию. В открытую форточку влетел камешек, щелкнул по самовару, из которого Маса иногда пил русский чай, и приземлился медведю на блюдо для визитных карточек.

Выглянув в окно, Маса увидел согнутого в три погибели метельщика, который усердно скреб мостовую. На скрип рамы не обернулся, но начал насвистывать. Мелодия была знакомая — «Не уходи, побудь со мною».

— Момотаро, что ты делаешь? Почему просто не позвонишь в дверь?

— А вдруг за домом следят? — не оборачиваясь, ответил метельщик. — Ступай за мной.

Он подобрал ведро, по-старчески засеменил прочь.

Пока плывем по течению кармы, сказал себе Маса. А там видно будет.

Он обулся, повязал галстук, нахлобучил котелок, поправил перед зеркалом воротнички, причесал щеточкой чаплинские усики. Вышел.

За это время ряженый метельщик успел дойти до угла. Слежки не было — это Маса установил сразу. Да и кто станет следить за лучшим другом полиции Токко и клана «Хиномару»? Разве что казаки атамана Семёнова, но им спрятаться на японской улице трудновато.

— Эй, конспиратор! — крикнул Маса. — Подожди ты!

Догнал.

— Куда мы идем?

— Не идем, а едем, — ответил Кибальчич, отшвыривая ведро и метелку.

Пронзительно свистнул. Из-за угла выкатился рикша. За ним еще один.

— Все-таки — куда? И зачем нам две коляски?

— Туда, куда надо. Ты поедешь на одной коляске, я на другой. Для проверки — нет ли хвоста. Залезай!

Рикша крепко пожал руку, сказал:

— Какумэй бандзай! (Да здравствует революция!) Садись, товарищ.

Маса вспомнил вчерашнего возчика, который на мосту вывалил атамана. Конечно, рикши идеально подходят для большевистского подполья. Двужильные трудяги, привыкшие во всем полагаться только на себя и ненавидящие богачей, которые ездят на них верхом. Вездесущие, практически невидимые. Кто обращает внимание на рикшу?

Коляска покатила в сторону порта. В трущобном районе, который чудом уцелел во время землетрясения, жили докеры. Попетляв по узким, грязным улочкам, рикша высадил пассажира около длинного дощатого забора.

От денег отказался:

— Ты что, товарищ?

Сзади подошел Момотаро.

— Идем.

Повел какими-то замусоренными дворами, посекундно оглядываясь.

— Зачем мы сюда приехали?

— На тебя хочет посмотреть Большой Человек.

— Кто?

— Посол Союза Советских Социалистических Республик товарищ Копп. Ты сам ничего не говори, понял? Только если о чем-нибудь спросит.

— А что, может и не спросить? — удивился Маса. — Для чего ж тогда встречаться?

— Товарищ Копп — человек особенный. Ему достаточно на тебя посмотреть, — загадочно ответил Момотаро.

Проблуждав несколько минут между ветхими сараями, бельем на веревках и пахучими помойками, они оказались перед приземистым бараком. На крыльце сидели двое пролетариев, делали вид, будто лениво шлепают в карты, но на звук шагов одновременно и очень неленивo повернули головы. Кибальчичу молча кивнули, незнакомого человека обшарили взглядом.

Ишь, как у вас, подпольщиков, всё серьезно, подивился Маса. Выходит, вездесущая полиция Токко не так уж хорошо работает.

Вошли в маленькую комнату, обставленную просто, но не по-японски, а по-западному: стол с лампой, два стула. Лампа включена, потому что ставни плотно закрыты.

— Сядь сюда, — показал Кибальчич на ярко освещенную сторону стола. Сам отошел к стене, прислонился.

Прищурившись на лампу, Маса подумал: как на допросе.

Почти сразу же откуда-то из глубины дома появился некто в сером костюме-тройке, с шляпой в руке.

— Здравствуйте, — поприветствовал его по-русски Маса, вежливо приподнявшись.

Момотаро приложил палец к губам. Это означало: сказано же, помалкивай.

Большой Человек на приветствие не ответил. По правде сказать, большим он не казался. Ростом он был ниже Масы.

Сел. Аккуратно пристроил на стол мягкую шляпу.

Теперь посла можно было рассмотреть лучше. Тем более что и он разглядывал Масу безо всяких церемоний.

У товарища Коппа было интересное лицо. Неподвижное, с набрякшими веками, из-под которых холодно смотрели немигающие глаза. Зато высокий лоб в обрамлении редких серых волос находился в непре-

станном движении: то соберется морщинами, то разгладится.

Безмолвная игра в гляделки продолжалась минуты три или даже четыре. Несколько раз посол хмыкнул в ответ каким-то собственным соображениям и почмокал губами.

Маса терпеливо ждал вопросов, но товарищ Копп вдруг поднялся и протянул руку.

— Хорошо, товарищ Сибата.

Рукопожатие было мягкое, но сильное.

Сразу после этого они с Кибальчичем вышли, а Маса остался сидеть, пребывая в полном недоумении. Беседа начнется после того, как эти двое между собой пошепчутся?

Но вернулся один Момотаро, с довольной улыбкой на физиономии.

— А посол где?

— Уехал.

— Зачем же он со мной встречался?

— Он тебя анализировал. Товарищ Копп не только дипломат. Он вице-президент Советского психоаналитического общества. Знаток человеческой натуры, уникум! Видит людей, как рентгеном. В революционном подполье он моментально вычислял шпиков и провокаторов. Ему надо было определить, правду ли ты говоришь и можно ли тебе доверять.

— И как? — осторожно поинтересовался Маса.

— Ты ему очень понравился. Товарищ Копп сказал: «Превосходный образец развитой этической личности, органически неспособной на двоедушие и притворство. Умен, но не изворотлив. Храбр, но не безрассуден. Очень полезный ресурс. Работайте». Я получил указание не только посвятить тебя во все детали предстоящей операции, но и провести с тобой разъяснительную работу. Как же я рад, что не ошибся в тебе!

Момотаро прямо сиял.

Нахмурившись, Маса переспросил:

— Предстоящей операции?

На душе у него опять стало скверно. Вот еще один человек, да какой, счел его полезным и заслуживающим доверия. Не такой уж великий психоаналитик этот Копп.

— Сначала проведу разъяснительную работу. По-нашему это называется «политинформация». У нас в стране победившего пролетариата сейчас идет полемика: можно ли построить социализм только в одной стране, несмотря на то, что нас со всех сторон окружают враги. Сторонники Сталина считают, что можно. Сторонники товарища Троцкого считают, что нельзя. Идея коммунизма не выживет в условиях закрытых границ. Пожар революции должен охватить весь мир. Кто по-твоему прав в этом споре?

Догадаться, какой ответ хочет услышать политинформатор, было нетрудно. Даром что ли он приехал разжигать пожар мировой революции в Японию? «Оба они остолопы — и Сталин, и Троцкий. Пусть оставят мир в покое, расти и развиваться по своим законам», — сказал бы Маса, если бы в самом деле был этической личностью, органически неспособной на двоедушие и притворство. А так только пожал плечами.

— Пошевели мозгами! Можно ли построить счастливое, свободное, процветающее общество в стране, которая вынуждена тратить массу средств и сил на укрепление обороны и на борьбу с внутренней контрреволюцией?

— Вряд ли.

— То-то! Только мировой пожар и всемирное обновление! А где решается судьба мировой революции?

— Где?

Маса правда этого не знал.

— В Китае, где живет самая большая масса мирового пролетариата. Следующий вопрос: а где ключ к Китаю? — Ответа от туповатого слушателя оратор дожидаться уже не стал. — В Маньчжурии с ее развитой промышленностью и железными дорогами. Идем дальше. У кого ключ к Маньчжурии? У тамошних русских. Численно их не очень много, примерно сто тысяч. Но всеми путями сообщения и узловыми пунктами распоряжаются они. В прошлом Маньчжурия поддерживала белогвардейцев, но сейчас она заколебалась. Люди видят, как крепнет СССР, как большевиков признает всё больше стран. Кого будут слушать русские маньчжурцы, за кем они пойдут — вот от чего всё зависит. Атаман Семёнов для них герой, самый известный и авторитетный вождь. Если такой человек перейдет на сторону Советов, Маньчжурия наша. За нею весь Китай! За Китаем весь мир! Понимаешь теперь, что тут поставлено на карту?

Момотаро воодушевился, размахался руками, даже брызги изо рта полетели.

— Понимаю. Только не плюйся.

— Перехожу к операции, — уже спокойнее сказал Кибальчич. — Она простая. Мы с тобой должны устроить конспиративную встречу моего посла с твоим атаманом. Завтра. Самое позднее послезавтра.

— Так быстро? — удивился Маса. — Предварительно не обговорив условия?

— Товарищ Копп хочет сначала проанализировать Семёнова. Понять, не обман ли это.

Атаман — крепкий орешек для анализа, подумал Маса, но оставил это соображение при себе.

— Он осторожный, абы куда не поедет. Наверняка захочет выбрать место сам.

— Мы не собираемся его убивать или похищать. Я же тебе объяснил, зачем он нам нужен!

— Надо еще, чтобы он в это поверил.

— Вот ты его и убеди. Я тебе доверяю. *Мы* тебе доверяем. Потому что ты хоть политически малограмотный, но ты настоящий товарищ.

Момотаро распростер руки и крепко обнял Масу. Тот жалобно подумал: Амида-Буцу, за что мне такие муки?

Несмотря на то, что Маса был «полезный ресурс», обратно революционный рикша его отвозить не стал — вежливость считалась у большевиков буржуазным предрассудком. Пришлось ехать на трамвае с пересадкой, а потом несколько кварталов от остановки топать пешком, по влажной сентябрьской жаре.

Маса шел, потея в пиджаке и галстуке, обмахивался веером. Размышлял о том, что, раз он теперь не благородный детектив, а благородный вор, имеет смысл сменить стиль одежды с европейского на японский: перейти на легкую юкату с открытой шеей. В сильную жару можно будет даже не надевать вниз штанов.

А на подходе к дому пришлось еще и побегать — через открытое окно доносился трезвон телефона. Может быть, *она*?

Но когда он, пыхтя, вбежал в контору, аппарат издевательски брякнул и умолк. Маса разразился ругательствами на нескольких языках, и телефон, будто устыдившись или испугавшись, зазвонил снова.

— Как хорошо, что вы дома, сенсей! — зачастил в трубке голос майора Бабы. — Я боялся, что вас нет. Вы здесь очень нужны!

— Где «здесь»? — спросил Маса, раздосадованный, что это не Мари.

— Я нахожусь в резиденции господина председателя. Докладывал ему о вас. И он выразил желание встретиться с вами. Уже выслан его личный автомобиль. Пожалуйста, никуда не отлучайтесь.

— Председатель чего?

Но связь разъединилась. А всего четверть часа спустя — Маса едва успел освежиться и переменить рубашку — возле агентства «Знамя смерти» остановился черный лимузин «отомо», гордость молодой японской автоиндустрии. Честно говоря, машина была так себе. Ее в основном покупали патриоты, желавшие поддержать отечественное, — «рено» и даже «форд» были надежней и быстрее.

Зато шофер был в ливрее и белоснежных перчатках, а дверцу открыл с глубоким поклоном. Спрашивать, куда это мы едем, Маса не стал, чтобы не терять лицо. Скоро узнаем, что это за председатель, к которому бегает с отчетами сам майор Баба.

На бешеной скорости, разгоняя громким сигналом велосипедистов, лимузин понесся в самый центр, в район Цукидзи. Въехал в помпезную ограду, затормозил перед импозантным особняком с колоннами и классическим фронтоном.

Это здание в Токио было знакомо каждому. Тут находилась штаб-квартира ПДКП, «Партии друзей конституционного правления». Она неоднократно возглавляла правительство, а сейчас временно находилась в оппозиции. Пресса писала, что ненадолго.

По ступенькам сбежал нервный майор Баба.

— Слава богу! Его превосходительство господин председатель велел сразу провести вас к нему.

— Барон Танака? — поразился Маса.

Он не очень интересовался большой политикой, в газетах обычно читал только раздел «Происшествия», но имя председателя ПДКП генерала Гиити Танаки, конечно, знал. Это был очень большой человек. Несколько раз был министром, а когда партия снова придет к власти, станет главой правительства.

— Да. Господин барон и есть мой онси, про которого я вам говорил. В бытность министром внутренних дел он взял меня из иокогамской полиции в Токко, назначил на нынешнюю должность. Хоть сейчас его превосходительство в отставке, я считаю своим долгом информировать его о важных делах.

— Рад за вас, — с раздражением сказал Маса. — Не сомневаюсь, что, когда барон станет премьером, вы получите новое повышение, но зачем ему понадобился я?

— Сам не понимаю. Я доложил о новом покушении на атамана Семёнова, потому что барон очень интересуется русскими делами. В подробности не входил, просто упомянул ваше имя. Его превосходительство остановил меня. Спрашивает: а сколько этому Масахиро Сибате лет, откуда он и прочее. Я удивился, стал рассказывать. А он вдруг говорит: «Немедленно доставьте ко мне этого человека». Даже не знаю, хорошо это или плохо.

Вряд ли хорошо, подумал Маса. События последнего времени свидетельствовали, что острый интерес больших людей к его личности ничего отрадного не сулит.

— Ну, пойдемте выясним, зачем я ему нужен.

— Пожалуйста, не говорите ему, что мне помогает клан «Хиномару», — тихо говорил майор, когда они шли через анфиладу комнат. — Это мелкая, сугубо техническая деталь, про которую барону знать необязательно. Его превосходительство долго жил за границей и не одобряет некоторые наши национальные традиции. Например, взаимодействие органов власти с якудзой. Имя сенсея Курано при его превосходительстве лучше тоже не поминать. Они по-разному смотрят на Кокутай и на Кокусуй.

— Да, я читал, что Танака западник и технократ.

У высокой белой двери с табличкой «Председатель партии» Баба остановился.

— Идите. Вас ждут. Мне нужно возвращаться на службу, но очень, очень прошу вас, сенсей, наведаться ко мне после беседы.

Он дважды низко поклонился.

В приемной сидели какие-то важные господа, но ждать не пришлось. Секретарь уставился на Масахиро Сибату с любопытством, немедленно пошел докладывать о его прибытии.

— Прошу пожаловать к господину председателю.

О том, что кабинет принадлежит главе японской партии, напоминал только портрет императора. Ни самурайских мечей на подставке, ни каллиграфии. Всё очень космополитично, хоть сажай сюда председателя американских республиканцев или британских тори.

За широким столом сидел сам Гиити Танака, мало похожий на свои газетные фотографии. На них он всегда выглядел сановным, надменным, а у человека, смотревшего на Масу, лицо было подвижное и живое. Более того — странно знакомое. Будто выплывшее из далекого прошлого.

— Так и есть! Это вы, Сибата-сан! — воскликнул прославленный политик и порывисто поднялся. — *Сколько лет сколько зим!*

Последняя фраза была произнесена по-русски. С возрастом голос меняется меньше, чем внешность. Теперь Маса узнал.

— Георгий Иванович?! — ахнул он, изумляясь причудливостям судьбы.

«ЗВЕЗДА ВОСТОКА»

Митиюки

Давным-давно, почти четверть века назад, в позапрошлой жизни, Масахиро Сибата очень сильно страдал.

Во-первых, из-за того, что Фандорин-доно вступил в романтическую связь с дамой, которая была ему не на пользу. Такое с господином время от времени случалось, потому что при всем своем уме он плохо разбирался в женщинах. Сам-то Эраст Петрович считал, что ему необычайно повезло завоевать любовь столь возвышенной и одухотворенной особы, но его вассал и помощник придерживался иного мнения.

Во-вторых, страдало не только сердце Масы, но и его уши. Это была двойная мука.

Каролина фон Ляйбниц пленила господина не только своей лебединой грацией, но и возвышенной любовью к музыке. Меломанка утверждала, что полное слияние душ происходит лишь на волне аудиокатарсиса. Аудиокатарсис (за одно это слово хотелось свернуть ей лебединую шею) наступает, когда граница между двумя «я» стирается под воздействием божественной музыки. По мнению фрейляйн фон Ляйбниц подобный эффект дает только гений Рихарда Вагнера.

Ради достижения этого музыкального сатори возлюбленная увезла Фандорина на вагнеровский фестиваль в баварский город Байрейт. Там, в мрачном краснокирпичном Фестшпильхаусе, похожем на фабричный корпус, каждый божий день грохотал оркестр и надрывались луженые глотки. Медленно и нудно разворачивалось моногатари про старинных немецких самураев Нибелунгов. Поскольку Маса считал своим долгом не бросать господина в беде, приходилось много часов подряд сидеть рядом. Это было очень, очень мучительно.

Но однажды вечером, под завывание Брунгильды, в дверь ложи тихонько постучали. Неприметный человек в серой пиджачной паре (сразу видно — секретный агент) вручил Масе конверт с сургучной печатью российского посольства. Господин-то даже не обернулся, он сливался душами со своей медхен.

Удивляться, что Фандорина, лицо сугубо частное и в России давно не живущее, так легко разыскали, не приходилось. Вся Европа и в особенности Германия кишели русскими шпионами, в обязанности которых входило знать, где находятся разные неприятные правительству люди. Удивило другое: официальный конверт и бланк с гербом.

Маса развернул голубоватый листок, прочитал текст депеши. Блаженно улыбнулся.

— Господин, нам нужно ехать в Россию, — шепнул он, бесцеремонно тронув Фандорина за плечо.

— З-зачем?

Фрейляйн шокированно уставилась на святотатца Масу. Он показал ей двухглавого орла — немки, даже такие возвышенные, чтут высшую власть.

— Телеграмма из царского дворца.

— Ну и что? — не заинтересовался господин. — После прочту. Не мешай.

Можно подумать, ему каждый день приходят срочные послания из Петергофа!

— Тут сказано, что речь о чести царской фамилии.

— Ну и черт с ней. Отстань.

Но Маса не отстал.

— Телеграмма от человека, который не стал бы беспокоить по пустякам. От Зюкина-сан. Он вас не любит и, если просит о помощи, значит, дело серьезное.

— Афанасий Степанович меня не любит? С чего ты взял? — удивился Фандорин, который в мужчинах разбирался не многим лучше, чем в женщинах. Если, конечно, это не преступники.

Теперь Эраст Петрович взял-таки листок. Там было написано: «Срочно требуется ваша помощь. Под угрозой интересы державы и честь высочайшей фамилии. В Вержболово вас ждет литерный. Церемониймейстер императорского двора Зюкин».

Зюкин-сан был человек серьезный. Несколькими годами ранее, во время коронации государя императора, они все вместе, втроем, расследовали в Москве одно очень секретное и очень печальное дело.

Господин сдвинул черные, точеные брови и что-то объяснил своей возлюбленной. Немецкого Маса тогда еще почти не знал, разобрал только два слова: «кайзерлихе» и «церемониенмайстер». Госпожа фон Ляйбниц почтительно кивнула. Дала Фандорину тонкое запястье — поцеловать, и сыщик с помощником тихо выскользнули за дверь. Непохоже было, что господин сильно расстроился из-за недослушанной оперы.

— Что, едем? — бодро сказал он.

Маса фальшиво вздохнул.

— Ничего не поделаешь. Долг выше удовольствия.

Из Байрейта до Берлина, а оттуда до русской границы они ехали обычными пассажирскими поездами. В Вержболово пересели в состав из паровоза и одного-единственного вагона. На полных парах, без остановок и почти без торможения не доехали, а долетели до Петергофского вокзала.

На пустом перроне путешественников встретил Зюкин-сан. За пять лет он стал еще чопорнее. Господин задерживался в ва-

гоне — перед любым выходом он обычно приводил в идеальный порядок прическу и усики, поэтому двое старых знакомцев немного поговорили.

Афанасий Степанович был потомственный придворный служитель, а стало быть, по части вежливости не уступал среднему японцу. Даже в срочном деле он прежде всего соблюдал сдержанность и правила учтивости. Спросил, удобным ли было путешествие. Маса поблагодарил. В свою очередь поинтересовался, получает ли Зюкин-сан удовлетворение от службы.

Здесь господин церемониймейстер продемонстрировал, что он все-таки не японец. На обычный вежливый вопрос ответил с избыточной русской обстоятельностью:

— Правду сказать, не очень. Во дворце воздуху маловато, а я с годами стал чувствителен к тесноте. Капитан Эндлунг (помните его?) зовет меня на флот. Можно перевестись тем же пятым классом в морское ведомство, по интендантской части. Думаю про это. Но надобно подыскать преемника, способного исполнять все мои обязанности, а они многочисленны и разнообразны. Я распорядитель малых приемов его императорского величества и средних приемов ее императорского величества. Я смотритель всех дворцовых попугаев, скворцов и канареек, а они капризны и болезненны. Я третейский судья в спорах и взаимных претензиях мужской прислуги. Я надзиратель за всеми двумястами тридцатью шестью часами, термометрами и барометрами большого дворца...

Он еще долго перечислял бы свои высокоответственные обязанности, но тут наконец появился Эраст Петрович. Они с Зюкиным молча обменялись поклонами, после чего Афанасий Степанович тем же тоном продолжил:

— А кроме того я от имени государя отечески попечительствую над иностранными знатными персонами, временно состоящими на российской службе. Решаю их бытовые и прочие проблемы. Именно в этом качестве я осмелился обеспокоить вас, господин Фандорин. Если позволите, я сразу возьму быка за бока. — (Зюкин-сан любил вставлять в свою речь русские присказки, но из-за оторванности от простого народа иногда их путал. Маса и то знал, что быка берут за рога.) — Эраст Петрович, у нас случилось чрезвычайное происшествие, требующее быстрого, а главное деликатного разбирательства. Если называть вещи своими именами — убийство. Замешаны весьма высокородные особы, вплоть до августейшего ранга, поэтому всякая ошибка, а пуще того бестактность может иметь крайне неприятные последствия для отечества и лично для его величества...

— Везите нас, куда с-собирались, а по дороге рассказывайте, — сказал Фандорин.

Сели в карету с вензелем, поехали по красивым тенистым улицам в сторону царского парка.

— В Санкт-Петербурге существует закрытый клуб или, лучше сказать, салон «Звезда Востока». В нем состоят офицеры русской службы, но азиатского происхождения, в том числе иностранного подданства. Клуб получил название по прозвищу некоей дамы, то есть собственно скорее девицы... — несколько замялся Афанасий Степанович. — Хотя с физиологической точки зрения назвать ее девицей было бы неправильно...

— П-понятно, — перебил господин. — Пчелиная матка, вокруг которой роятся пчелки и кормят ее медом. Какого сорта эта демимонденка — разбивательница сердец или целительница тел?

— Скорее второе. Если верить слухам, Звезда Востока была щедра на любовь и получала от членов клуба не менее щедрые подарки. Большинство этих господ баснословно богаты.

— Вы говорите «была щедра». Стало быть, ее и убили, эту фам-фаталь. Так?

— Да. Четыре дня назад.

— С роковыми красавицами это случается. Издержки п-профессии, — философски молвил Фандорин. — Но при чем здесь интересы державы и царская честь?

— Некоторые из... — Зюкин не сразу подобрал уместное слово, — ...из причастных лиц находятся в России под личным покровительством его величества. Грядет скандал международного масштаба. Он до сих пор еще не разразился, только потому что приняты исключительные меры.

— Какие?

— По настоятельному приглашению государя все причастные лица гостят на царской яхте, которая в это время года стоит в заливе на якоре. На берег никто не сойдет до окончания разбирательства. Чины дворцовой полиции круглосуточно дежурят на борту. Следят, чтобы гости не покинули судно.

— То есть подозреваемые помещены под домашний арест безо всякой к-коммуникации с внешним миром, — кивнул Эраст Петрович. — Это правильно.

— Но долго держать их на яхте не удастся. Еще день-другой, и поползут слухи. Страшно подумать, что тогда начнется. — Голос церемониймейстера трагически дрогнул. — Государственные и династические отношения со странами, представители которых были оскорблены столь ужасным подозрением, безнадежно испортятся. Единственное спасение — немедленно установить преступника и обелить всех остальных.

— З-значит, кто преступник, до сих пор неизвестно. Отлично!

Фандорин с Масой переглянулись, словно два ворона, учуявшие поживу.

— Изложите обстоятельства п-преступления.

— В особняке у госпожи Лабазовой (такова фамилия Звезды Востока) отмечали хозяйкины именины. Покойницу звали Еленой. В году девять Елениных дней, и она отмечала их все: и Елену Мученицу, и Елену Преподобную, и Елену Равноапостольную, и Елену...

— Не надо перечислять всех святых Елен, — попросил господин. — И, пожалуйста, покороче. Если мне понадобятся п-подробности, я задам вопросы.

— Хорошо, совсем коротко. Уже после полуночи, когда большинство приглашенных разошлись, хозяйка зачем-то поднялась в свой кабинет и назад не вернулась. Немногие остававшиеся отправились к ней попрощаться. Обнаружили ее мертвой. Шкафчик, в котором она хранила свои драгоценности — весьма солидные, — был пустой и нараспашку.

— Так это еще и ограбление? Какой смертью погибла жертва?

— Ее зарубили. Там на ковре развешано всякое восточное оружие. На полу валялся большой острый кинжал...

— Прекрасно, — потер руки Фандорин, хотя что тут прекрасного, если молодую красивую женщину зарубили большим острым кинжалом? — Теперь перечислите п-подозреваемых.

— Не надо так говорить! — заполошился Зюкин. — Не подозреваемых, а причастных лиц, временно изолированных ради их же спокойствия.

— Хорошо. Сколько у вас там изолированных ради их же с-спокойствия? Кто они?

— Как установила дворцовая полиция, в момент убийства в доме оставались шесть человек. — Церемониймейстер стал торжественно перечислять: — Драгунский поручик его высочество принц Каджар, внук персидского шаха. Два гусарских корнета: его высочество принц Чакрабон, сын сиамского короля, и его товарищ, сын сиамского министра господин Най-Пум. Конногвардейский поручик его высокостепенство принц Сеид, сын эмира бухарского. Его светлость лейб-кирасирский подпоручик князь Мусинь, сын вице-короля китайской провинции, название которой, виноват, никак не запомню. И еще японец капитан Танака, ротный командир Новочеркасского полка.

— Ах, вот оно что, — протянул Фандорин. — Ты сообразил, Маса, зачем мы здесь понадобились?

Маса усмехнулся, хотя пока еще этого не понял. Не все же соображают так быстро, как господин.

— Судя по тому, что Афанасий Степанович не назвал японского капитана ничьим сыном, он не из числа высочайших и августейших. Стало быть, всем удобнее, если убийцей окажется он. А вызвали вы нас, Зюкин, потому что сомневаетесь в виновности к-капитана Танаки и потому что мы с Масой хорошо знаем японцев. Так?

— Я и забыл эту вашу обескураживающую привычку угадывать то, что еще не сказано, — с неудовольствием заметил церемониймейстер. — Но всё именно так и есть. Никаких улик против японца не имеется, но начальник придворной полиции полковник Карнович [услышав это имя, Маса и Фандорин скривились] явственно дает понять, что его величеству было бы менее неприятно, если бы из всех замешанных лиц убийцей оказался капитан Танака. Полковника интересует не истина, а расположение государя. Меня же тревожит, не осудят ли невиновного...

— И не выйдет ли сухим из воды п-преступник, — закончил Эраст Петрович. — Этой двойной несправедливости, конечно, допустить нельзя. Что ж, если нужно торопиться, сразу и п-приступим. Куда вы нас везете?

— В гостевой дом, устраиваться.

— После. Сейчас едемте на яхту. Потом на место преступления. Потом в морг, осматривать тело.

— Убитую закопали на кладбище. В ту же ночь, тайно.

— Ну так откопайте, — пожал плечами Фандорин.

Яхта стояла не у причала, а в сотне шагов от берега — должно быть, чтобы никто не сбежал. Пришлось плыть на лодке.

У борта ждал невысокий офицер в синих очках. Нервно постукивал перстнем по перилам.

— Господин Зюкин, вы в своем уме? — сердито закричал он. — Когда вы сказали, что вызовете эксперта-криминалиста, я думал, речь идет о ком-то из сыскного отделения! А этому господину на царской яхте делать нечего! Будь моя воля, он сидел бы за решеткой!

Между Фандориным-доно и Карновичем, очень плохим человеком, существовала давняя неприязнь. Неудивительно, что Зюкин-сан полковника не предупредил. У начальника дворцовой полиции большие возможности. Он мог бы просто не пустить господина через границу.

— У меня полномочия от его величества действовать по собственному усмотрению, — важно отвечал Афанасий Степанович. — Надеюсь, вы не станете противиться воле государя?

Карнович беззвучно выругался. Махнул рукой, чтоб спустили трап.

— Я останусь в лодке, — шепнул Зюкин господину. — Церемониймейстеру, представляющему особу его величества, не следует показываться причастным лицам — пока они считаются причастными.

Легко взбежав наверх, Эраст Петрович сказал полковнику:

— Здороваться нам необязательно, тем более, что я вам з-здравствовать не желаю, но отвечать на мои вопросы вам придется.

— Разумеется. Воля его величества священна, — сухо ответил плохой человек. Глаз за синими стеклами было не видно, и очень хорошо, что не видно. Насколько помнил Маса, они были бесцветными и неподвижными, как у рептилии.

— Не знаю, зачем вы тут нужны. Я уже провел предварительное расследование и отправил рапорт государю, что преступник очевиден. Капитан Танака содержится в каюте под охраной. Остальным пассажирам дозволено свободно перемещаться по кораблю. Как только поступит распоряжение из дворца, я принесу им извинения за доставленное неудобство и позволю сойти на берег.

— Значит, убийцу вы установили?

— Это было несложно. Если бы речь шла о преступлении страсти, всякое было бы возможно. Даже особа возвышенного статуса может потерять голову от ревности. Но тут вульгарное ограбление. Остальные пятеро или очень богаты, или сказочно богаты. Капитан Танака — единственный, кто живет на жалованье.

— А вам не приходило в г-голову, — Фандорин с некоторым сомнением посмотрел на темя полицейского, — что убийца забрал драгоценности не ради наживы, а чтобы изобразить ограбление?

Судя по тому, что полковник вздрогнул, нет, не приходило.

— Мне нужно побеседовать с п-подозреваемыми.

— Это невозможно! Господа офицеры взвинчены, оскорблены. В любом случае, я не могу допустить, чтобы какой-то странный субъект устраивал допрос таким особам! Нет, нет и нет!

— Ладно, — с неожиданной кротостью уступил Эраст Петрович. — Тогда просто соберите всех в кают-компании. Мне нужно на них хотя бы взглянуть.

— Лишь через стекло, — отрезал Карнович. — Можете поговорить только с Танакой.

Потом Маса и господин стояли на палубе, затаившись у большого окна, и наблюдали, как в салон один за другим входят русские офицеры нерусского вида.

Они встали вокруг Карновича, который что-то объяснял или рассказывал, делая извиняющиеся жесты.

Высокий густоусый кавалерист, сердито двигавший кустистыми бровями, несомненно был персидским принцем. Рядом переминался с ноги на ногу флегматичный пухлолицый бухарец, сонно помигивал на полковника сверху вниз. По соседству с этой парой Карнович казался бы коротышкой, если б с другой стороны от него не стояли два миниатюрных, почти игрушечных гусара с одинаковыми крестиками Пажеского корпуса на ментиках. Сын сиамского короля принц Чакрабон, очевидно, был тот, что слева — с подкрученными усиками. В осанке корнета чувствовалась царственность. Чуть в стороне с презрительной улыбкой на породистой мандаринской физиономии торчал тощий дылда китаец.

— Что скажешь? — спросил господин.

— Перс темпераментен, гневлив. Может сгоряча и убить. Но маловероятно, что такой человек додумался бы для прикрытия изобразить ограбление. Бухарец слишком ленив. Китаец чересчур избалован. Если он — сын одного из девяти китайских цзунду, значит, с детства пресыщен всем на свете. Вообразить, что он станет убивать из страсти или корысти невозможно. Сиамцы, по-моему, не обидят и мыши.

Эраст Петрович не согласился:

— Не скажи. У корнета Най-Пума траурные глаза. Это сильный характер. И принц тоже совсем непрост. Может оказаться тихим омутом, в котором ч-черти водятся. Ладно, идем к Танаке. Но я на него только посмотрю. Разговаривать не буду. Лучше, если с ним побеседуешь ты, с глазу на глаз. Как японец с японцем. Неважно о чем. Мне нужно только твое впечатление: способен ли этот человек убить женщину.

Вышел Карнович.

— Что, полюбовались на грабителей? Ломброзианские типы, не правда ли? — иронически осведомился он. — А теперь идите посмотрите на японца. Увидите, что сомнений нет. Под внешней холодностью скрывается жестокий, расчетливый зверь. Мои сотрудники собрали о Танаке досье. Он весьма небогат, сын бедного самурая — так называются их дворяне.

— Б-благодарю за разъяснение.

Не уловив насмешки, полковник продолжил:

— Танака командирован в Россию для стажировки в нашей армии. Сделан капитаном, что соответствует его японскому чину майора. Командует ротой Новочеркасского Александра Третьего полка. Проявил себя исправным офицером, представлен к командованию батальоном. По отзыву начальства, очень умен, инициативен, изобретателен. — Последнее слово было произнесено с нажимом. — Русским языком владеет свободно. Даже принял православие, однополчане зовут его Георгием Ивановичем. Человек, с легкостью меняющий веру отцов и даже собственное имя, способен на что угодно. Так что всё сходится. Вам, Фандорин, не удастся украсть у меня заслугу раскрытия убийства.

— У японцев иное отношение к религии и личному имени. И к-красть у вас я ничего не собираюсь.

Перед каютой дежурил бравый жандарм. В дворцовой полиции они все были молодец к молодцу. Вытянулся, откозырял.

— Как приказано, ваше высокоблагородие! Ухом к двери и начеку!

Не постучав, распахнул дверь.

С дивана вскочил невысокий, худой человек с бледным лицом и воспаленными глазами. Он был в одной рубашке. Китель с вензелем на погонах висел на стуле.

— Пойдемте, полковник, — сказал Эраст Петрович, посмотрев на арестанта не долее пяти секунд. — Не будем мешать господину Сибате.

Маса остался с капитаном наедине.

— Вы японец? — быстро сказал Танака. — Из посольства? Я не убивал эту женщину! Я самурай клана Тёсю и клянусь честью своего рода! И я докажу свою невиновность! Я совершу сэппуку! — Он показал на стол, где лежала обнаженная шашка. Ее клинок был на две трети обмотан полотенцем, так что торчал только острый конец. — Хорошо, что вы пришли. Мне нужен свидетель, который запишет мое предсмертное заявление!

— Вы этим ничего не докажете, — покачал головой Маса. — Только хуже сделаете. По русским понятиям самоубийство будет равносильно признанию. К тому же я не могу принять ваше заявление. Я не дипломат, я сыщик. Моя профессия — находить преступников и защищать невиновных. Благодарю, капитан, что уделили мне время.

Он повернулся уйти.

— Куда вы, Сибата-сан? Постойте! — воскликнул Танака. — Я так рад соотечественнику!

— Я видел достаточно, Георгий Иванович. Вы невиновны, — сказал Маса по-русски, чтобы услышал жандарм, который начеку и ухом к двери.

Господину Маса просто качнул головой. Тот понял.

— Хорошо. Теперь едем на место п-преступления.

В особняке Лабазовой (нарядный, бело-розовый дом на Морской) они прошлись по первому этажу. В столовой на неубранном столе стояли грязные тарелки, в недопитых бокалах плавали упившиеся до смерти мухи. Рядом — салон-гостиная с раскрытым роялем. В вазах поникшие цветы — сотни лилий. Очевидно именинница их любила. Фандорин подобрал с пола пустую бутылку из-под «Клико», почему-то перевязанную кокетливым бантом.

— Как трогательно. Играли в б-бутылочку. О милые дети... Зюкин, покажите кабинет.

Поднялись на второй этаж.

Маса не очень понял, почему комната, в которой нет ни одной книги, а вместо письменного стола посверкивает позолотой туалетный столик, называется кабинетом. На стене висел шкафчик резного палисандра, дверцы нараспашку. Внутри три шкатулки. Пустые. Замок взломан ножницами, которые остались на полке.

Посередине комнаты сыщики присели на корточки, изучая темное пятно на ковре. Здесь Звезда Востока упала и испустила дух. Неподалеку на полу валялись ножны от длинного кавказского кинжала. Господин поднял их двумя пальцами, осторожно осмотрел, недовольно вздохнул.

— Я надеялся на отпечатки. Увы, с узорчатой скани их не снимешь. Такая же наверняка и рукоятка. Кстати, где орудие убийства?

— Должно быть, у полковника Карновича.

— Тогда тем более. Этот б-болван, конечно, всё залапал. Эх, если б полиция, прибыв на место, просто обыскала всех присутствующих, преступник сразу был бы обнаружен. Он ведь рассовал по карманам содержимое трех шкатулок!

— Помилуйте, как можно? — ужаснулся Зюкин. — Разве полицейские посмели бы обыскивать таких особ?

Господин выглядел расстроенным.

— Боюсь, Карнович прав, а я ошибался. Это все-таки преступление корысти, а не страсти. Преступник сначала обчистил шкафчик, потом внезапно появилась хозяйка — и была убита. Он стоял вон там, у стены. Обернулся. Рванул с ковра кинжал... Увы, Маса. Ни для кого, кроме капитана Танаки, драгоценности мадемуазель Лабазовой интереса представлять не могли. Так что я паршивый дедуктор, а ты хреновый п-психолог... Что у нас здесь?

Открыл дверь в соседнее помещение. Там была гардеробная. Маса таких никогда не видывал. Она была раза в четыре больше «кабинета». Длинные ряды вешалок, полки с десятками и десятками туфелек, башмачков, сапожек. Целая аллея воздушных шляпок на болванках. И посередине, взводной шеренгой, манекены в полный рост. На каждом — нарядное платье.

— Манекены одинаковые. Сделаны по размерам хозяйки, — заметил Фандорин. — Фигуристая была особа. Однако пора познакомиться с ней самой. Афанасий Степанович, Звезду Востока уже откопали?

...С респектабельной Морской поехали в совсем другой Петербург, на дальнюю окраину, к Преображенскому кладбищу, где хоронили бродяг и нищих. Там нашла последнее пристанище роковая красавица, очень по-буддийски переселившаяся из лепонарядного, но тленного текучего мира в суровоскудную, но безобманную юдоль Последней Истины.

Покойница лежала в мертвецкой на цинковом столе. После нескольких дней, проведенных в могиле, Звезда Востока уже не выглядела роковой красавицей. Зюкин-сан взглянул на лилово-голубоватый труп, сам тоже поголубел лицом и вышел, а Фандорин с Масой увлеченно приступили к работе.

Господин делал замеры, помощник изучал рану.

— Какой замечательный разрез! Чистый, ровный! Очень точный удар, нанесенный опытной рукой. Ох, боюсь, это говорит не в пользу Танаки. Раз он из самурайской семьи, значит, с детства обучен искусству меча.

Эраст Петрович наклонился над разрубленным горлом с лупой.

— Сталь «гурда». Таким острым клинком кто угодно нанесет хороший удар, безо всякого искусства... Ладно. Здесь всё. Можно з-закапывать обратно.

Они вышли из неаппетитно пахнущей каморки на свежий воздух, а там шум, крик. Зюкин-сан ругается с невесть откуда взявшимся Карновичем. Полковник был не один, а с двумя жандармами. Размахивал какой-то бумагой, кричал:

— Не в двадцать четыре часа, а немедленно! Распоряжение министра!

Голос торжествующий.

Увидел Фандорина, оскалился.

— Вам предписано покинуть пределы империи. Конвой доставит вас на вокзал и сдаст железнодорожной жандармерии для препровождения до границы! Садитесь в пролетку, сударь, и скатертью дорога!

— Эраст Петрович, я еду во дворец! — взволнованно воскликнул Зюкин. — Добьюсь отмены постановления! Правда, государь на охоте и вернется только завтра...

— Не трудитесь. К тому времени меня уже выставят за пределы г-гостеприимного отечества. — Фандорин повернулся к Карновичу. — На вокзал, так на вокзал. Но я поеду один. Ведь мой помощник в вашей бумажке не упомянут. Он и закончит дело. Нынче же вечером. В восемь часов все причастные и вы, полковник, должны собраться в особняке Лабазовой.

— Не смейте мне приказывать! — вскинулся Карнович.

Но церемониймейстер-сан твердо произнес:

— Его величество желает, чтобы эта ужасная история завершилась как можно скорее. Я знаю господина Фандорина. Если он говорит, что дело может быть закрыто нынче же, значит, так оно и есть. Любая помеха с вашей стороны будет расценена как саботаж. Не беспокойтесь, Эраст Петрович. Всё будет исполнено.

Вечером в особняке на Морской у Масы состоялся бенефис. Приятно, когда столько высокородных особ смотрят на тебя с напряженным вниманием. Доставляла удовольствие и подозрительная мина на желчной физиономии полковника Карновича.

Сцена была подготовлена со вкусом. Действовал Маса согласно полученным от господина инструкциям, но обогатил их художественным вдохновением.

На серебряном блюде сверкало вещественное доказательство — здоровенный кинжал, которым бедной куртизанке перерубили горло. Посреди кабинета высился один из хозяйкиных манекенов. Для пущего эффекта Маса надел на деревянную голову желтый парик (мадемуазель Лабазова была крашеной блондинкой) и шляпу с вуалью. Получилось красиво.

Шестеро азиатов стояли вдоль стены. Пятеро просто «причастных» вместе, подозреваемый в стороне, и рядом — жандарм.

Полковник с презрительным видом барабанил пальцами по столу. Зюкин-сан взирал с надеждой.

Сначала состоялось небольшое представление, которое на профессиональном языке называется «следственной демонстрацией».

— Я — преступник, — сказал Маса, подкрадываясь к шкафчику. — Вот я взламываю пустяковый замок. Сую в скважину ножницы, поворачиваю... Открываю шкатулки... Рассовываю по карманам содержимое... Чу! Появилась госпожа Лабазова. «Боже, что вы делаете?» — воскликнул он писклявым голосом. — Я в панике. Бросаюсь к стене. Срываю кинжал. Ножны — на пол. С размаху бью.

Он подскочил к манекену, рубанул его по шее. Деревянная кукла с грохотом свалилась. Маса поставил ее обратно.

— Прошу всех приблизиться. Что мы здесь видим?

Офицеры подошли, стали смотреть.

Персидский принц ткнул пальцем в шею манекена.

— Засэчку.

— Правильно. А какую?

Никто не ответил. Военные люди, даже самого высокого происхождения, как известно, туповаты.

— Направленную под углом, снизу вверх. Видите? Это оттого, что госпожа Лабазова была очень высокая женщина ростом один метр семьдесят шесть сантиметров, а я нормального роста: метр пятьдесят восемь.

— Сколько это на аршины и вершки? — спросил Афанасий Степанович. — Впрочем, неважно. Продолжайте, сударь.

— Теперь посмотрите на фотографию трупа из дела. Крупный план раны, вид сбоку. Что мы видим? Разрез безо всякого наклона. То есть удар нанесен человеком такого же высокого роста. Господа, извольте встать в ряд напротив манекена.

Все шестеро, включая августейших особ, послушно выстроились. Маса подумал: я прямо царь царей.

— Оба гусара и капитан никак не могли разрубить жертве горло под таким углом. Росту бы не хватило. Поэтому прошу вас троих сесть.

Лицо Танаки чуть порозовело — но это было единственное проявление сильных эмоций, которые сейчас, должно быть, испытывал сдержанный сын страны Ямато. Он поклонился Масе и отошел к стене. Сиамцы — те глазели на происходящее с жадным любопытством. Уже по одному этому было видно, что они-то точно не при чем.

Остались перс, бухарец и китаец.

— Погодите, погодите! — взволновался Карнович. — Вы только что сами заявили, что преступник был застигнут за кражей драгоценностей. Но зачем они персидскому принцу, или сыну несметно богатого эмира, или наследнику мандарина, который управляет огромным краем с населением в пятьдесят миллионов человек? Это нонсенс!

— У меня телеграмма, — сказал на это Маса.

— Какая телеграмма?

— Та, которую господин Фандорин получил на телеграфном пункте Варшавского вокзала в ответ на телеграмму, которую отправил часом ранее.

— Куда отправил? Кому?

— В Пекин. Своему знакомому, который служит в российском посольстве. Как известно, после недавнего восстания боксеров императрица Цы Си производит чистку среди высшего чиновничества. Господин Фандорин спросил, не был ли в последнее время смещен кто-нибудь из вице-королей. В ответе говорится, что неделю назад цзунду провинции Юнгуан получил высочайший приказ выпить яду, а все его владения был конфискованы. Это ведь ваш батюшка, подпоручик Мусинь. — Маса повернулся к долговязому китайцу, который схватился за тугой ворот кителя. — Вот почему вам понадобились драгоценности, не правда ли, ваше сиятельство? Вы, верно, собирались сбежать с ними в Европу?

Подпоручик Мусинь развернулся и бросился к выходу. Все до такой степени оторопели, что никто и не подумал кинуться вдогонку.

— Видите, от испуга этот человек теряется и делает глупости, — сказал Маса. — Убивать Звезду Востока было глупо. Кто бы поверил куртизанке? Еще глупее он поступил сейчас. Мог бы поотпираться, улики ведь косвенные. Но Фандорин-сан знал, что у преступника не выдержат нервы.

Все застыли в потрясении. В тишине прозвучал голос капитана Танаки, глуховатый от волнения:

— Благодарю вас, Сибата-сан. Вы спасли мою жизнь и честь, а главное — честь Японии.

Маса поклонился в ответ и побежал догонять китайское сиятельство.

Конец митиюки

— За четверть века столько всего произошло. Мы оба изменились, — перешел на японский Гиити Танака. — Но я не забыл ваше поразительное расследование, спасшее мою жизнь и честь Японии. И когда понял, что Масахиро Сибата, о котором упомянул Баба, это вы, захотелось вас увидеть. Не только в память о том случае. Жизнь отучила меня от сентиментальности. Я сразу подумал, что такого человека, как вы, нам, как это у русских называется, *Бог послал.*

Барон перекрестился по-православному и засмеялся, когда Маса захлопал глазами на крестное знамение, столь удивительное в исполнении японского политика.

— Нет, христианскому богу я больше не молюсь. Тогда мне это было нужно, чтобы понять Россию. Японцу лучше жить со своими, японскими богами.

Хозяин и гость сели в кресла и заговорили так, будто их связывало многолетнее приятельство. Глава могущественной партии, вероятный глава следующего правительства, был доверителен и серьезен.

— Какой путь прошла наша Япония с тех пор, когда я служил в Новочеркасском государя Александра Третьего полку… На меня там смотрели, как на представителя дикарской страны. Поражались, что я правильно держу нож с вилкой и могу худо-бедно изъясняться по-французски. Словно я был какой-то дрессированной мартышкой. Чего мне стоило завоевать уважение товарищей по офицерскому собранию! Пришлось преодолевать предубеждения и предрассудки, презрение к «желтой расе». Когда я рассказывал про нашу великую, древнюю культуру, меня слушали снисходительно. Спрашивали: «А свой Пушкин у вас есть? А Чайковский?..» И вот сегодня мы — великая держава. Это завоевано большой кровью, огромным напряжением, тяжелыми жертвами. Впереди сияет грандиозная цель: объединить вокруг Японии всю восточную Азию. Задача эта трудна, но достижима. Достаточно лишь взять под свой контроль огромный беспорядочный Китай. Это пойдет на благо и самим китайцам, и всему миру.

Переход от воспоминаний о минувших днях к изложению политической программы произошел так быстро, что Маса понял: это неспроста. Сейчас большой человек объяснит, зачем ему бог послал Масахиро Сибату. Собственно, Маса уже догадывался.

— Ключ к Китаю — Маньчжурия, а ключ к Маньчжурии — атаман Семёнов, да? — сказал он, чтобы сберечь занятому человеку время.

Танака воззрился на него в изумлении.

— Вы не только выдающийся детектив, Сибата-сан. Вы еще и обладаете острым политическим умом. Тем более нам с вами повезло. Майор Баба — усердный, самоотверженный офицер. Но, как вы несомненно заметили, звезд с неба не хватает. А вокруг Семёнова ведется очень большая и сложная игра.

«Ты даже не представляешь себе, до какой степени сложная», подумал Маса.

— Для успеха нашей азиатской стратегии необходимо, чтобы Москва *не ставила нам палки в колеса*, — снова употребил барон русскую фразу. — Для этого мы используем и кнут, и пряник. Пряник — обещание кредитов и уступки в переговорах о концессиях. А кнут — страшный Семёнов, которого мы в любой момент можем спустить с цепи. Однако очень важно понимать, насколько этот кнут надежен. И то, что вы попали в ближнее окружение Семёнова, имеет для нас огромную ценность. Я знаю вашу проницательность и верю в ваш патриотизм. Будьте моими глазами и ушами. Зорко присматривайте за русским медведем.

Маса удрученно вздохнул. На японский взгляд это выглядело как осознание высокой ответственности.

— Благодарю, — низко поклонился скромному сыщику государственный муж. — А теперь оставим дела и поговорим об интересном. Расскажите о ваших приключениях. Ведь ваша профессия намного увлекательнее моей. И знаете что? Давайте вместе пообедаем. Мне приятнее разделить трапезу с вами, чем с секретарями и советниками. Поскольку мы оба русофилы, я велел доставить еду из ресторана «Балалайка».

Он позвонил в колокольчик. Слуга вкатил столик, на котором были расставлены кушанья, по которым Маса сильно соскучился. Тут были печеные пирожки, маринованные грибочки, горшок с пельменями, вазочка черной икры, запотевший графин водки.

Барон завел на патефоне пластинку Шаляпина. Под песню «Вниз по матушке по Волге» выпили за Россию, с которой у обоих было связано много дорогих воспоминаний. Потом за Японию. Потом за Масу. Он рассказал барону пару небольших историй из петербургской жизни. Танака был замечательный слушатель: когда надо — ужасался, когда надо — смеялся.

На прощанье он сказал:

— Я очень благодарен судьбе за такой подарок. Запишите номер моего личного телефона. Звоните в любое время — и по делу, и просто так. Нам всегда найдется, о чем поговорить.

От председателя Маса вышел немножко нетрезвым и сильно растроганным. Думал: вот чем очень большой человек отличается от просто большого человека. Послу Коппу интересен только атаман Семёнов, и посол этого не скрывает. Барону Танаке тоже интересен только атаман Семёнов, но выглядит это так, будто еще больше ему интересен ты.

Как стыдно, что такую достойную особу приходится водить за нос.

Он вышел из ворот понурый. Казня себя, отказался садиться в лимузин «отомо», хотя шофер, кланяясь, стоял у открытой дверцы. «Патриотический автомобиль не для тебя, вероломный обманщик, — прошептал Маса. — Плетись пешком, по жаре». Поблагодарил и прошел мимо, за ворота.

А там стояло другое авто, еще роскошнее. Длинный сверкающий «кадиллак» приветственно гуднул и тоже открыл лаковую дверцу. В первый миг Маса удивился, но увидел знак «Хиномару-гуми» и обреченно вздохнул.

Хождение по мукам продолжается. Сейчас повезут к Сандаймэ Тадаки, которому тоже что-то от меня нужно. Вернее, от атамана Семёнова.

Под воздействием водки и пельменей сочинилось русское хокку, именуемое *тясутуська*.

От Танаки
До Тадаки
Еду я на кадиллаке.

Но Маса ошибся. Ехать к Сандаймэ не пришлось, потому что из машины вылез сам оябун, собственной персоной. Сегодня он был торжественный — в парадном кимоно и хаори с гербами. Почтительно поклонился.

— Я жду вас, сенсей.

— Как вы меня нашли?

— Господин майор, — коротко ответил благородный разбойник. И прибавил: — Он сказал, что ждет вас, но согласился подождать еще, когда я объяснил ему, в чем дело.

— А в чем дело? — спросил Маса, не ожидая ничего хорошего.

— Вас желает видеть великий человек. Сам Курано-сенсей. Я был у него, рассказал о последних событиях, и сенсей сказал: «Приведи ко мне Сибату-сан». Это большая редкость и огромная честь! Учитель очень стар и живет отшельником за городом, в Сибуя. Он давно отошел от дел… Почти, — подумав, присовокупил Сандаймэ.

«Сначала на меня захотел посмотреть большой человек, потом очень большой, а теперь еще и великий. Я всегда знал, что я интересная личность, но не предполагал, до какой степени», — горько подумал Маса.

— Прошу вас, сенсей. Садитесь и едем.

Кажется, оябуну не приходило в голову, что от такого приглашения можно отказаться.

Теперь еще и святой отшельник расскажет, чем ему так важен атаман Семёнов. Ну, поедем, послушаем. Деваться некуда. Отказ был бы страшным оскорблением, а страшно оскорблять главу клана якудзы никому не рекомендуется.

В тихий пригород Сибуя они ехали долго, потому что автомобиль оябуна, в отличие от партийного лимузина, двигался в потоке очень вежливо, рикш и велосипедистов клаксоном не расшугивал. По дороге Сандаймэ говорил о Курано. Имя сенсея никогда не упоминается в газетах, обычные люди о нем даже не слышали, он подобен бесплотной тени, но при этом много лет занимает совершенно исключительное положение.

— Кокутай держится на нескольких опорах, — объяснял оябун. — Его позвоночник — государственные структуры, такой коллективный майор Баба. Его мозг — политики вроде барона Танаки, у которого вы только что были. Его кроветок обеспечивают промышленные и финансо-

вые концерны. А объединяет и координирует эти очень разные компоненты национальный японский дух Кокусуй. Его хранителем и живым воплощением является Курано-сенсей. Вот какой это человек! Все, кому положено, его знают. Обращаются к нему за советом, наставлением, посредничеством. Мне очень повезло, что сенсей вышел из нашей среды. Он был советником моего деда и отца, а в детстве моим воспитателем. Потом поднялся выше.

— Хранитель Кокусуя — бывший якудза? — удивился Маса. — Поэтому, вероятно, он и находится в тени?

— Вы так говорите, будто в принадлежности к якудзе есть нечто постыдное, — нахмурился Тадаки. — А ведь якудза — самая верная и надежная служительница национального духа. Согласно концепции, созданной сенсеем, для бесперебойной работы государственной машины необходим инструмент, действующий вне общепринятых правил. Поэтому нам и разрешается заниматься тем, чем мы занимаемся. При условии, что свои частные интересы мы всегда будем подчинять национальным.

— Курано-сенсей был советником еще у Тадаки Первого? Сколько же ему сейчас лет?

— Точно не знаю, но очень много. Мне кажется, он был всегда, — благоговейно ответил Сандаймэ.

В общем, разжег любопытство. Маса уже не жалел, что его везут на очередные смотрины.

Расположенная не так уж далеко от шумного центра Сибуя была совсем другим миром. Здесь жили богатые люди, ценившие свежий воздух и тишину. Виллы, особняки, тенистые деревья. Отшельника, поселившегося в этом неаскетичном элизиуме, вряд ли можно назвать святым, размышлял Маса, поглядывая вокруг. Впрочем, какой святости можно ожидать от бывшего якудзы, а ныне закулисного политического кукловода? Именно так следовало перевести на нормальный язык разглагольствования оябуна о человеке, координирующем связи между чиновниками, политиками, денежными воротилами и организованной преступностью.

Ворота, перед которыми остановился «кадиллак», были мало похожи на преддверие смиренного скита. Крепкие, окованные железом, они замыкали высокую глухую стену. Открылись сами собой, бесшумно, но внутрь машина не поехала.

— Сенсей не любит запах бензина и звук мотора. Дальше мы пойдем пешком, — объяснил Сандаймэ.

В сопровождении безмолвного бритоголового привратника в черном кимоно (то ли монаха, то ли телохранителя) они долго шли по выложенной камнями извилистой тропе через бамбуковую рощу, потом мимо чудесного тихого пруда, потом через сад разноцветных мхов, потом по белой песчаной аллее. В тенистой прохладе чирикали птички, над цветами порхали бабочки. Настоящий японский шик именно таков: не мраморные дворцы с оранжереями, а якобы природная естественность, на поддержание которой тратятся огромные средства. Чем обширней территория, тем выше статус. Если судить по расстоянию, отделявшему виллу от ворот, статус Курано-сенсея был выше неба. И то, что сам дом выглядел очень невзрачно — скромная белостенная постройка, обрамленная традиционной открытой верандой, — только усиливало эффект изысканной роскоши.

В передней посетителей встретили еще двое крепких гологоловых послушников-прислужников. Поклонились, но на приветствие не ответили.

— Они все глухонемые. Знаете поговорку «Даже у стен есть уши»? Так вот, в доме сенсея ушей нет, — прошептал Сандаймэ, хотя зачем шептать, если охранники глухие, было непонятно. Должно быть, из почтения к торжественной тишине, царившей в доме.

Ступая по пружинистым татами, Маса с любопытством озирался.

Любопытное было местечко. На первый взгляд всё очень простое, даже скудное. Но присмотришься — голые стены из драгоценного дерева, скромному бонсаю в неказистой кадке самое меньшее триста лет, да и кадка, кажется, особенная, со старинными полустертыми письменами на глиняном боку. Еще из примечательного: нигде ни одного предмета, по которому можно было бы понять, что на дворе двадцатый век. Вместо электричества масляные светильники, под потолком крутятся не вентиляторы, а старинные опахала, приводимые в движение медленно раскручивающимися жилами. Прошли через пустую гостиную — будто попали в музей эпохи Эдо. Даже икэбана на столе тут была в допотопном стиле Икэнобо без шипов-кэндзанов, камешков-деревяшек и прочих новомодных штучек. Одно слово — Кокусуй.

Гостей провели насквозь через весь дом на веранду-энгаву, которая выходила во внутренний сад, скомпонованный только из оттенков зеленого. Ни единого цветка. Лишь нефрит-изумруд-малахит-бирюза листьев, мхов и травы.

На этом впечатляющем фоне спиной к вошедшим, засунув руки в рукава, и из-за этого похожий на спящего суслика, стоял сухонький старичок.

Первое, что подумал Маса: почему все большие люди маленького роста? Потом старичок обернулся и будто вытянулся кверху — такое воздействие производил его мерцающий взгляд. Масе показалось, что его насквозь пронизывают какие-то ледяные лучи, так что захотелось съежиться.

— Вряд ли, вряд ли. Лоб низковат, — прошамкал великий человек в ответ на какие-то свои мысли. Зубов у него почти не было. Наверное, достижений зубопротезной техники он не признавал так же, как электричества и кэндзанов. — А, впрочем, проверим…

И громче — уже обращаясь к Масе:

— Я знавал твоего отца. Ты на него похож. Рюдзо Сибата был честный якудза, да.

— Зачем вы это говорите? — укорил его Маса. — Вы были советником Тадаки Первого, а стало быть, знаете, что Рюдзо Сибата мне не отец и я не могу быть на него похожим.

— Умный, дерзкий, и глаза… — опять тихо пробормотал мафусаил. Потом повысил голос: — Да. Но я не был уверен, знаешь ли про это ты. Ну-ка, приспусти штаны и покажи свой тандэн.

— Дракон на животе есть, — уверил его Маса. — Я сын Березового Тацумасы, не сомневайтесь.

Сандаймэ, ничего не понимая, смотрел то на одного, то на другого, но задавать вопросы не осмеливался.

— Человек — ветка на дереве, которое посадил не он. И какие расцветут листья, тоже решать не ему. Но от него зависит, как они будут расти и сорвутся ли, когда задует тайфун, — сказал Курано уже не разберешь кому — себе или собеседнику. С очень старыми людьми разговаривать непросто.

Пожевав губами, помигав своими искристо-ледяными глазами, сенсей внезапно сказал:

— Мальчик, оставь нас наедине. А ты, сын Тацумасы, сядь.

Когда Сандаймэ с поклоном удалился и они оба сели, старик вдруг спросил:

— Что такое по-твоему общественный прогресс?

Из его уст вопрос прозвучал неожиданно.

Поскольку Маса много об этом думал, ответить было легко.

— Постепенное движение от несвободы к свободе.

Курано недовольно покачал головой. Можно было подумать, что он не согласен. Но старик проворчал:

— Так и есть. Только учти: главное слово здесь «постепенное». На заре истории воля государя священна, она определяет всё до мелочей. Потому что подданные невежественны, невоспитанны и неразвиты, словно младенцы. В конце же истории верховная власть станет не нужна. Ибо люди научатся вести себя ответственно. Путь из начальной точки к конечной непрямолинеен и тернист, на нем легко споткнуться, откатиться назад. Такое происходит сплошь и рядом. Одинаково опасно дать незрелому ребенку слишком много воли и насильно удерживать на короткой привязи подросшего отрока. Мудрость правительства в том, чтобы не забегать вперед и не отставать. Плата за оплошность бывает болезненной. Страна может не только ушибиться, но и свернуть себе шею. Наши сторонники демократии считают, что японцы уже взрослые, — и ошибаются. Наши монархисты уверены, что японцы — малые дети, и тоже неправы. Японский народ — подросток. Непоседливый, задиристый, шустрый. В этом возрасте необходимо увлекать питомцев азартной игрой. Когда все вместе куда-то бегут, орут, играют в войну, рвутся к победе. Это и есть весь наш Кокусуй. С ним мы сможем забрать себе полмира. А красивые словеса — для болванов и для романтиков вроде молодого Тадаки.

Занятный был старичок. Весь в морщинах, седенький, а ум и язык — как бритва.

— А нужно забирать полмира? — спросил Маса.

— Нужно забирать всё, что можно забрать, и кое-что из того, что нельзя. Таков закон целеустремленной жизни — как у человека, так и у государства.

Сейчас заведет речь про то, что прежде всего нужно забрать Китай, для этого следует начать с Маньчжурии, а ключ к Маньчжурии — русский атаман, предположил Маса.

Но ошибся. Мысль сенсея двигалась какими-то своими зигзагами.

— А ты целеустремленный человек, сын Тацумасы?

— Когда у меня есть цель, я к ней устремляюсь. Ничто не может меня остановить.

Сенсей печально покивал.

— Да, это видно. А к какой цели ты устремлен сейчас?

Поколебавшись, Маса ответил:

— У меня их три. Про две первые говорить не буду, а про третью скажу. Потому что, возможно, вы сумеете мне помочь.

Первая цель была растопить сердце кицунэ. Вторая — обокрасть атамана — являлась средством для достижения первой. Про обе старцу знать было ни к чему.

— Я хочу узнать правду о своих покойных родителях. Раз вам известно про мою татуировку, может быть, вы были с ними знакомы?

— Нет. Я только слышал про Тацумасу. Кто ж про него тогда не слышал? Ах, это было так давно, столько всего с тех пор произошло, — вздохнул Курано. — Все умерли, остался один я... Раньше я думал, что глубокая старость — это дряхлость, болезни. А это одиночество. Когда тебе почти девяносто, ты живешь в мире чужих, глупых, докучливых людей. И прошлое — как зимняя тропа, засыпанная снегом. Оно невидимо, невосстановимо и лишено значения, потому что вернуться назад нельзя. Путник, желающий не сбиться с дороги, должен смотреть только вперед. И не оглядываться.

— Мое ремесло — находить цепочку следов, даже если они спрятаны под глубоким снегом. Я хочу знать правду про своих родителей. И я ее узнаю. Потому что я очень хороший сыщик.

— Я стал советником Тадаки Первого уже после того, как он убил твоих родителей. Это был неумный поступок, из-за которого клан потерял лицо, а сам оябун подорвал свою репутацию. В конце концов из-за этого он и сгинул. Воссоздать клан мне удалось только при Тадаки Втором.

Старое лицо осветилось слабой улыбкой — старик вспоминал былые свершения.

— Что ж, — поклонился Маса, — буду искать сам.

— Конечно. Если ты чувствуешь, что это твой сыновний долг, — рассеянно прошелестел сенсей, все еще улыбаясь. — ...Я запамятовал. Зачем ты ко мне пожаловал?

Все-таки ум у него был хоть и острый, но немного уплывал.

— Ах да. Русские. Во времена моей юности их называли «рококудзины», «люди Страны Дураков». Дураки всегда считают всех дураками, а мы тогда были совсем дураки... Смотрите, чтобы русский сёгун вас, умников, не облапошил, — пробормотал старец, роняя подбородок на грудь.

Маса тихо поднялся, вышел к ожидавшему в соседней комнате Сандаймэ.

— Уснул.

— Мой автомобиль отвезет вас к господину майору, а я останусь, — шепнул Тадаки. — Буду ждать, когда сенсей проснется. Не могу уехать, не попрощавшись. Это слишком невежливо.

Третий большой человек, пожалуй, произвел на Масу самое сильное впечатление. Вроде бы сказал про Семёнова одну-единственную фразу, а попал в самую точку. Хитрющий казак кого хочешь объегорит, на козе объедет. Китайцы про таких говорят «перекукарекает петуха, перелает собаку».

И еще взмечталось: вот бы тоже удалиться от всех в такую славную обитель, и чтобы глухонемая стража никого без разрешения не пускала. Сидеть на энгаве, любоваться садом. Такой и должна быть старость.

Но уединение Масе не светило. Сейчас придется точить лясы с небольшим (но тоже никуда от него не денешься) человеком майором Бабой, от него ехать к крупному человеку атаману Семёнову. И всем врать, всех обманывать.

Тяжелая участь — влюбиться в кицунэ и быть у нее на посылках!

ТАЙФУН

Куда ты плывешь по реке Сумида,
Лепесток сакуры белый-пребелый?
Сдул тебя ветер с родной ветки,
Как и меня, как и меня-а-а!

Голос у гейши был противный, пела она фальшиво, по струнам сямисэна брякала невпопад. Но от плохой музыки терзался один Маса.

Со стороны речная прогулка выглядела обычным туристическим аттракционом. В кабине, за приоткрытой бумажной перегородкой, сидят двое клиентов, сбоку почтительный гид, на корме лодочник с длинным веслом, на носу гейша. Однако единственным слушателем-японцем тут был Маса. Атаман с послом в японском пении ничего не смыслили и вообще были слишком увлечены беседой, а гребца изображал бурят Михайлов. Таково было одно из условий: лодочника обеспечит белая сторона, гейшу — красная. Певунья (чтоб ей в воду свалиться!) на самом деле была «свой товарищ», член подпольной ячейки, представительница угнетенного женского пролетариата и бывшая жертва половой эксплуатации из веселого квартала. Поэтому музыкальное сопровождение было паршивым, а лодка плыла криво.

В качестве дополнительной гарантии безопасности по берегам следовали сопровождающие: по правому — наряженные туристами казаки, по левому — Кибальчич со своими боевиками. Маса находился в лодке как особа,

пользующаяся доверием обеих сторон. Весь предыдущий день он курсировал между красными и белыми, согласовывая протокол встречи, а сейчас сидел, обмахивался веером, без большого интереса прислушивался к голосам.

Сначала стороны перечисляли взаимные обиды и претензии — кто сколько народу в гражданскую войну перестрелял, нарубил и перевешал. Счет получался примерно равный. Но ничего, не расплевались. Собеседники всего лишь демонстрировали, как непросто им простить друг друга.

На втором этапе тон стал примирительным, зазвучали всякие подобающие поговорки: «кто старое помянет, тому глаз вон», «что было, то прошло, быльем поросло», и прочее подобное.

Потом началась торговля. Товарищ Копп спросил, на каких условиях генерал готов «публично разоружиться перед Советской властью». Семёнов вынул бумажку, стал перечислять.

Во-первых, он желает вернуться не как амнистированный преступник, а как союзник, которого встретят торжественно. Во-вторых, ему должны дать высокий чин. В-третьих, посольство выплатит новому другу Кремля аванс в 25 тысяч долларов.

— Зачем вам деньги? Вы и так лопаетесь от золота! Между прочим, нашего, советского золота! — упрекнул посол, раздраженный непомерностью требований.

Высокие стороны попрепирались, чье это золото. Договорились: что потрачено — потрачено, бог с ним, но остальное должно достаться трудовому народу Советской России. Насчет двадцати пяти тысяч атаман пояснил, что эти средства ему нужны не для себя. У него грандиозный план.

Он едет в Маньчжурию, набирает и вооружает там отряд из русских. Все будут уверены, что готовится акция против Советов. А вместо этого семёновцы захватят Харбин и железную дорогу, а потом объявят Желтороссскую Советскую Республику. В СССР сейчас шесть республик — Российская, Украинская, Белорусская, Закавказская, Узбекская, Туркменская, а станет семь. Бывший атаман, теперь комкор Красной армии Григорий Семёнов возглавит ее Совнарком.

От такой перспективы у посла захватило дух, и потом обсуждали уже только размер аванса. Продолжалось это долго. В конце концов атаман согласился на первое время удовольствоваться двумя тысячами долларов.

— Уф, товарищ Копп, прямо вспотел от вашей прижимистости. Ладно, скрепим уговор рукопожатием. И давайте распахнем перегородки. Душно.

Скрипнули сёдзи. Маса увидел распаренную физиономию Семёнова и сосредоточенного, хищно подобравшегося посла.

Лодка приближалась к мосту Нихонбаси. На нем стоял черный автомобиль. У перил торчали двое японцев в строгих костюмах, пялились прямо на лодку.

Токко, в первый момент подумал Маса. Неужто пронюхали? Ох, нехорошо! О конспиративной встрече майору доложено не было.

Но потом успокоился. Автомобиль был «роллс-ройс», а костюмы слишком хорошо сшиты для шпиков. Просто воротилы из расположенного неподалеку финансового квартала тоже ведут какие-то секретные переговоры в нейтральном месте. Глазеют, потому что надо же на что-то смотреть, а тут плывет красивая лодка. Там заливается гейша, жмут друг другу руки два иностранца.

— Исторический момент! — взволнованно воскликнул Семёнов. — Обнимемся — по-нашему, по-русски?

— После обнимемся, — строго сказал Копп. — Когда докажете делом, что вы полностью перековались.

— Ну хоть выпьем за успех нашего предприятия, — хлопнул его по плечу будущий комкор. — Кацура, разливай!

На прощанье, уже на причале, товарищу Коппу все же не удалось избежать медвежьих объятий захмелевшего атамана.

— Я всегда в глубине души был интернационалист и коммунист, — признался Григорий Михайлович и икнул. — Потому что я на четверть монгол и родом из трудового, ик, народа.

Но как только посол сел в поджидавшую его машину и уехал, атаман сразу протрезвел.

— Так, Егор, — сказал он. — Теперь будет второе действие. Ты в нем активно участвуешь, поэтому знакомлю тебя с содержанием пьесы. Ночью на виллу явятся представители топливного консорциума «Дайниппон Сэкию». Видал пиджаков на мосту? Это я им велел там быть. Чтобы убедились — я с Советами теперь дружу. Послу Коппу пока еще неизвестно, что Семёнов пригодится Москве не только для маньчжурских дел. Москва ведет трудные переговоры с Токио о нефтяной концессии на Сахалине. Я как посредник буду обеим сторонам очень полезен. Не за здорово живешь, конечно. — Атаман подмигнул. — У советских проблемы с валютой. Видал, как жидится Копп на доллары? У консорциума с этим проще. Сегодня ночью будешь переводить. А предварительно уясни главное. Нефтяные тузы должны понять, что я — невеста переборчивая, не больно-то они мне и нужны. Знаю я вас, японцев, у вас тысяча оттенков этикета. Веди дело так, чтобы было ясно: большой человек — я, а они — люди поменьше. Но при этом, само собой, чтоб всё вежливо. Понял?

— Это-то я понял. Я не понял, почему деловая встреча ночью?

— Потому что ни консорциуму, ни мне не надо, чтоб о переговорах раньше времени пронюхали твои приятели из Токко. Сейчас поедем домой готовиться. Семью я отправил в Нагасаки, а то ночью будет шумно, детям не уснуть, и Елена заругалась бы.

— Почему шумно?

— Увидишь.

На вилле Семёнов собрал казаков. Произнес энергичную речь, как перед боем.

— К вечеру всем надеть парадные мундиры, ордена-медали. Бороды расчесать, сапоги — до зеркального блеска. Приедут япошки — встать перед входом почетным караулом. Шашки наголо. Поздороваются — как ответить?

Он махнул рукой — казаки оглушительно гаркнули:

— Здравьжла!

Да, дети, от такого вопля наверняка проснулись бы.

— Дальше так. Веду их в гостиную. Электричество не включать, только свечи — будто бы для красоты, а на самом деле чтоб не пялились на нашу нешикарную обстановку. Показываю им золото, и сразу веду в сад. Зажечь там факела, на стол русскую закуску. Водки побольше. Рябиновую обязательно, япошки любят. Мандрыка, ты отвечаешь.

— Слушаюсь, Григорьмихалыч.

— Гунько и Корзун, скинете мундиры, наденете красные шелковые рубахи, будто вы официанты. Мы для япошек на одно лицо, они не поймут, что вы перед тем в карауле стояли. Остальные — встать перед кустами. Взмахну — пойте. Сначала «Славное море священный Байкал». Кулебякин, ты гармонь из ломбарда забрал?

— Так точно, Григорьмихалыч.

— Кацура, ты сядешь на торце, между мной и ими. Да приоденься. У тебя есть крахмальные воротнички, галстук, визитка?

— Визитки нету.

— Ну, надень всё самое лучшее. Марш домой и чтоб к одиннадцати был как штык. А вы, хлопцы, запевайте, послушаю.

Уходил Маса под рев казачьего хора, певшего про омулевую бочку. Спрашивал себя с тоской: зачем мне весь этот балаган?

А вечером вернулся принаряженный, бодрый, довольный. Остаток дня он провел с Мари. И она объяснила — зачем.

— Сегодня на вилле не спят, значит, следующей ночью будут дрыхнуть мертвым сном. Еще и перепьются. Знаю я, как ведут себя мужчины в отсутствие хозяйки, — сказала опасная, но прекрасная женщина. — Ты нарисуешь мне схему двора и дома. Я придумаю, как ловчее взять золото. Мы заберем два ящика. Этого нам хватит. Знаешь, как мы будем жить? Снимай рубашку и ложись. Я тебе покажу.

И показала. Маса блаженствовал под ее волшебными пальцами, таял от нежного голоса, напевавшего блюз, и мечтал о счастье, которое наступит послезавтра и никогда не кончится.

Ради такого можно было немножко и пострадать.

Ровно в полночь к воротам виллы Момидзихара подъехал тот самый «роллс-ройс», с моста Нихонбаси. Представителей концерна «Дайниппон Сэкию» звали Мурата-сан и Касата-сан. Первый был пожилой, круглолицый, второй помоложе, с навсегда приклеенной вежливой улыбкой. Семёнов сразу, обращаясь к Масе, стал называть их «Мордатый» и «Касатик».

— Который из двоих главный, — спросил он, ведя гостей в дом, — наверное, Мордатый?

— Нет, — ответил Маса, посмотрев на визитки. — Молодой. У него такая же фамилия, как у председателя правления. Наверное, наследник.

Атаман сразу приобнял Касату за плечо, предупредил о высокой ступенечке.

Впрочем, времени на пустые учтивости хозяин не тратил. Приступил к деловой беседе еще на улице.

— Вы решили вопрос о моем гонораре в случае, если я устрою сделку?

— Мы посовещались, — ответил Мурата. — И готовы предложить вам полтора процента.

Семёнов поморщился.

— Мне не нужны комиссионные. Потом будет морока каждый год их получать. Платите аккордно, авансом. И дело не в деньгах, а в уважении. Как вы знаете, я богат. Если я увижу, что вы относитесь ко мне недостаточно серьезно, я предложу свои услуги концерну «Ниссэки». Посол Копп мой близкий друг, вы сами это видели. Его я тоже должен буду отблагодарить — из гонорара, который получу от вас. Советскому дипломату из рук японцев деньги получать нельзя.

Масе что? Он исправно переводил.

— Кстати, хотите взглянуть на царское золото? — спросил атаман. — Раз уж мы все равно проходим через гостиную.

Гости, конечно, захотели.

Заветные ящики Семёнов продемонстрировал им точно так же, как в свое время Масе. Открыл первый попавшийся, вынул наугад слиток с клеймами, дал подержать.

У Масы чуть приподнялась бровь и обратно опустилась не сразу.

А Касатик с Мордатым переглянулись, и молодой, растянув улыбку еще шире, осведомился:

— Будет ли аванс в двадцать тысяч иен достаточно серьезным проявлением уважения?

— Я рассчитываю на пятьдесят. А впрочем, поговорим про это, ночь впереди длинная. Пожалуйте в сад, на настоящий русский банкет.

Течение настоящего русского банкета было обыкновенное, русское. Речи, тосты, водка, икра и заверения в сердечной дружбе — вперемежку с цифровым лаун-теннисом: хорошо, двадцать пять — хорошо, сорок пять; хорошо — тридцать; хорошо — сорок; нет — тридцать максимум; нет — сорок минимум. И тут застопорилось.

Всё это Маса переводил механически. Его переполняли сложные, преимущественно радостные чувства.

Слиток, который атаман дал подержать японцам, был тот же самый, что несколькими днями ранее побывал в руках у Масы! Ящик другой, а слиток тот же! Номер 32777!

Это означает... Это означает, что остальные желтые бруски бутафорские! Какой-нибудь чугун, покрытый золотой краской! Нет у Семёнова четырех ящиков золота. То ли всё потратил, то ли никогда и не было. Вот почему в доме такая скудость и вместо выплаты жалованья одни обещания.

Переходить к большевикам Семёнов и не думает! Он хочет всего лишь выцыганить у них денег, хоть две тысячи долларов. Но главный куш планирует сорвать с японцев, соблазнив их своей липовой дружбой с советским послом. Вот же пройдоха!

Ликование, охватившее Масу в результате дедукции, объяснялось просто. Раз белого золота не существует, то не придется его и красть. Благородному ронину незачем становиться благородным вором. Какое счастье!

— Эх, ладно — тридцать! Только из симпатии к таким славным людям! Понравился ты мне, Касатик! — Семёнов хлопнул наследника по неширокому плечу. От удара улыбка японца немного перекосилась, но не отклеилась. — Так ему и переведи, на «ты». И еще, что мы сейчас побратаемся по нашему казачьему обычаю. Погоди. —

Охваченный вдохновением атаман воздел руку к небу, где как раз в этот миг из-за туч вынырнула луна. — Само небесное светило озарило наш уговор. Красиво переведи. Пусть знают, что Григорию Семёнову и поэзия не чужда. Эй, ребята, запевай!

Но небесное светило озарило не только уговор. Масе, сидевшему у торца стола, была видна задняя часть дома. Из окна на землю спрыгнула узкая черная фигура. Немного помешкала, снимая с подоконника что-то тяжелое. Бесшумно побежала через двор — туда, где у стены росла ольха.

Маса чуть не выронил рюмку. Что она делает? Почему? Зачем? Ведь говорила, что завтра!

Поняла, что удобнее провернуть операцию сегодня, когда все собрались в саду, под освещенными факелами, и не смотрят по сторонам. Решила управиться в одиночку. Заранее решила — потому и попросила нарисовать схему. Какое лисье коварство! И какая смелость! Только идиотка не знает, что в ящиках не золото.

Все эти сбивчивые мысли пронеслись в одно мгновение. Потом их вытеснила новая, от которой Маса покачнулся.

Означать это могло только одно. Больше он ее никогда не увидит. Воровка получила то, что хотела, — узнала, где хранится добыча, и подельник ей стал не нужен. Использовала и бросила. Потому что не любит. Сейчас вскарабкается по дереву на стену и навсегда, навсегда исчезнет. О, бедное, глупое сердце! Зачем ты впустило в себя подлую кицунэ?

Гармонь надрывно, совсем немелодично взревела и вдруг умолкла.

— Глядите! Кто это там? — завопил гармонист Кулебякин, показывая пальцем.

Все обернулись.

— Стой! Стой! Держи его!

Сорвались с места, гурьбой.

Побежал и Маса, быстрее всех. Он тоже кричал, по-японски:

— Дура! Брось ящик!

Но черная тень только пригнулась и понеслась быстрей. Вот она оказалась возле дерева. Полезла. Ящик был за спиной, в мешке на лямках, но все равно стеснял движения.

Казак, бежавший почти вровень с Масой, вскинул руку. В ней был «маузер».

Удар ребром ладони по запястью. Пистолет упал на землю.

— Кацура, ты чего?!

Она уже наверху. Спрыгнула!

Маса мчался огромными скачками. Сзади орали:

— Они заодно! Вали его, гада!

Сейчас откроют огонь.

Перешел на зигзаги, чтоб было трудней попасть.

Выстрел, другой, третий. Визг пуль над ухом.

Лезть на дерево было некогда. Разбег, прыжок — и Маса вцепился руками в кромку стены, подбросил тело кверху, перелетел на ту сторону. Нет, шестьдесят пять лет это еще не старость.

Плюхнулся в жижу заливного поля. Побежал. Ноги вязли, как в муторном сне, брызги летели в стороны. Впереди, тяжело дыша, шлепала Мари.

Он быстро ее догнал.

— Там не золото!

Обернулась. В лунном свете белое лицо с огромными черными глазами было невыразимо прекрасным.

— Как не золото? А что?

— Чугунные болванки. Ты какой ящик взяла? Первый справа?

— Да...

— Хоть в этом тебе повезло.

Но открывать ящик и разбираться, где там золотой слиток, сейчас было некогда. Маса схватил ее за руку, поволок дальше.

— Ты обманула меня! Ты меня предала!

Однако выяснять отношения было некогда. Сзади снова грохнуло. Под ногами всплеснулся фонтанчик.

— Падай!

Маса сбил ее с ног, выдернул «браунинг», обернулся.

На гребне стены чернели два силуэта, отлично видные на фоне серебристого неба. Одному Маса прострелил руку, другому плечо. Оба заорали, свалились внутрь двора.

Из-за стены донеслось:

— Метко бьет, паскуда! Что делать, атаман?

— Они который ящик сперли? Проверить, живо! — крикнул Семёнов. — Если не самый правый, то ляд с ними. А если его — догнать!

Рывком подняв предательницу на ноги, Маса сказал:

— Уходим.

Сорвал с ее плеч мешок. Вынул ящик. Отшвырнул крышку. Золото определил сразу — по маслянистой, абсолютно гладкой поверхности. Сунул за пазуху.

— Почему только один?

— Можешь забрать остальные себе.

Она присела. Вытащила один, другой, третий. Всхлипнула.

— Потом будешь плакать, дура! Надо скорей выбираться из трясины. Они побегут по твердой дороге и догонят.

Потащил ее дальше.

— ...Почему ты... меня... спас? — задыхаясь, спросила Мари. — Почему не бросаешь? Ведь я тебя... обманула?

— А почему ты меня обманула? — горько спросил он.

— Я поняла, что ты не хочешь быть вором. Даже благородным.

«Нет, не поэтому, — мысленно ответил он. — А потому что ты меня не любишь. Сам виноват. Не влюбляйся в кицунэ».

Они выбрались из топи. Впереди темнела поросшая кустами насыпь, по ней можно добежать до моста, а за ним, в лабиринте улиц, беглянку уже не догонят.

— Тебе направо, через мост. Я — в другую сторону. — Маса выпустил ее руку. — Уматывай. Не хочу тебя больше видеть. Никогда.

Ее огромные глаза стали еще больше, чуть не в пол-лица. Но смотрели они не на Масу, а мимо.

От кустов донесся шорох.

Резко обернувшись, Маса увидел двух людей. Они были в черных куртках «Хиномару-гуми». Сандаймэ все-таки не отозвал своих бойцов? Но почему?

— Вы что тут делаете, ребята?

— Извините, аники, — сказал тот, что слева. — Приказ оябуна. Из уважения к вам стреляю не в голову, а в сердце.

Это было невероятно! Но еще больше Масу поразило, что в руке у бандита блестел «маузер». У якудзы?!

Гром, молния, звонкий удар в грудь — и Маса плюхнулся обратно в заливное болото. Конечно, очень повезло, что пуля попала в золотой слиток, но всё это было чрезвычайно странно. Просто-таки необъяснимо. Благородный ронин лежал в воде, совершенно обескураженный.

Наверху, на насыпи, тем временем происходила дискуссия.

— Сибату я грохнул, а с этим что? — спросил один голос. — Оябун велел исполнить всё чисто, следов не оставлять.

— Ничего не поделаешь. Кончай и его.

— Я женщина! — крикнула Мари. — Якудза не убивает женщин!

Сдернула с головы капюшон, тряхнула волосами.

— Это женщина, — озадаченно сказал бандит с «маузером». — Чего делать-то? Если мы бабу грохнем, оябуну это не понравится.

— А это не мы. Это роскэ! — нашел выход из трудной ситуации второй. — Вон они бегут. Они ее и убили.

От виллы с топотом и криками бежали семёновцы. Выяснили, стало быть, какой ящик украден.

— Кончай ее скорей и бежим. Стреляй, чего ты?

Но выстрелил Маса. Дважды. Если ты не благородный вор, а благородный ронин, канон о неубийстве живых существ тебя не касается.

Встал, отряхнулся. С благодарностью погладил слиток, который спас ему жизнь.

Рявкнул на Мари:

— Что дрожишь? Уносим ноги! Через мост уже не получится. Вдоль канала. Пригнись!

Услышав выстрелы, казаки на дороге залегли. Подумали, стреляют по ним. Пусть немножко полежат. Оттуда бегущих на фоне кустов не видно, прикинул Маса.

До следующего моста, целый километр, они бежали, не останавливаясь. И только на другой стороне канала, уже в безопасности, Маса выпустил руку женщины-лисицы.

— Всё. Теперь расстаемся. На́, это тебе. — Он сунул ей слиток с вмятиной от пули. — Получи то, чего ты так хотела.

Больше ничего говорить не стал. Повернулся уйти, но Мари удержала его за рукав.

— Постой. Я не понимаю… — Голос у нее был тихий, растерянный. — Ты второй раз меня спас. Уже всё зная. Они думали, что ты мертв. Застрелили бы меня и ушли. Зачем ты рисковал? Почему? Я не понимаю. Совсем…

— Ты и не поймешь.

Он больше на нее не злился. Что взять с инвалидки? Терпеливо объяснил:

— У людей так принято. Когда кого-то любишь — спасаешь. Даже если тебя не любят… Ладно. Живи, как тебе живется. Прощай.

— Постой! — повторила Мари и вдруг заплакала. Это было странно, потому что кицунэ никогда не плачут, у них ведь нет сердца.

— Ты еще не всё знаешь. Когда узнаешь, совсем меня возненавидишь… Не надо тебе это рассказывать… Зачем? Но я все-таки расскажу… Возненавидишь — и пускай…

Понять, что она лепечет, было невозможно.

— Чего я не знаю? Что ты хочешь мне рассказать?

Набрав полную грудь воздуха, Мари выпалила:

— Я знала, что Тадаки собирается тебя убить. С позавчерашнего дня знала. И ничего тебе не сказала. Решила: украду золото, и он мне больше будет не нужен. Даже лучше, если он исчезнет. Не станет предъявлять претензий.

Маса ошеломленно на нее уставился.

— Я следила за тобой. Всё время, с первого дня, — говорила Мари, опустив голову. — Ты этого не замечал.

Я хорошо умею быть невидимой. И у меня очень быстрый велосипед. На городских улицах автомобилю от меня не оторваться. Я отстала от черного «отомо», который мчался с большой скоростью, но я догадалась, куда он едет. Там на номерном знаке было написано «ПДКП». Твоей беседы с Танакой, я, конечно, подслушать не могла. Иное дело — вилла в Сибуя, где ты разговаривал со стариком Курано. Я перелезла через стену, спряталась среди мхов и услышала больше, чем ты.

— Как это — больше? — спросил Маса, всё больше поражаясь.

— Ты ушел оттуда, а я осталась. Потому что на веранде появился Сандаймэ Тадаки. Старик сразу проснулся. Может, он и не спал, а прикидывался. Поднял глаза, говорит: «Ты должен убить Сибату». Якудза оторопел. Зачем, спрашивает, почему? «Он очень силен и очень опасен». Сандаймэ говорит: «Я не хочу убивать Сибату-сан, он достойный человек. Если он затаил зло против семьи Тадаки за своего отца, я готов принести ему извинения!» Якудза очень не хотел тебя убивать. Но Курано сказал: «Этот человек представляет собой угрозу для Японии. Ты меня знаешь, я зря такого говорить не стану. А кроме того я твой ондзин, и ты сделаешь так, как я велю. Иначе ты человек без стыда и чести». Тогда Сандаймэ склонил голову и попросил позволения убить тебя благородно, мечом. Но старик отказал. «Никто не должен знать, что Сибату умертвила якудза. Его нужно застрелить из оружия, которым пользуются росукэ. Пусть думают на них...» — Всхлипнув, Мари продолжила совсем тихо: — Я долго думала, колебалась. Говорить тебе про это или нет. Сама на себя удивлялась, что ломаю над этим голову. Все рациональные доводы были за то, чтоб не говорить. И в конце концов я промолчала. Потому что для меня так лучше и удобнее. Но чувствовала себя странно… Непривычно… Я не знаю, что со мной… У меня никогда вот здесь так не болело…

Она показала себе на грудь и горько заплакала.

— Это значит, что у тебя все-таки есть сердце, а стало быть, ты не настоящая кицунэ, — рассеянно произнес Маса. — Какую угрозу могу я представлять для Японии? Почему чертов старикашка желает моей смерти? Чем это я так уж опасен?

Мари вытерла слезы, высморкалась.

— Меня это тоже поразило. И я выяснила, в чем дело…

結末

Финал

НАСЛЕДСТВО ТАЦУМАСЫ

ХРАМ УТЕКШЕЙ ВОДЫ

— Хочу быть с тобой честной, — гнусавым голосом продолжила Мари. — Я беспокоилась не о тебе — о себе. Находиться рядом с тем, на кого будет охотиться якудза, опасно. Тогда-то я и решила поскорее закончить операцию. И держаться от тебя подальше. Если б я предупредила тебя об угрозе, ты бы стал меня уговаривать вместе убежать или еще что-нибудь в этом роде. А я не хочу убегать. И не хочу быть вместе. Ни с кем. Я всегда была одна и не собираюсь жить иначе. Не собиралась... — еле слышно прошептала она и опять расплакалась.

Маса молча сунул ей бумажный платок, чтоб высморкалась.

— ...Я была сильно испугана. Стала наводить справки, что за Курано такой. Большинство о нем даже не слышали. А те, кто слышал, не желали о нем рассказывать. Прямо клещами приходилось вытягивать. И мне стало еще страшней. Когда мне страшно, я предпочитаю знать о причине страха как можно больше.

— И что ты сделала?

— Вернулась туда ночью.

— Куда?

— На виллу. И погуляла по ней.

Он недоверчиво на нее уставился.

— Ты пробралась ночью в дом Курано?!

— Да. Это было нетрудно. Его охранники дрыхли, как зимние черепахи, и все равно они глухонемые. Дедушка на ночь пьет снотворное, его тоже не разбудишь.

— Откуда ты знаешь?

— Там пузырек веронала на тумбочке около постели, — деловито объяснила Мари. Она уже не плакала. — Ну да, я и в спальне побывала. А ты как думал? Я там часа три провела, всё обыскала.

Маса только головой покачал. Она, конечно, подлая предательница, но какая женщина!

— И что ты нашла?

— Тайник за алтарем. В нем папки, бумаги, какие-то списки-расписки. Много имен. Политики, банкиры, генералы, предприниматели. Я ничего не тронула — зачем мне политические тайны? С ними только свяжись — шею себе свернешь. Я и сама не знала, что ищу. Так и ушла бы ни с чем, если бы вдруг не увидела на стене в гостиной какэмоно с собственноручной каллиграфией хозяина. Тут-то загадка и раскрылась.

— Что там было написано? — нетерпеливо спросил Маса, потому что рассказчица прервалась — снова затеяла сморкаться.

— Какая-то чушь про любовь к родине, неважно. Важно, что эта чушь была подписана полным именем. Все, кого я расспрашивала про Курано, называли его только по фамилии, обязательно прибавляя «сенсей». «Курано-сенсей» и всё. А тут стояли четыре иероглифа: и фамилия, и имя.

— Ну и что?

— Я тоже сначала не придала значения. А потом меня будто стукнуло! «Курано Данкити» — вот как его зовут! В легендах о Великом Тацумасе упоминается его старший ученик и главный помощник Данкити. Что с ним случилось потом, неизвестно, я никогда этим не интересовалась. Но если помощник Тацумасы стал потом помощником Кровавой Макаки...

— Значит, отца предала вовсе не куртизанка Орин, а Данкити! — воскликнул Маса. — Старик наврал, что не знал моего отца! Мерзавец! Предать своего учителя! Что может быть гнуснее? Но... — Он все равно не понимал. — Но почему Курано потребовал меня убить?

— Ты ведь сказал ему, что ты опытный сыщик и докопаешься до истины. Я уверена, он потому и захотел на тебя посмотреть — понять, насколько ты опасен. Увидел, что очень опасен. И решил от тебя избавиться.

— Даже если бы я выяснил правду, кто бы привлек Курано к ответу? И за что? За то, что шестьдесят четыре года назад он выдал вора бандиту? Просто смешно! Ты ошибаешься. Дело не в этом.

— Ты так и не стал настоящим японцем после твоих сорокалетних странствий, — вздохнула Мари. — Да если все важные люди, которые смотрят на Курано снизу вверх, как христиане на икону, узнают, что этот светоч национальной идеи — подлый предатель, погубивший собственного учителя… Это хуже смерти. Думаю, у Сандаймэ Тадаки с его дурацким кодексом от такого потрясения лопнет его квадратная башка. Оябун и не подозревает, по какой причине его дед взял Курано Данкити себе в советники.

Она права, всё так и есть! Отними у великого старца его репутацию, и все отвернутся от него с еще большим омерзением, чем когда-то от бедной Орин. В конце концов, что возьмешь с продажной женщины, а тут — живой символ Кокусуй.

— Что ж, коли так… — медленно произнес Маса, — пожалуй, нанесу старичку еще один визит и я. Возьму его за шиворот.

— Я пойду с тобой.

— Зачем? — удивился он. — Добыча, пусть небольшая, уже твоя. Быть со мной ты не хочешь, предпочитаешь жить одна. Ну и живи себе. Ты сообщила мне очень важные сведения. Мы в расчете. Я на тебя зла не держу. Прощай.

— Нет. Без меня тебе будет трудно проникнуть в дом. Ты попадешься.

— Тебе-то что?

— Сама не знаю… — Мари опустила голову. — …Я очень странно себя чувствую. Всегда жила на свете совсем одна, в темноте. Даже когда научилась видеть… Вокруг никого живого, только тени и звуки. А сейчас возникло неприятное ощущение… будто рядом есть еще кто-то… живой.

— «Кто-то»? — язвительно переспросил он.

— А может, и нет никого, показалось, — сердито ответила она. — Так едем мы брать за шиворот хранителя Кокусуй или нет? Уже полночи прошло!

На шоссе они остановили грузовик, возвращавшийся из дальнего рейса. Мари немножко поворковала с водителем, сунула ему купюру, и заколдованный бедняга согласился отклониться от маршрута. Куда бы он делся? Ночью лисицы всесильны.

Через стену благородный ронин и неблагородная воровка перелезли без проблем. Пошли темным парком.

— Дверь открою я, — сказала Мари. — У меня отмычка. Пойду первой, ты за мной. Перегородки широко не открывай. Протиснулся в щель — сразу задвинул.

— Почему?

— Потому что, если подует сквозняк, лысые охранники насторожатся. У глухих в этом смысле особенные способности. И ступай полегче. Вибрацию пола они издалека чуют.

— Ты же говорила, они дрыхли, как черепахи.

— Не просто так. Я им помогла.

— Как?

Не ответила. Всё это Масе не нравилось. Что это она раскомандовалась? И почему темнит? Но до поры до времени он терпел.

Надо отдать специалистке должное — замок она вскрыла быстрей и ловчей, чем это сделал бы сам Маса. По темному дому вела уверенно, предупреждая шепотом о ступеньках и приступках.

Перед высокими плотными сёдзи остановилась. Показала жестом: стой. Вынула какую-то щепочку, щелкнула зажигалкой. Чуть раздвинула перегородку, положила дымящуюся щепку на пол. Снова задвинула.

— Что за странные манипуляции? — подозрительно спросил Маса.

Негромко, но и не особенно тихо она сказала:

— Это комната, в которой спят охранники. Только через нее можно попасть в хозяйскую спальню. Такая у него система безопасности, очень примитивная. Если что, старику даже ретироваться некуда. Из спальни нет ни потайного хода, ничего. Окна узкие, не пролезешь, да и не в том он возрасте — через окно сигать. Сразу видно что никто никогда не пытался до Курано добраться. Главная его защита — полезность для больших людей и всеобщее благоговение. А ты своими поисками угрожаешь эту защиту разрушить. Как же тебя не грохнуть?

— Ты выбрала не самое удачное время для лекции, — зашипел Маса, недовольный ее медлительностью. — Мне не терпится добраться до старого негодяя! Чего ты тянешь?

— Жду, пока подействует снотворное. Я же сказала: охранники крепко дрыхли, потому что я им помогла. В тетради Тацумасы есть рецепт чудесных курительных палочек, которые способны усыпить даже лошадь... — Она взглянула на часики. Темнота ей была нипочем. — Пора. Можешь идти. Главное не наступи на охранника, который спит прямо перед дверью в спальню. И повяжи на лицо вот эту повязку. Она пропитана особым раствором, чтобы тебя не заклонило в сон.

— А ты?

— Ты ведь дряхлого старика не убьешь, хоть он и гадина. Верно? — спросила Мари.

— Не знаю, — буркнул он. — Очень хочется.

— Ты не можешь убить того, кто не защищается. Я тебя достаточно знаю. Так зачем же мне, чтобы Курано меня увидел? Нет уж. Вы беседуйте, а я лучше тут подожду.

Это правильно, подумал Маса. Если я вытрясу из Курано его патриотическую душу, Мари необязательно видеть эту неприятную сцену.

В комнате охраны оказалось не так темно, как в коридоре. Через окна проникал лунный свет.

Двое слуг спали на футонах у стены. Один, как и предупреждала Мари, лежал прямо поперек неширокой двери.

Маса осторожно повернул ручку. Засова нет. Оно и понятно. Курано в таком возрасте, когда лучше от слуг на ночь не запираться — вдруг сердце прихватит или еще что.

Щель засочилась мягким светом. Маса заглянул.

Несмотря на глухой предрассветный час Курано не спал. В мягком свете старинной масляной лампы было видно низкую постель, белый лист и держащие его узловатые пальцы. Старец читал или что-то рассматривал. При этом тихо бормотал.

— «Суть ее обман, а сущность пустота. Крутись, Сансара», — разобрал Маса, прислушавшись.

Дребезжащий голос повторил трехстишье снова. И снова. И снова.

Сонная мантра — вот что это было. Старинное средство от бессонницы. В прежние времена верили: если не мигая смотреть на картинку с изображением Колеса Сансары и повторять заклинание, рано или поздно уснешь. Медицинский пузырек на тумбочке тоже стоял, но, видимо, сегодня веронала оказалось недостаточно.

Что же, поспать Курано-сенсею нынче в любом случае не судьба.

Толкнув дверь, Маса вошел.

Услышав скрип циновок, лежащий опустил листок.

Он не спросил «кто это?», а лишь сделал сердитое движение рукой. Должно быть, не разглядел в полумраке, что за гость к нему явился. Подумал, кто-то из слуг.

— Здравствуй, сволочь, — громко сказал Маса и сдернул повязку.

Засмеялся, потому что морщинистая физиономия Курано исказилась от ужаса.

— Плохой сон. Лучше бы я не засыпал, — пробормотал старик и ущипнул себя за руку.

Развлекаясь, Маса закачался, словно бесплотное привидение, и замогильным голосом провыл:

— Ты отправил меня на тот све-е-ет, как и твоего благодетеля Тацума-асу, моего отца-а-а.. Но я прислан за тобо-ой. Твое время наста-ало. Тебя ждет самый страшный закуток Ада, предназначенный для подлых предателей. Уууу!

К сожалению, Курано в привидение не поверил.

— Это ты? — взвизгнул он, вскинувшись. — Тебе конец! Сейчас прибежит охрана!

Он ткнул пальцем в какую-то кнопку, и зажегся яркий свет. Причем, кажется, не только в спальне, а сразу во всем доме. Оказывается, здесь все-таки было электричество.

Но охрана не прибежала.

Через несколько секунд, когда глаза приспособились к освещению, Маса приблизился к ложу. Сел на татами, сложил руки на груди.

— Поговорим?

В лице Курано уже не было страха.

— Ты — моя карма, — тихо проговорил старик. — Я понял это сразу, как только тебя увидел.

— Позавчера?

— Нет, шестьдесят пять лет назад. Когда Тацумаса гордо предъявил ученикам своего сына. Я сказал себе: «Мне никогда не возглавить школу. Этот кусок розового мяса обокрадет меня». Во всем виноват ты! Ты сделал меня тем, чем я стал!

Выцветшие глаза горели ненавистью. Маса думал, что из негодяя придется вытягивать правду клещами, а старика было не заткнуть, его словно прорвало.

— Я боролся с собой! Я совершил паломничество в Камакуру к Большому Будде! Я умолял его вытравить из моей души злобу на учителя! Но злоба делалась всё сильнее! Я так старался, я усердно постигал тайны мастерства, а Тацумаса не ценил моей преданности! Он был несправедлив ко мне. И однажды я услышал голос. Он шепнул: «Кто не ценит преданности, заслуживает, чтоб его предали. Делай так, как я говорю, и вознесешься выше облаков». Я послушался голоса. Я потом всегда его слушался, и он меня не подводил. Я поднимался все выше и выше… Но каждую ночь, каждую ночь моей долгой жизни я вижу один и тот же сон. Мост Нихонбаси, и на перилах две головы, мужская и женская, а под ними дохлая макака…

Он содрогнулся, зажмурился, умолк.

— Расскажи, как погибли мои родители, — потребовал Маса, когда пауза слишком затянулась. — Я хочу это знать.

— Очень хочешь? Очень-очень? — бледные губы раздвинулись в язвительной улыбке. — Дайкон тебе. Ничего не скажу. Не доставлю тебе этого утешения. Катись к черту, сын Тацумасы. Делай то, за чем явился, я не боюсь. Наконец-то я высплюсь за все эти годы…

— Ты думаешь, я тебя убью? Нет. Я разоблачу тебя перед всем светом. Много лет ты жил, окруженный почитанием. А теперь все узнают, что ты — гнусная тварь, предавшая своего ондзина и учителя.

Улыбка перешла в злобный, беззубый оскал.

— Никто тебе не поверит! Ни одна газета этого не напечатает! Все главные редактора знают, что такое Данкити Курано и как многое связано с моим именем!

— Даже те редактора, кто на стороне барона Танаки? Он будет рад нанести такой удар по вашей мракобесной клике. А еще я обязательно потолкую с Сандаймэ. Как сын Березового Тацумасы с внуком Тадаки Первого. Можешь не сомневаться. Он мне поверит. И поймет, почему тебе так понадобилось меня убивать. Представляешь, как на тебя посмотрит твой ученик?

— Не посмотрит.

Курано сунул руку под подушку. Она у него была старинная, деревянная, в виде скамеечки. Что-то вынул, поднес ко рту, но Маса вцепился в сухое запястье. Вырвал из скрюченных пальцев маленький фарфоровый фиал. Выдернул пробку, поднес к носу. Пахнуло горьким миндалем.

— Отдай! — прохрипел старик. — Он всегда со мной… Я много раз хотел уйти… Отдай.

И заплакал от бессилия. Смотреть на льющего слезы древнего старца, даже такого нехорошего — тяжелое зрелище. Но Маса представил две головы на мосту Нихонбаси и подавил в себе жалость.

— Настоящий хранитель японского духа не станет умирать легкой смертью. Вон в нише два меча на подставке. Дать, чтоб ты сделал сэппуку?

— У меня не хватит на это сил. Мне восемьдесят восемь лет, — прошамкал несчастный, уставший от своей проклятой жизни человек. — Дай мне умереть, сын Тацумасы! Я расскажу тебе то, что ты хочешь знать. Всю правду, клянусь. Зачем мне врать на пороге смерти? А ты поклянись, что отдашь мой яд. Я хочу уснуть, уснуть. И никогда больше не просыпаться. Не надо мне никакой Сансары!

— А она всё равно вытащит тебя в новое рождение, — мстительно сказал Маса. — И в следующей жизни ты получишь то, что заслужил в этой. Предатели возвращаются в этот мир навозными червями и глистами. Но яд я тебе верну. Если поверю твоему рассказу. Начинай.

И старик начал.

— ...Последним оскорблением, которое я уже не смог вынести, был отказ сообщить мне, в каком убежище Тацумаса укроется от Сарухэя, — подошел к концу своей повести Курано четверть часа спустя. — «Ах, вы не считаете меня достойным доверия? — подумал я. — Ну, тогда я свободен». И я послушался голоса, звавшего меня идти собственным путем. Я убедил мастера, что нужно обратиться за помощью к властям — чтоб стражники устроили в Доме-под-Березой засаду, в которую попадутся люди Тадаки. К тому времени я уже вступил с ним в тайные сношения, но Макака во мне сомневался. Вот когда я предупредил его о засаде, тогда он наконец мне поверил. И дальше действовал, следуя моим советам. Распрощавшись с сенсеем и его спутницами в горах, я отпустил в Эдо остальных учеников, а сам потихоньку проследовал за Тацумасой до самого перевала. Я увидел, где находится убежище, и сообщил об этом Сарухэю. Что там произошло и как именно погибли твои родители, я не знаю. Тадаки сказал, что их изрубила мечом его мартышка, но правда это или нет, я не ведаю. Головы, которые он принес в мешке, были проломлены и покрыты синяками, а у твоей матери обгорели волосы...

Слушать это было тяжело. Маса сидел, сдвинув брови, но не перебивал.

— Чтобы выставить Тацумасу в смешном и постыдном свете, Сарухэй не пожалел свою любимую обезьянку. Он решил, что рядом с ее трупиком головы будут смотреться еще мерзее... Но люди не смеялись, они плакали. И я тоже плакал. Я рвал на себе волосы, я хотел утопиться... Но голос сказал мне: «Это муки, в которых рождается новый Данкити. Потерпи. Будет легче». И через некоторое время мне стало легче...

— Значит, Орин моего отца не предавала?

— Это еще одно неприятное дело, которое понадобилось совершить, чтобы родился новый Данкити, — отрешенно сказал старик. Он был мыслями в далеком прошлом. — Другие ученики знали, что место, куда скрылся учитель, известно только куртизанке, поэтому никто в ее вине не сомневался. А чтобы она не начала оправдываться, я предложил ей выбор. Или она уедет из Эдо и никогда больше не раскроет рта. Или ей отрежут нос, чтоб обезобразить, язык, чтоб не могла говорить, и пальцы, чтоб не могла писать. Для женщины страшнее всего, конечно, была первая угроза. Красавицы боятся уродства больше, чем смерти, поэтому Орин испугалась, скрылась в дальнюю обитель и приняла обет вечного молчания.

— А почему ты ее просто не убил?

— Это вызвало бы ненужные подозрения. Все ведь знали, что ученики Тацумасы не станут мстить предательнице, поскольку придерживаются канона о неубийстве.

— Всё равно не понимаю. Страх разоблачения висел на тебе долгие годы. Сам говоришь, что кошмары преследовали тебя каждую ночь. Почему ты не убрал единственную свидетельницу уже потом, когда стал одним из главарей якудзы? Разве тебе не стало бы спокойней?

— Кто же убивает монахинь? — удивился Данкити.

Он, конечно, злодей, но особенный, японский — акунин, подумал Маса. Ему не захотелось мучить старого негодяя дальше.

— Ладно. Уговор есть уговор. Держи свою отраву.

Он протянул флакон, но тут открылась дверь.

— Остановись!

В спальню вошла Мари. В руках она держала какой-то предмет, завернутый в шелковую ткань.

— Ты опять подслушивала? — спросил Маса.

— Только последнюю минуту. Чтоб ты мог закончить разговор. Не давай ему яд! У меня тоже есть вопросы. Пусть сначала ответит!

Никогда еще Маса не видел ее такой возбужденной.

— Да в чем дело? Что это у тебя в руках?

— Я опять тебя обманула. Верней, сказала не всю правду. Извини. Я вернулась сюда не из-за тебя. Не только из-за тебя.

Виноватой, однако, она не выглядела. Ее будто трясло в лихорадке.

— Тогда ночью я нашла не один тайник, а два. И про второй ничего тебе не сказала. Потому что не смогла в него попасть.

— Что за тайник?

— В комнатке, где у него хранятся секретные бумаги, за полками, я обнаружила еще одну дверь. На ней табличка «Храм Утекшей Воды». И старинный замок, очень хитрый. Цилиндрический, называется сацума-дзёмаэ. В прежние времена им запирали сокровищницы. Открыть его я не смогла, но вспомнила, что в тетрадке Тацумасы есть инструкция. Нужно было изучить ее и вернуться сюда снова. И сейчас, пока ты расспрашивал про родителей, я туда проникла.

— Ты влезла в мой храм?! — дернулся Курано, но обмяк. — А, все равно. Отдай мой яд, сын Тацумасы. Ты дал слово.

— Заткнись! — рявкнул на него Маса. — И что ты там нашла, в потайной комнате?

— Сначала я была разочарована. Ни золота, ни драгоценностей там нет. На подставках, с большой помпой, словно великие сокровища, разложена всякая дрянь. Ржавый кинжал с привязанной к нему поминальной табличкой. Прядь женских волос. Игральная кость. И прочая чепуха. Даже скелет мартышки, представляешь?

— Это храм моей памяти, — сказал Данкити. — Я удаляюсь туда медитировать, проживать важные миги моего прошлого. Ничего ценного для воров там нет! Отдайте мне яд.

Мари его хныканье не слушала.

— Смотрю — на отдельном постаменте стоит нечто, завернутое в шелк. Сдергиваю его… Вот, сам смотри.

Она развернула ткань. Под ней оказался сверкающий золотом куб, размером с коробку для маленькой дамской шляпки. Маса потрогал гладкую поверхность.

— Обклеен золотой фольгой.

— Но я-то в первый миг не поняла! Я подумала — «Золотой Коку»! Неужели он существует на самом деле? Неужели это не легенда? Вся задрожала! Схватила — а он не золотой…

— Какой «Золотой Коку»? — воззрился на нее Маса.

— Я не понимаю, как можно быть сыном Великого Тацумасы и до такой степени не интересоваться его свершениями! — Мари возмущенно покачала головой. — Он не слышал предание о «Золотом Коку»! Это же венец карьеры твоего отца! Подвиг, затмивший похищение британских секретов!

— Каких секретов?

— В 1861 году Тацумаса пробрался в резиденцию, где жили английский посланник Олкок и торговый представитель Джефферсон, и скопировал тайные инструкции, которые у них были для переговоров с сёгуном. Ночью, пока англичане спали, представляешь?

— Я был там. Я это видел, — прошептал Данкити, прикрыв дряблые веки. — Ах, какое было время…

— А что такое «Золотой Коку»?

— Сокровище, которое, согласно легенде, Тацумаса украл у Тадаки Первого. Слиток в 170 килограммов чистого золота. Я всегда думала, что «Золотой Коку» — красивая сказка, небылица.

— Сама ты небылица, — пробормотал Курано.

Мари повернулась к нему:

— Зачем у тебя хранится этот муляж, старик?

— Это память о том, как я вознесся, — прошептал Курано. — Я разворачиваю шелк, смотрю на золотой блеск и думаю о суетности и преходящести соблазнов, которые манят человека… Мы с Сарухэем тогда так и не нашли «Золотой Коку». Тацумаса умел не только красть, но и прятать. И перед смертью он не выдал своей тайны. Но я сказал ояфуну: «Изготовьте точной такой же куб и сообщите всем, что «Золотой Коку» возвращен. Это позволит вам сохранить клан». Совет был хорош. После этого я и стал правой рукой Сарухэя… Когда пришло время от него избавиться, я раскрыл банде обман. Возмущенные пособники взбунтовались. Я прикончил Сарухэя кинжалом, который хранится в моем Храме, свалил убийство на других и потом помог Тадаки Второму подавить мятеж. Ах, какая ловкая это была операция! — Тень улыбки тронула увядшее лицо. — Так я поднялся еще выше… А куда делся настоящий «Золотой Коку», неизвестно… Это всё, что я знаю, женщина. Перестаньте меня мучить! Я хочу утечь в другой мир, как талая вода.

— Где находится пещера, в которой умерли мои родители? — спросил Маса. — Я хочу посетить ее, почтить их память. Это последнее, что нам от тебя нужно.

У него на ладони лежала бутылочка с пропуском в другой мир.

— За озером Миясагэ, в горах. На перевале Харами. Какой-то обрыв, с которого надо было спускаться на веревке. Подробностей я не помню. Столько лет прошло...

И видно было, что правда не помнит. Зачем ему врать?

— Держи. Черт с тобой.

Старик жадно схватил маленький сосуд. И скорей, будто боялся, не отберут ли, запрокинув голову, выпил.

— Ах, как хорошо, — пробормотал он. — Вот бы еще Сансара оказалась выдумкой... Чтобы ничего, ничего не было...

Смотреть, как акунин испустит дух, Маса не стал.

— Всё, — сказал он спутнице. — Идем отсюда. Отец был бы доволен. Канона я не нарушил.

БЛЕСТЯЩЕЕ НЕЗОЛОТО И НЕБЛЕСТЯЩЕЕ ЗОЛОТО

Они шли пешком по темным улицам и молчали. Масу это сначала удивляло. Потом начало злить. Он-то ждал, что лисица будет мести своим пушистым хвостом, снова просить прощения, обволакивать — всё для того, чтобы глупец опять подпал под ее чары и согласился искать золотой куб, из-за которого она так возбудилась.

Нет, молчит. Один раз, искоса на нее посмотрев, он наткнулся на встречный взгляд — неприязненный и злобный.

Очень хорошо! Известно, что на рассвете, когда слабеет тьма, можно увидеть истинную морду кицунэ с хищным оскалом и острыми зубами.

Около станции им встретился рикша — из тех, что обслуживают ночных гуляк.

— Садись и уезжай куда тебе надо, — сухо сказал Маса. — Я дойду пешком.

До дома отсюда идти было примерно час.

— Мне в ту же сторону, что тебе, только дальше. В Синагаву.

Так он впервые узнал, где она живет.

Сели, отвернулись друг от друга. Скоро Маса, убаюканный мерным скрипом колес, задремал.

Ему приснилось нечто простое и несказанно приятное. Будто он лежит на высоком морском берегу, раскинувшись, молодой и безмятежный. Восходит красное, как японский флаг, солнце. И лучи от него исходят точно такие же, отчетливо прорисованные. Они ласково тянутся к лицу, любовно его ласкают. Это Родина, думает нежащийся Маса. Как она, оказывается, меня любит! Есть слово для людей, любящих свою Родину, — «патриотизм», но почему-то нет слова для Родины, которая любит своих людей. Надо придумать. Сонный мозг сразу подсказал хорошее название для Родины, относящейся к своим детям с материнской любовью: «матриотизм». Надо проснуться и записать, подумал спящий и открыл глаза.

Тонкие пальцы, гладившие ему щеку, отдернулись.

— Зачем? — спросил он быстро отвернувшуюся Мари.

— Что зачем?

Невероятно, но она выглядела сконфуженной.

— Зачем ты трогала мое лицо?

— Я!? Ничего подобного!

— Нет, трогала!

Поняла, что не отопрется. Тихо сказала:

— Я до сих пор руками вижу лучше, чем глазами. Что потрогала — никогда не забываю. Хотела тебя запомнить. Мы ведь сейчас распрощаемся.

Было уже совсем светло, а хищный лисий оскал не открывался. На рассвете Мари была так же прекрасна, как всегда. Нет, в разное время суток она прекрасна по-разному, подумал Маса. Его вдруг пронзила мысль. Если ей нужно было только проникнуть в «Храм Текучей Воды», зачем было рисковать, идти вдвоем? Она бы ловчей управилась одна. Но ведь пошла. Несмотря на опасность.

Она и теперь в опасности.

— Прощаться нам рано, — сказал Маса. — Сначала я должен произвести уборку.

— Какую уборку?

— Убрать дрова, которые мы с тобой наломали, а то они обрушатся нам на голову и обоих прикончат. Нас сейчас кинутся разыскивать казаки, которых мы обворовали. Якудза, которой никто не отменял приказ меня убить. Полиция — потому что на берегу канала два трупа. Пули выпущены из моего «браунинга». Мокрые следы наших ног... А еще есть люди Курано, которые наверняка уже проснулись и нашли своего хозяина мертвым. Они обратятся не просто в полицию, а в Токко.

— Господи, я там наследила! — ахнула Мари, бледнея. — Не заперла тайник! На замке отпечатки пальцев! И фальшивый коку остался в спальне! Меня разыщут! Я пропала! Это ты во всем виноват! Вместо того, чтоб думать о деле, я думала о тебе! Я тебя ненавижу! Будь ты проклят!

— Не бойся, я всё устрою. Послушай меня...

Он хотел успокоить ее, погладить по плечу, но получил удар по руке.

— Не трогай меня!

Как кошка лапой, подумал Маса. И вдруг понял: она не кицунэ, она кошка! А кошки любить умеют, только по-своему. То фыркнут, то помурлычат, то оцарапают, то потрутся. И всегда будут делать только то, что им хочется. Это, конечно, не преданная собачья любовь, но это все равно любовь.

— Эй, поворачивай вправо! — крикнул он рикше, потому что на Мэгуро от перекрестка было направо.

— На Синагаву прямо, — удивилась Мари. — Погодите, пожалуйста! Не поворачивайте.

— Мы едем ко мне.

Она посмотрела на него с изумлением. Глаза были совершенно кошачьи, как он только раньше этого не замечал? У лисы совсем не такие, хищные. Потому что лиса — убийца, ее молоком из блюдечка не накормишь. Мари Саяма кто угодно, но нет, не убийца.

— Так ты едешь со мной? — спросил он. — Нет — я сойду. Решай.

Опустила ресницы. Маса дорого бы дал, чтобы узнать, о чем она сейчас думает, что чувствует. Признательность за то, что он простил ей вероломство?

Ресницы дрогнули, из-под них блеснул острый взгляд.

— Значит, мы будем искать «Золотой Коку» вместе? — промурлыкала Мари. — Ты сам слышал: это не легенда. Слиток существует на самом деле! Плевать на белое золото, тем более что его нету. Этот приз намного ценней! Только вообрази — сто семьдесят килограммов старинного золота!

Все-таки обмотала вокруг мизинца, подумал Маса, но не рассердился, а рассмеялся.

— Зачем сыщику в таком деле помощь воровки? Я могу искать «Золотой Коку» без тебя. Почему я должен с тобой делиться?

— Потому что я буду делать тебе массаж.

У рикши закончилось терпение.

— Эй, парочка! Разобрались вы наконец, куда ехать?

— Заткнись и стой тихо! — рявкнул Маса на манер заправского якудзы. Тут шла торговля, мешать которой не следовало.

Возчик втянул голову в плечи.

— И еще мы займемся любовью по-настоящему, — повысил ставку Маса.

— Это нет. Никогда! Но пока идут поиски, раз в три дня ты будешь получать сеанс массажа. А если найдем — за мной двадцать сеансов.

В конце концов договорились, что массаж будет через день, по четным числам; и первый сеанс Маса получит авансом — прямо сегодня. Каждый плюнул на ладонь, как делают ковбои в американских фильмах, чтобы скрепить сделку. Обменялись рукопожатием.

— Езжай направо! — велел рикше Маса.

— Как же ты будешь искать то, что шестьдесят четыре года назад не смогли найти очень серьезные люди по горячим следам? — жадно спросила Мари, взяв его под руку и тесно прижавшись.

— Еще не знаю. Но Курано ведь ошибся, когда сказал, что из тех времен на свете остался он один.

— Куртизанка Орин?

— Может быть, ты права и с сыном Тацумасы она заговорит. Вдруг старушка что-нибудь подскажет?

По правде сказать, о поисках Маса пока не думал. Он думал об авансе, который сейчас получит.

Недолго, но крепко поспав после сладостной массажной оргии, Маса взялся за неотложную работу: стал разбирать завалы, оставленные вчерашним тайфуном.

Начал с самого трудного — отправился с визитом в резиденцию «Хиномару-гуми».

Тадаки Третий сидел у себя в кабинете заплаканный, с траурной повязкой на рукаве. Портрет Курано-сенсея тоже был по углу перетянут черной лентой.

Внезапное появление Масы ошеломило оябуна.

— Сенсей? Вы?!

— Я к вам с официальной претензией, — строго объявил Маса. — Как вам наверняка уже известно, вчера ночью были застрелены двое ваших людей. Так знайте: их прикончил я. За то, что они пытались убить меня и близкую мне женщину, хотя она не имеет никакого отношения к нашим недоразумениям. Что это за якудза, которая убивает посторонних женщин, а?

— Какую женщину? — пролепетал Сандаймэ. — Я этого не приказывал!

— По крайней мере не отпираетесь, что приказали убить меня.

Оябун опустил глаза.

— Это было не мое решение.

— Знаю я, чье это было решение! Вон того гнусного предателя! — ткнул Маса пальцем на портрет. И гаркнул на вскинувшегося Сандаймэ:

— Сидеть и слушать!

Рассказал о том, как ученик предал своего учителя и благодетеля. О причине, по которой Курано возжелал убить Тацумасиного сына. Об обстоятельствах самоубийства.

Одним рассказом, конечно, не обошлось. Тадаки не поверил, потребовал доказательств. Поехали в Сибуя, на виллу. Там тоже всё было увешано черными лентами, глухонемые телохранители мычали, утирали слезы. Их осталось двое. Один, самый ответственный, уже успел зарезаться — не простил себе, что не уберег господина.

Маса почтил память верного слуги низким поклоном и повел оябуна в Храм Утекшей Воды. Показал скелет мартышки и, главное, кинжал с поминальной табличкой, а на ней почерком Курано написано: «Кровавая Макака». То, что покойный дедушка назван не именем, а обидной кличкой, убедило Сандаймэ больше всего. Предводитель «Хиномару-гуми» разревелся, словно ребенок, у которого сломалась любимая игрушка.

— Мой клан опозорен! — рыдал оябун. — Все узнают, что мы много лет чтили бесчестного негодяя! Я не переживу такого стыда!

Пришлось его еще и утешать.

— Никто ничего не узнает, — сказал Маса. — Даю слово. Старик сдох, и акума с ним. Зачем мне затевать этот скандал? Чтобы одна политическая фракция взяла верх над другой? Они мне обе не нравятся. Якудза мне тоже не нравится, но ваш клан все-таки поприличней других.

Тут возникла новая докука. Сандаймэ преисполнился такого раскаяния и такой благодарности, что пожелал немедленно, прямо сейчас, отрубить себе в искупление вины один, нет даже два пальца. Еле удалось избежать этого маленького кровопролития.

Всё это было утомительно и заняло немало времени, но в конце концов проблема с «Хиномару-гуми» благополучно разрешилась.

Потом Маса съездил к барону Танаке, вызвав туда же и майора Бабу. Раскрыл перед государственными людьми жульническую интригу Семёнова. Скромно выслушал слова признательности. В тот же день полиция Токко отправила атамана и его головорезов с виллы прямиком на пароход — и вон из Японии, навсегда.

После этого оставалось только объясниться с Кибальчичем. Тут затруднений и вовсе не возникло. Узнав, что Семёнов хотел надуть страну Советов, Момотаро разразился крепкой русской бранью. Пообещал, что рано или поздно карающая рука мировой революции вздернет «бешеную белую собаку» на виселицу.

Аминь, сказал себе Маса, ныне отпущаеши. Наконец можно заняться своими делами. Один день всего и понадобился.

В благодарность он получил вечером бонусный массаж, хотя число сегодня было нечетное. К тому же — не меньший, если не больший приз! — Мари осталась ночевать, и они спали в одной постели.

Правда, она не сняла платья, да еще проложила посередине границу, пересекать которую запрещалось: шелковый чулок. Спала, свернувшись по-кошачьи, тихо посапывала. Маса смотрел на нее и вздыхал. Думал, что чулок — как меч, отделявший Изольду от Тристана.

А всё равно было хорошо. Очень.

Утром они вместе позавтракали и отправились на вокзал. Путь предстоял неближний, в северный край Аомори. Там, близ горного озера Товада, вдали от населенных мест, находилась обитель, где обрела пристанище оклеветанная куртизанка Орин.

В дорогу Мари оделась подобающим для святого места образом: в серенькое кимоно, повязала голову платочком — такая скромная мышка, прямо не узнать. Еще и молилась. «Богиня Каннон, — шептала она, сложив ладони, — сделай так, чтоб старушка была жива и не в маразме. Ну, пожалуйста, что тебе стоит?». Маса же просто смотрел в окно. Чем дальше от столицы, тем патриархальней становился пейзаж. Многоэтажные кирпичные дома исчезли, фабричные трубы встречались всё реже, на полях вкалывали скрюченные крестьяне в широких соломенных шляпах. Казалось, едешь не с юго-запада на северо-восток, а из двадцатого века в девятнадцатый.

Заночевали в пристанционной гостинице и на озеро попали только к середине следующего дня. Автобус в эту глухомань не ходил, пришлось нанимать крестьянскую повозку и тащиться со скоростью улитки.

Зато стояла обитель славно — на пологом лесистом склоне, откуда открывался упоительный вид на водную гладь, и в ней отражалось синее небо. Не такое плохое место, чтобы промолчать тут всю жизнь.

Да и с кем здесь разговаривать? А главное о чем?

От одного взгляда на постные физиономии монашек накатывала зевота. Не лучше была и аббатиса, к которой гостей провели сразу. Видно, захолустный монастырь не был избалован посетителями.

Бритоголовая настоятельница в лиловой рясе угостила жидким чаем, вежливо выслушала трогательный рассказ, сочиненный Масой как раз для такой божьей птахи: про незабвенного покойного батюшку, которого знавала когда-то одна из здешних отшельниц. О батюшкином ремесле, конечно, не упомянул.

Мари талантливо изображала хорошую японскую жену. Каждому слову мужа поддакивала, сама помалкивала, а если скажет что-нибудь, то очень коротко и обязательно с поклоном, да еще прикроет рот ладонью. Вот бы она была такою всегда!

— Которая из моих питомиц вам надобна, сударь? — спросила монахиня. Говорила она по-старинному, будто персонаж театра Кабуки.

— Сестра Соин, — назвал Маса монашеское имя бывшей звезды «ивового мира». — В добром ли она здравии?

Они с Мари тревожно переглянулись, потому что настоятельница сокрушенно завздыхала.

— В здравии-то она в здравии, насколько сие возможно в 86 лет. Только сестра Соин вам ничего о вашем батюшке не расскажет. У нее ведь обет догробного молчания. Разве вы, сударь, не знали? Она наша достопримечательность. Живет в монастыре еще с сёгунских времен. К нам даже девушки-паломницы ходят, посмотреть на нее издали и помолиться. В окрестных деревнях считается, что это приносит счастье в любви. Уж не знаю, откуда взялось это суеверие, но я не препятствую. Пусть молодежь приходит в святое место хоть ради этого.

— Наверное, девушки ищут у отшельницы любовное счастье, потому что в юности она была знаменитой куртизанкой, — предположил Маса.

Настоятельница изумилась:

— Кто, сестра Соин? Что за странная фантазия!

И засмеялась. Она явно ничего не знала о колоритном прошлом Орин. Об истории с предательством, стало быть, тоже?

— Отчего госпожа Соин приняла такой суровый обет?

— У нас не принято рассказывать друг о друге, — сестрого молвила начальница. — А те, кто знал историю сестры Соин, давным-давно умерли. Когда я поступила сюда молоденькой послушницей тридцать лет назад, она уже была в преклонном возрасте. Встретишь ее в саду — слегка улыбнется, поклонится, и всё.

— А что она делает с утра до вечера?

— Смотрит на деревья, на озеро. Рисует тушью изящные картинки. Мы их продаем. Некоторые я оставила себе — очень уж они мне нравятся.

Она показала на стену. Там висело несколько пейзажей, нарисованных с невероятной изысканностью, в стиле хитофудэ — то есть в одно движение, когда кисть не отрывают от бумаги. Маса прямо залюбовался.

— Еще сестра Соин каждый день утром пишет хокку своим элегантным почерком. Вешает в токономе, а на исходе дня сжигает на свечке перед алтарем. Я просила подарить мне какое-нибудь — качает головой. А стихи бывают прекрасные. Так жаль, что они пропадают! Я бы охотно записывала и собирала, но если сестра Соин не хочет сохранить свою поэзию, что уж тут поделаешь? Последнее хокку, вчерашнее, я помню. Прочитать?

Едва слышный всплеск.
Опять упала капля
В полную чашу.

Правда красиво? Так и видишь чашу жизни, которая полна до краев и все-таки никак не переполнится!

Светскую беседу пора было заканчивать.

Маса сказал:

— Мы бы все же хотели навестить госпожу Соин.

— Она давно не принимает посетителей. Совсем. Сомневаюсь, что сделает исключение даже ради сына своего старинного знакомого.

Внезапно настоятельница повернулась к Мари.

— Вы ведь здесь когда-то уже были? У меня хорошая память на лица.

Черт, все пропало, подумал Маса. Сейчас выгонят!

Но Мари не растерялась.

— Да, я была здесь, и даже дважды, — как ни в чем не бывало ответила она. — Мой дедушка доктор Саяма тоже знавал госпожу Соин в ее прежней жизни. Поэтому я и попросила супруга взять меня с собой.

Совершенно удовлетворившись этим объяснением, аббатиса посоветовала Масе составить отшельнице записку, а там уж как та решит.

Он написал: «Уважаемая госпожа, я — сын Вашего старинного друга Березового Тацумасы. Меня зовут Масахиро Сибата. Со мной внучка известного Вам доктора Саямы. Мы прибыли с важным и чрезвычайно отрадным известием. Очень просим принять».

Проверим, верна ли поговорка «У женщин любопытство умирает последним».

Отправленная с запиской послушница вернулась быстро. Пошепталась с настоятельницей. Та сказала:

— Сестра Соин показала пальцем на ваше имя, сударь, и кивнула. А на ваше, сударыня, покачала головой. Сожалею, но вам придется подождать мужа в саду.

Мари сделала Масе страшные глаза, беззвучно прошептала «Золотой Коку» и молитвенно сложила руки. Он кивнул: само собой.

Но думал не о сокровище, а о том, что сейчас прикоснется к давнему-предавнему прошлому. И совсем не так, как с Курано. Потому что женщина, молчащая с 1861 года, так и осталась в том времени. Как муравей в янтаре.

Он ужасно волновался.

В белой келье у низкого столика сидела белая старушка в белом монашеском одеянии и надвинутом на лоб белом плате. Фарфоровое лицо светилось легкой полуулыбкой, глаза смотрели безмятежно.

Оказывается, глубокая старость тоже бывает очень красивой. Или же подлинная красота с возрастом не увядает, а лишь переходит от одного сезона к другому, словно дерево, по-разному прекрасное и весной, и летом, и осенью, и зимой.

— Я знаю, что вы невиновны в гибели моих родителей, — сразу сказал Маса, потому что в присутствии этой безмолвной статуэтки тратить слова впустую казалось противоестественным. — Данкити Курано рассказал мне, как страшными угрозами он вынудил вас принять на себя вину.

Черты отшельницы не дрогнули, улыбка не стала шире, ресницы не качнулись.

Да услышала ли она? Поняла ли?

— Я сын Тацумасы, — растерянно проговорил он. — Вы его помните?

Взгляд старушки опустился вниз. Куда это она смотрит? Неужели...

— А, вы хотите, чтоб я показал татуировку?

Кивнула! Значит, все слышит, понимает, а главное не выжила из ума!

Маса приспустил брюки. Никогда еще ему не доводилось показывать своего дракона монахине.

Полуулыбка превратилась в настоящую улыбку — всего на миг. Но что-то промелькнуло на белом личике, какая-то живая тень. И Масе вдруг пришло в голову, что отца с куртизанкой могла связывать не только дружба. Как странно это было представить!

— Данкити мертв. Вам ничто не угрожает, — сказал он, застегивая ремень. — Хранить молчание больше незачем. Поговорите со мной! Я хочу узнать про отца и мать как можно больше. Это для меня очень важно.

Соин показала сухонькой ручкой на свое горло. Что означает этот жест, было непонятно.

— Пожалуйста! — повторил Маса и низко поклонился. — Ведь я своих родителей совсем не помню.

Отшельница открыла шкатулку, в которой лежали письменные принадлежности. Взяла бумагу. Мгновение-другое помедлила и неописуемо красивым почерком вывела три строчки. Пододвинула листок Масе.

Он прочел:

У старой двери
Больше не скрипят петли
В брошенном доме.

В каком смысле? Что она хочет этим сказать? Но Соин снова показала на свою шею, и Маса догадался: она не может говорить, от многолетнего молчания у нее атрофировались голосовые связки!

— Вы потеряли голос? Но почему было не написать это попросту? Зачем загадывать стихотворные загадки? — воскликнул он и тут же пожалел, что не сумел сдержать досады. Ну, как она оскорбится? Пусть отвечает как угодно, только бы отвечала.

Но старушка и не подумала обижаться. Опять обмакнула кисточку, составила новое хокку. И опять туманного содержания.

Восемью восемь
На триста шестьдесят пять —
И всё семнадцать.

Маса дедуктировал минуты две, но расшифровал и эту шараду. Когда каждый день в течение шестидесяти четырех лет пишешь только трехстишья из семнадцати слогов, а никакой другой речью не пользуешься, разучиваешься формулировать по-другому. Вот что хотела сказать монахиня.

Конечно, очень красиво — изъясняться одними стихами, но этаким манером о родителях много не узнаешь, растерянно подумал Маса. Как же выяснить хотя бы самое главное? И что самое главное?

— Я хочу понять про отца то, чего не понимаю... — сказал он наконец. — Как можно сделать из воровства Путь? Тратить все свое дарование на кражи и видеть в этом смысл жизни? Вы хорошо знали Тацумасу. Объясните.

Она написала:

«Красота ничья.
Вор — тот, кто взял ее себе».
Так сказал Будда.

Вот этого он совсем не понял. На ум пришло только высказывание Прудона «Всякая собственность — кража», но вряд ли монахиня имела в виду это. Она же не Кибальчич.

Как же трудно вести диалог с существом из эпохи Эдо! Да еще на языке иносказательных трехстиший. На этом далеко не уедешь.

Например, как при помощи хокку выяснить, где находится та самая пещера?

Все же спросил, без особенной надежды:

— Как найти горное убежище, в которое вы отвели родителей? Я очень хочу побывать там, почтить их память. Знаю лишь, что это где-то на перевале Харами, за озером Миягасэ...

Соин снова взяла кисточку, но не стала ею писать, а показала куда-то в сторону.

На рисунок, что висел на стене, прямо над тощим монашеским футоном.

Скалы. Обрыв. Над ним кривая сосна. От ее ствола вниз тянется штрих — к черной дыре.

Вход в пещеру!

Маса замер, потрясенный. Это было вполне реалистичное изображение конкретного места! Контур скал не выглядел абстрактно. Слева — острая, с тремя зазубринами. Справа — похожая на стоящий торчком кабачок. Штрих — веревка. То есть спускаться нужно прямо от сосны. Если ее там уже нет, можно проверить, не сохранился ли в земле корень!

— Благодарю вас! Благодарю!

Маса обернулся к отшельнице. Но она на него уже не смотрела. На лице опять отрешенная полуулыбка, взгляд обращен внутрь. Гость из другого мира был для этой женщины лишь тенью, которая скользнула по краю сознания и исчезла. У очень старых людей граница между явью и сном условна.

Уже попятившись к двери, Маса вдруг вспомнил про «Золотой Коку». Если не спросить о нем — Мари убьет.

Слегка кашлянул. Прозрачные глаза посмотрели на него с некоторым усилием, будто пытаясь вспомнить, кто это.

— Не говорил ли вам отец о «Золотом Коку»? — спросил Маса попросту, не хитря. — Хоть что-нибудь, даже мелочь?

Вопрос отшельницу совсем не заинтересовал. Качнула головой, веки полусомкнулись. Разговор — если этот поэтический экзамен можно было назвать разговором — закончился.

Несколько раз низко поклонившись, Маса вышел. В голову пришла мысль, сама собой выстроившаяся в три строки и семнадцать слогов.

Уже всё равно —
Сон иль явь, жизнь или смерть.
Благая старость.

Кажется, заразился...

В «Новейшем путеводителе по Токио и окрестностям» Маса вычитал, что на перевале Харами теперь бензоколонка с гаражом для ремонта автомобилей, сломавшихся на горной дороге. А еще есть номера, где останавливаются любители красоты, желающие насладиться тамошним знаменитым восходом — сверху открывается «величественный вид на долину Мусаси, воспетый поэтами и запечатленный художниками».

— Это мы — любители красоты, — объявил Маса. — И встанем мы даже раньше восхода, чтобы найти пещеру, пока никто еще не проснулся.

Он взял напрокат авто. Поехали. После долгого перерыва сидеть за рулем было приятно. Готовясь в дорогу, Мари купила пластинку с русскими песнями и выучила несколько наизусть. «Поезд мчится, в чистом по-оле, в чистом по-оле», — распевала она без малейшего акцента. Один раз на прямом отрезке дороги Маса на пару секунд закрыл глаза, и показалось: он снова молод, несется по русскому раздолью на быстрой тройке, рядом самый близкий человек на свете, и жизнь опьяняюще прекрасна.

Приехали на перевал в сумерках и оказались единственными постояльцами. Других любителей красоты не было. Поэтому сразу же, не откладывая, отправились к обрыву.

Разыскивать место спуска не пришлось. Сосна никуда не делась, только стала повыше и потолще. Она кривилась над мглистой пустотой. Солнце на западе уже

ушло за скалы, и долину Мусаси было не видно, ее окутала вечерняя тень.

— Какой простор! Чувствуешь себя горным орлом! — Маса распростер руки наподобие крыльев.

Мари смотрела не на простор, а вниз. Уныло произнесла:

— Мы зря приехали. Тацумаса никак не мог спустить отсюда такой груз. Тут кран нужен. Или лебедка ...

— Мой отец был человек изобретательный, — легкомысленно ответил Маса. Им владело радостное волнение, о золоте он сейчас не думал. — Может, он распилил слиток и спустил его в несколько приемов.

— Невозможно. Мой дед всю жизнь вел дневник. В основном там записи про медицину и новости науки, но есть кое-что и про друга, благородного вора. Я более или менее восстановила хронологию последних дней Тацумасы. В двадцать девятый день пятого месяца дед сопровождал своего друга во время тайного визита к англичанам. Подробно перечислены технические чудеса, которыми «игирисудзины» собирались поразить сёгуна Иэмоти: макет железной дороги, микроскоп, невиданный металл алюминий и прочее. К странице приклеен рыжий локон, срезанный с головы «красноволосого» Джефферсона, британского торгового представителя. От пятнадцатого числа шестого месяца запись: «Вчера Тацумаса похитил у Сарухэя Тадаки знаменитый «Золотой Коку» и где-то затаился. Весь город только об этом и говорит». А уже девятнадцатого следует горестное сообщение о гибели Тацумасы и предательстве Орин, которой дедушка желает сгнить заживо от стыдной болезни, не получая врачебной помощи. Таким образом, у Тацумасы было всего три дня. Мы знаем, что в горы он и две его спутницы поднялись без тяжелой поклажи. А времени совершить путешествие до Эдо и обратно за слитком, у Тацумасы потом уже не было... — Горестный вздох. — В общем, незачем нам ночевать в этой дыре. Едем обратно в Токио…

— Я сюда приехал не из-за золота, — ответил Маса. — А чтоб зажечь в пещере поминальную свечу и поклониться душам родителей. Можешь со мной завтра не спускаться. Спи себе в номере.

Ночью Мари бормотала что-то сердитое. Ей снились злобные сны. А Маса не спал. Он думал про стихотворение о ничьей красоте. Жизнь — кража Красоты? В этом и состоит смысл «благородного воровства»? То есть Тацумасу занимала не пожива, а красота операции?

В предрассветном сумраке он тихо поднялся. Надел рюкзак, взял альпеншток, веревочную лестницу.

— Погоди, я с тобой, — проворчала Мари. — Еще свалишься…

Закрепили конец. Маса стал спускаться в серый клубящийся туман. Через несколько метров закачался перед черной дырой. Это был вход в пещеру. Сердце колотилось с пулеметной быстротой.

Встал на камень, подержал лестницу, чтобы Мари было легче.

Фонарики были у обоих.

Два ярких луча зачертили желтым по черному.

— Смотри, зола! Тут у них был очаг! — взволнованно делился своими открытиями Маса. — Ой, сгнившая циновка! А что это за лохмотья? Остатки ширмы! Да они тут существовали с уютом! Гляди, по стене сочится вода! Какая чистая и вкусная! Ты только подумай — они тоже ее пили!

Он посветил на свод пещеры и вдруг испытал безошибочное ощущение, что уже видел эти каменные бугры и впадины. Может быть, когда лежал здесь младенцем и часами пялился вверх.

Какое поразительное чувство!

А Мари металась туда-сюда, стучала альпенштоком по стенам, по полу. Недовольно пробурчала:

— Тут и спрятать-то негде! Давай, зажигай свою свечу и идем отсюда к черту.

Маса выбрал хороший ровный выступ, укрепил свечку, зажег.

— Папа и мама, пусть вам будет хорошо там, где вы находитесь, если вы где-нибудь находитесь, — прошептал он, склонив голову.

Свечка была получасовая. Пока не догорит, уйти нехорошо. Поэтому, чтобы время не пропадало попусту, Маса сделал то, что планировал: достал из рюкзака черную коробочку с рычажками и колесиками. К коробочке был приделан провод с трубкой.

— Что это у тебя?

— Вчера побывал в «Американском коммерческом банке» у мистера Брауна. Он с удовольствием одолжил мне запасной металлодетектор из хранилища. Я подумал, пройдусь-ка я с ним тут, пока свечка горит. На всякий случай. Посвети мне. Еще раз прочту инструкцию.

Так. Для детекции цветных металлов следует настроить аппарат на низкую частоту. Это значит повернуть ручку вот до этой шкалы. Нет, сначала надо нажать кнопку, чтоб включилось питание от батарейки...

Зажегся зеленый огонек. Коробочка ожила.

Маса медленно двинулся с нею вдоль стен, водя лучеиспускателем то вверх, то вниз. Аппарат молчал.

Сначала Мари с любопытством наблюдала, потом ей стало скучно.

— Пойдем уже, а? — заканючила она. — Мы ведь знаем, что Тацумаса никак не мог спустить сюда вес в 170 килограммов.

— Догорит свечка — уйдем.

«Пи-пи-пи», — пискнули наушники. Это Маса случайно направил трубку на Мари, у нее в ушах были золотые сережки.

Со стенами всё. Теперь пол. Может, найдется какое-нибудь мелкое украшение, оброненное матерью? Будет о ней память.

Возле очага наушники вдруг проснулись и ликующе заверещали.

— Тут что-то есть! — воскликнул Маса.

Упал на колени, стал разгребать пыль. Вынул позеленевшую медную плошку.

— Какая находка! — обрадовался он. — Подумай только! В этой лоханке мои родители кипятили воду!

— Угу. Поздравляю, — кисло сказала несентиментальная Мари.

Но когда Маса бережно отложил медный сосуд в сторону, детектор не угомонился. Он продолжал пищать.

— Кажется, там есть что-то еще.

Рукой, однако, было не разгрести. Ниже, под слоем золы, плотно слежался грунт.

— Дай альпеншток.

Стал ковырять, вынимать твердые комья. Писк становился все громче.

— Осторожно! — крикнула Мари. — Там что-то блестит!

Упала на колени, заработала руками.

Показалась квадратная крышка, окованная гвоздиками. Это они блестели.

— Сундучок! Как раз такого размера, чтоб поместился «Золотой коку»! А-а-а-а!!! — заорала Мари. — Я сейчас упаду в обморок!

Но нет, не упала. Трясущимися руками стряхнула с поверхности сундучка землю. Расчистила зазор со всех четырех сторон.

— Давай попробуем открыть! Такую тяжесть руками все равно не поднимешь…

Но открыть крышку у нее не хватило сил.

— Отодвинься!

Маса вцепился пальцами, напрягся, дернул.

Открылась!

Он посветил фонариком. Увидел шелк. На шелке конверт. На конверте каллиграфическая надпись: «Моему сыну Масахиро».

Тут Маса тоже закричал: «А-а-а!» Теперь они вопили в два голоса.

Он бережно вынул конверт, а Мари стукнула по шелку. Из-под него раздался глухой звон.

— Там внизу металл!

Наушники надрывались так оглушительно, что пришлось их сдернуть.

— По…до…жди, — с трудом выговорил Маса. — Никуда золото не денется. Прочтем письмо. Возьми фонарь. Свети.

Спрятанная под землей бумага не пожелтела, тушь нисколько не выцвела. Казалось, письмо только что написано.

«Масахиро, сынок, если по воле кармы я не успел научить тебя жизни, вот самое главное, что я про нее понял.

Соблюдай Канон и Три Правила — даже если будешь заниматься не «благородным воровством», а каким-нибудь другим делом, к которому лежит твое сердце.

И помни, что ценность имеют только два вида собственности: Красота и Счастье. Ищи их повсюду, копи их, и будешь богаче всех на свете.

Я оставляю тебе сундук с сокровищем, которое сумел доставить сюда с помощью красноволосого вар-

вара. Оно сделает тебя богачом, а значит, ты будешь свободен искать Красоту и Счастье, не отвлекаясь на суету.

Раздай половину беднякам, чтобы тебе не было стыдно пользоваться второй половиной. Таков обычай Китодо, которому я всегда следовал.

Желаю тебе прожить долгую жизнь, полную Красоты и Счастья, а потом уйти из нее в следующую инкарнанцию с благодарностью и без сожалений.

Твой отец Сиракаба-но Тацумаса».

Всхлипнув, Маса стряхнул слезу. Когда он дочитывал письмо, голос дрожал и срывался.

— Очень трогательно, — сказала Мари. — Не знаю, о каком варваре он пишет и как можно было приволочь сюда такую тяжесть, но надо придумать, что мы будем делать. Гляди, тут сбоку на шелковом чехле приделаны петли. Неужели они выдерживают такой вес?

Всё еще шмыгая носом, Маса взялся за шелковые ручки, чтобы подергать, — и вдруг без особенного усилия вытянул груз из сундучка! Килограммов двадцать там было, уж никак не сто семьдесят.

— Не может быть! — ахнула Мари. — Что там? Пусти!

Оттолкнула его, развернула шелк. Внутри, плотно один к другому, лежали бруски металла. Белого.

— Что это? Серебро? — пролепетала она. — Почему серебро?

Маса взял брусок, оказавшийся удивительно легким. Прочел надпись, сделанную красивым викторианским шрифтом: «Aluminium».

— Это алюминий… Ничего не понимаю…

— У-у-у! — взвыла Мари. — Ыыыы! Дедушка рассказывал, что в те времена алюминий ценился в несколько раз дороже золота! «Красноволосый варвар», который помог Тацумасе, — это Джефферсон! Твой идиот-папочка выменял «Золотой Коку» на алюминий того же объема! Вот как он смог притащить сюда сокровище! То, что он считал сокровищем! Хорошее же наследство он оставил своему сынуле!

Хорошее, очень хорошее, думал Маса. Какое письмо! Сколько в нем любви! А какие бесценные советы! Говорят: «Не все золото, что блестит». Однако верно и противоположное: «Иногда то, что не блестит, — золото. И даже дороже золота».

— Что ты хихикаешь? — накинулась на него Мари. — Ты такой же кретин, как твой папаша!

— Папа завещал половину сокровища отдать бедным, — прыснул Маса. — Давай будем благороднее благородного вора. Отдадим бедным всё.

И зашелся от хохота.

Странная была сцена. Покатывающийся со смеху мужчина и клокочущая от ярости женщина — оба освещены розовым сиянием восходящего солнца.

— Чтобы быть счастливым, «Золотой Коку» не нужен, — сказал Маса, досмеявшись. — Здесь и сейчас у меня есть всё, что нужно для счастья: мир внутри и красота снаружи. А то, что рядом ты — это уже роскошь. Я знаю, что теперь я тебе не нужен и ты уйдешь. Что ж, можно быть счастливым и без роскоши. Трудно, но можно.

— Никуда я не уйду, — хмуро ответила Мари. — Я так мечтала получить наследство великого Тацумасы... И получила его. Пожилой весельчак и двадцать кило алюминия. Ладно. Буду жить с тем, что есть.

— Мы не на равных. Я тебя люблю, как мужчина любит женщину, а ты меня — как кошка человека, который ее чешет.

Она огрызнулась:

— Только ты меня не чешешь. Давай я научу тебя технике «Волшебной Руки». Тогда мы будем на равных. Если делать друг другу массаж одновременно, это должно быть прекрасно.

Маса перестал улыбаться, потому что торг — дело серьезное.

— Не сомневаюсь, что прекрасно, но от этого не рождаются дети. Мне же очень хотелось бы иметь дочь или хотя бы сына. Это сделало бы мое счастье сверхроскошным.

— Хорошо, я про это подумаю, — вздохнула Мари. — А теперь помолчи. Давай смотреть на здешний знаменитый восход. Он продлится не вечно.

И они стали смотреть на восход.

СОДЕРЖАНИЕ

Пролог

ВЕЛИКИЙ ТАЦУМАСА

Действие первое

ПОСЛЕ КОНЦА СВЕТА

Действие второе

ДЕТЕКТИВНОЕ АГЕНТСТВО «ЗНАМЯ СМЕРТИ»

Действие третье

БЕЛОЕ ЗОЛОТО

Финал

НАСЛЕДСТВО ТАЦУМАСЫ

Литературно-художественное издание
әдеби-көркем басылым

16+

Борис Акунин

ПРОСТО МАСА

Роман

Редакционно-издательская группа
«Жанровая литература»

Зав. группой *М.С. Сергеева*
Ответственный за выпуск *Т.Н. Захарова*
Бильд-редактор *А.Г. Русакова*
Компьютерная верстка *С.Б. Клещёв*

Подписано в печать 09.06.2020. Формат 60×90 $^1/_{16}$. Усл. печ. л. 28,0.
Печать офсетная. Бумага офсетная. Гарнитура «Гарамонд»
Тираж 50 000 экз. Заказ №4610.

Общероссийский классификатор продукции
ОК-034-2014 (КПЕС 2008): 58.11.1 — книги, брошюры печатные

Произведено в Российской Федерации. Изготовлено в 2020 г.

ООО «Издательство АСТ»
129085, Российская Федерация, г. Москва, Звездный бульвар, д. 21, стр. 1,
комн. 705, пом. I, этаж 7

Наш электронный адрес: WWW.AST.RU
E-mail: zhanry@ast.ru

«Баспа Аста» деген ООО
129085, г. Мәскеу, Жұлдызды гүлзар, д. 21, 1 құрылым, 705 бөлме, пом. 1, 7-қабат
Біздін электрондық мекенжаймыз : www.ast.ru
E-mail: zhanry@ast.ru
Интернет-магазин: www.book24.kz
Интернет-дүкен: www.book24.kz
Импортер в Республику Казахстан и Представитель по приему претензий
в Республике Казахстан – ТОО РДЦ Алматы, г. Алматы.
Қазақстан Республикасына импорттаушы және
Қазақстан Республикасында наразылықтарды қабылдау
бойынша өкіл – РДЦ «Алматы» ЖШС, Алматы қ.,
Домбровский көш., 3«а», Б литері офис 1. Тел.: 8(727) 2 51 59 90, 91,
факс: 8 (727)251 59 92 ішкі 107;
E-mail: RDC-Almaty@eksmo.kz , www.book24.kz Тауар белгісі: «АСТ»
Өндірілген жылы: 2020
Өнімнін жарамдылық; мерзімі шектелмеген.

Отпечатано с готовых файлов заказчика
в АО «Первая Образцовая типография»,
филиал «УЛЬЯНОВСКИЙ ДОМ ПЕЧАТИ»
432980, Россия, г. Ульяновск, ул. Гончарова, 14